國家圖書館藏清人詩文集稿本叢書

第一輯

一

陳紅彦 主編

北京大學出版社
PEKING UNIVERSITY PRESS

國家圖書館藏清人詩文集稿本叢書

主　編　陳紅彦
副主編　謝冬榮　董馥榮

國家古籍整理出版專項經費資助項目

《國家圖書館藏清人詩文集稿本叢書》出版前言

陳紅彦

詩文集，也就是傳統目録學中所稱的「别集」，是個人的文學作品集，記録了作者的經歷、情感和思想，反映出作者所生活的時代和地區的社會面貌、風土民情，對後世的研究者而言，是關於作者本人和當時社會的第一手資料，可以勾勒出豐富真實的歷史畫面。

有清近三百年，學術文化集前代之大成，詩文作品蔚爲大觀。據統計，清人的各類著述有約二十二萬種，其中詩文集逾七萬種，現存四萬餘種。清人編選的本朝詩文總集，有官修《皇清文穎》《皇清文穎續編》、沈德潛《國朝詩别裁集》（又稱《清詩别裁集》）、王昶《胡海詩傳》《胡海文傳》、曾燠《國朝駢體正宗》及張鳴珂《續編》、李祖陶《國朝文録》及《續編》、沈粹芬《國朝文匯》等等，這些詩文總集涵蓋年代不同，編選宗旨相異，各有千秋。

近代以來，清人詩文集主要作爲大型叢書（如《四庫全書存目叢書》《續修四庫全書》等）中集部的一部分整理出版。近年上海古籍出版社出版的《清代詩文集彙編》是首部清代斷代詩文總集，但以收録刻本爲主，仍有大量珍貴的稿鈔本分藏各地，未見整理。這些材料如果能夠得到充分地發掘和利用，將爲清史研究開闢新的天地。

有鑒於此，我們整理了國家圖書館收藏的稿鈔本清人詩文集，選取近百種二百餘册，分輯出版。每輯内以作者的生卒年代爲序（生卒年不詳者，以大致活動時期爲序排在最末）； 每種附以簡略的解題； 如有夾條、貼簽等，局部放大附於原頁之後。我們相信，詩文集等基礎資料的整理出版具有深遠的學術價值和文獻意義，可以給學術研究帶來便利，豐富我們對清代社會歷史、思想文化等各領域的認識，也有助於珍稀文獻的保護和利用。

目録

第三册

雄雉齋詩續集

顧圖河撰。一册。

顧圖河（一六五三—一七〇六），字書宣，號花翁，别號穎硯。江蘇江都人（今屬揚州市）。清康熙三十三年（一六九四）榜眼，歷官翰林院編修、湖廣學政。曾參與《大清一統志》和《方輿考略》的編纂工作。顧圖河富有藏書，「雄雉齋」爲其藏書樓的堂號。顧圖河是清代早期的著名詩人，阮元《廣陵詩事》中稱其與史申義（字蕉飲）齊名，時稱「維揚二妙」。顧圖河作詩博採衆長，自成一家，在當時頗受推崇。他的詩集《雄雉齋詩集》入選《四庫全書》，詩作也被收入沈德潛所編《清詩别裁集》。紀昀評價他：「圖河爲江左十五子之一，其詩古體多學眉山，近體多學劍南，詠物諸作亦頗新穎。而在同時諸人之中，尚未能籠罩一切也。」（按：宋犖《江左十五子詩選》中並無顧圖河。）沈德潛評價他：「太史韻語都從性靈流出，無一言依傍。」

《雄雉齋詩續集》收詩約一百七十首，多爲題詠、應和之作，亦有寫景、記事者。《雄雉齋詩集》所收詩作爲顧圖河中舉前的作品，《雄雉齋詩續集》則是其中舉之後的作品，集中有多首詩記録其中舉、入翰林院、受恩賞的經歷。詩集中還有不少是顧圖河與周漁璜、王式丹、繆沅等人的唱和詩，這些人都是當時很著名的詩人，而王式丹、繆沅屬江左十五子中人，由此也反映出顧圖河在當時詩壇的地位和影響。

本詩集半葉十四行，行三十一至三十四字，間有朱、墨筆圈點。在每葉版心位置分别有用正楷書寫的「箴規」「禮儀」「辭命」等標目性詞語，且這些詞語上均有刪除的符號，由此推測所用紙張原本有其他用途，後改作詩稿用。書衣題「雄雉齋詩續集稿本一册，江都顧書宣圖河著，吾暇堂著録寫本之一」，未題姓名。吾暇堂是民國藏書家、書畫家諸宗元（一八七五—一九三二）的藏書處，據此推斷是集原爲諸宗元舊藏。根據國家圖書館記録，此集於一九五五年由諸雲和先生捐贈給北京圖書館（現國家圖書館）。雍正《揚州府志》中記載顧圖河一生著有《雄雉齋詩集》六卷、《雄雉齋詩集續集》十二卷、《湖莊雜録》十卷、《紀恩詩》二卷等多部著作，可惜除《雄雉齋詩集》有刻本刊行外，其他著作未見流傳。此《雄雉齋詩續集》雖無十二卷之數，也屬難得珍本。

（董馥榮）

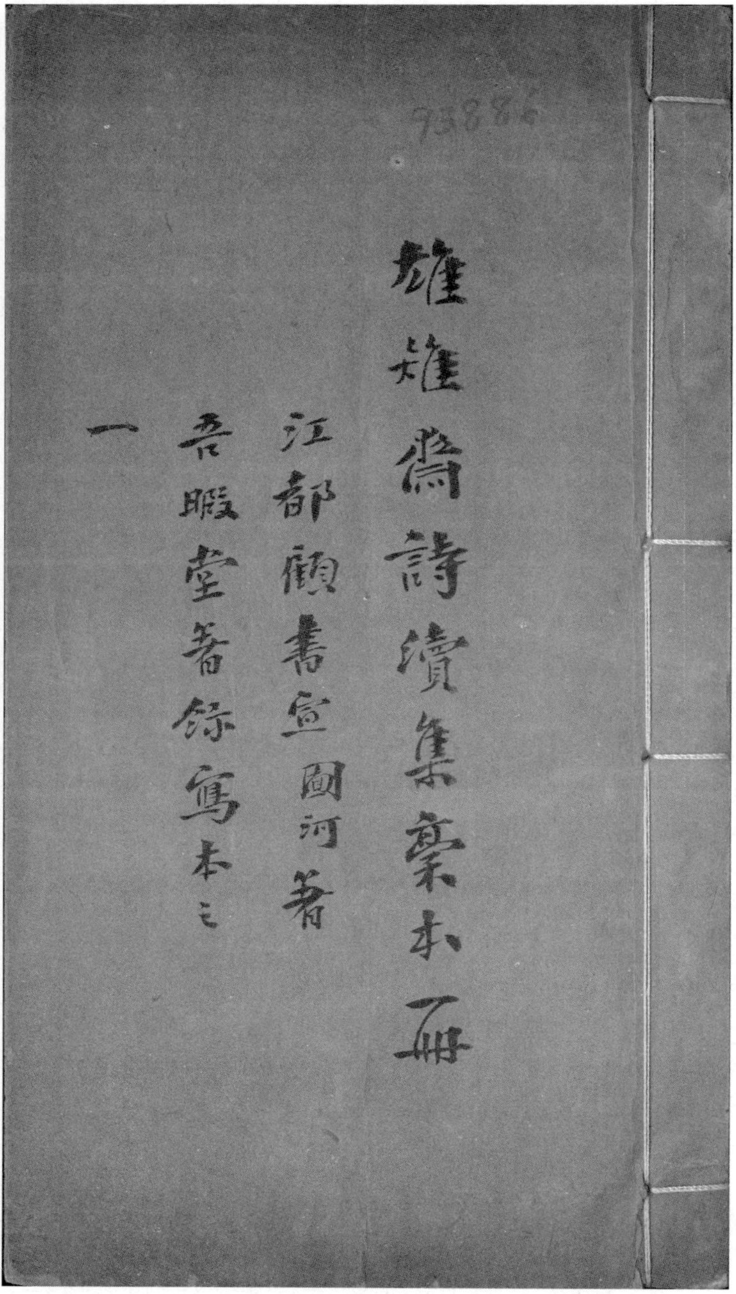
雄雉齋詩續集稾本冊
江都顧書宣圖河著
吾暇堂著録寫本
一

雄雉齋詩續集
函 | 冊 書号 93886

書號
登記號 五一三七五
函
冊 一

雄雉齋詩續集

次韻六境圖

洗墨池

危磯深處懷蓮艾，笈影梗東坡偶璧。閒遊使雀私形，淡月乘停車。
重來理雁境池塘，疏瀹罷半畝。橫菱荇浴研宜，寒波鳴蛙娟清景。池有墨記
蛙居從岳巖，翁閒數鬢須眉影。豈能芽芽膽，亦有桃花茗。黃東坡官居日黃州詩
多暇塵外得幽屏，更通柯氏波。尋詩棹孤艇。

迭帰巖

萬事不足娛，獨有山可好。人生具滚跌，叹用躡雲嶠。組役苦羈纏，那得縱遊眺。巖
居下幽借，川觀窮詳浩。匪惟塵慮屏，亦使詩骨峭。眺江昔開府，山前駐前旗。纛頻欲此終
焉，與山成久要。締津更繼之，搜剔披磴寮。適然鳳凰鳴，一振空林嘯。

湖亭

我住由直沽，寄舟達京哉。局編若麋鹿，苦受銜與轡。溷波泥灑灑，黃雲塵之
岂[illegible]巖覩，知有幽境。水木含餘暉，結亭紅藕間。戲鷗所見稀，濠濮不

敞雞鐵違人境地勝良玉生山輝何必架飛甍如鳥革如翬佛私成小築焉肯出

鵲華秋色堂

歷城有官齋周遭衆峯環鵲華復翠瑣左右堆鵰鬟蔥蘢秋爽氣佳挹之几硯間颯栝
有殊色丹黃非偶然題壁抗潛蕩人頭近不可攀手坐嘯自成趣登頓殊多艱排窓展
横幅盤礴炳荆關邦笑皆大夫乾皴驚名山

烟江叠嶂堂

洪爐鑄高山天丁闢丹嶂画師應素同其力相下工匠心營方里能事变千狀
江山互吞吐慘淡落屏幛有時筆不到但取意所向斯堂以圖名讀画發高唱山
色向眉低平遠誰為劃雨重林霏昏日晴波影漾幾侯此可呼百幅須翻樣

滄浪亭

湖州狂長史湯浪觸奇法一朝屈食過半世漁樵押苍苔下滄浪迴毋自清雲门
臨種藕塘亭傍栽花鍾冬日暖輝聲暑風清滿覺常閑草堂資四方清豪
逭但有不棋枰菜煙留鎮壓我心復古不徇偉錢之芳地付園丁疏泉浸菜甲
時復滸出明輕舠乱鳧鴨

九日陪吉味李公城南登高以竹露閒夜酒松風清晝吹爲韻同周漁璜嚴室
吕王方若朱字綠到大山繆湘芷李飲𤇍及弟

秋晴山色佳，西窗展横幅。登樓作重九，鮮翠引遥矚。樓前四十渡，孤艇截寒渌。無窮江湖想，對此波一掬。回頭俯喧卑，塵土辱。倚闌聽午鐘，移情睇孤竹。

吾郎興不淺，呼奴開深庫。玉缸傾翠濤，紅螺斟赤露。行酒尚真率，脱帽初無迕。飲如奔白波，何惜車茵汙。獨憐病肺者，盧盧寬爲歡。趣決知三爵勸，淺斟用代株花雨。

蟹螯堪敵虎，蟹匡大如槃。金膏填滿腹，風味揉可删。發以桃花醋，薑橙佐芳甘。買空秋薪衣，未敢左手閒。捫腹饜饞飫，遲心思故園。山何當歸，蟹無夜火照溪灣。

飲深貴遲徐，倍究不可假。君看此良會，頗覺空牽下。延杯復台卿，淩歌而謝泥深。阮嗣宗，能琴嵇叔夜。一尊足千古，龍山豈其亞。植無彼何人耶，堪有擬無筆。

秋鬼擢新穎，玉谿分餘滴。吾徒文字飲，倒作此霏霏。分曹貫詩勇，精鋭如良郭。持真豪比飲，死開險張。技擊騰上千，雄虹誰能讓。雌霓而今巧，用短勝之以堅壁。

曲阜破孔伋，從萬開心胸。我師唱高言，讓讓閱勁松。諸君且抵掌，談辯森有鋒。掀髯礁噫笑禮儀，慕樂交横縱。元禮岸幘間，什九藏驚龍。卻笑籃輿者，惟一門生從。

奇亦產鄭林神芝生九畹烏衣諸子弟奕〻標風門風綿延鍾陳荀英茂軼賈終〻難為
螽蟣金溝誦為裘弓騭犹壎田宅訓以錯与磨登〻高妙能賦彩筆光熊〻
卜春 日色薄遠嶺衔銅鉦山晚螺髻緑霞明魚尾横暝鴉生遠〻落長天醉後横誰家竹
籬下蜩蜩明霜英秋金鑄佳色空蝶抱踈莖徑須同采摘御井醉餘清
四犀雲淨掃半弓月正般清光可浣衣顧影譏白晝小艇剪波明風生見微皺西泠不在遠
船棲疑可就得非清夢中还我菰蘆舊擬唱崔南充引儻為公壽
汝鄭百五辰爽節九〻期菊非甚風雨那可虛擲之升高散秋感取快天風吹豈必佩茱囊
曼縮逃空色美陀不可娼霜韻犹可持会作展重九更和襄陽詩
小重陽偕同年孟衍波思漁瓚南樵安公暨湘芷葦佳閣筱亭登高以緑篠埬旁盈
迴潭石下深為韻是日期柳叔草之西君不至
昨日生鉢聽今晨疫初旭晴光豈可惜殘醉始宜續盤同秋〻改能保登時綠荒臺与
野水往〻破鷺東西岸茱萸觴此興差不俗高嘯喬林巔驚飛墮屬玉
莫惜高臺荒莫恨波迴小古人染忘死一醉百事了愚兒不知瘦吉利苦顛倒佳辰付夢
寐臨觴亦草〻請看萬竿叢強欲比霜條尔生本浮脆烏得不速枯萃生寂兀賤

千万𠀧莫蒼蒼乱晚秋𠀧賞懷抛散隨情白蘋風沒漢黃葉岸邊山光草未厭拄頰
看荒寒佛屋西何人營野館憑凌蛇塵埃不飲思過半
磨刀斫魚脍煮糯出屋香團生期中飯歌午覩壺觴紅氍展據𠃍朱盤用活場署𠃍能錄
事執法凜在旁宮馬衆所攢隨車固無傷活中有三尺約束尊𠃍章
叔也活戶高孟也酒怀質態生太堅僻陳髯稍須略周活互短長癡騃各居一𦀚子独壯浪浮
白連六七我也醒而狂敢不自與卒劾阿章揆不來令人想溫克
馬通張作塵人而撲死灰彼間何所逐此地生莓苔我曾迂怪人盡榼背以來此如碧玉帶向
我巧環不迴胡乃陟培塿覩面懸崔嵬答高謝不敏醉以活當盃
西日射古垣甲乙黑龍潭黑龍縮如蝟潭水濁如泔我欲釣之起一試風雨酣泥蟠果神物
爲能爲餌貪毋寧抱宝眠待時伏幽潛不然獺于我自分顏且赧
館儒近況散寒餓亦已劇明日廚無烟今朝座有客典衣且釀錢追恤霜風急豪家飣餖餱百巧爭
𢭒核初分消夜果競尚迎涼炙節物吾何有菊活尚一石

菊解命

我往在田間種菊務遠舍護菊甚頭目守菊過春夏我里曰菊卿我友稱菊社詩多愛菊吟書常
邊把賑飯必于菊自號菊尊者昨日擔頭看哀漸弦然下

瘦馬下坡陀蒼煙屯野林來如脫韝鷹歸若投籠禽庭前霜月苦卧内秋寒深啼螢鬧相弔嘎嘎悲
夜心冷吟不能豪豪激楚之多商音推门已達曙孤落天横参

題畫并得芝草

畫石削刀稜畫竹分个字枯筆曳盤拏芝臺忽三四拳如鬼面藤輪囷結丹翠湧如團雲疊
積星姿媚光明唐漫鏡（山谷云予聽研齋壬弋芝鮨如其葉為唐漫鏡）柔軟小兒臂也無根自天成非種饒生意昧者謂
草妖高人知世瑞九莖產殿庭万口誇神異豈知地脉山爛煬生荒遼神物貴及辰良材期得地麒麟
或不祥鳳鳥非時至孤生俗所疑希有人爭棄睠茲靈草圖道然發長喟

題瞻泓石繼譽長四弟作

一夕天驚泓星隕幻為峯稱與人肴跂脚微凹趨米香是中一寸抔而飲横理庨庨秋竹裂一堆
古雪凝真冷詎料能滋十斛春别有簾外風神逈未愛長生真率瓢一誇香木天然瘦泓泉何待有
提封醉鄉宛在醉時吟泥人朱粉亟枝横解襟觴澤叢蘭近石旨[illegible]壽不盡欢喜負茜鷗日
三請亭与道州同日醉羞与賢皇同日醒（平泉有醒酒石）大書深刻承嘉嘉石兮吾抗長茗芋

次韻詹王竹卿本韻

遮门老木五丈高悲风撼作猛虎號翻盆雨勢欲沉屋屋蒲[illegible]滚滚行波濤[illegible]

河東呼吸無泉刀蕭蕭抑醉不易致何論霜蟹擁金膏潔壁匪卧不敢妄此絮蛾蟲叢增
睠蕭秋隹節此壺攜得不沮喪心煩切氣猛欲掣巨海鼇七賤不必嫣上古留田舍休官衆獨棄誰復記
憶栗里閒詩通追索無由逃聊以君詩當醴醪百回雒誦口流沫陰蟲吟徒喧囂我心澹与泊相遭焉
能哆口論詩騷悲憂斫煤梁雞毛不憂墨汁汙敝袍眼中吾子今知

題倣李晞古寒林聚鴉圖

北風着面刮起霜老樹屈鐵凍不僵枘櫨桿梗櫟楓柘樺葉葉不悖烟蒼茫壽藤千歲絡
樹長蛟螭拏攫爪尾強凍泉咽咽流磵岡琤然觸石琴筑張林空無人惟夕陽群烏爭託林
爲卿排風鼓陣上下翔烏翻愈勁風愈狂有如万馬戰豐沙場崩潰勢莫當又如軍與將者良縱横合
散隨圓方嘔啞啁哳蛮音揚千般百響誰能詳我居僻在城東莊莊前種竹後樹桑朝随烏
起鋤穢荒暮随烏栖休樹旁春看烏哺泥構房秋看烏老築圍墻老烏与我歲歲忙烏
頭已白我鬢蒼誰爲此圖今李唐筆法參用倪吳黄礀邊樹底添茆堂吾當攫取帰珍藏

次韻和于宮瓜州阻雨

雨飛箭鏃掀篷入白霧霏霏嬰人濕舟師拽纜避荒干舟尾膠沙分寸澀苦憂傾溢到
巾音樂屢甚欲倉皇河鬼望水妃江妄不勝愁電鏡風囊如許急青蒼色飯臣端陽時怨

有魚龍驚殘粒郭髮詩勇不可當独倚袍樓叉手立孟韓險語突抗行甫白高處皆平揖嗟
余老醜学捧心吟苦未能除结習逢報𡢃𡢃正催詩看尔臨江麾墨汁

觀打魚次于宮韻

浮虹跨影垂楊下剩雨零風尚飄灑吴兒鉤魚如飯稻吴似乘船似乘馬举網迴肩作胡
旋規圓平斂寒聲瀉銀刀歷亂失烟波玉花逸瀉腥原野天邊一水鷁矯两翅砥上魚鷹立漫躁青旗
諸酒遠能沽黃篾絡瓶醇可把高蓋華軒汝則那蓑笠甚堂豈者方且

同湘芷攜茶具就惠山泉亭烹飲借用龍井茶韻

山门風吹怯病骨石棱霜滑愁危巖賴有屋亭一窪水更寒更潔予心歡呼奴擔爐挈
石銚炭撾火焚攜相兼旋收槁枝生活火看烟縷縷低橫檐小杓啜之親手汲誦水不用勞傳箴詩人
蒻裹藏貢品破寒初折先春纖僧房掃地如鏡淨繩床經案晴窗簾排門小坐候湯老毫甌點
注浮輕嵐茶星墮地有茶癖膏肓酷嗜誰能砭鳩坑雷莢遠欲鳴山露芽行須探誦詩自
愛君子性毀茶莫聽纖人讒都市彝爐比哞蘇北烊鹹如修鹽少乎山泉甌此茗山林有味
應掀髯書囊已空莫搜攬聊可徑就貢僧談

次韻滄浪亭

官如秋水清而漣，政如春風藹無邊。衙鼓偏偏將吏退，懷冰抱雪一脩然。由今之迹用府日，湖歟子
美僑吳年，中間一轉九百歲，世事变滅隨雲烟。滄浪之墟久已矣，滄浪之勝勝矣有，為滄浪之人則
不死。譏訶豈足矣，犹便便滄浪之文金玉也。棄擲黃塵能昭宣（歐陽公語），足知文之有待人傳，富貴了不直一錢。
生前摧壓百僚底，既沒乃反躋其巔。中丞胸中包万古，浩若巨海天之川矣。呼子美可与談當
時欲殺寧非天，江湖流落此焉寄，曾草把茆營救椽。孫童豪不敢橫奪，券還子美金尼專
若髮餘而可憫，濁流酹地有加籩。嗚呼古今胥已為招魂剪旛，從風旋旗門水深，出公服門生弁
輿次刺船，蒼天月地小閒瀾，鷺朋鷗侶潤指延，雄虹貫斗彩筆怒，玉蛛傾吐方諸氣，應恚子美
膛已後，排哭歐九難為前。黑生潘沾霑遍一国，酒痕糊漉宇須削，春基堂幽之民其巢樗渡穿侄駭。

背肩聊記日自亭左偏

題狄內濤歸舟載花圖

先生買花如買春，不數桃根与桃葉。先生得花勝得官，何必緋紫要朱丹。吕州海棠香撲舡，春
波寫影紅漫漫。逗風一笑忽零亂，臙脂點破玻璃寒。吳水吳山行且住，鶯鶯蜂蜂蝶蝶隨舞去揚呼
帆腹送花風，最喜蓬窗篛老雨。光年落葉晏坐何翩然，琴樽間出舡空前，侍巾女兒髮釵鬟，
肩小鬟，吳兒指桑調幺絃。花枝擁帽花底眠，旁人不識疑其仙，載花歸去有佳趣，憂

花歸路有雀白補亡蜀郡興錦〻壓倒許昌吟屢〻我有紫棉一本如朝霞郁屋春
風花滿家辛夷躑躅了無色何况郁李與金沙曇紫傷紅兩同癖莫論君毋与吾
宅江南江北海棠如醉死闌邊寧莫惜

次韻贈翠尊亭

吾人多吝而少可世人少見常多怪生地苦卑澗底松至老愈辣畦邊芥白首攖鞍就
蹇饑自倚超東能奪〻溢月中仙桂遭逢斥天上白榆長根蒂長門不傳一錢直西鄰聞傳千貫
賣口業無端復技癢蝦蟹逢君並發齊興到雄辭失謀謀狂葉怒破摩晚戒無傷肝膿即
楚越本我形骸豈疆界衛西來往不厭頻聊借傳龕作聽癖嘆誇趨揎溫八吟未能盤折
方三拜閣門無事洗研坐素月杲〻秋空曠間抽秘思貪鳥雪飴賦霜鬟毫書玉凝東野從知窮
益工表聖讓言髭毛而贖鳥來嶺嘯剛截日蘁江湖收万派括廣奇鬱怒不奇韜鰲御鯨呿
時一快志士要留真面目歷劫窮塵堅不壞往從金紫包裹簪又〻毛錐隨驢行遲明才見
榮華過貧時高唱侯廖歌屋首七〻寫飯群樣日出江聞歸霧旋百里井伯吉霸才同年七十方爭

再疊前韻答繆湘芷

上都人海浩難覓一士窮奇吁可怪日夏文章閱藝貧鄉將躍羊踐茲出〻葛衣數辭文

垢敝近市々廛殊淑脇人茎苦瓠茎蓮根莫詩甜瓜甜微蔕世路峻々人作餌情[?]方識甘可貴七尺
頹廢等贅疣百端並刺出搔瘠安心但学無眼禅溷筆更持綺語々蕉寃以愛緑争婆棗隣一
遺我清涼界禳褕久矣厝塵寰雜襪何曽歸公爵本非宰石座上客[?]々單由馬前拜夜坐時侵乱
點撾朝眠無及三竿曦綬々君將士我手錦徒々才豪麥莅瀣万言弾指鴛々猛撞華鯨震龍脊曠星淚
襍定錦城堆珠玉盈河流作泒稍廉浯態美無度灌夫謁罵人争快要知云攻乃成邑比醴醪甘以壞我方[?]
自張々君惠鍼促寧介々浪傳片語落江楓賸欠千篇耀金莚人生綫浮朗及時百歳風狂驚雷邁行
當請倖手抄書稛載連車壓烏㩳

三叠前韵和湘芷説北食

書生説食倒津々老饕一臓包珍饈白瀹漂鯽微點鹽細抹菜鵝肥糁芹當心熊白欲涎流乳
下羊臑懸腹溢褕抹生菌肥勝肉松𪌱如盤摘霜蔕落酥如瞿瓠出畬亦有菜蕨專東賣
蓼菰醋烈工發嗆々苦薑薰辛能殺疥鵞肪嫩含西子乳鹿豨香破猩羞戒油餡鸞動十里人
氷床唱徹九門界禦米專供尚食監法醞偷傳光禄廚文官之果太虞賈濫膺清秩誰除拜
甜氷辣玉頓々食黄團紅皺家々曬独嫌井鹹澠苦澒中勺清甘同流濯咿嘎唱食尤所饞嗜瞎

百鬼神

端令身曠食貧日糶五升米太倉脫粟邊支泒日朔許長鐵許廿屠门嚼過何由快

蘿塢破屋自甘肯陋肉朱门從腐壞殘羹冷炙枉酸辛作人那可兼通介碧山自昔慕樊魚小

圃何年帰種蔬辛因苦乎脫朝衫一帆便趁秋风邁不然往謁任公子飽餐巨魚投五㹀

四疊前韵仍秋风一帆之意陸士衡有云吾思鄉轉深矣

昔從圃師諳学圃種菜題门人頗怪烟苗雨甲手分畦葑葛葵莧菠薐芥庚郎三韭未厭貧揚

子一區何患隘菜菓女手綠提筐天挑人面紅鬘蒂新春山趁出屋香旋漉溪鮮欹船賣苦硬

茅柴老瓦盆洪飲快如湯沃何鳴鶏鼓起各揣作卧大深宵無鬘戒種魚牧鴨六鶺祖漁山樵水

寧分界終歲無因躡城府老死誰曾識官廨藩曲相逢揖袖坐伏臘何知屋膝拜吾家于圃碧

琅玕蕭森不受驕陽曬晨风翠鳳舞重霄夕露金莖滴清灑裸袒横眠自放慵剝啄闻敲但

佯瞶揭來長安熱如煮馬汗車塵喧一派午天襬襶任人嘲西府北宗往自快飲冰内熱古有之

除目空令丹竈壞五侯但誇樓護智三公不易展禽介浪談北良忘南烹終覺菰蓴勝葱

薤徑掛衣冠神武门毀車殺馬從茲邁倒著接籬翻著襪只八横峰烏辉

五疊前韵題翠蕉亭維摩居士圖

維摩丈室細于舟此理真實非迂怪坳堂杯水芥為舟安謂是舟是芥山中浮蟻思渡芥即

為舟了不隨天女野狐作妖惑于茫幻妄無根蒂非眼那為空非色誰庸必兩賣先生晚示

道自證句（本稿）淸淨身無一微疵，曾同房相本亦師信，知坡芒屩々戒慧業文々，無凡因此非長者
來塵寧樂日貧無卓錐地，終朝叠膝三間癖，忍辱從渠么譍憎々，勝合々々天拜君家羅漢爲
萬仞般紅海日三更曬，未明倒景宿星河，花首犀真饕沆瀣，讀君海外得佛去（君有送胡丈之安南長安最奇），提椎震
響千大瞶，諦言截斷古潮音，紫栢龍湖流別派，渦世蠶絲自纏裹，雜々空原曠快惨，海漚不起亦不
滅，世事盡成即無壞，宰官居士本一身，何有（孤）影何處有，但令根性不流墮，背似菩蘭化萎蕤，我
亦常焚結頭香，脫垢離塵真超邁，圖中尊宿許相依，共向南宗參妝悰

題江玉輪看劍圖

太阿埋光混凡鐵，使我心蕭瑟皆裂，世人但貴珠玉裝，土花繡澁空雄莖，曷胡之纓衣短後，遶地黃蛇雷
光走，請君露刃試吹毛，免使豎子誇鉛刀

遊道場山用東坡韻

万龍偃立山之麓，風送龍吟滿山谷，一派寒聲聽未絡，勢回春力休渡另寺門，池水綠滑滑池面
新荷鮮翠盤，滴滴數析跳兔石，不勝覽悲或崩湍，拄杖更凌雲背出，千頃波湖縮如席，冠山
陟巖巳荒榛，嘶嘶之聲孤嶸穿空植，弁峰遶北雉烟鬟，白雀黃龍指點間，人生政苦少暇日，世外何負無
好山，百年遠遠緣，昏旦昔泉相尋略相半，呼起端明君與遊，青山白骨夫何嘆（詩中村臣空三嘆）

胥江曲

胥江水綠菖蒲酥，鼓声喧破龍公眠。一隊紅旗颭午風，芙蓉斡上叢鐃碎。龍角岐岐尾矯矯，迴颿颿。
急盤滑拗十二珠，鴛鴦雁齒排中有，窈睇人悄悄。
金畫圖衫繡方領，水紋搖動參差影。續金絲長七采，蛮守宮一點猩紅攢。蛮意挑鬟衣新樣，桃軟風細
颭釵頭符杏子花，紗薄欲無微，香汗沾紅酥。

由玉泉寺至靈隱半道中小憩

小溪皆負綠玉杖，瘦騾自跨烏皮靴。蒭田涼蛤吠白水，松寺蒲牢鳴翠烟。行蹩蹩雪慄，破山出行云。
虹梁跨澗縣溪僧，弛擔枫根坐借與木瓢嘗野泉。
老木蟠曲參兀嶠，雲際似兜羅棉，倒挂縚藤翠旌，鉾鷲兀崔鶴紐，偃草莢已失花，翁墓松栢欲滿鮑。
家田綠滿小頃，皆如織。澗鮭溪魚挽手眠。

病瘧九言

嗟爾顓頊之子頑且癡，坐使炎帝百草無由施，巳之歲我衣袂抱冰而不足，我釜甑加蒸炊眯。
我蚩尤五里之毒霧，晨我朱亥百斤之神椎。爾徒索食嗑嚼弟許，爾乃恣意狼籍百所為。
詛神罵鬼紛編出，下策投軀委命顛倒，憑肩蟠杜陵糟粕，相呪嘶，孑童髑髏赤四四

淋漓感〻百年如夢倏易盡假如五日不許吁可悲古來有人爲哭老聃死亦吊 吾竹可替長〻今庇我生命實

在天荷奪借問死何如生烏敢知雞猪魚蒜逢着且須吃盧聲 庇到底〻能嚨四百八十寺皆可

游處三萬六千場已强半時門前荷花万朵媚如錦火急蕩船圍漾浣新詩

題荷鉏圖

喚雨鴣啼不住。綠烟春暗前村樹。江上雾〻吹白霧。並江帆影 吃三鼓。一渡不住出案田金鋤四

背行壓〻肩。人生豈乏簑笠編。朝衫朝脱夕易眠。君爲農乃不饑天全。

擔簦攜笠出沐沐。誰能奪山綠。良苗怀新青可掬。煮糯蒸魚狗芬屋。荷鉏〻皋〻莫之贊。

願不飫爲犁。發書画中。何處青蓑。悲鵲山〻巔。湖水湄。莎裳披雨徙而誰。

詠竹夫人吾肯次于宫韵

熱意暫相親。知君如錦茵。琅玕能旖旎。冰雪見精神。碧玉了鬟小。紅珠半帳新。龍鬚須鋪八尺。

護呆秾横陳。

懷裏最清涼。伴。幃中精側身。瓏瓏光小字。窈窕窮部佳人。高玲瓏張 窈窕宛如 渭水連封邑。桃李近結鄰。彩巾

親拂拭。卻得浣纖塵。

醫藥 晚風新浴罷。白拂掃紗㡡。我愛招涼好。君能來夢魂。擁持憐沐滑。寒燠慰心殊。後夜枕

胡旋身輕得采鍊

藕腸迴不得，麗眼製初成。香汗微微濕，幽情脈脈生。引風飛燕喜，交扇玉環驚。醉便眠其側

何獺阮步兵

觸撥冷森森，商飇起夜深。枉陪清暑殿，誰惜感秋心。女兒昇仙骨，瀟湘灑淚襟。寒肌無疹粟

何需入籠衾

題梅耦長畫

家山元畫本，水墨即詩才。隨意數峯出，行吟滇廠田。僧寮分素白，茶具供黃梅。翦取吳淞綠，看

君逸與來

題李蒼存秋稼圖

不負李生久，披圖與重論。春深鳥苦雨，漢女香衣葛，葉耕耰不輟。秋老采花，同謀野文章，進為農職業尊

蒲轤行坐，又與數野英繁

村村穲稏紅，彌望感秋風。屢誤吹砂計，多慚藉伐稻功。啟期心自。處逍非窮，挖擾誰出

下彩耕與子同

毋行

一葦初何定扁舟莫謗猪程隨風送到家逐水浮來野色供吟料小涼作勝遊釣看入網捎欲從

新醸

待訪語兒路還柔送女潮伊鵝渡櫓急秋宿短長搖網集初成市散山不遠橋維捎依岸柳斟酌

最長條

斜日

斜日胭脂墜明霞爛錦敷頭邊扶馬困禾穿麦人臞渴雨川原潤油雲草木蘊水村涼可泊叩鼓

許狂夫

鴛脰湖

家憐鴛脰湖況值雨霏微君竹清江釣吳船赤鳥飛采菱塘上散漁唱水邊歸次第携燈過微茫後之

帰 曲名

太初先生掃雲菴手跡尚存追和元韻

一瓢寒澗水百衲野人衣婚宦終妨道虛疎頗自高依僧結茅棟与世上經刪欲訪舒詩跡松杉

滿比卑

梅石菴

簡中貫

埋步循苔徑危梯犯棘叢松陰涼似水石谷悄多風洗鉢魚池小澆蔬竹覓通一甌山茗
熟消盡夕陽紅

題帖菴秋林遊展圖

破械盤鷗來秋林自往來青楓鰕妾岸時往常熟白月雁丟臺飲澗卑持供看山印果陪湯郎行
道處得攬詩材

病起湖樓偶成

侵晨曾野泛銷夏得清娛藕雪瓏瓏玉荷傾的皪珠冰絲盡蟬雀蓮艇趁鷗鳧雞骨支床
久登樓尚藉扶

湖山存勝友閱月頻經過雲窗臘腊嶺泉清瑪瑙坡治遊尋舊夢禪空余役病目下聞方響云誰載綺羅
迴棹

隱度良善病已轉堅頑顧曲吳趨館支筇越絕山野雲行山漫溪一任雲開天目渡越占樓西頭有
愧顏期遊天目山不果

次韻題堯凱雙南集

卯郊九折道鞅掌六年詩百里才非偶千秋事不疑危揚鶯宿人光殘說尹貞步屧欣披卷吟

声摘竹籬

東閣鵝材地方編園秀詩　至尊紆頓向因半 莫嫌疑之山箭非凡子 山箭自歎之 未乃家之所 蘊璟〳〵有兒憶々五ノ百萬〳〵

近藩籬

白狼槃木長慕德舊稱詩山縣何無足 何無忘哉 我為山縣 威名靄不疑 山花賽神女 射羌兒留蜀先儒雅弦歌

聽遠籬

集

與卑相若竟凱旦年二十三歲与刻集 者數遺籍定藝林佳話也　才多日課詩舊業須我古人 莫相疑 古集存有 莫相疑行 閱劍歸詞

家渝歌付彝兒遲君黃菊殘消息到東籬

香

輕烟飄鼻々宿火美獅々伴日偕深坐面風帶遠飛相看堪作佚丁子好熏衣翠袖殷添娃金薑下琴

剗 音担 斬也 末瓣片々蕊交霧霏々愈久翻忘味相親肯自違檀奴身獨施荀令事依稀入直閑爐宴越

朝滿袖歸豈宜誇艾納那辭羅薌薇蘭氣知誰勝薰猶辨已微若九元自好遂臭未全非班馬濃妝在

悠々千載希

傳臚死退四首

魚

金鑰鎖傳来曉鐘上清先透葉珠風 一九重特達恩非料 孤進何緣默自雄 花色辭仍雲

勞緑目華争矚暈添紅闥门填就金書字想像初呈香案中
𨽻徹珠旗射旭寒　至尊特地御金鑾名宣殿陛平生忝身到烟霄獨步難衛士催班朝士賀儒衣
就列　袞衣看寵渥趨自驚雛定小鳥無端傳羽翰
昨宵呈奏内東廂聞道公卿侍燭光金殿三宣一犹故事　玉音重吐迥非常　進呈時讀拟覽之次　上不之大臣宣　玉音琅然
卷奏乃臣河策治水一條獨蒙迴環　異數無前集籌蹤淪深懼陳言玷廟堂閶闔中間綴行出敢為溶落自
至再声出金石真希世之遇也
充揚
慙愧霜華兩鬓侵金華花朵一邊簪　故事狀元榜眼各一插探花獨二朵今犹然
非無官馬譽當路豈有旁人喻此心
渡淚忽時沾錦襴重泉誰与送泥金　明之上苑花開日回首江南安樹深　是日馬上情事　不無蓋実録也
歸第宴席上呈少京兆吴公　之諱涵壬戌第六及第癸酉知鄉舉　河在解名之列是日恰　届宴河内公擬讓苓
示公礼毋遜遂上座
鵠科公讌開仙府京兆當年此座推一紀与陪门下士十分勞劝掌中盃　坊花帽催凌舞光禄牙盤送百
回試同豐級長組貫幾人沾遍彩筵来
還騎東長安門看榜口占邀同年胡孟行　毋宸示弟同賦
甲榜横披直繚墻丁年茶苦朗　粗償紫泥隱約題名處　衆漢申乙分明第一行　郵遞
驊騮争道路祇因花萼借芬芳　王前盧後無須較　為昌付多之能

釋褐早起

小臭晨喚語喃喃催整朝衣啟帶幽轉自低徊前席帽（李冀及第有詩云喬叔鄉閭 親戚通而席帽已離身）不堪容貌真

故裯衫起寮敢便忘儒術謂而何嘗帶餘銜只慙散材非世用漁々徑々趁江帆

門謝

门謝平明集　九天五樓南畔赭墻邊翠鋪文戟班朝伏黄帕聲幽奏　御筵勉受羽儀酬寵

命職恩風度稱官騎月艑燈舫镡車隊亦莫狂遊逐少年

吏部並宣授官勅

除目旋聞降　綺綸朱衣吏引拜階塵兔騰昨捧登科記張東今為領職人麋鹿向来長野逸

夔龍若簡是文親泥中寸草心孤擢迴照春暉仰大鈞

恩榮宴

百五十人何濟濟優賢嘉礼赴南宫皋颜下比秋濤壯濯色微沾春杏紅珂馬損衛雲布彩花

壓帽錦殿叢誰欣仕宦爭傍徑畢竟人清流品目崇

修和殿引見

攝衣彤殿石通楞扉親切延英引對時白霽　珠庭鸞在望鳳趨　玉座悉悠儀帝冕峻德將

何補臣翔多端敢謾詞對罷階凝立處瓤襏金碧尚相曦

初入院即事二首

蓬山深處靜無譁　蕭朗視聽掃落花　日影風声皆典故　井闌亭角也清華　柯亭劉井前朝院中故實　上句用花磚鈴索事也

官供載筆每餘事　吏報須書當坐衙　莫信外人嫌冷淡　老夫鉛槧舊生涯

長日官廳到地邊　給筆札几案諸物列有青藤一具　譯成八楷奏初披　皇帝蒼帘文章出　天府神经制作奇　腕運銀鉤

將底用　口銜石闕欲何知　子雲自笑平生眼　一字推將冲館師

平谷大尹余君諱學昌　何卿半年房師也以馬迹候臚句之傳有詩見賀用元韵奉酬

籍籍膺門得士佳　好傳吉語報衙齋　七年早辨高低轂　九仞難忘始作階　一自泥沙親簡汰

誰機穿巧推排煩公穩上追風騄免逐東華軟繡街

恩命南薰殿總裁敬請　御製新詩及賦記諸篇編入萬興考異恭紀

披問四辟隅金坡　詔許紬書席寵多　式廓　皇輿遵道路　九　八子重編摩扈遊人記横

訪曲望幸家傳過沛歌万丈虹光逐万斛遠推　日出淮江流

天象那將寸管窺　慶雷綿邈靚股虛雄風灝氣摩宸藻大哉　尚山岳　春詞英華勤閑

天下計閒編先許道臣知疎庸愧未諳堂輿雅讞羲容是之爲師

行在恭刻　御用文徵明畫扇　宸翰親題五言詩一首，旨宣賜共紀

千里征氛　玉座分（袁安為東陽太守，謝安贈以一扇，曰：即當奉揚仁風，慰彼黎庶。）承恩昔從上南巡，於金陵作　宸半規月

寶墨鸞看五朶雲　珠璣招涼徵昔事　殿名清暑記前聞　何如懷袖身親被　比習之處遠垢氛

太液荷香水檻斜　曾於清宴攬瑤華（扇書瀛臺作）　御製山莊集中之詩草　秋曉松泉潑墨

花歷後珠星逈碧石溪　琳瑯金薤散彤霞　臨摹腕脫終難效　信有神功百倍加

恩授講官乾清門立班日侍　天顏親承　顧問恭紀　碧雲表年年仁壽殿

宮壺逸聽徧更籌　金碧光飛曉色浮　雉尾齊分龍尾道　紅雲長護

清鏡旦旦光華上紫旒　玉裕珠庭瞻咫尺　郎容身到右螭頭

初穿豹仗直金鋪　澈齋龍香近御爐　柱下依班長鵠立　座前傳對每凫趨　神光照

更增恩重　口勅宣時印典謨　親見勳華紆顧問　愧無才術報唐虞

內侍造碧石大硯一方　傳旨特賜又小硯十二方給修書諸臣恭紀

裁成佳器手摩挲更製　鴻篇甚意多　雅念懷文濡墨海　不教作礪耀霜戈　天

留美璞歸追琢　士隱窮山待網羅（俱敬述硯銘大旨）　御製已携鄭虔車　猶遲綫　紙山田迎望崇嶷

爲燈

瑩如玉栗勝金膚片石曾經 穎案呈鐵嶺名材邀 睿賞銅臺古瓦笑虛聲長安應滯
墨依青瑣四用磨毋比赤誠銘槃何必慨許久休休墨耘待深耕

九日

潑墨濃雲未放晴琅玕滿院作寒聲濕衣野圃自佳趣抱膝閒房非俗情翠葉金
苞秋果供綠陰朱火夜香清獨將冷淡酬佳節陶令撫懷得浮名

題宗牧仲中丞西陂蕎麥圖

春鋤處處捕魚船鍛磨鳴時打麥天作可將家學聲史不妨翻樣西曜仙田之山庶人誰識野
興在名好遍傳寄語吳儂臨百本勝他團扇閒輕圓
試眼貪看柳數株分明烟翠染衣襦小秋時節多收否大共收塘盡從自會食償分槐葉
麫墜誕先訪玉花鱸並卵閒地容相乞頓偷山前特負鋤

秋宵山房養痾疾

山窗睡穩疾初平坐愛茶香透骨清背日豈虎今宵盡遣名之般教母子卯某欲數行稞
恬消長晝二洒樓髮蹭晚晴止浮尚瀕餐有戒未容空橋 執岸嚴傾

舟行次韵四首

鳴鉦三老莫頻摧匹揪吟髭詎可耐譁雲氣羅山初潑墨風威釀雪已花含匚波作魚鱗紋名詩溪今

燕尾又吴女潮平江尚阔鷗鷺白鷺數行斜

夜語常侵鼓屢摧畫寒擁絮燒無譁吴歈聲裏舟浮葉楚客句 以浪卷花宿火愛親紅

榾柮 榾柮短木也 冬林间數里了又 李唐人草訣歌 片雲頭上非無意狂草催成独陣斜

暑雨炎風挽馬摧孤篷枕自遂置愁譁凌兢道路心先冷 凌兢寒凉之意 蹋馳阔遠而今之意 雄甘泉 搖危舡艇眼倍花不耐起

朝隨鶴放頭思躍浪舞魚又草衣塵坌君何欠渡袖風前獵獵斜

醉敲銅斗学摻撾追記前遊一笑譁林屋帶霜移橘樹西湖披雨宿荷花披歌往往憐珠

串買醉頻頻擧玉又此去儻乘清興發林逋丘上看横斜

遊寶華律院二首

巉峭攀登屢屢停始於幽處見崇扃四周山旹如環堵万叠松排畫展屏小殿铜肌生

翡翠雨阑石面閒丹青 銅殿靈臺上白石螻 阑褉画山水绝佳 妙香不用縈衣袂已脫人间塵土腥

細響金鈴風動簷栖横雲鴿静無喧鐘鳴徐引僧儀肅壇甫初知梵帝尊猶雨彌邊问石

鑑號激乱峯頭上看雲奔雲昏雨苦沉沉夜聽法龍立數遶门

次韵和劉仲賓太守清明出遊郊西八首

幔亭簾日隐文紗花塢淩晨散綺霞冉々旌旗方出郭隆々疊鼓漫催衙留詩合在名僧院

看竹何妨野老家風景暄妍賓從滿許公鞴上有兔花

踏青天氣喜晴明選勝端須有勝情潑火發青新雨過白樂天詩號塵不起潑火雨初晴唐彦謙詩微々潑火雨草々踏青人

吹香一路好風迎野田挑菜作寒食深巷賣花聞曼聲士女芳時遊冶慣不妨啣尾畫船行

高柳長堤绿染天劇談往事故依然翩々沉宴黄初代宵々迷樓大業年無數棠梨兔野蝶誰

家麦飯灑寒烟墓田好在山光近觸連間悲斗泣邊

記傳蠟燭未央宫一縷新烟散不窮都市鬭雞渡距猛唐明皇樂民间清明節鬭雞戲及即位治雞坊於飼養之上林乳

燕濕襟紅歲時淹忽荆楚下車荒唐夢寐中都閭借宋日長示吏犹能時与坐春風

使君公望獨蹁然司馬才名自昔年謂劉邵閬監察伯玉一臺蕭二妙衛瓘字伯玉索靖字幼安俱善草書时號一臺二妙永和三

月會群賢班香宋艷芙蓉幕晋王儉以庾杲之為長史蕭緬書曰庾杲之泛綠水依芙蓉何其麗也時人以儉府為蓮花池海上珧翰墨筵宗處未定管勝

賞菖蒲洲畔自犁田

洛下機雲一世豪每於儁真对揮毫菓欄香送詞頭入花萼吟成院高督二孫雲看杳渺江淮夜雨

聽蕭騷香車綺陌春如水苦憶京華舊夢刀

桑亭連村麥有秋屏居卻復更言愁荷老懶看陳日課具新銜掛[illegible] 欲紅杏破花、生屋春沙流水已勝

舟家々揮柳衙门下撲蝶々尋芳頗自由

自憐少日性奇偏十載詩狂一晩空闌曲憑人拊樂府猜春到處、吟髩病來自分時名減

才盡多因世故牽不是遨頭傳好句 成都記太守出遊謂之遨頭 自正月至四月浣花乃止 野心頹惰已經年

次韻贈王郎

錦石迴廊驚乍見秀襟小袖倚雕欄今君自愛蕙香坐阮馬真愁抵死看流水冷々閑綠

漪香風葉々動輕紈 王郎以墨蘭便面見贈 庭蘭不畏芳巫相到底書生福命寒

次韻荷珠

田々誰遣翠盤斜承露偏能表裏明白藕葉連紅藕淨大珠光迸小珠清更須海涌悲千點、

解珮江皋月五更最惜最憐穿不得晚風疏雨濕無聲

藕舫以詩招看玉蘭次韻奉酬

高花破白正牕嬌 韓詩辛夷高花最先開 素月相輝潑眼明滿苑紅蝶皆開遍能歌綠鴨是之

家德行生從教夜漏催淡醉莫遣春泥有落英小圃不曾歸後々並江東下一帆輕

飽文昭楊曉先過天寧寓園小飲賞牡丹雪庭窗用王郎度曲曉先倚簫和之次日有詩見

來

繞猶宿醉已晨鐘院落新晴亂繞蜂粉蕊亞攜春欵〻彩烟撲扇午沉〻綺窗誰署日花

女堂歸聊因倩人度曲取洞簫吹徹天又聲花謝遞逐清醲

別方園

到處因循倚寄已借人庭宇燕安巢禽魚与我晨昏共風景難忘春夏交引蔓薔薇侵卧

内滿籃蔬笋佐行庖瞿曇不戀曾三宿已悟浮生是幻泡

楊曉先同年借舟

雪泥留印已匆〻誰向天邊絆去鴻走筆先成借舟帖相逢此日 摩江風不驚白鳥行爭致會棘

清隱穩繫蓮鷁首儻須題牓子綠章新拜五湖云

登大觀樓

何嘗辭涵帛羣雄目送湯〻逝水東天塹魚龍闢日月環神山金碧有留 以身憑樓角千帆雨恩

湖江門一遂凡浪渚不波舟不曾紛應多護神鷗宿

市門寒消紛一鄉一氣濁極運峰甚快

偷嘗雪乳寒々消將絶勝芦𦢊熱洛河帆翔皆來餞退士渴羌昨夜留多匙抄々酥酹黄水臙香溢玫
瑰赤霞秾玉灕金莖定何物顛狂閒踏市门歌

次韵答杜貽穀

冷吟閒醉澥湖天況對臞儒是列仙青草妝奴帬上色綠萍蘸中鈿美人名南国誰爭座
艷體東家敢閒妍㨿扇斜行題半格一面吟賞一傭錢

雨後小飲泛舟至趣院

西子憑誰与作緣湖烟湖水似當年袖中曲譜黄金縷遥上龍壽菓玉瓯漫蕩紅衣風
前々山圍青黛雨綿々夕峰迴照吾方醉寫影從教竪子偏
趣院池臺不厭過赤闌干外白蓮多濃烟遠隔藏鴉樹猛雨頻添浴鷺波翠色氍毹
深徑酒當紅牙板慢聞歌秫昏夜憶不歸去會激餘酣䏰淺莎

赴烏石峰恬菴齋節贈

吳船剪取半江綠草岳分來小朶蓮堦下湖山長作供卷中夏臘自成編狂鞭似马挑延
客瘦木為骿酌試泉吾已安心安許叩竹窓分餉出風眠

槐園古桂四株大可連抱實秋塋故物也感賦四首

千劫餘灰說半閒，月香叢裏夢清酣。蘇門兒戲閒軍壘，軌道倉皇奉璽函。杜宇哭
殘金粟塚，鬼車啼遍木棉菴。獨憐蟋蟀經兜忠，在穿木枝枝長向南。
曾借餘陰蓋舞兒，香邊樓閣影邊池。可憐白雁來過急，劉靜修有白雁行。遂有紅羊換劫
時。漁火青熒非昔事，蛩聲幽咽有餘悲。辟邪帶笑寧良設，快樂家亡悼國危。
雪子因來辯佞人，南渡君臣偷安依蹤於西湖，君尤物比西子之詔且矣也。何當擢髮數郎目，過官仙伏春相同貫市官錢夜不
嗔他目寒瓔出幽草，殺附清血化飛燐。江邊無主年年青樹，不改年年桂蕊新。
連雲碧玉是秋黃，波律無烟水麝涼。金色果平闌杆白，蓝珠宮裏動衣裳。滿懷薌澤
微風近，列屋神仙情畫長。當嶺西頭人代換，龍蔥猶自飽煙霜。

奉和瓊壺齋鄭公見贈元韻

寄詩盈帙酒盈盃，吟過西牆月一痕。豈有波瀾誇海若，枉勞絲理學天孫。橘風索索南
船住，蘆雨蕭蕭剪燭論。倚杖柴門犹念我，姜花遮葉水邊村。
湖蓮葉葉翠傾盆，湖水平堤綠有痕。遁跡猶玕元湯叟，哦以上段李王孫。李賀每出騎款段馬。
但留醞藉宗風在，莫與捫蝨話下論。羽翠手鯨魚新有經數，煙鄉才以浣花村。

清溪使來餉外

睡味初酣晝轉長，小樓窗戶近垂楊。綠陰涼入蒲葵扇，朱粉香來茉莉房。石氣高
蒼玲篆溜，井花澄澈素瓷光。霜刀剖碧冰心快，初試今宵沆瀣水。

院中即事呈諸公

空館朝朝課掃除，綠槐陰轉晝簷虚。傳經旋羅太倉米，譯譯從還官庫書。自昔儒宗
高虎觀，即今王会蹊狼胥。錦輿繡壤時巡遍，多多恐書生記事疏。
分函接席傍前除，敢擬文園奏子虛。草長庭階如野叢，攜筆研似傭書。職方掌
故推前輩，圖牒旁搜仗小胥。一榻儘容吾坐嘯，片雲時送雨疏疏。

隋宮二首

銀泥步障玉鴉叉，金屋人來走鈿車。見說闌尋閒草，清涼直殿署司花。何年湘
永為仙府，從古蕪城是帝家。猶有嶺雲虚轍跡，側生風味勝梨查。
金鐸泠泠佛殺剎邊，人生天仗巢散花禪。後庭學士哀大捨，續命女奴馮小憐。宜賜宝
叙翹九鳳教抗雲鬟，賽渡蟬娛池花鳥。紛紛采上到蓬萊，馮紫烟。

次韻和王令賠移居

街頭西識略巷頭三叉，轆轤移書日家車。高樹早涼吹屋角，短簷秋雨滿簷花伽

藍隔院如江令居隣保安寺

廢道通房是白家，誰謂空庭無暖熱，護巢還有鵲聽查〻。

放翁詩：香〻安禪
更媿汝暖熱戶庭不忍違

莫道官居近日邊，世緣無累寄棲禪。買鄰珍重居休惜，稅屋推藏我自憐。早有霜枝爭後鵲，可堪秋葉弱涼蟬。会看夜和傭難就，銷盡晨爐一穗烟。

和漁璜食蟹四迭前韻

緣溪蟹簖竹交叉，多傍蝦罾與釣車。沙畝輪囷盤稻穗，金膏圓美滿過霜花。曾經笠澤漁人市，携就餘杭隱者家。為爾持螯詩興發，田鄉高致逸浮查。

斥鹵霜螯到海邊，何郎已發小乘禪。一生只了初何但，忽疾相逢劇可憐。蓮詩以疾癒蟹蝦

余時以師疾

夢幻有身隨戲蝶，清齋自養慕飢蟬。巢空未燼茶鐺熟，臥看小窗蟹解橫翠烟。

招克凱暨漁璜安之輦集穎研齋得斎字

霜籬渾烹風味佳，樺烟高盛照林斎。閒閱里間新羨聚散，半生有性尚負酒狂忘老大。因詩枝藝胸懷新，院卻事朋游，偕爾坐惟修數子偕。

頴研齋右去余新數子由研也坡公有子由師族詩云憐子中 中時師嵩嫂半所喊咏或
累日把力老凡雨過後年禁晚食夜半掌清餓盖子由也 愚亞与之同有古白暑病

避風夜坐無聊再用齋字韵題之 研亟邀同人属和

擁案篝燈意不諧，摩挲頴研閉蕭齋。右君如在閩人之首 正在与病偕，八首黄樓
賦手三更清餓懶秋懷。棄城者絶吾誰与，卿尔坐碩詰自作

東川学士有三年曉日曬花香之句用為發端

三年午曉日曬花香，半拆檀心半斂房。小蝶踪衣清露渡，微風醒酒並枝傍。已殺筍
令頻移坐，莫遲徐迎更整妝。甲煎濃薰嫌淺俗 范蔚宗和香方云棗膏昏鈍甲煎淺俗 蔚宗寧解
識餘芳

次韵和陳南樵立春小集二首

雪圃新挑菜甲紅，春泥莫放玉船空。欢場易過衰年覺，狂態難除少日同。稍待
烟光來眼底，卻憑壘塊着胸中。柳條尚短冰微泮，早討芳郊醉暖風。
户外從渠車馬喧，燈前爾汝笑言溫。試新便欲傾家釀，泥飲何須慱上樽。野菜自名方
上天學，市狂花爭發不由根。新春廟市裸花甚盛皆由火激驟開 一觴一詠吾儕事，肯逐浮囂忘本

元

再疊前韵奉柬

燭影深紅酒淺紅，聊宵佳興又成空。清狂不慧向誰是，審病無歡與子同。無話悠悠

事未甘，草草亦生平。故書千卷家千里，霜鬢飄蕭立晚風。

簫鼓闌珊市不喧，果蔬重設酒重温。名香尚擬聽紅袖，佳句可能間綠樽。樗在林間為散木，榆生

天上定深根。太平正屬窮詩客，醉語吾師戴表元。上句即聊初詩

次韵答漁璜

向来碁局屢翻新，蓬勃風埃着病身。小草功名已衰暮，杏花消息深深春。停灯有

憶閒消夜，擁褐無聊坐達晨。斫地高歌吾子在，不應惆悵眼中人。

題新城司寇放鷳圖

誰將白地明光錦，剪作珍禽墨綉衣。不肯与人充近玩，對鏡舞名翬。秋檻千

疊碧岑遠，影帶四更山月冷。雲暗巢林水，性雕龍雖好莫相違。

雨中賞村師招同月泉吟社諸子集道貴堂即席賦呈

蘆聲雲雲聽翻盆，苔徑爭爭滿屐痕。泛裏雖難立門戶，吾師極户至小詩，自別出見孫羊家

日晚犹佳設杜老尊酒肯細論更約牽船就吟社隔溪水竹數家邨

再次菁村師韵

梅雨乾時近洗頭苕溪風送雲溪遊朝雲掩冉隨幽夢春草低迷伴小舟便須買取名春草劍賓客句 洲渚

采香紉襟佩蘇蔣分綠上衣箸吾師綺語非相詭好爲聽詩更小舟

瀲灧晴波添鴨頭畫中行坐鏡中遊隨兎隨啄鵁鶄浦洄泊洄飄吟蜢舟甚欲全家依網罟且勝終

歲祝車簹棋青舊伴玄真子不比三年一笑留

解嘲詩次座主韵

西陵日出風吹雨家有西湖不妬人越女舊聞肌勝雪水仙親見步生塵宋時湖中諸妓謂之水仙子 兎瓔弱翠

有餘態幽草洞花肯好春兎瓔弱翠揚鹿夫妾幽草洞花買酸淸妾并西冬舊事 杜是千年遊冶地烟波釵澤漫多

嗔

賦得雨洗亭阜于故綠 四月十一日御試

知時好雨淨纖埃天氣喧妍近熟梅翠浪翻來平頃動碧花低濃處一亭開大田多稼 宸

遊洽上苑新晴步輦回共道薰風歌解慍欣欣萬國總春臺

宿勲勞 雨郊原一望收淡烟輕靄潤林丘綠堤細柳碧堪染被隴良苗翠欲流鷺濕金衣

啼野岸鷺翻雪羽過平疇應知聖澤甘霖沛麥穗渥岐歲有秋

賦得日華川上動限灰元二韻 以下擬應製并限制

戒曉鳴鷄喔喔催水東佳氣遠浮來楚萍如火連江赤秋橘鎔金一點開紅霧不收雲錦段素波新釀

葡萄萄醅烟迷萬井瞳曨處嘘吸初陽獨上臺

晨鐘未動已朝曦尚帶林霏暗遠村秋水浴紅看不定曉天凝碧暈無痕非烟羃歷橫橫江閣

若木扶疎拂海门有客三竿正濃睡不知晞露滿無垠

賦得冰清月映盆限盆冬二韻

凤軒水檻静垂簾當晝鶯看瑩夜蟾融處漸疑霜魄减飲時更覺井華添照人寒寒来侵

團扇滿室清輝遍畫簷赤日火雲飛不到紗㡧未信午炎炎

清冷光輝瑩净容侵人霜月記嚴冬方諸欲凍玻瓈盌明明初斟琥珀鍾滌暑謾誇

水玉追凉宜着白輕褣青天碧海澄澄色知在瑶臺第幾重

賦得心清聞妙香限香二韻

清齋寂寂闭衙第心地偏然净不淆獨对爐熏蛩素幕帘似聞端　藥破沉沉稍塵中未解氤氳

意静裏真為淡泊交要識人间幽絶景碧烟朱火亂書巢

一庭虛白映疎欞坐覺澄懷入杳冥不辨香名惟愛玩未生烟已芳馨[illegible]動仙衣潤

薝蔔林幽佛火青斜醺閣中消息好頓令塵土夢初醒

賦得紅顆未開蓮限侵虞二韵

葉底誰抽碧玉簪絳苞深鎖嫩黃金初三新月影乍吐十五女兒々、々禁惜粉惜香重結束

含情含態已侵尋守宮紅在牢々護鬆取波間不染心

小紅初結態偏殊點破青萍間綠蒲纔得遠波先照影不曾傳々和罷施朱深房葉々愁難展一水

盈々欲倩扶試問五更風露夜析可能藏得艷妝無

再賦二首限紅蓮二字

菡萏無端上碧筒卷荷相倚葉陰中莫言來日勝今日未放深紅愛淺紅雁子鳧雛爭浴水

荻芽蒲笋共搖風六郎旖旎無惹人見纔及扶床便不同

更誰解愛未開蓮非色非香淺淡緣才子垂髫先醞藉美人待字更幽妍多情大抵爭先見

好事從來看自然羨煞玉亭々一朵教人無計返童年

賦得昭苑花自照限魚覃二韵

忠節 聯將甚 纖工空虛水際林間散影初一顆夜珠行々或莖茸草見疎々無風無月明還

試非焰非烟冷自如莫訴隋宮舊时事死燐無數遶遺墟

餘明聊可借書籠破暗穿幽祗自憐雨溼平蕪稀可數秋陰叢藪傍巧能藏一身一影水

高下乍歌乍飄光西三皎々易逢羅扇撲何如埋照隱烟嵐 顏延之詠阮籍句云沈醉如埋照

賦得蜻蜓立釣絲限支蒸二韻

蝶衣傳粉死燻重蟬翼披紗不任吹醮水未妨波尾溼倚風只占一絲垂桐江戴笠斜陽外

西塞迴船細雨時八尺綸竿從借汝烟波伴侶更誰知

潛細身輕西不勝便娟情態記誰曾綠毛倒挂名么鳳紅袖鞦韆託綵繩舞燕揣來驚

不定遊魚牽動恐難憑白蘋菰風起菰蔣坼雨過猩紅點碧澄

賦得鶴夢不離雲限蕭侵二韻

胎禽獨夜歛霜毛知爾精神在沆寥風露石壇敲乍警海天松頂足孤翹縞衣道士尋仙看

華表仙人宿絳霄乍鷄枌榆方窃笑白雲無路水天遥

白雪丹砂歲月深耀然其貌戛然音林昏月黑亭々影水遠山長夜忘仙寰返望簧共縹渺

下方蝴蝶任浮沉樊籠縱可羈鶴渡翮万里神遊何處尋

賦得晚凉看洗馬限虞麻二韻

道林寺嘴在石駒晚陷清江逸態殊柳岸綠遙嘶噴玉桃花紅濕汗融珠□□試盤□□
銷夏閒看飲渴烏雲錦綠波相映發曹韓粉本倩誰摹
向夕迴汀激淺沙綠堤老木蔭交加郎鞍沛艾清風激顧影驕嘶落日斜翠斂玉花還夢
別連錢暗鐵愛盤拏杜詩龐促蹄高如踣鐵交河幾蹴曾冰裂烟波變滅須臾事直與□□泥塗

賦得佳穀達中宵限微文二韵

晚闻鳴雨破炎威不斷風霆夜擲扉雪瀑卷空翻枕簟松蛟吹浪貼簷飛凉天澌澌和燈暗
倦眉蕭蕭与夢微竹簟紗幮清似水不知窗幕已朝暉
乍急還疎達夜分已迴燈影罷爐熏簷花濺作鵝床滴波響疑從釣艇聞聽久可知濃似
酒襟情頓覺冷于雲未朝何處看新漲擬泛輕橈泝縠文

賦得古木似高人限東虞二韵

飽歷烟霜閱歲中數朝遺逸想高風義隨芳草爭榮謝甘向空山託始終樸似不材長得壽松因早
隱免斧斤可堪剩雨零風外無數野花飄亂紅
不受人間雨露濡幽巖絕壁置身孤形容大半支離叟解于樞字伯機嘗得怪松枯槁多年移置齋中呼支離叟
山檢林泽癯豈有樵蘇推鉄石自偕猿鶴共朝晡叢祠古驛攔山遠剪伐還能剩

發株

題侯君啖荔圖

守宮紅皺玉瑱鬆，五月披林摘絳囊。細寫筠籠三百顆，至今詩帶側生香。

題停杯問月圖

月中田地酒中身，醒後顛狂醉後真。我與清光兩相看，未須分別作三人。

題山茶花

葉裁碧玉淨如拭，花染丹砂深作房。血色羅衣香錦帳，犀渠七寶內家妝。

雪車冰柱玉闌干，積素凝輝院宇寒。忽地山茶開一朵，猩紅點破白漫漫。

喬岳功會合湖上，即送還白田，次見投元韻二首

潑翠交陰一徑迷，曉窗和夢聽禽啼。君來分割湖山綠，中子峰南錦帶西。橋名

兩葉浮萍跡太奇，不曾相失似期。長年漫打閒憹鼓，有客神來人和詩。

玉泉寺五色魚

魚戲波間影鯽空，帝青官綠女兒紅。蕉書便與琴高語，待渡蘇州亦鯉公。

食楊梅

華池未試已生甜紅汗津津着指沾好下段楊猩色臣更有宗云一雪般塩（已時有大宗……楊未名家楊頭猩色）
（臣楊舜夫詩也）
又題白楊梅
淨洗胭脂出翠籠玉肌生粟曉涼中渠伊合是諸楊派不逐南村嫌紅醉乃紅（楊梅須白）

暑日出遊觸事感情輒成絕句得二十四首

短棹乘波入泛雲護橋楊柳綠氤氳蓮荷初折香須劝終鼻花香已半醺

湖樓中夜沁肌涼似與仙鳥窈女牀怪得夢回香渠遠飛來樹上是蓮房

鐵古庵前澗瓶雷龍泓洞口翠成堆今朝不欠看山課驢背携將默稿回

誇酒青旗上綠楊微聞滴瀝響糟牀青帘莫是移杭娘滿座百花春釀香

烟沉紫翠吳綃薄霞照[redacted]空明蜀錦流擬共詩人張伯雨蒼葭高詠[redacted]樓

澗花雜草路行伊軌林間駕軟輿食具貴持無別味胡麻山栗見元盧（呂氏春秋：其飲食醲醴也已）
（以塞途味亦盧而已矣）

五百間雲壓亂遊松陰滿地石闌秋果裹茶來試靈鮮井金色分明落素甌

白根藤古欲成畫御愛松欹不藉扶收拾山中詞草亦也編一帙授樵夫

穿景橋破雲嵐踏翠屏更披濃綠坐危亭孺師自理叢毛曝試檢楞伽讀與聽

乳涟泠泠濯素沙堕巢収取焙秋茶山池一夜清凉雨開遍黄金菡萏花

暖泉微潤冷泉清冷暖於吾亦能更自傾平生慵智短僅癡正合歛聰明　泉名

趁香方丈借樓居菰席蒲茵任卷舒自与青山同寢飯不能人世競殘餘

美人黄土易沉冥風剪烟花酒乍醒誰念當時蘇小衖门门相对有松青

果下青驄帝丈驕月題端正尾飄蕭香韉餘暖多時在人去西泠第幾橋

陶真能説趙官家奉御璎華与緑華阮譜教成新試手迫前浅劝玉葵花　曾女弹詞小詞多杭京舊事謂之陶真瞿宗吉詩云陌頭瞽女無悲恨猶撥琵琶説趙家

萬松金闕耀丹青兩部仙韶鏡裏行多少舊人懷舊國但從五渡喫魚羹

阮紫官黄春万叢又開照殿五般红花枝時例有随花賞應奉文鈔待遇官

感果秋喧廟子沙江潮無信海無涯如何鷺渚鷲梁外遂作天山乳虎家

龍山渡口魚山渡龕赭渡门截海濤安得慷兒將自手红旗雪雪两争豪

多年吴沼越丘墟潮打西興恐尚餘不用三千强弩射吾將筆筆上靈胥

羊坊尼子市南街醉把鳩頭小様鞋記得委禽名字好不勞言看贉廿八弾

滑於湖水浄於霜柿蒂文綾新研光廣袖不具全匹帛覺衣　賦作水田方

病餘尚擬探吟鞭漪注偏提洗玉船寄語秋荷休泛落更添紅到酒杯邊

憑誰撥墨淺深間解与西施掃翠鬟蘊詩西湖真西子烟樹點眉目　一抹雨容烟　其受不以是者之旁山

陶然亭次李總憲韵

陰雲解散漏新晴翠重烟深葉荒平筆硯安排高樹下蟬聲忽歇又吟哦

闌邊西爽撲涼襟風定曾無海暑侵田水聽來消半日故應溪鳥識閒心

黃花邊葉淨無塵難向塵中索解人眼見遠山皆勝地但無公事即佳辰

衆鳥爭巢噪古槐独蛙清奏野塘隈山僧未覺林塘好頻怪形骸得得來

成周伯贈宣窯狸奴戲成二絶句

奉朝莫訝無猫德李處戲謂防蓄猫有五德猛膽居然作虎斑老子童心猶未免一回撫弄一開顏

尾雖閒大百無用誰謂狸奴作解嘲置汝研頭應有意也同見穿但稱猫

五舫詩為狄向濤賦

風月家鄉

打槳沉沉夜推蓬習習涼有詩招甫里同夢白蓮魚

淡雅海棠船

妙女奪花妍隨花載一船〻中麾扇者自號海棠顛 本放翁詩

春帆

野水可添盃吹作春醅碧不待夢玄裳逢汀呼雪客

泛爽

水邨曾讀書無具文添詩小婦羨歌裏伊鵝信所〻

小月隨

西塞唱歌人明月以代燭千頃碧玻璃獨夜浮家宿

和狄內濤舍北林塘詩

吹面酒旗風村〻已破紅江南春不淺消息雨穀中翻堦紅芍藥賴尔殿餘春但解誇金帶

春紅應笑人穠花防拂帽灼〻亞文窓一雨猩紅亂春流湯石紅秋池不可噬秋葉誰為染風霜自

高潔勿謂年華晚春晚卧紅墻蕃青樓艷粉倡嬌黃開數朵黯〻道家妝萋〻盡本苦湯書

萋〻盡不知苦湯書盡不知勞吾求適所適莫誤懶為高霏〻喚霧香顆〻美朱黃飽嗽霜風下

將老且之鄉

遊呂翁祠題壁

噩夢苦不覺佳夢苦不永昔々夢為君崇高被華袞昔々夢為僕々々毒不可々々當其噲々時苦樂
各已甚揩眼復何有此理亦易省吾生偃仰間忽々五十稔黃粱雖未熟榮悴々一交午蝦蟆漫無端出處那自
審誰弍顛倒之瞢騰日奔騁茲行夢楚遊亦夢司文柄騎士後羣趙旌旆々々々渡引翱翔故自催要豈
真境非夢非々夢萬事付平等盧生是汝何人范々一炊頃汝夢都通顯由汝慕權倖汝夢竊危機
由汝愁賸領汝夢擁報皮由汝憐脂粉呂翁非善幻汝實自貽病疾走邯鄲道高嘯叢臺頂
酒酣無復為捽破青甆枕

磁州道中

滏水夾堤迎藕隄夢裏程長楊亦巷永小馴沈帆輕旌蓋披烟重巾衫得雨清何當新浴後園
扇此间行

沙河驛樓四坐口占

薄雨壓埃氛微涼吹帽扇紗沙紋疑積水岡勢學屯雲曠野旋羊角（莊子旋風如羊角言屈曲也）荒塗散馬
羣驛樓閒騁望稍欲待斜曛

詠寶鼠冀店途中即落棗林叢密率成一首

客程揄火候郵店棗花中綠柰裹帷影香傳卷旆風借陰休馬力班坐近牛宫津驛勞勞者同悲荷蓧翁

澗柯一株流 碧桃傍澗西

西今归只有山深驢背搖將出稿田

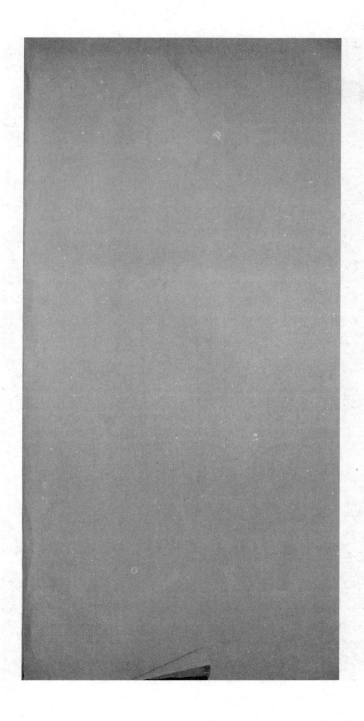

海珊詩稿摘鈔

嚴遂成撰。二册。據《海珊詩鈔》之稿本摘鈔而成。

嚴遂成（一六九四—？），字崧瞻，號海珊。浙江烏程人（今屬湖州市）。雍正二年（一七二四）進士，雍正七年任山西臨縣知縣。乾隆元年（一七三六），舉博學鴻詞科，值丁憂歸，後補直隸阜城知縣，遷雲南嵩明州知州。與厲鶚、錢載、王又曾、袁枚、吴錫麟並稱「浙西六家」。除《海珊詩鈔》外，還著有《明史雜詠》四卷，時人目爲「詩史」。

《海珊詩鈔》（以下簡稱《詩鈔》）刻本現存乾隆二十二年驥溪世綸堂本，卷端有嚴遂成自序，稱「今裒集十一卷，又《補遺》二卷，都從零佚中以次改竄，無復前後年地可問」，是此刻共十三卷。刻本收詩七百五十九首，詩作題材廣泛，詠史、感懷、記遊、詠物、寄興、贈別皆有涉獵。詩體亦兼五言、七言，古體、近體。其詩造句瘦硬，又兼思力深沉，《瀧中舟行》「修鯉躍波雨點大，怪禽呼樹風聲寒」，《海棠》「睡味似逢鶯喚起，酒痕仍借李龍眠」。道光年間吴應和選編《浙西六家詩鈔》，評嚴遂成詩：「歷游豫楚滇黔登臨吊古之作，率皆悲壯激烈，奇氣横溢。」

《海珊詩稿摘鈔》（以下簡稱《摘鈔》），書衣題「海珊詩鈔原稿本歸安姚氏咫進齋藏本」，卷端所鈐印章，有「中溶之印」「咫進齋」「覲元之印」「淇泉則號秋水」「遲雲樓印」等，皆爲當地藏書名家用印。《摘鈔》共收詩一百八十四首，從字體前後變化看，鈔寫者應有兩人，但具體爲何人所鈔，已不可考。在一百八十四首之外，鈔本末葉又補鈔《三垂岡》詩一首，補鈔者注云「光緒丙子新秋勁叔燈下識」。考「勁叔」其人，名俞剛，湖州歸安人，與陸心源、姚宗諶、戴望、施補華、王宗羲、凌霞並稱「苕上七子」。俞剛於光緒年間得此本，與《詩鈔》刻本詳細對勘，將刻本異文録於鈔本詩側。惜事未竟，末二十餘首未見校注。

依俞校可知，《詩鈔》刻本較《摘鈔》内容改易頗多，亦時有删削，反映出刻本與稿本差異之大。《詩鈔》稿本既佚，刻本流傳亦少。道光七年（一八二七）吴應和選編《浙西六家詩鈔》，以詒安堂朱氏所藏刻本爲底本，收嚴遂成詩一百一十首，成《海珊詩》，後同治十三年（一八七四）虞山顧湘自刊《小石山房叢書》，以《海珊詩》爲底本重刊，二者皆未以稿本爲據。故《摘鈔》之面世，部分呈現了《詩鈔》稿本的原始面貌，在《詩鈔》版本譜系中具有重要地位。

（杜萌）

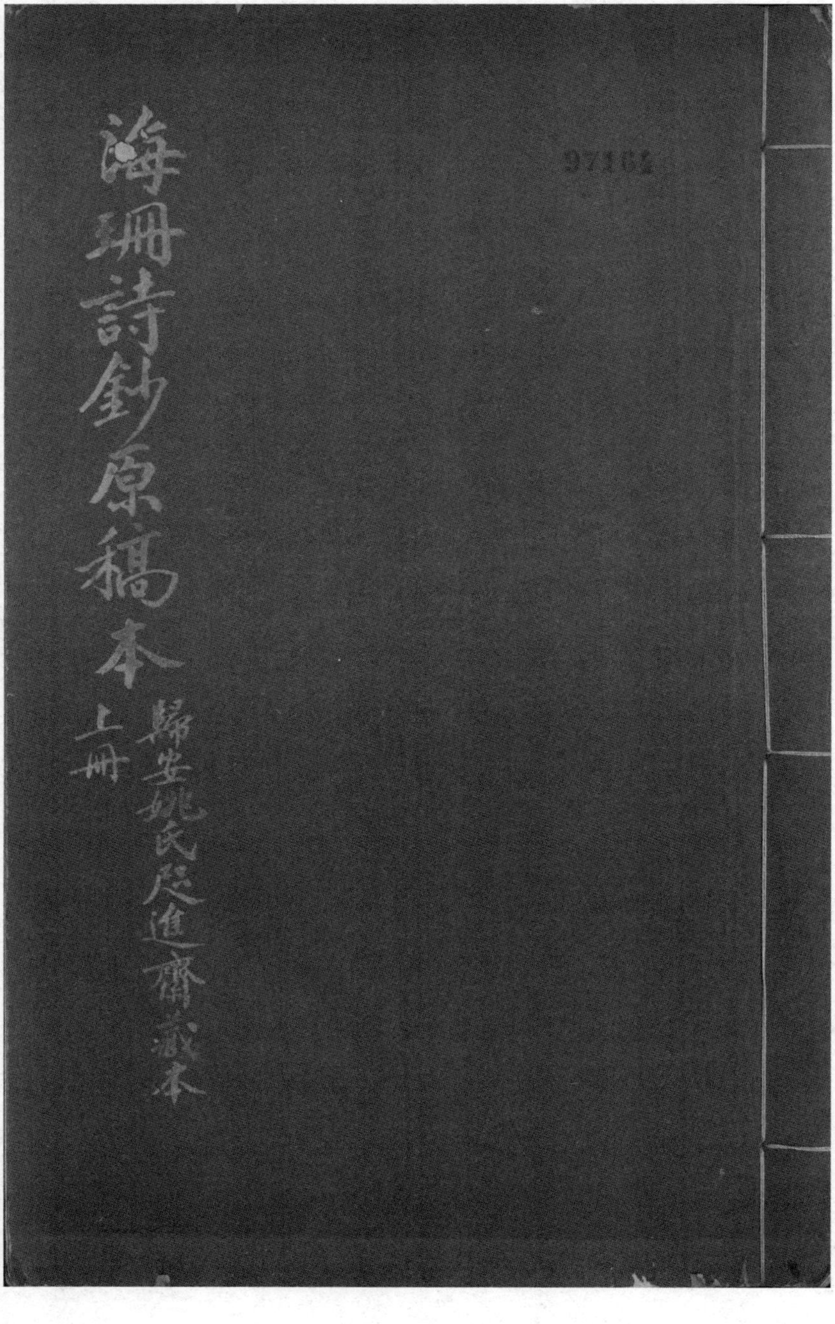
97162
海珊詩鈔原稿本
上册
歸安姚氏咫進齋藏本

嚴遂成烏程人字崧瞻號海珊雍正進士乾隆時舉鴻博未試官
嵩明知州工詩有海珊詩鈔所作明史雜詠時稱詩史

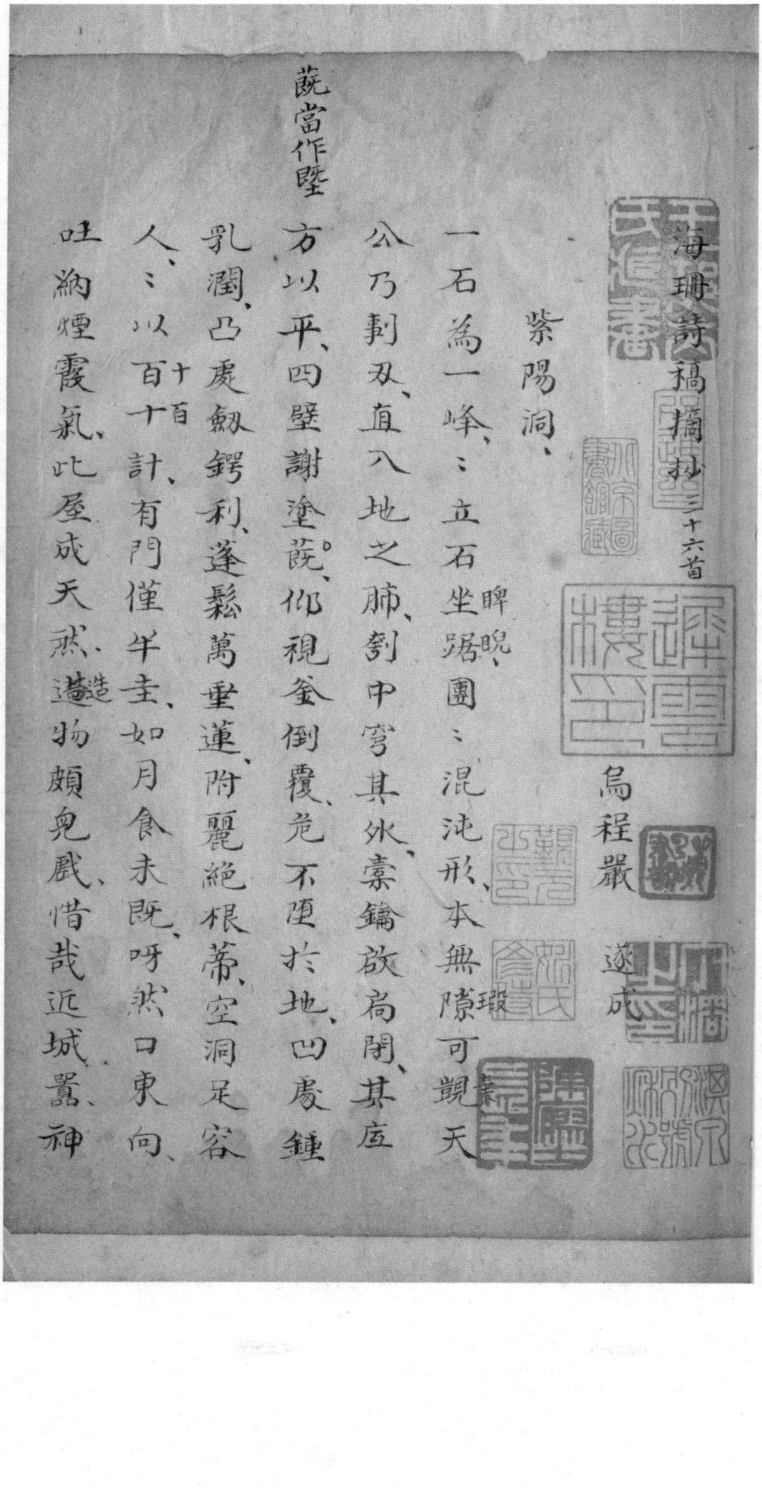
海珊詩稿摘抄三十六首

烏程嚴　遂成

紫陽洞、

一石爲一峰、〻立石坐睥睨、踞圜〻混沌形、本無隙可覷天

公乃剕刄、直入地之肺、刳中穹其外、稾鑰啟扃閉、其庋

方以平、四壁謝塗蔇。仰視釜倒覆、危不墮於地、凹處鍾

乳潤、凸處斂鍔利、蓬鬆萬垂蓮、附麗絶根蒂、空洞足容

人、〻以百十計、有門僅半圭、如月食未既、呀然口東向、

吐納煙霞氣、叱屋成天然、造物頗免戲、惜哉近城闉、神

蔇當作墍

仙所勿憩、吾無一椽茅、詭欲移家具（牽船詣）、譬之邠岐人、陶復陶穴意、

韜光庵、

古寺手可捫、屈盤磴幽阻、斜衝竹縫行、寒翠生衣縷、擾擾雲無歸、修〻禽自語、茍勢得上方、一覽衆山擧、僧定不鳴鐘、松梢有殘雨、

題沉㨾（操）堂編修碧浪泛輪圖、

吳興故水國、清遠玉湖最、涼蓬（篷）載散仙、衝烟入杳藹、一氣雅頭青、平與鏡面大、雲臥水敧中、山移蔭影外、紅亭

甈當作壁

如曇花、一湧亂明昧、鷺飛不到處、天亞與水會、芟深披
鈎碣、樹小望車盖、扣舷發清吟、湖風颯衣帶、疑有潭底
龍、謦咳生狡獪、波頭不敢興、月涼寂萬籟、
虎趵（跑）泉、
斯泉昔無名、創（刱）置自中貴、有亭何翼然、隱隱露螺髻、旁
出澗崢淙、樹杪與之際、混茫眼不分、水氣雲雷氣、佛身
浸純淥（綠）、四圍助蓊蔚、紺碧半以頳、弘頹待茨甈、催歸鐘
杵停、隅崦聞虎嘷、
長城嶺、

雙行小注

太行從西來、一折亘南朔、龍脊長蜿蜒、天塹劃地軸、三

關尾龍泉、壓〔在紫荆關下倒馬二關〕五臺山麓、晉所據者高、勝勢皆建屋、東瞰

幽并〔燕〕東、萬象皆俯伏、有城跨西戒、左右歸掌握、敵樓高

崔嵬、雲中大旗卓、西向莽周原、退郎墮坑谷、直下二十

里、里〻八九曲、「滑〔刻本刪〕既不可支、其劣僅容」足、中休喘小憩、

僧寺緇丹腹、幽深〔森〕老樹精、申〔甲〕縮霜皮綠、有大樹相傳楊延釗掛甲於此

「怪〔刻本刪〕鳥變聲啼、疑是伥鬼」哭、近關呀然窪、磊〔落〕砢石聚族、

雙壁削劍刃、一門闢筍角、中通洞偏仄、人入蛇之腹、萬

古本無路、巨靈以蹠據、道狠關轉嚴、「〔刻本刪〕御與城犄角、扼隘

劉當作斲

「扼」鎖鑰「修豫」攻守局、秉興昔巡幸、曾費斧斤斲、盤跖蹬𧕿納級、纍纍就崩駁、雉堞亦半隳、我昔議興築、乾隆五年議修長城嶺并皁平鴦堿等工 興築良獨難、源泉湧萬斛、滙以象衆山力、輥雷震影響、頃刻亂橫縱縱橫、虎蹲羊抵觸、安得役五丁、神通變平陸、車亦不必懸、馬亦不必束、天險今可忘、行歌听聽樵牧、

北湯泉、

水扶火為體、火借水為用、陰陽互其宅、搏攫造物弄、尋源犯嚴冬、重掩樹葉凍、碕屋石壓㽪、黑雲彌罅縫、黝然

闞丁歎、疑隔蛟龍洞、奠觀熏丹砂、姹女嬰兒動、蹤怒戒
金石、代性斧斤痛、泉以柔道行、外鑠息內閧、宿痰如詭
隨、沸湍一網縱、清風生左腋、窜跨仙人鞚、司勳銘誌功德
片碣山靈重」何當蘸楊枝、置符提汲甕、天漿迸地流、沭
浴與民共、勿藥者良醫、私據吾深恐、

南湯泉、

北泉冬氤氳、南泉夏泮渙、涼堂敞四周、砥平白日爍、養
魚灌菜圃、水煖能養魚澆稲菜北泉亦然清泚毛髮鑑、其旁別一屉、婦女登
浹岸、亦復湔羅巾、軒〻日魚貫、采蘭戲溱洧、流風逮唐

藻、賜浴華清池、窺浴昭陽殿、人非長乳星、可令侍中見、
茲邦氣淳朴、習苦輟游晏、澡身去其疾、藉以勿藥汗、吾
聞女有誡、守坊毋越畔、宗宮不媢隨、楚臺不符喚、寧死
於水火、一溺一焦爛、洞内乃禾薪、憂方寸何足亂、陰陽割
左右、位置合璧判、魚龍終雜沓、觀听聽意未善、紐結王鍔
鳴、内飾固嚴憚、踰閾輜軿輩、適野帷裳捍折、此禮非僻書、
煌〻列女傳、使者司採風、舊染當革變、量移時未暇、筆
之古僧院、時余已謫阜城
洗墨池、臨川

指揮玉如意、管葛大非偶、
晉室東凌夷偏安江左右骨足趙燕秦虎視逐鹿走敦
峻內迭興憑陵鮮乾紐清言禍蒼生夷甫罪之首咄咄
殷深源前後三五犄偶強弱昧自量以一抗八九出桑既喪
師、再舉屯泗口、右軍乃遺書、撫之開陳要計長久、保淮大勝策、
畫江宜近守、根本忌疲竭此言立不朽英雄處喪亂濟
虛名掩所長、筆陣落吾手、
蓄艳負剖陳利鈍勢天下落吾手筆陣不攻戰虛名金時
石壽匣瘞昭陵玉、缸飲伏櫟酒、豈知善將畧、文武器大受、
朝廷失此人、懷祖位其右、誓墓臥林藪、臨川昔內史墨池瀋寒瀏、梁
墻倚碑殘、戚陰栽薪樵、空中如有馥、嘆息天台叟、

砥柱峯、（在三門東迤南百五十步黃河之中崇約三丈周數丈石形如柱禹貢東至於砥柱即此在今平陸縣）
河從受降城北折（經）而南注、龍身徑千里扶養頭尾靁萬
山束縛之、屏息（龍性馴斂）斂不激怒、及茲下三山門、（噴礴）萬丈流懸布、砥柱
屹當中衡、倔強生鐵鑄孤根、繫坤軸四旁絕依附、何所恃
而傲、力與河伯忤、水激石如飛石逆水如鋸摧剛以成（摧剛終成柔條分左右去捲土趨向東昏墊遠徐豫神禹無治法計窮籲天助、）
柔馴擾乃迴馭分勢讓中心會仝左右去嚙嗑趨向東
義不西反頓西逸東告勞歲〃寀黎麻神禹無治法力
籲天帝助鏟除崑崙山、絕河之來路、西海為尾閭、是龍
安身處、

堯母陵、望都

三阿斗維野、石血流雷電、黃雲上蓋之、聖母此降誕、欝
蔥陳鄗廬、吉卜中妃選、位亞簡狄次、名占呰娵先、鍾孕
赤龍祥、帝範萬古冠、母負名世名、宋符瑞志載慶都大帝之女有名於世
虞書闕紀讚、封樹章未堙、穹窿堂釜谷觀、母名義所諱、胡
然名其縣、嬴政寔不學、沿襲陋西漢、我來采唐風、城隅
湯寢殿、周遭繚朱垣、居中設瑤幔、肖像垂褘褕、髣髴大
帝面、母形像大帝亦見符瑞志、尊神上當作尚稱肅、議以木主奠、敌聖合追
祀、私祭禮則賤僭、不見文武廟、累葉盼肸饗薦、有廢莫敢舉、

賤當作僭

瞻拜幾長嘆、空留贔屭碑、大哉三字篆、

燕然山、

連蜷居龍門庸南、嵬駛居庸北、中介燕然山、銘勒漢威德、武揚冠軍侯、功罪昭史冊、刺人屯衛中、賤奪沁水宅、毀服祈贖死、理兵事遠後、予曰有巡御、予曰有述職、雲輜旗絳天、天教怒斯赫、犁庭老上遁、釁鼓溫禺鞮、鞮海鷄鹿塞、橫徂彗星掣、玄靈攄高文、隃嵋字深刻、器歎滿致溢、末寡降其實、依倚褒主勢、緹騎逮奴客、雖悠日以聞、合浦徙屬籍、仲山甫之鼎、鬼餒五斗食、蘭臺令史筆、失足殊可惜、博物迷世紛、目睫論過激、鼓琴蔡祭酒、坐嘆動顏色、子雲校天祿、美新符命釋、賢者時不免、狂尋得尺直、諒哉山梁雉、慎始擇所適、

于役懷柔欲謁范忠貞墓不果、

青松鬱成林、白雀下翔聚、一峯旋紅螺、云是忠貞墓、昔公遘耿難、遺蛻委霜露、義士負函歸、東園賜葬具、親體認敝衣、血痕圜土污、義士許昇負骨走京師驗其果蛻殘幅猶釁中親體敝衣也入地牛有教、握拳拗餘怒、我讀畫壁記、早歲生遐慕、今來訪墓門、王程限跬步、夜深玉蟾蜍、隱現亂煙樹、閩海

萬里遥、魂遊定何處、
萬松嶺吊宋故宮、嶺舊名鳳皇山
鳳皇一飛〻上天、萬株松影青連蜷、
「萬松嶺上松連蜷」日断宮闕空長烟」家居撞壞「五百年
纖兒手、
銅狄〻〻摩挲五百年、
年〻「寒食嘑鵲聞嘑鵲」伯顏昔入臨安府、犢車再見青城禍、
臣呼渡河帝渡江、形勝偏安計原左、天停三日伍胥潮、
楊　聞　湖夜來石馬空中嘶
地發六陵揭鏈火、君不見西冷西南枝老檜枯生梯不墓
㑘長怨雙鐵封肉已盡脂燃臍、聞萬家嶺蟋蟀
詳之治躍鑄像、胴脂井塌苔痕迷、又不見北峯北秋臺
啾啾啼古井、　黑　冷、
平章此軍國汲苦收拾小排當、炙筐炭冷燈船黑、英雄
罵
悼良将、父老怨姦相、國家倒用生殺機、神州陸沉理固

當新亭對泣胡為哉、幽蘭眼轉眼已（院）成灰、馬蹄踏殘起
（谷）輦轂、冬青無樹無人哭、

重陽菴宋理宗酒瓮、

穆陵見慟冬青樹、荒菴猶記嘉熙事、丁當鬧馬盛繁華（並承恩）、
經界推排榷場置、芙蓉閣繞亭香蘭、繩縵散錢闌扑戲、
吳山九日報花開、法酒如池獻擔來、舞罷彩雲（梨園）隊名高
處望、銀山十二正（候）潮回、飲江戍馬（魚皮列甲長江岸）貪酣戰、荆鄂烽烟眼
零亂、納幣稱臣以捷聞、夜漏沉沉正懽宴、（萬枝銀燭）燈紅萬樹暖
（烘）燒雲、白雁散寒落天午、一傳再傳器不守、海陵魚腹適

逃藪、傷心帝䤯醉穹廬、竟作高車月氏首、「山河寸〻擲（空貽一瓮寶）

龕僧、古意摩挲款識仍、劫火真珈燒不盡、陰嗙伴照鐵燈檠、

黃金一氣空遺老僧手摩挲古意冷于永帝休草枯棲

凍蝁金盌玉魚断消息凄凉如對鐵燈檠」

十臺懷古、十首之四　和元梼杌山人

姑蘇臺

北盟齊魯西破楚、越屬國也敢予侮、遊魂忽到甬勾東、

臣吳治吳玩掌股、花氣長圍響屧廊、不聞渡江打戰鼓、

錦衣暗逖錦帆風、燈樹燒空漲焗纏、君王倚醉眼朦朧、

麋鹿場中看歌舞、墓有櫝尚未可材、夜爲夜〻啼荒臺、

望思臺

衛霍功成天馬出，祈連焉支積戰骨，煩冤鬼氣入深宮，僛手胡巫蠱蠱搖，羽林忿忿兵小弄，壺憐〻（閑）書上謁，作臺有詔空所思，魂兮魂兮招不得，（活）一生苦學長生訣，適嗣何人忍自割，慱望遊魂（魂遊）苑草荒，鳩泉目斷湖氷列（裂），人之愛子亦如余，方識人間有離別，母后偕死二孫從，葬陵夜夜鵑啼血。

銅雀臺

銅盤捧露辭（將辭）炎漢，心事周文（周文心事人皆見）歸代禪，詎無私語屬後人（阿奴）。

垂死懸〻斂色戀濯龍樹血梨根傷凭几分香淚数行、
楼飛銅雀一丈五、繐帳朝昏納歌舞〻袖廻風歌遏雲、
地下残魂聞不聞、運移典午國改步、無復宮人守遺墓、
風雨漳河愁殺人、漆燈夜闕西陵樹、

凌歊臺

鴟尾西甍禾五莖、雀華（集）蓋雲亭〻、蠕〻婆皇舞（儛）馬舞、層
臺奏樂〻不停、長夜之飲不復醒、中蒿之言不可聽、蔔
燈麻拂笑田舍、腹（合）生兒得寧馨、玉燭奄然奴已故、渠大
鱔臭削其壟、三千粉黛哭失斂、羣巫又掘啟妃墓、
穆堂師曰貫穿諸史發為偉論宮商既諧風神調暢迴視吳公作弥覺前賢愧後生耳

五人墓、

起惜薪司盜國柄、表裏网奸挾奉聖、羅鉗吉網踞北寺、一獄同文鉤黨盡、封疆案入魏大中、吏部出錢吳門東、卧起三日聘以女、地下逢地（比）行相從、刺天緹騎大穀吼、呼因地擲鋃鐺手、開讀未竟一傳香、蠹擁山崩負傷走、激變有自置不問、反以倡亂詰戎首、嗚呼荊軻聶非（政）丈夫、輕生一擲胡爲乎、死利乃（于國）得所、五人髑髏血模糊、君不見飛星墮月迸驚啄、皇嗣殄絕主勢孤、內掾衷甲借肉簿、人臣無將將必誅、諛詞日夕況勸進、兒孫彪虎頻（繁）

有徒、自有此舉駕帖止（上）、斷道趣漕言（其說）逆耳、明年真龍捧
日飛、倒却（塌）氷山藏禍水、廼知五人不死〻猶生、一怒強
踰十萬兵、豈惟東林借生氣、力扶天柱東南傾、普惠祠
墓（基）鬼其宅、穹碑大字書姓名、行人下馬酌（酹）杯酒、神鴞墓
木悲風生聲、普惠祠郎忠賢建
祠廢毀以葬五人

尋迷楼遺址、

全同樊榭日題前一層補人所不道即作打入法

澤葵依井榛塞隧、雨嘯風見（嗥）魅（木）不見、頽壞糊飛文蕪
城、一賦心（傷）淚、興廢循環自古然、行人但說隋煬帝〻亦
磊〻英雄才、隔江親擒天子來、生男勿舉事矯飾樂器

絃絶堆塵埃胡然征遼渡遼水六合神城一朝起戰骨
如山盜如雨我愛江都遊未已錦衣挽士八萬人珍輦
騎兵五百里十宮連綿西院西大雷小雷珠縣纛（皆宮名）
不移而具齋望幸襄野七聖行當迷就中最數水晶殿
細朶通天冠揮遍春愁既解醉忘歸（皆曲名）鴝頭敕瑞雉
尾扇陳宮臨檻有飛仙不聞殿脚女三千三千隊外知
多少裸人為戲招老媪螢光代蠟夜通明拔釵不啻司
晨烏休言叔寶無心肝三十六封書懊惱可憐翻調安
公子往而不返宮聲死人生死亦要揚州醒來攬鏡已

無頭到底殺於誰氏手不得生封歸命侯嗚呼獨孤諸公血化碧何人再造隋宮室龍舟鳳艒剗椅多竟至取材撤林簀吳公(夢入)鷄臺接玉鈎地下相逢清夜遊粥鼓齋魚當捧嚇僧家占住摘星楼(摘星楼郎遺址)楼視千有五百丈遺隍斷塹今無恙月明不照九華池栁顯如垂四寶帳此地兵衝(衝)南北交背海面江一巨防疏濠平潆倚籌邊(李重進築籌邊楼)築觀崇隆名甲仗(謝安築甲仗觀)乃公辛苦策屯田為爾平陳積粮餉(文帝屯田積粮餉於此)黑色小兒擾洛口汴水東流敵西上江都雖好不如歸畧具威儀空蕙荃竹西

歌吹殺漸稀本揭瓊花金主亮瓊花被金主亮南侵時揭本而去其種遂絶

釣臺

四七之際火德新、彗雲雷野靈睨甄、絳衣大冠變帝服、
猶是性勤稼穡騎牛人、先生不肯掉頭不肯住、眼中無哭
乃兀見有天子、天子之安得與客俱見未能忘把座客星應星占太史、君不見
千秋亭、九成陌、赤伏符、今不赤、又不見南宮壁上圖功
功臣、功臣子孫行負薪、獨有釣臺一片石、東西對峙三
千春、想當息馬投戈後、吏事遂迎責老友、貧賤之交合
嗚呼建武苦兵鋭求治往來屑屑徵車至旋登黄覇録遺文首舉
伏湛典舊制買菜求益懶復書老矣何堪責吏事
耐久糟糠胡然下堂走、吁嗟乎、鴻飛冥冥影滅大江東釣竿

此首刻本無

不以換三公礪俗磨鈍導前(先)路名賢蔚起部黨中繼讀
逸民獨行傳山高水長先生風

觀許真人鎮蛟圖時泊舟潯江

何人畫水有水嶅大嶅激天天鼓鳴小嶅觸石玻瓈鏗
滿空魚魚髓不知數雲與水合上下交迴縈函鼓反切
函蚯蚓曲躬蠕〻縮其頸猶能狡獪氣吐蜃一綫墨黑
仰射影飄然仙立者何人作法禹步劍怒橫蛟乎蛟乎
罪惡已貫盈掀雷折樹屋則傾五穀盡拔危淹城往〻
赤子魚頭生今有一穴廣方寸長三倍之爾入定鎮以

鐵篙貫鐵絙爾與負貳支無新不得交通違我令嗣後惠息民永寧碑載其事廟薦馨今之圖上蛟換形掩鼻怕氽蛟涎腥歸舟夜渡不敢燃火炬江險巇兮斷行旅明明有月無風雨下聞怪(水)作人語

王荆公祠

位置館職宜(誤)悮用枋政軸韓(刻本刪)維呂公著暨歐陽修交口補薦牘君實司馬為是言後悔得被逐安逢求治主倚信千古獨可以大有為乃流天下毒執拗堅自信經術傳(傳)穿鑿叶傳法護法法不廢沙彌(獲)善神相椅桷因手跣曳婦

人服」狠豎䛕〻吠小啇」遂令四海怒沸騰元氣淋漓恣
削剟」重簾女堯舜」剝極陽初復稍〻事草除」蘊醒一跖
毀、「八月涑水相天奪理何酷」陵遲再三（逮紹聖）、傳倭（佞）史祖實録、
刻石端禮（禮）門圖形顯謨閣、（叶）「籍口紹聖法二流混清濁
汗簡有論定作倆罪難贖」國家大事所由去、非花石綱
非實録（籙）創（叔）置三司條例時、豫胎二帝蒙塵局、公相煰相
爾何人、敢與荊舒鼎（鼎）三足、遙〻七百載亡社更幾屋、羊
城儼遺祠、裔孫施丹雘、「詩文老彌進節行亦邁俗其人
非常人其學非正學」謟頌新義進字說、配食廟庭議當

駮、君不見觀為老鸛鴉老鴟、波水之皮竹馬篤、

擬峴臺、

蒼茫汝水來何遲、千峯萬峯相週遭、游龍怒馬各奔赴、
一穴收盡城南拗、裴君相地具眼藏、於此結搆臺凌霄、
履舄當年半寄客、時與其屬來遊遨、羊叔子何預人事、
三公不貴其名高、乞言文定附不朽、高甍横檻今烟消、
道旁亦無碑墮淚、渺然遺址深蓬蒿、白鷺銜魚點沙尾、
蒼雲擁樹黯沉山椒、躊躇臨眺日淹暮、月華東出星寥
寥、

夢遊廬山歌、

五岳之外廬山高、亘二百里阻且遥、江遊二載不一到、山靈憐我入夢相招邀、我從之去掛酒瓢、雲車風馭駕兩尻、「耳邊刁〻之謫〻」洞精矘眄路迷失、亦復歷〻辯晰明、秋毫、我不知有東西二林寺、大小漢陽紫霄與上霄、（大小漢陽紫霄上霄皆峯名）但見漱玉亭前三峽橋、又不知奇棲何賢、（棲賢寺）何林有竹、（竹林寺）以火為蓮、（火蓮院）物有開其必先、（開先寺）但見玉峽珠簾（泉名）三疊泉、泉〻下潭〻井黝黑、（潭名金井）峽旁堆疊石赭色、渴猿縋飲挽怒擲千營萬壘環滿溪、水初出山硖山腋、一旅抓軍、摧鋒陷堅關隘坼、水本至柔至平物、遭遇坎坷受逼仄、其性不馴勢所激、懸流掛空不着壁亦不到地三層隔中一小瀕上差直下澗以長忽復衮、分注小澗達菹澤「明珠萬斛綃百幅」飄若散絲紛電帛、此泉之源出自香炉峯、正對五老名峯傴僂容、佛手名峯抽筍尖（有七尖峯）削慈、一一筆格排屛風、麻姑大鵬名峯背上坐、吹落鐘梵來何從、（空中時聞鐘梵聲）風篁禽語如絲桐、不知身已埋雲中、萬竅怒號風震屋〻搖〻、如舟逆大浪浮虛空、（山高壑大四面皆空故風力猛）四望窪處坪盂仰、刀耕

火耨勞春農山中亦有平地用刀耕火耨　最高之頂林〻蘿生叢林蘿
庵以蘿　下視一氣青濛〻、城郭聚水江彎弓、風帆往來
得名　如見如黑豆、鄱陽一口可以吸盡稱乾封、惜吾生也晚、
不見明朝兩水戰、後擒宸濠前破漢、倚金縷床眼中箭、
舟膠于淺風火亂、昆陽鉅鹿在平地、此乃天上修羅大
公案、今則時平安所見、所見惟有古之人、文殊臺有乃化
身、蓮社「清絕塵脩然遇慧永、與何無忌遇者衲衣半脛何率真、
樂天草堂春最晚、秋花不厭陶公貧、有故里在白鹿呦〻引
入、洞晦翁講席經紛綸、此外見何物、王文成碑紀功勒帛

書大字經（徑）十尺、萬峯寺額（宋太宗書）神禹遺蹟銘石室、又有羅漢
十八軸（函）、元人達摩以來之（函）册、丁鵬 可惜一一佛殿賃
戌卒柱繫刀鞘戟靡植、丈竈乃取北海一片石、李邕 入碑
夜奇觀（記）候聖燈、神光合離衆星爀仰天詫歎手加額、大
寐忽醒東方白、「一步一戀追想得」急起筆之景無毋失、
畧記八九忘什百其中迷徑惑蹊灌莽塞雲雨在其上下、
上下不見日月（星日踏）遍其地動經月、一夢時半刻、安得一網收
羅歸桃席、差勝東晉以前人、廬山之名不曾識「善哉東
坡言」他日入山非生客、東晉以前無游廬山者自開蓮社始

余兩遊江西不一見廬山面目歸舟夜讀稼堂先生記以當卧遊記近五千言讀未竟睡去夢中依稀亦有所遊仍是一邱一壑于廬山無與也雖然廬山固高且大自天地而觀之直稊米耳然則遊何必廬山夢何必不廬山哉約記之者用類敘法

昭君怨、

兩圖尚自好、況逢華悅娑、團〻照明鏡、對面心相知、環珮穀寒月中語、琵琶學自入宮時、一彈紈扇怨、再彈玉敘嘆、句草黃沙泣秋雁、臨行召入昭陽殿、當年君不見

妾心、妾幸今朝見君面、見君面、死無憾、阿房鐘鼓多美人、三十六年長不見、

艾如張、

艾如張、小山下、叢薄旁、罔以雉、求鳳凰、鳳凰去、来禿鶬、不儀其羽、有舌孔長、大章咸池、韶濩、斁亂清廟明堂、脱韝一鷹、怒突目、洞爾栖、竹爾啄、竊據者匪福、興問罪師攫爾肉、踉踉蹌蹌、伊誰之屋、嚾嚾喈喈、雌雄六六、艾如張、禿鶬去、來鳳凰、

蔄芳齋歸自日本長歌紀事、

都斯麻國聃羅東，邪靡堆踞橿原宮，七十二島如黑子，
纍纍著面汗青銅，日竈月窟等荒服，天限弗與華夏通，
芮君意氣輕萬里，慷慨破浪乘長風，海水一杯易與耳，
不起而越非英雄，紅旗白柁舟穹窿，如鳥斯舉如張弓，
前無厓嵰下嵒嶀，圖瀇潒灦粘虛空，文魮孕璆蜚肺躍，
踶喋騂馬騰螩蟰，「（刻本刪）九頭之鶬一角鯉，影沙礐石相撞舂」
羣妖遘忤助饕虐，蹴翻鰲極凴修龔，同舟觳觫不淂語，
君乃大笑誇豪舉，秦皇（王）漢武所不到，身輕獨試飛仙羽，
腗睨劍掛岑嶔峯，咤叱鞭撻鼉鼉擧，須臾呼吒天齊顏，

華萼蹴沮雲錦鮮、璐琊瓊瑰羅斑斑、烱吹朱燩燔綠烟、
淵客構館耕藍田、望中一髮長崎山、誕登彼岸貸貝擧、
邪許頳壓倭奴肩、小德大禮隋書小德大禮皆倭國官名伊支馬、陳書倭國其宮有伊支馬次曰彌馬獲支又次曰奴往鞮等名
跏趺露髮爭騈觀、餘生那
不唄神力、封年燖冢紛開筵、萬錢岂豈數何曾費、一擲寧
容劉毅先、況有侍女呈婵娟、寶金貽繡如意倭寶珠名懸燕
舞掌上驚鴻翩、傾箱胠篋纏頭捐、惟君熟視若無睹、木
鷄不動氷蠶寒、血濡縷持利匕首、業緣割斷夫何難、事
了拂衣徑歸去、翔陽駭逸搏桑巔、

題耕岩草堂圖爲沈榑岍（崖）山人

河邊石人眼一隻翟泉鵞二蒼白色剿餉練餉名無實
六隅四正空豢賊墨綫攎坐中樞堂三疏抗論直臣直
帝閽沉〻日月黑鄂湖大去廟祏室一馬渡江魚非龍
春燈蟋蟀獅子賺持此籌國何從容漠起黃巾赦鈎黨
小朝廷反張羅網〻盡東林復社人報復私讐忘板蕩
但見倉鷹擊殿飛誰防鐵騎橫江上耕岩名在刋章中
弋者何慕（篡）冥〻鴻棄（破）家無事容張儉亡命幡然竄蔡邕
金華山深瑤草秀有流可梘石可漱亂定草堂歸去來

白髮如新面已總彭澤松菊認家遺武陵衣冠襲秦舊
文孫墨妙繪作圖展卷一片烟糢糊居不見洛陽銅駝
卧荆棘玉津青蕪青蕪國此堂獨作魯靈光不受昆明
刼灰蝕他年究水出揚舲門巷依稀夢飽經其旁定種
冬青樹其下應修野史亭

索正定鮮蘭田明府画、

鮮君作画通画理與画師務爪指不画山與水不画人
與兒画花花有香蜂蝶使隨飛揚画鳥鳥有殼闇闕
十里春風晴花既画香不画骨寫亦画殼不画色意在

似與不似間飄〻直欲無筆墨筆墨之趣外流溢求画
于扆不于實植者搖之可使活動者呼之可使出能事
已盡猶未盡此理千秋幾人識君也奄有崔徐黃後筆
那数藍錢唐乙歸一幅掛寺壁空山雪夜生輝光莫浪
語勿漫與此画通靈欲忘去

偕王學博大容臨城〻工晚眺次日予將行矣

山如龍游如雁鶩四面盤旋不肯住城居其中震仰孟
湿氣滃然壓烟霧登臨恰值崦嵫莫不見人家但見樹
樹裡山〻形影神陽帷評泊李天人明朝拂衣便歸去

山竟無緣一相遇〻不遇兮君莫悲肖郤與山生别離

題安天廟碑曲陽孫晴崖明府掘地得晉王克用手書題名碑、

彗出天市掃文昌軺車冊寶朝金祥以國與人競舞蹈

誰復一卿惜太常沙陀異姓隴西王始終臣節仇朱梁

當年往援中山國蕞祠致禱羅酒漿幽鎮乞和師返旆

飛狐取道上曲陽曲陽亦名上曲陽其實在晉陽曲刺石未泐鬼神護

掘地爛〻騰幽光波磔遒勁挾柳骨獨眼龍角森開張

想其懸針于木馬鞭立一箭仰中飛鳧雙鵶兒軍毅最

驍捷餘事乃能及詞章游魂夜繞上源驛老淚秋灑三

壟岡崎嶇禍難示整暇墨盾橫磨天揚英雄留題志
不朽亦如好名羊杜碑沉江孫君汲古獲奇寶征詩吳
敦厲樕（棋）鏘琳瑯寄我摩挲一卒讀吊古那不悲滄桑嗚
呼紇干山雀凍已死此碑歲月猶書唐

和朴庭詠朴詩郎次原韻

拘盡佗界鉢羅樹材大台副工師求千門萬户要梁棟
誰築亭子名休〻蔡邕張華眼界小咄〻專爲棐材謀
深山耐（待）價待（耐）孕蓄不放鐘乳石髓人間流搜林斧敢一
例視芟之柞之充薪穪朴庭之庭苔滿地日影一過龍

螭游香葉不多掛么鳳文錯屈鐵森戈𢦏閱人成世手
植古淂非樂句蒲姑逢伯陵爽鳩吴君逃名别有託寓
貴於我浮雲浮婆娑其下日吟嘯琵琶揩指撥清悠安
能提徑騁捷足朝射東莒夕淚邱淂全我天寶我朴不
朽不羨諸侯憂世間菀枯同一集何用楚妃窮嘆齊女
謳且聽黄鸝携斗酒醉鄉九錫綿蠻候

種山亭所藏李陽氷謙卦小篆爲李刑部、于野題
秦相斯爲玉筯篆史籀省文蒼頡變歷東西漢迄于隨[隋]
絶筆空無一人半師承乃有唐陽冰隔一千年與相見

俯仰流峙窮玄思上出𣖵脚甘生之篆法有𣖵脚若生甘之等字却以上

出脚為直下不倒一綫墨瓔珞垂露金薤披穜山〻人得

古本書易謙卦爻彖辭不師其辭師其意謙〻君子良

我師力猛格峻入篆室虢書中虎無娩色縣之可作座

石銘義取𠨍吉中心得惜哉瑯琊郃嶧之累碑斯乎斯

乎侈頌秦功德

瓊臺侍郎墮馬詩邀石帆學士同賦

石踶盤〻石角利侍郎走馬磨旋蟻風吹玉山樹倒掛

耆然一骰墮于地口眼凹凸血淋漓馬本不為鄉高計

急呼蒙古大夫來有押不蘆無刀圭築之登ミ数百下
腦受朱亥之神槌以手摩挼布纏繞罨用黄牛肉一堆
氣纔絲屬魂漸復鈞天聞樂帝所迴蒙古大夫医法腦出納之用鐵槌ミ
之数百年内三斤覆首布裹之越宿而甦六日始蘇傲絳市堵墻觀者驚且
喜絡盛不躍飛將軍跌碎終饒尾學士可惜失却記事
珠玄冥罔象追拜之六月四日以前事尚能記後則皆忘矣我求排闥入
問疾作力強起人扶持為言再生得今我故舊一ミ新
相知下堂傷足古所戒政有母在官當辭勸公勿歸去
版輿迎京師天台之山三萬六千丈登高何異於騎危

以馭惡人法馭馬々知人意乘船如南隣周舜約今夕酤酒且賦墮馬詩周石帆學士是夕招飲

後猛虎行、

波羅羅羅左寅客石斑奴臨官佩乙耳雄都目光白石止兕啼不食醉不食癡三躍不中拾捨之去謂虎為暴能忍饑奈何假其威於狾傳以翼蒙以皮髻藏函紙蛮師脊外則龐然大其技止一黔之驢風嗥雨嘯餐人膚銀纏金釧簡簶冠帔紛狼藉兮陸離吾呼渠捜獅駮搕爾尾吾召朐肊秦精編爾鬚櫝慭不畀勢々負隅决蹯環寸留其

軀虎一直行不回顧安知曲路中險巇誅之不勝誅似
虒非虎縏有徒吾將籲天埽除星精樞慎毋生彪生虤
生虪生虒軀但願三山五岳滿地皆騶虞

海珊詩稿摘鈔二十三首　烏程嚴　遂成

雜興

○刈田者欲晴耕田者欲雨朝南暮北風棋者以時取安
淂世間事事ゝ我為主宜高燥而稌宜下溼而黍所性
既已反亦各反所處語暑於冰蟄語寒于火鼠人生良
獨難何法相迎距有命自天求援之以自予
芝蘭室不香、鮑魚肆不臭、久而相淡澹忘、各以器為擿揥分
塗有清濁、賦性無薄厚、君子慎厥居、習慣自童幼、流不

可以桃、石不可以漱、烏啄不可食、此理明如畫絲及未
染時、染則不可文、

○驥足日千里、而乃維繫之跋牂驅上山、從後加鞭絲一
進一以止、進止皆人為、亦非人所為、天意本如斯、天人
相與合、我技將安施、唯求芻與牧、不負我所司、我物有
貴賤、我心無公私、敢告牧圉者、善養以待時

杜陵瀼西宅、風卷茅三重、東坡逐清景、雪泥踏飛鴻、吾無岸上船、一身為飄蓬、家具一車足、
「霍車騎以勇、岳大尉以忠、起宅非所願、一心成大功、今
吾不為將為人在下中、亦無以家為」他年歸何從、預辦
錢千萬、買鄰於空中、樂天蓬萊院、平甫靈芝宮、

鄉曹博一拜，家産破其半，貸一縷衢靴責錢五千萬」得失那可較，大哉此風漢，吾持半段槍，三十六峯硯往遊五都市，終日無人見，步歸亦欣然，本無求售願，婆娑乞米帖，三公吾不換，

○鐃鼓何喧闐，龍旗何翩〻，紛〻踏浪兒，是為競渡船，而我卬須友，津逮徒遷延，不敢他徒(途)進，東坡人可憐，此腰不易折，雅慕陶公賢，人之所不及，唯公尚有田而(有)田而不歸，如此江水然

○賦郴為讖，鄉賦李為讖，朕彼亦自誅，檜讒者良可哂，文

字踈禁網摇鼓從吾吻㦸〻鴳鶉冠何不摯鷹準實師無口貌利病忌太盡不如籬落間細響效蚯蚓[蚯蚓]如龍蛇聞雷亦蠢〻何無渭陽情土囊歷之死一醉一以疾往往厄於水詩大不祥器可懼彌可喜天子傳請客珠朶納袖裹倉卒移屏風受知在潜邸十年取宰相詩固無窮理黃金以鑄之画像懸而祀身後有餘榮古人重詩史毋多食牛胛恐飢而已矣

送朱大方伯之任山右
西

宣公門下士聯轡漁陽道桑梓本鄰近駢吟結同調青

山小謝家成綺散餘霞江城吹玉笛一夜落梅花同出溧陽師相門下以詩受知有梅花倡和諸作梅花落未落楊柳青東郭訪戴挈子猷故清苑王令沉沉動春酌此景記依稀僧廟苔上衣緩山笙鶴杳瘴海鷓鴣飛辛酉春戴郊君招飲將軍廟事量移泊中水邏逅南皮會渡河秉燭譚筍籃朝所繪南皮亦家渡河夜話次早渴二鯉馳送之是時旱太甚哀鴻四野聞救荒十二政何以答

明君言愁方未已嫋嫋秋風起木葉洞庭波揚舲吾去矣交河任事解去矣復來遊公領衆諸侯低頭拜床下浮雲齊高樓高樓雲五彩照我顏色欣蕭郎作騎兵前言恕無罪

示我宦遊圖花繞帝王都秦箏挾趙瑟舒嘯堂之隅有（舒嘯堂集皆燕秦詩）
薔薇露盟手侑之以醇酒醉忽放清狂忘其
午馬走　公頓心許之爾毋公廢私如以常禮待將安
用我為問我年將老憫我宦何小無家能固窮不貪乃
為寶北渡居庸關西迎清涼水後車亦勞止民氣有餘
閒（有宣府亦災妥協去年迴鑾差不擾民之譽）人生感知己一
飯不能忘雲山今異地
帝曰往欽哉旬宣維汝材晉陽股肱郡受代毋徘徊徘徊
諏日吉抵留苦無術傑閣鍾麒麟遺風採蟋蟀露晃攤

行塵紗籠罩壁新公舊遊晉吾亦曾流寓池塘草不春〻草池塘梦月明千里廿土門一綫通迢遥以目送目送步遅〻彈琴空所思槐陰夜來雨隔葉啼黄鸝

書方藩伯七里瀧道中五古後郎次原韻書泥金、扇賜贈

美德揚清風袖納烟霞氣山水受模範一百二十字中扶縮地法咫尺萬里勢烏麆何牙〻橘叢培坎位蘄王古將臺俯壓城之背林梢湧塔米冥濛墮靉靆公昔消揺遊客星近取譬高踪彼一時不可以為例人〻理釣竿蒼生安所置補磨晞髮子此間偶避世吊古凴虚空

遁作無為謂得詩叟眼明究對桐君峙

望華不注、

单椒何秀澤俯揖如文人桀起虎牙怒刺天青入雲變化一不測昏曉陰陽分濟水渺無際四圍煙光重離群山作勢縹緲雲中君昔者案〔鞌〕之戰三周逐齊軍士人記失實謂之金輿云

歸自臨城題保陽旅壁、

剥啄客入門坐定辭不費四頃壁氤氳鼻觀釀寒味是我入山来袖中之雲氣囊以置此室噓為風作戲徐徐

問日晷西移樹陰既半起枯竹簾青生竈烟未

五君詠、

董扶搖遘惡疾多年而卒

玄晏叩其双照鄰溺于水云何適斯疾梦〻窺天恐昔

人廢蓼莪今人廢莒苡

吴赤晃愽學工詞有齋名瓶花

逯父薄歐九書鄉歷秦七不讀萬卷書誰敢入此室残

月照空壘瓶花萎秋實

董子祠、

荀卿爾何人名亞我鄒孟其流變韓商暴虐助嬴政坑
儒議相斯偶語棄如令馬上治天下輒腐遺啗（當作詬）病綿蕞
叔孫禮粗知皇帝聖醼ㄑ轅固申一經螢魏聽平津實
不學謬执翹（村）柄司空城旦書黃老漸復橫萬古恩長夜
珠囊淪金鏡廣川孕靈秀醇儒以氣應下帷懶窺園三
年心力勁所讀者何書秦火燒未竟天人建三策著錄
遷史擯大愚呂步舒偃也乃爲僂（倭）歷相皆驕王誠格
學術正長沙亦奇才儒林有論定遺祠今蕭瑟碑斷草
痕迸下馬拜無人鄰社笳鼓競牧羊牧豕兒有禱神不

末

客頎生漢武廟紛〻取侯印

題海觀圖為董山補作山補戚屬權富甚盛招之不赴為僧是圖背海而坐若将浼焉者其後果大敗

爛椹色紫蜃氣紅藏積無量馮夷宮儵與忽謀渾沌死專制愈以財自雄金臺山高〻百丈結搆巧麗施神工鰕鬚織簾麟擘脯日月之燭光熒〻又有朱鬍靈結紛妖蠱於其中齎粮浮槎墮烟霧逐臭之夫全力赴琉璃水精明月珠鐵網〻盡珊瑚樹吁嗟乎大龍澍雨沛車輪甘棠港塞天威路天吳九首長竟天犇螭飛鶻頭角

靐打鼓逢〻颶母怒臧胥浮頋迷不晤翻笑柳州愚公愚拙海賈文腐儒腐君獨占易否得泰望洋心驚海面大氷未曾入安得濡幡然一躍波濤外背之不見坐稳安雲梦八九胸吞淡芥蔕君不見油泥絚口檳榔皮浅番杭斗火如飛横石隐〻假雷電竹竿魚貫荐酒多危機何如身衣鮫綃衣牽船為屋無是非謝公知幾亦不早如此乃云將無歸

戲馬臺 十臺前選四首余文二首

楚興三戶秦已亡、鴻門氣懾諸侯王、入關可以制天下、失策迴在歸故鄉、故鄉歸來號西楚、不知芒碭雲龍虎、

玉斗一撒碎亞夫、眼中若屬今爲虜、八千隊〻衣錦衣、
猶向臺邊舞楚舞、楚舞未終聞楚歌、帳前四面漢山河、
虞兮虞兮可奈何、可奈何騅不逝、烏江走死彭城棄、依
稀
希弦誦魯遺風、憑吊千秋寄奴帝、

章華臺、

熊虔肘壁雄南交、小侯泗上爭來朝、鄭田周邑亦細物、
扶竜詬天心何豪、新臺落成長鬣相、三休受賀登雲霄、
拂墀搖珮競奏曲、德音那暇聞祈招、倉卒戈鋋與四族、
訾梁師潰然丹逃、囚衣狼籍流漢水、乾谿兒作饑烏號、

青〻楊柳秋蕭瑟猶自迎風舞細腰、

書齊東昏侯傳、

白魚嘗藥帳斯痛捕鼠擔幢弱好弄腰邊倪偪蠱器懸

膀下玲瓏木馬動二百十六射雉場七寶纏矟作急裝

屏除預起長圍號棄尸輿病何披猖泥塗氷結哀號滿

飛仙帳裏香魂嬾翻身貼地步蓮花〻如人面紅潮煖

簷角琉璃掛玉鈴釧條琥珀攜細管破蒸授灤爾何愚

試看塗壁金為泥苑樹宮鶯教斷續似聞輟哭禿秋啼

裨販戍行市令守白纏綠觰人沽酒魚肉紛綸包裹多五

省黃寀歸馬有解萊悲銜幼女賜縛菰怒射先皇首香火當年太少恩高祖子孫無復存金翅上天搏虎子襄陽外冦兵雲屯賊來取我〻用武趙兕能歌魔媼舞翄儀出盪蔣山神鷹大齊驅媒騶主受降也召後堂來步障裹之環角鼓寶玄銅雀慧景反平之東昏召入後堂以步障裹之鳴鼓角環繞其外曰汝近圍我如此亦歡讌吹笙夜未闌潘妃哭遇韓擒虎

借汪農部栁亭書檢還誌謝、

公無渡河行跖雞黒頭乃掛神武冠南陔笙詩手補訖家法依做羅古歡物聚所好况有力画方以左右画圓

遊洛陽市入武庫觀者目眩迷雲烟而我貧無一長物
枷盃羽化廚亡桓充食甚且質班史移家僅未拾周官
偶然伸紙面墻立剽盜雀聲飛上天南陔主人許我借
一瓻去後來百篇（編）饑人真覺飯甑溢不耕驟獲三百壟
病餘乃復苦炎熱浮沉瓜李心懷安匡牀欠伸一攤飯
便有蝴蝶飛翩翻寸陰可惜秋捲至驪歌旋捉思〻鞭
色裹載將書画舫此物於我終無緣鄭賈還珠併棄櫝
魚未必得空忘筌帷中金翠海蜃氣一室依舊如倒懸
嚮晦閉户莞獨笑涼月在樹鳴修蟬

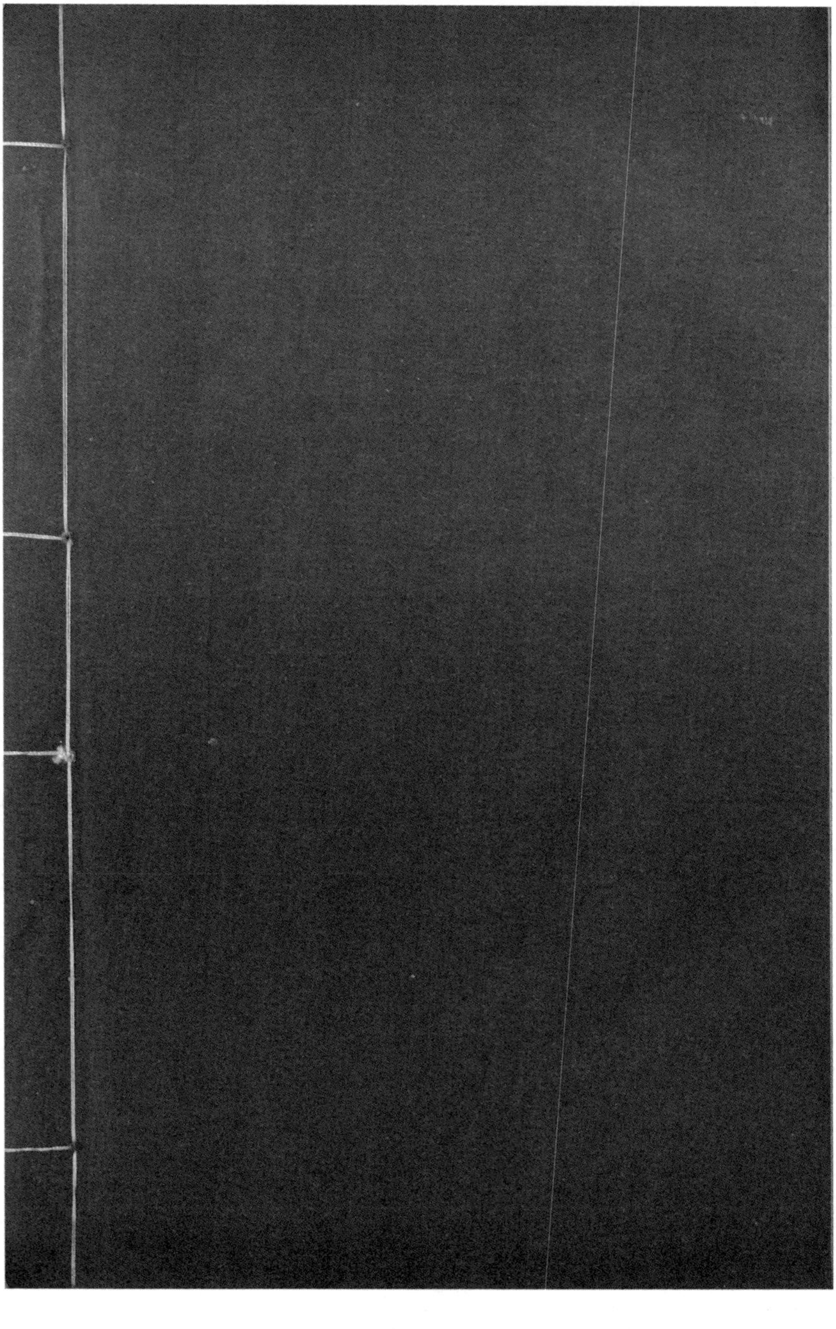

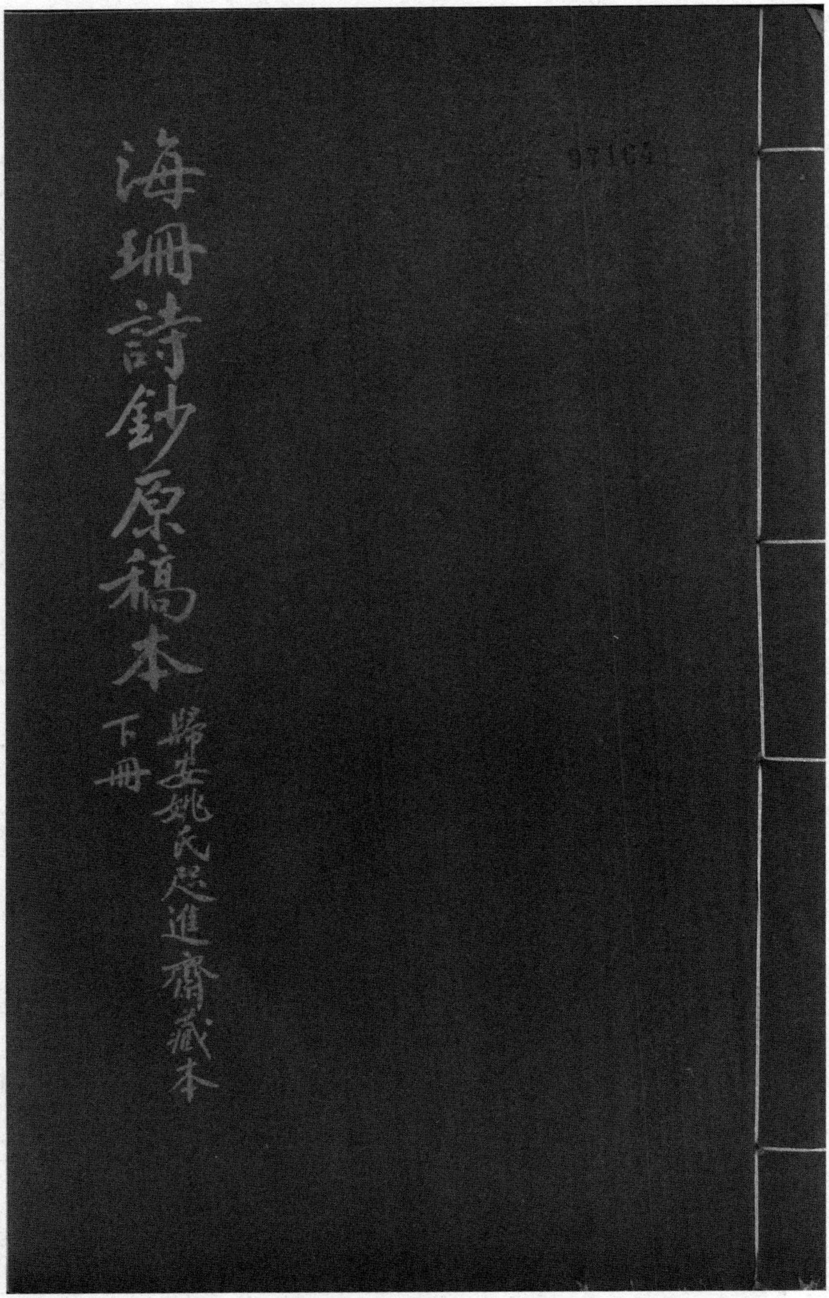
海珊詩鈔原稿本
下册
歸安姚氏廼進齋藏本

憶亡室示大兒名袠、

我讀書卿刺繡一燈坐對黃昏後卿憂我不早成名我則憂卿病消瘦一兒以悸死一兒以痘殤懊惱爲作兒歸行慰情牙〻賸弱女新年苦索新衣裳舊〔新〕衣裳舊年換米充飢腸〻饑〻可耐頭上釵鈿問安在也入城中富貴家箕利如今買三倍息〻廿載嫁黔婁薄命誰知不到頭生存已無華屋分零落況復歸山邱臨終遺一語〻我琴絃勿重舉怕使他人打兒女是時阿三歲甫周繞床呼孃呼不休阿二是時三歲半小〻麻衣拜朝

莫有爺長出門姊妹相於視眠膳吟嘯念此兩孤雛一生不識孃顏面大兒今年々十九可能回首思孃否知汝孃魂隨我來夢中長見舊粧臺殯宮隔斷三千里暮雨蕭々沒草萊

題崔拙圃太守烟花債傳奇、

宋單飛英字騰實小字符郎與邢氏女名春娘同居汴梁孝感坊本屬中表垂歲定情值宣和亂春娘被虜轉入全州娼家更姓楊適符郎司户來州日成心許探得實以言挑之無絲他肰意

遂禮成夫婦焉宛邱崔拙圃太守客東京時為
作烟花債雜劇余有感於中因題其後

單符郎邢春娘同住東京孝感坊美人脂盃調鸚鵡公
子筆彩鬬鳳凰兩家本是內兄弟玉鏡一枝盟早締州
短蘼蕪金將開花深荳蔻珠房閉擕地烽烟入汴梁大
河南北作戰場礟具移來艮嶽石宮車載出牟駝岡金狐
貍豎毛虎擇肉玉菜金枝泣路旁
枝玉葉踞偶泣骨月離披各斷䏰掌上雙擒生翡翠池
邊遑一半折睡鴛鴦春娘流落秋娘妬鏤月裁雲等閒度眉
挑綠筆画啼粧背剔銀燈結窮袴符郎天遣到金州司

户曹閒夜暗遊問柳依依馱細馬采蘋究究蕩離扁舟誰知目送楊家女望夫山前風雨語實鏡重歸徐德言綉鞢卒配程鵬舉風流此段合傳奇究郎太守有情癡蕉將紅粉飄零淚彈出烏絲絕妙辭十年我已念華屋一曲凄涼忍卒讀任其所之絮盡飛未能遣此膠難續琵琶按譜不成聲空灘孤雁蘆梢宿（余悼亡後一妾死一妾去）

題恣綺録并序　和商寶意太史

姑蘇張氏女居采蓮巷年十三色明艷綺川蔣生鬻之歸名秋霞憚其嫡未發久之托疾命侍

茶得驅尋有饒舌者伺而獲竟别屬生遂與婦
訣越二十六年向人言撫别時香囊所盛髮猶
欷歔泣下山陰諸名士録其事曰悲綺相和荅
余爲補討妬婦撽而譏人罔極亦可以思反矣

采蓮巷口人如玉照耀紅欄三百六芳信初將荳蔻含
幽情未許鴛鴦宿婀娜腰圍楊柳斜袖米微露牡丹芽
侯家浪設生絲帳帝里輕推雜寶車画船載上澄江水
小字秋霞新唤起無可迴頭憶餅師且教捧手充燈婢
病榻呻吟怨寂寥賫緣茗具可憐宵擾經曾説鶺鴒膳

放甕偏勝鷃鵲謡隄防不料桃花斧為捉迷藏手如舞
鄉入温柔睡正圓咆哮躍出胭脂虎鐵騎衝闌玉樹歌
羽衣打破漁陽鼓隔河消息逗誰家別去紅墻萬里遮
雙雛應佩許虞侯靈藥難求古押衙二十六年他脉祭
靈犀兩地遥相寄依稀舊物認香囊宛轉遺言剪了髻
吁嗟乎世間薄命鍾美人處處風波妬婦津喧呼不怕
逢狂兕綽約生憎誦洛神寧知四海皆臣妾銷金衆口
空嚅囁毒醪定要腸賜金瓶休勑姑容賣皂莢

放麑偏勝鸜鵒謡隄防不料桃花斧為捉迷藏手如舞
鄉入温柔睡正圓咆哮躍出胭脂虎鐵騎衝闌玉樹歌
羽衣打破漁陽鼓隔河消息逗誰家别去紅墻萬里遐
雙鞋應佩許虞侯靈藥難求古押衙二十六年他脉祭
靈犀兩地遥相寄依稀舊物認香囊宛轉遺言剪了髻
吁嗟乎世間薄命鍾美人處處風波妬婦津喧呼不怕
䐁字悞
死綽約生憎誦洛神寧知四海皆臣妾銷金衆口
空嚅囁毒繆定要䐁賜金瓶休勑姑容賣皂莢

雙鞬應佩許虞侯靈藥難求古
靈犀兩地遥相寄依稀舊物認
吁嗟乎世間薄命鍾美人處〻
死綽約生憎誦洛神寧知
腸字悞
空嚅囁毒醪定要腸賜金缾休勅

海珊詩稿摘抄 三十七首

烏程嚴　遂成

宿昇仙寺、

偶向空寮宿○閒廵坏壁題○松涼知月轉○花暝受烟棲○野、雀、如、人、瘦、青、山、在、屋、西、鐘殘僧入定○隔浦一禽啼○

東坡書院與允山禪文夜坐 時東山和尚已示寂、

受與名僧對○廊陰浸碧池○竹、非、因、月、瘦、山、不、厭、雲、癡、暮氣雀飛杳○秋容楓落遲○一瓢清磬寂○正上佛燈時○

瀛州懷古、

河間

宛在蓬萊島。憑高雲樹微。汗牛誰起冢。乘鯉不濡衣。尊福詩書設。（毛萇注詩里與劉炫讀書宅名尊福書院設長山）摩崇鶴雀飛。（沈佺期登瀛州城樓詩四崇摩鶴雀）大廉陂百道。引水憶盧暉。

阜城

昌國君封邑。茫茫白草多。閉門新著論。（劉晝著新論於此）持檄醉行歌。（女娟）漳已踰河去。衡猶導海過。劉郎殊不惡。賸有讀書窩。（城北牖為劉豫讀書處）

任邱

何處公孫壘。千秋想像餘。莎塘魚浴月。桂室鹿銜書。石臼埽如淨。金沙流亦虛。子方唐介今久沒。戍樓遶宮渠。

猷縣

日華宮畔草。到眼有餘青。河勢如鉤曲。鹽生亦印形。雁堂龍聽鼓。見沈佺期詩崔寺馬馱經。高隱劉淑王勸何人繼。花飄滿澤亭。

○常山旅夜、

江館雲陰合。青燈耿夜闌。櫓聲。離。岸。小。山。氣。壓。城。寒。樹老鴉棲穩。泉枯鹿飲乾。草坪離常山四十里與玉山交界明日路。細雨溫征鞍。

渡鄱陽、

烟與水無際。迷茫小洞庭。潮迴三楚白。山壓五湖青。

折雁聲苦。風多魚氣腥。揚舲一極目。何處弔湘靈。

西行懷古、

四面高中下。陘為井字形。雙尖如耳大。鹿耳嶺一線漏天青。開道隨蚰迹。登城乞雨靈。妙陽公主院。至竟今百華馨。

井陘

第五陘之口。飛龍勢攫拏。屏風山名夜宜雪。玉照草名冬始

花。神女亦有婿。東海神兒妻 書生安用家。渴道化雀者 望迷雲樹

外。赤幟蔽山斜。獲鹿

介子之推墓、

一炬山皆赬。哀猿不可聞。小、人、還、有、母、公、子、在、惟、君、忌

坂竄蒼鼠綿田棲白雲。瀟、寒食夜。風雨颯榆枌。

○○寄鮑西岡明府長城、明府前宰長城 組十年復為此任 解二首錄一

百里無多路。迷花水幾灣。茶香。羅隱室。花暗。呂蒙山。四

崔援藤卧。三鴟啄翠還。北轅吾欲去。望斷暮雲間。

遊陸氏水木明瑟園、

十畝無多地。到來如許寬。池深魚氣靜。樹密鳥聲歡。淺碧侵琴薦。輕陰護藥欄。小長芦去後。山翠至今寒。

乞與天隨子。此間銷夏宜。堂虛雲不去。山近雨先知。種、竹、、、新成个。、浮蘋、、亂吐絲。便無花亦好。況遇有花時。

重過正定柬鮮蘭田明府、

十二年前梦。荷花開滿汀。重遊怨遥夜。烟雨秋冥〻。草綠龍騰花。風寒麥飯亭。美人渺何許。鼓瑟聞湘靈。蘭田隸楚籍

龍泉關、

燕晋分疆處雄關控上游地寒風峰障日天近鷄横秋
虎護千年樹人披六月裘夜來風不止嚴鼓出譙楼

△答學使錢香樹先生、阜城無城無公廨寄居於廟

黄、葉、落、滿、地、殘、書、嬾、復、親、虎、伥、寒、弔、月、鵑、哭、暗、封、塵、與
佛三生友無城九縣隣恒河莫相照老矣不如人沙河經流縣中一名恒河

○宿易家山庄、

老樹紛壓屋漏天星小明坏籬容鹿入側砌讓泉行鳥
不作常語山能無俗情此間覺秋早颯颯林風生

○題臨城公廨壁、

車馬所不到○山墻帶女蘿○遍○城○河加○大○野○古○雄○多陳餘李左車俱戰○吏向鴉前散○官於枕上過○與亭碑尚在○剔蘚一摩挲○

沒於此 縣郭有普利寺宋徽宗駐蹕賜額命蔡京書與亭二字碑

歸自宣府小憩上關僧舍、

前朝家裡地○荒遠暮山微○寺古僧儀肅○關嚴馬色饑○磬傳黃葉落○旗綽白雲飛○臺趾蹲龍虎○關南有秋從此際歸○

題文安簿萊敷五廨壁 駐劄蘺家橋、

有蟹無塩地。東西二瀫間。藕分魚值錢。波醬岍形彎。鳴咽稠桑驛。時甫悍匕峥嵘木假山。二子皆能文蘇蘚橋明月夜。夜：照慈顏。母八十家居

感遇

刪

。古人多耳學。之子以目耕。幾落此奴虜。又安用鬼名。蘧篨陳擦舞。壓鼓吹壓蛙鳴。不見鑿鑿者。貂蟬從此生。

述古

眼額懸司憑。迷陽傷我行。年飈登決録。棗藿入香方。蕭數開炎墢。虞翻取舊床。無為作才語。不狂以為狂。

刪

。雲曰正韜晦。飄花隨地紅。駒、材、皆令僕、犬、號、有儀、同、應

只解彈事更誰求士風我行若自悔亦久作三公
紙尾詎能署眉頭安用伸步兵實大較欷酒可終身握
火已心死懷冰無角嗔處於不競地眼大如車輪

潯戴學圃雲陽縣書、

傳聞蜀道易乃號黃居難安得此間樂大都如是觀險
經人犍爨燒出玉冰欄地昔富胸臆吟數助夜寒

懷姚徵君礪圃河南 金水宋荃宮人處、

雪苑風流盡鴻聲在杳冥寒烟金水暮黃葉噎瓜亭實
則何關病狂原不待醒七陵問消息可尚有冬青

南行懷古、

定州

戲馬聞鷄處○山河古傳陵○神麕迷故址○華墖守殘僧○竹塢秋披褐○之牧松屏地裂氷○東坡詩人今不作○吟遶壯丹曽○

杜荀 崔

曲陽

九出蓮華勢○依然在此間○浮休洛光水○奇勝少容山○鬼尉何人画○仙樵有日還○荒唐傳家將○狄襄武漕運石橋灣○

正定

景雲十七丈。步〻異香生。碑可風中動。蛟于岸上行。傳俗
河中有蛟變為人同行岸上至何人記鹵簿是處過槍城。
聽絶處推之俱下令不復見
試問藏書室。林疇沒令名。虞道園詠蕪泰知天爵藏書
室詩有林疇廣敷潤與齋居
托令名
之句

趙州

宋子城邊路。修恒彼一時。望漢臺西古井明成化間修
城得之名惠民泉今適重興
此後柿凋萎散藥。皆卧耿球碑。柱若虎而翼。山為危所夷。
南門兩柱翼路若高闕又龍
山本高聳龍過其半故名
平茫〻花石浦。空復日休
詩。

邢臺李滄溟登邢州城樓詩紫氣東盤滄海出黃河西抱漢關流王弇州過邢州黃榆嶺詩倚檻邢臺過白雲城頭風雨太行分及身履其地方知此景了無情景交涉習為大較耳

所見聞不遠○傳疑今是非○日離滄海遠○雲入太行微○冢草埋銅駝○関榆掛錢衣○明陳萬言黃榆嶺詩嶺後賢散北引旌旗黃榆掛錢衣昔適○水溉稻田肥○時徐郡守暨蒲明府新疏泉源種水稻

沙河

愈疾勿以藥○湯名天下誇○冶司曾鑄錢○漏水但流沙○縣小盜所棄○自古少兵事村荒燕不家○峯巒九十里○何處問梅花○

邯鄲

閣棧研子家。風雨照習池。訪古迷處所。傷春屬阿誰。箏彈桑下陌。服袨柳邊騎。祀客（土人世祀程嬰杵臼謂之祀客）無香火。巖嵛（名河）敎夜悲。

魏縣

真廟回龍地。（回隆寺俗傳宋真宗北征至此回鑾因名回龍，誤為隆）提封屬大梁。輔車依趙衞。高屋建洹漳。墓決懷司隸。（蓋寬饒墓河水決去）為花開邗夕陽。（明薛斌邗魏臺詩半下夕陽飛鳥去行人笑指野花開）殘碑書法古。天保紀高洋。

大名

北都留守地。履跡昔曾經。（余癸丑自晉歸過此）草浸彈碁局。沙崩過馬廳。綠波何杳渺。香雪最飄零。不住鶯啼樹。東風女娃靈。

南樂

東郡爲昌樂。於今俗則訛。（俗訛昌意謂黃帝子昌意所築）營名懸晉冑。水勢劃龍窠。羅疃邨烟小。花磚墓草多。造書臺不見。醉晛滿山阿。（杜康劉伶俱瘞此）

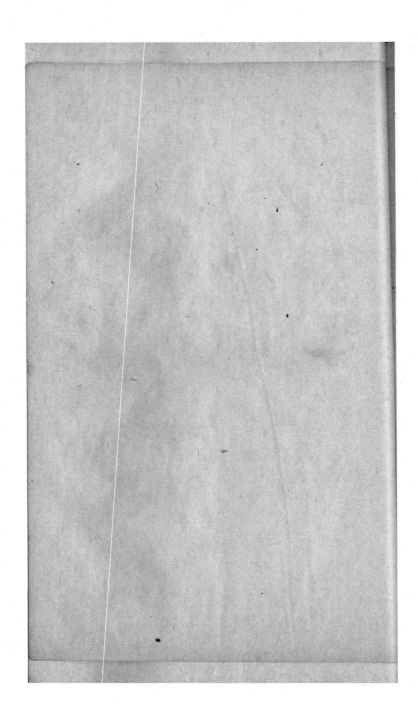

海珊詩稿摘抄 十二首

烏程嚴　遂成

殷淑妃墓、

靈床殷琰婢。（妃彭城王義宣女，或云殷琰家人，從疑怨詞也）長夜有餘哀。廟擴春秋立。形隨巫覡來。含辛年志滅。作誄謝莊才。狼藉棺通替。他年墓道開。

池上、

濠濮不在遠。方池水沄沄。竹散涼迎雨。荷氣暖扶雲。一室自春夏。六時何見聞。靜中吾喪我。此樂魚與漁分。

瓜州、

石城一二面。瓜字尚三叉。白嬾龍兒港。青烏杜母祠。帆稀沙漸長。雨暗笛頻吹。不見興平鎮。水楊柳四垂。

夏晚野酌、

風岸柳林五。生衣涼不勝。月容荷宿鷺。烟避葦移燈。落殘山無数。呼船水亦膺。夜分心眠意。過訪虎溪僧。

送副使芮師衣亭先生遊上海兼柬陸二軸壇、

江灣四十二。開遍水棉花。葑架沿沙尾。蓴絲拶槳牙。潮聲如喚雨。晚氣易成霞。若問神仙事。荒涇溧斷槎。

寄陳元甫學博郎送其赴禮部試疊前贈詩韻、

折盡恒河柳。三秋雁未歸。人從、黄叔度、我憶、謝元暉。落落闇黎飯。蕭蕭盖簏衣。凴君討春信。一片杏花飛。

聞改堂師留部需次將歸、

望溪方學士先予告。繼者穆堂師。(臨川座主)同輩復誰在。後生姑避之。江山留老眼。魚鳥討新詩。二十四橋月。清光照所思。

懷無極黄壺溪明府、

扈雲層迭出。資水逕南流。花散高樓雨。沙量廢壘籌。長箋邑子禮。上計苦陘侯。是處讀書者。古槐空谷秋。

東金門太守于保陽旅舍、

吾亦、無家客。君、毋嘆、轉蓬。土功興難後。花事廢兵中。馬瘠如山立。豚尖以火攻。事燒割之不絕 詩材今埽地。窮復可能工。

荅李坤四疊前韻、

涼月照孤幌。遠風吹素襟。遲君來夏序。老我抱冬心。故物誰求劍。新人不愛琴。西河烟水夢。廿載戀知音。

滎陽道中與營司馬思策論古、

莽々臺陰野。雌雄百戰傷。征鞍曾有賦。諶盧陸逓已無倉。
桑柘分淇右。雲烟接太行。望中亭瞭敵。巨礎閱隋唐。（瞭敵亭李密建今四巨礎尚存）

先賢仲子祠、

蕞莛衣冠處。空祠澶水濱。此邦無父子。吾道自君臣。鼠迹塵瑶瑟。苔痕網錦茵。修々風振木。下馬拜行人。

海珊詩稿摘抄 七十六首

烏程嚴 遂成

。湖亭晚望、

風熨湖光鏡面平。紅泥亭外雨初晴。雲開山少離奇勢。月上花多嘆息聲。人爲蘋香臨水住、家無禾把捕魚生。此邦不作燈舡會。岸樹藏烏不夜驚。

冷泉亭、

兩三年一別雲林。亭子堆塵如許深。怪鳥呼風天忽冷。危峰到地晝常陰。石皆鐫佛物失其性。泉亦灌田流至今。

坐久渾忘嵐氣重。樹移濃綠上衣襟。

謁岳忠武墓

陰森宰樹罩靈旗。翁仲無言廟火稀。此地一腔埋熱血。何年二帝脫青衣。秋風殿廢銅駝泣。夜月江空白雁飛。草色斜連忠肅墓。相看城郭近都非。

毘陵天静寺（陳後主沈后從煬帝幸江都亂後渡江為尼于此名觀音貞觀初卒）

寺門岑寂古苔斑。聞說觀音此閉關。禱用佛經朝雨散（為后時遇旱誦佛經以禱應時雨降）。歌殘商女暮鐘闌。夢中不酌紅梁醞。世上誰憐苦竹灣（苦竹灣在馬跡山下唐陸希聲詩世上何人憐苦節）。淚漬黃絁

蒙葬地。離宮十六草連山。隋創十六宮于毘陵未臨幸而敗

金山

江自西来萬里强。橫當一柱屹中央。生犀不敢燃温嶠。古鎖誰能引李陽。樓艷鼇浮趨海近。山根劍削倚天長。老僧見慣風波惡。鐘鼓閑宵禮法王。

書宋明帝傳

移床修壁祭紛紜。梦裡人誰以反聞。白眼(帽)已征(徽)蕭散騎。黃羅空托李將軍。琴書不莫傾資敵。瓜馬何缘取字分。多所剪除安用酒。金甖齋藥氣如雲。

淮安舟泊

平時淮戍罷屯兵。市屬王孫未易名。淮陰市尚在燈火如螢棲月暗。帆檣爲幙島烟生。東坡曾記沐猴戲。此使猶傳銀鑄城。四十七二灣皆種柳。綠陰三面鏡中行。淮安三面距水

娑羅葉黑稻花青。地爲黃河夜不寧。浪大如山風雨勢。隄防刻本作牌連堤高于屋鉢盂形。淮有山名鉢盂借用隄防泗口兼淮口碑淹沒枚亭與步亭。俯仰古今發船去。悪聞海氣帶龍腥。

過徐州懷郡守蘇文忠公

雲龍山曉墨亭秋。蘇公手蹟墨亭坡襟要來方視此州。人慕項

劉多霸氣地交汴泗易橫流產鼉浸版危何甚種柳環
隄役漸休後世但言公坐鎮羽衣乘月飲黃樓
公治徐禦水勞苦特甚過之者無得以黃樓一笛置之

過符離讀張忠獻公傳書後

北使來朝輙問安隱然敵國膽先寒十年作相遲秦檜
高宗問相公以檜闇對遂忤檜紹興二十五年死公于隆興二年復相
萬里長城壞曲端
采石一舟風浪大富平五路戰場寬傳中功過如何敘
爲有南軒下筆難志無他
誓師殉國倚忠孤失計其如再敗何都尚可遷讎易復
公如不去議難和風霜遠竄名逾重斧鉞陳書忌者多

重過苻離一回首，青燐白浪滿黃河。

東阿弔陳思王墓

南岡先生曰：特才不檢，奪嫡被誅，依依戀洛，卒死于陳，而文帝疏薄宗親，以致短祚，亦于言外見之。

十年三徙卒歸陳，為是才多轉誤身。詩得父風為老將，賦因甄感彼何人。彼何人斯見本賦。絹車廢麗推無驄，瘣木危巢踣不振。陳琳柳賦幾踣斃之不振。汲汲魚山魂悵望，用本傳悵然絕望汲汲無歡。草痕西靡梵聲淪。漢東平思王在國思歸京師，後死葬無塩，其冢上松柏皆西靡。語

望岱

馬頭遥指岱峰巔，一氣清浮未了煙。不信其中還有路，却無此上更無天。五更鷄喚東溟日，四面雲開太華蓮。

玉簡金函消沕盡。登封人說漢唐年

望（刻無望字）會仙峰范文正公讀書處、

此峯合讓衆仙遊。公獨攜書上（上聲）上（上聲）頭（去聲）藥不啟封將

馬齧。虀曾畫凍恐民流。九盤壁峭雲扶履（屐）三伏林寒月

浸樓。精舍至今高不落。接天蒼翠瀑垂湫。

。伍相廟題壁、

父讎一報臣應死。死後評量恨轉生。柱厲叔加成國士。

申包胥不負交情。言之已駭吳其沼。疾未全除越有兵。

今日廟門車馬絕。滿江猶吼夜濤聲。

漁洋不義豫讓最為有識包胥不作七日哭殆不足交我卒存之斯言不食真乃不負皆翻論實正論也

七里瀧

東臺西臺相對看。咿〻軋〻船上灘。水漪不生那容唾。山翠欲落如可餐。修鯉躍波雨點大。怪禽呼樹風聲寒。此間真箇無六月。邃背露坐星闌干。

謁徐孺子祠

荒祠遺貌儼喬松。塊獨名逃黨禁中。顛樹一繩規老友。貧粮千里哭羣公。洲邊秋淨鷺鷥雨。門外夜涼葭菼風。此地舊傳高士榻。雲羅渺〻羨冥鴻。

登章江門城樓懷古

章江門枕大江流。船尾乘高瞰敵樓。楚赦解揚明張子終
霸國。漢忘紀信成韓不封侯。沖濤戰鼓蟲沙散。沿岸魚罾
荻火秋。指點康郎祠畔樹。靈旗蕭颯暮雲愁。

滕王閣、

灝灝江湖入望深。炯霄傑閣俯千尋。岸花迎櫂半吳楚。
山雨入簾無古今。城影月移秋樹碧。笛聲風起暮潮陰。
天涯別有青衫淚。不為琵琶浥滿襟。時聞臨川吳浣陵明府解官之信

題郭有道阡、刻無

槐龍蜿地墓門荒。明哲千秋俎豆香。聰雅獨師法推師黃叔度、

吴樸庭曰關頂世事仍能免禍蓋見其難

碑、銘、無、愧、蔡、中、郎、避人詎必皆遼海埋我何妨不首陽
依舊関心天下計屋烏爰止慨興亡

晋祠、

桐戲祠空草亂生山懸如甕下環城龍收隔岸黄雲氣
水送前朝碧玉聲一夜沉黿鳴毀壘千秋盤木記屯兵
鐵舟竹垞留題在摩崖蘇壁遍只數不負鴛湖二老名碑刻疥壁頗多曹詩朱紀獨絶

紀俺荅款塞事懷明王襄毅公、余分修山西通志見俺荅屢入冦前後死二百餘萬人自襄毅受款迄明季不变然始多異議而主于中善其後者功俱不可没也

城郭豊州帝制雄鉤聯三鎮潰雲中唇吹石勒漚麻嶺

血浴高歡避暑宮。奇貨歸來和始定。名經請去貢長通。
相臣（新鄭 江陵）主議民休息。宋事休徵葉夢熊。
不信漁陽突騎麤。連年膽落鐵浮圖。奇功忽逸桃松寨。
小勝惟誇莜麦湖。海若何心邀祭典。閼氏有手握兵符。
西方以次皆歸款。衣賜紅獅老把都。（事詳韃靼傳）

鄴下懷古、

魏孝静

土山開道漏危机。法會香炉舊觀非。樹底蝦蟇乘水出。
河邊羖攊上天飛。遺簪敝履宮苔冷。玉匣珠襦塚火微。

轉眼童遊高未唱。晉陽四望黑雲圍。

齊神武

風塵無色饑星昇。幡舉河陽霸業興。一夕移汾流斷絕。九層入海塔飛騰。戰殘故壘迷黃蟻。圍合空村閃白鷹。日蝕英雄知爲我。重歌勅勒濕雲層。

讀冬心詩集題贈金布衣壽門、名農錢塘人長髯工隸書好遠遊有大曰小鵲樊榭爲作歌

一帙詩成手自刪。苦心孤詣破深艱。斯才不出雲霞上。相賞徒存松石間。変隸向誰遺大翩。美髯合自狎重環。

只爭貞曜他年謚。逢著名山即便還。

懷人詩六首

吴浣陵

白髮梨園殺個存。花殘月謝忍重論。珊瑚樹大徒豪舉。薏苡車多是禍根。城上隺歸應失路。楼中燕老尚銜恩。瀟瀟寒食西泠雨。誰對棠梨哭墓門。

韓丈怡園

尊甫蘧廬先生有明詩薰選丈續成之故于前明遺事甚詳一生酷愛登塲觀劇因之墮水與令弟碧城友善唯談詩不合往往酒間忽爭琴瑟静好丈詠茉莉詩碧玉枕横涼氣味。水晶簾卷夜精神。盖有爲也錬得童顏似曉霞。月光爛爛輔飃車。佃漁一代歸譚柄。
歌舞千場入夢華。周顛火攻聊借酒。王濛水厄不關茶。
老來慰冷情依舊。玉枕晶簾末麗花。

馮文十畝 馮 著有毛詩陶詩解別墅在長超山麓辦留此庄

一生潔癖米南宮。玄著超超解最工。景豫秘應徵食疏。
鄴侯軭欲立薰籠。長川樹遠雲帷卷。小塢花深鳥路通。
留此空名今易主。淌籬蜻蛚弔秋風。

李寧周 客蜀数年甫得合州判病卒無子遺一妾不嫁與大婦歸守父戍遼左不知所

終

遨頭未看客星淪。萬里魂迷去住因。斜日青楓巇峽暮。落花紅雨杜鵑春。偉相與邮有嫠婦。祭則告哀無寡人。入地料難尋戍骨。遼東不是蜀西鄰。

家队山伯 善山水禁斷葷酒終身不娶客游以老

一生供養録雲煙。八難三塗累早捐。禁酒却齋蘇晉佛。神絃不降智瓊仙。與山偕隱何須買。此樹多陰大可眠。死後青蠅莫相弔。長容我々作周旋。

謝散木 余在山西聞其凶問

雁聲吹墮朔雲堆。髯也無年却費猜。昨歲似聞中散病。

青山不待巨卿來。破除生業書偏富。慰藉神遊子尚才。

地下若逢姚合（逸山）問。黃蒿如柱粉成灰。

晤孫葭遊有感、與余皆故少司寇王公門下士

十載重逢白髮新。師門回首暗傷神。仁風一路思慈母。（師觀風兩浙查賑中州皆有恩德）勁草三朝作藎臣。太學舉幡空往事。獄門和藥更何人。與君未語先垂淚。縱是羊曇醉後春。

涿州張桓侯廟

里指樓桑樹影重。廟檐黑壓陣雲濃。魂歸欲裂譙周表。運去難追召虎蹤。（初封西鄉侯策曰侔名虎蹤）醇撻健兒胡不誡。婚

彝貉子與俱迴。壯繆事吞吳未遂無多恨，遂驟車受晉封。次子紹為侍中從後主入晉封列侯

道逢李壓主穆堂先生使車、

眼光那復在三台。肯向孫劉長揖來。十載閑身隨史局。九重清夜歎奇才。文饒、曾、下、孤寒淚。元禮、從、呼、部黨魁。今日郵亭逢使節。江南江北報花開。

夜聞樊桐太守冊過泊頭由金陵之豫章、

聞道征帆過泊頭。離亭搖落遠含愁。壁蟲秋靜作人語。露葉夜明如水流。潮信茫茫五馬渡。雨聲滤滤百花洲。

浼君尋我題名處。廿載西風感舊遊。

東同年金蒿亭明府、時甲子正月杪蒿亭解塩山任將歸予交河事竣循例入京

收燈一笛落殘梅。此曲人間也可哀。春水方生公欲去。
桃花浄盡我重來。宜男誰献倉庚膳。避債須登駿馬臺。
大半閑情同漫興。青鸞飛下小蓬萊。蒿亭無子多妾亦日事扶鸞

題長淮盧雅雨觀察出塞集。

三年萬里一身游。莾莾高臺塞草秋。旗影曉翻紅日凍。
笳聲夜裂黑鵰愁。索鈴虛警防胡騎。裙屐清吟對楚囚。

回首那堪明月夢二分依舊照揚州○

歸自臨城題保陽旅壁

兩三點雨地衣斑○禅榻光陰戶早閑○風約秋聲涼入樹○
月衡暮氣遠沉山○食如許少寧量腹○酌亦無多且駐顏○
昨夢細君親口問○自君之出幾時還○內子已下世九年矣

天兄歸思甚摯柬此誌感

不如歸去子規魂○啼到家山第幾村○天各一方分弟妹○
地無半畝與兒孫○薄遊滋味如嘗酒○垂老光陰合閉門○
只是我今愁獨寐○千章風雨樹黃昏○

貧賤方知骨月尊。檀欒白屋也春温。生甥可得如其舅。取婦原因為抱孫。姪廢芸書葱肆去。嫂空薑篋藥爐存。最憐麦飯鵓衛處。細雨棠梨冷墓門。

車過方順橋有感 庚申夏携妾過此今别去矣

優曇一現去來因。旺冷今宵月半輪。琵琶孤舫梦。離離蛺蝶别枝春。武陵源已不知路。沙吒利為何許人。算到盡頭應破涕。同歸白首總成塵。

聞王谿堂青澗訃音

秦雲渭樹路迷漫。白頭烏啼夜雨闌。尼子鬚眉良復勝。

景文，哺餟亦殊觀。一盂麥飯無兒祭，半篋蟲書有婦看。

散木（謝洲與余皆谿堂艸角交）比來琴歌絶，西風老淚不禁寒。

上太守朱浣桐先生即題舒嘯堂詩集、

蔭樵老樹絡藤蘿，許我攜琴幾度過。暑月忽疑霜氣至，

清流轉愛惠風多。玉山小隊吟情健，金谷催塲酒數苛。

一片蓮花池畔月，焰人顏色到三阿。（又有坐、軒種墨斋與顧香霞持國）

吴朴庭錢昂青朱匡九諸君子倡和疊韻詩并見賜之作

征衣乍浣酒鱗生，一醉留髡笑絶纓。自分孔先唯耳學，

漫誇張籍不心盲。無淹趙際清商氣，漢寢唐陵變徵聲。

屬以定文吾豈敢集傳還藉庾蘭成（遂成自宣府歸太守即留飲出燕秦遊草屬集）

和勾山邨鄭道上懷古

雪洞天橋縋瀰鯅只餘魯酒薄如前絞車水汲榛中墓
銅鏃人耕雨後田風俗放鳩猶紀趙英雄磨劍不歸燕
寒塘無影柔桑綠淒絕箏聲起暮烟

從趙壯口夜渡西澱湖

蘆屋烟青水四隈臥吹銅笛掛帆來荷香頗與風留戀
菿勢全憑月展開更打雁奴如鼓亂浪吹魚婢有花堆

空明忽動湘湖梦雅例亀髯一溯洄 湖中富水草而無蓴菜

書縣齋壁。

湖

○十年户限竟長居宦意浮雲過太虛義潔字 謝論 此中唯

飲酒山窗今後輟談書一邱一壑自佳耳○求郡求丞誰

不如○只是我家持素退讓他後謝與前徐

寛書洗得癩兒名、描畫無妨側戴帽錫、漸老年光憎蒜髮、

此間絶味愛羊羹、故應不自生寒熱亦復何人練濁清

十擲輒鞬非子拙為持面目謝宣明、

湖

○皮膚懶事帶圍寛放眼兒童噉肉柈 病久斷肉 已是無田安

用食誰能賣論以求官。彦回不合作同異。孝穆此來知暑寒。便欲改弦無別法可真代來用人肝

帽落衣垂老見侵、底須潤古又彫今、爲郎自合難甫峭、公子何妨借陸沉、月下偶人無俊雅、堂邊修竹有貞心、不勝官亦尋常事、留此良琛在藝林、

西征凱旋四首、

一九泥塞大金川負固憑陵已二年絶壁跨空橫鐵索危江剪溜泛皮船樓盤鵰勢梯難上箭作豺殼甲易穿薄險　王師身手健拍張都是肉飛仙雲梯兵

相公步入萬重山每到宵深未就閒親草郵書酬
廟略强加餐飯慰
天顔板橋壓擔軍裝重氷磴牽繩馬力艱齊着軟材平底
履一天風雪過桃關達尚書奏十二月初八日至桃關雨雪地滑路險狹鑿氷爲磴馬引
繩上有橋横竹索甚殆命鋪板其工大學士暨從官皆
穿脚齒步行酉刻住宿肉食丑時拜發本章徒御負戴
者卯時繼至
臨軒典禮重推輪筭到功成不七句十一月初三日起
奏駿馬卻行三萬里黑龍江至金行正月既望納降
至川萬五千里錦衣重見六千人京兵
三千東省別時燈火纏綿語歸路風花瀚海春藿肉紛
兵三千

徧凝酒賤大家儲具洗征塵
聚米山川畫掌收從茲西顧可無憂雷霆迅埽芭三蘖
莽莎羅奔
狼卡阿扣
雨露重頒甌一卣利見巴羅回紇拜胡盟竟
息吐番謀黃金鑄佛生祠建香火年年祀武侯經略傅至軍營
圖畫形勢甚悉攻碉奪卡連戰皆捷
工嘉其功封忠勇公受降之日酋嚴兵自衛惶怖跪迎獻
銅佛一座謂公即達賴喇麻也黃金萬
兩却之即為建生祠誓奉香火不絕焉
余因病少食禁斷鷄鶩即肉味或月一至唯茗酒
不廢不得已有魚癖而産非其地今且急矣朴
庭于他處食鮮輙貽書亟急賦此作荅、

去其已甚議門生腹為長齋時一鳴許食蛤蜊非易事

爛蒸鵝鴨乃虛名臣居所在半廡讓城外有泉有日飲水而無魚

亡何分蜀清多謝故人遠相憶臨淵今少羨魚情

與賀甫太守集别、

笛聲吹折柳條長。未展離筵意已傷。燕。子。生。涯如怨慕、

杏。花。世。界。不。禁。霜。時清明後微霜可堪舊雨人俱去。晉藩及幕中諸友周

雪舫又西行矣况是新阡草又芳。陶未堂先生佩璁令弟獨容飄零今夜

棲。泠雲殘月滿河梁。

上元第二夜吴鑑南秀才過飲寓齋即題其詩集

後

燈市寂寥鐘漏遲。酒酣耳熱放歌詞。何無忌果似其舅。

太史寶意嚴挺之那有此兒。堂上雨風不成夢。集多憶鏡中第之作

金翠空所思。謂無題諸篇旗亭他年客畫壁。三月喚渡桃花

時。三月生波喚渡時集中咏桃花句

烏江項王廟題壁

雲旗廟貌拜行人功罪千秋問鬼神劍舞鴻門能赦漢

船沉鉅鹿竟亡秦范增一去無謀主。韓信元來是逐臣。

江上楚歌最哀怨招魂不獨為靈均

婺州懷古、

穀文金柘遶名州，於越西來路盡頭。城倚萬山爲保障，兵衡三省是襟喉。朱旗飄緲縹雲車夜，靈火銷沉石馬秋。舟子爲知前代事，芙蓉凭弔漢龍邱。

八年姑蔑舊懸旗旂，欲問行營父老稀。裹甲不麾諸葛扇，飛衝常戴夏侯衣。淚收虜婦門前拜，手縛降王馬上歸。大樹無言碑已沒，蘆花蕭颯釣魚磯。李文襄駐節于此不解甲者八年，嘗坐敵樓，炮發及面而墮。招降一女盜，率十二萬兵以歸，請見弗許，羅拜門外泣而去。其餘功不及上者甚多，詳見年譜。

夜宿靈谷寺示貫澈上人

伽楞瓶下坐忘歸靜對鑪烟夜氣微鼠盜餘粮藏佛髻月攜寒綠浸僧衣煨來冷芋如拳大畫上橫梅較竹肥醒梦只消鐘一杵隔溪磔起有飛禽飛

蔡忠襄公祠

飛渡黄河勢已成但憑一掌守孤城三千兵帶飢寒色百二關傳慟哭聲報國不能生殺賊殉君何用死留名遺祠蕭颯橫汾曲夜夜泉飛白鶴鳴公葬時山泉忽飛出白鶴繞墓

曲谷鎮遠眺時西陲方用兵

地近邊秋殺氣生朔風獵獵馬悲鳴鵰盤大漠寒無影氷裂長河夜有聲白草衰如征髮短黃沙積與陣雲平洗兵一雨紅燈濕羊角魫魚堠火明（前明邊堠掛紅燈其上魫魚皮為之膠以羊角雨濕不壞）

太行、

崑崙西極忽東遊華蓋陰然一孤收（太行支孤來自崑崙形如華蓋）爵讓公侯頒五岳靈興雲雨潤三州尚留丹竈媧皇石曾繫黃龍大禹舟南北兩條分半脊直將天地劃鴻溝

寄呈江蘇戴卯君廉使、

家山不遠一江分花月金閶屬使君可是釋之專治獄○每呼白也與論文○酒壚夢斷三生笛○時談及臧鄴侯韓怡園吳浣陵諸故人衣笥香消一段雲○喪偶不再娶惟有平反勞毋問寶倫因果結聲聞

唐縣、

隨樵滿地紡機橫兒女唐裝太古情白骨未收銅馬賊青山猶繞渠羊、城羊沙入暮多牛跡跡柳迎涼帶水聲欲問葛仙修煉處天風臺畔月初明

寄冀寧觀察徐恕齋、

删

碧油幢曳戟門烟鎖鏽三関落眼前自古晋陽為保障幾曾汾曲有船[樓]開中可以疏塩政畫一如何議井田四面皆山〻下路亭〻楊柳馬連錢

土木弔明英宗北狩處、

水咽狼河草不春、前朝戰地浩無垠、青衣泣〻穹廬酒、紫蓋揺〻氈騎塵、餘恨罪惟誅馬順、蚤[先發]知占已中同寅、裕陵奉祀談何易、頼有和戎社稷臣、

樓樹

居然全樹上林樓張纛時〻夜打樁大有威名蕭卧虎

本無學藝陸生犀筆乾不售三千緡喉燐應消八百斛

笑不與人官亦可〻能免得葫（音）鸕蘆蹄

堂開晝錦卜金甌一劍霜寒四十州古亦有人曾似鴨

世間何物乃真猴熾山風水爲家利織婢耕奴與國謀

此樹鷄棲時已久可憐誰唱白浮鳩

後懷人十六首之一

秋夜懷汪上舍師李楚中、

楚望迢〻雁影浮思君今夜倚南樓一江涼月人吹笛

半樹疎烟鶴解秋聽雨記從支隴别凌雲真作洞庭遊

析津紀事詞淒絶誰與雙鬟鬭酒籌（師李有析津紀事百咏）

寄呈黄崑圃先生（先生親受業于新城尚書之門新刻五代詩話并史通補志賜）贈

曾為揖客老難忘（先生撫浙時余以庚子舉人隨例揀選庭立長揖）聞得如今鬓未蒼宗派别聞黄魯直典型猶見蔡中郎詩録五季行之遠史埒三通註最詳歎息戴經堂已圮叫殘鶗鴂草痕荒

歸客詩和太守梦堂先生即依原韵

衝寒破曉眼生稜宿麦連雲数十塍客路老于孤竹馬歸心猛似郢都鷹山皆北向猶含雪風自東来未解冰

取次從公尋舊梦百花塢名春望亭名記遊曾予癸丑歲過

過相州題李敬亭明府署壁、

高楼鐘鼓對崔嵬城中鐘楼鼓楼相對峙馬首龍山夕照開利病劇應籌二水州在淇洹二水間廢興何必問三臺牙軍魏府爲雄鎮片石韓陵亦麗才父老但知御郡事相公辭節北門廻

秋夜投止山家、

山當面立路疑窮轉過灣來四望通涼月滿庭人在水○遠烟着地樹浮空○猿猱之飲乃奇石鶴雀有報如老翁

清景此間殊不乏可容招隱桂華叢

三垂岡

英雄立馬起沙陀。奈此朱梁跋扈何。隻一作赤手難扶唐社稷。連城猶擁晉山河。風雲帳下奇兒在。鼓角鐙前老淚多。蕭颯三垂岡畔路。至今人唱百年歌。此詩向見浙西六家詩及

隨園詩話為當時傳誦今閱此集不載故背錄之時光緒丙子新秋勁叔燈下識

惜陰居文稿

姚東升撰。三册。

姚東升（一七八二—一八三五），字遇辰，號曉珊，一號嘯三。浙江秀水人。家學淵源，自高祖而下，世代明經。姚東升亦天資聰穎，勤於攻讀，弱冠時補郡庠弟子員。但其科舉之途遇阻，雖「屢膺房薦」（被科舉考試房官推薦），終未取得功名。退而以授學爲業，五十四歲以疾終。「生平無他嗜好，唯好著書。自二十歲時即有志撰述，終日鍵户，點勘群籍，手不離筆。經史諸子百家之説靡弗博覽精研，有心得者記之，有可疑者訂之。歷卅餘年，著作日富。」（清方維翰所書傳記，見咸豐鈔本《姚曉山先生傳表誄文》，國家圖書館藏。）

姚東升科場失意，以教授爲生，以著書爲業，但其著述「未嘗輕以示人，以故戚黨交遊鮮有知者」（《姚曉山先生傳表誄文》嘉善黄安濤所作傳）。因此，雖然姚東升著述甚富，但大多以稿本形式散存。國家圖書館所藏其鈔稿本就有不少，如《試帖》《惜陰居日鈔》《惜陰居小説》《惜陰居文稿》《惜陰居吟稿》《惜陰居雜稿》《曉珊得句》《曉珊聯句》《釋神》《讀左一隅》《經學識餘》《古微書補闕》《恒象紀聞》《春秋氏族志略》《佚書拾存》等。

姚東升博覽經籍，有所感則記之，故而其書内容廣泛。有考證，有輯佚，有詩歌，有雜鈔，有隨手小記。其考證角度新穎，邏輯清晰，語言曉暢。其輯佚則廣搜博求，僅《佚書拾存》就收録佚文八十一種之多。其詩歌則真實自然，清新雋永。書中常有空白紙葉，以方便隨時而記。書稿亦有文字斟酌修改的痕跡，可見其嚴謹。書寫亦精致清秀，賞心悦目。

《惜陰居文稿》第一册分爲論、原、解、辨、釋、議、述、約、説、答問十類。如《魯肅論》對世人重周瑜之才而輕魯肅之能的現象作了剖析，頗有爲魯肅正名之意；《禁火辨》，世人多認爲寒食節禁火是爲紀念介子推，作者以史料爲據對此提出質疑；《問果木接生》以答問的形式介紹了果樹嫁接的知識。第二册爲「考」，由六篇考釋性文章組成，内容翔實。如《從祀・文廟考》列舉了從漢至順治間孔子門人及各朝名儒，記録其封號、封國等情況。第三册爲應用文，共有箴、贊、銘、序、傳、記、書後、啓、壽序、祝文、祭文十一類。在「壽序」中，作者也爲自己寫了一篇《五十初度自序》，其中「卅年獻賦，攀龍之志難伸；半世讀書，守鹿之愚不改」一句，抒寫了其志向難酬之慨。

（彭文芳）

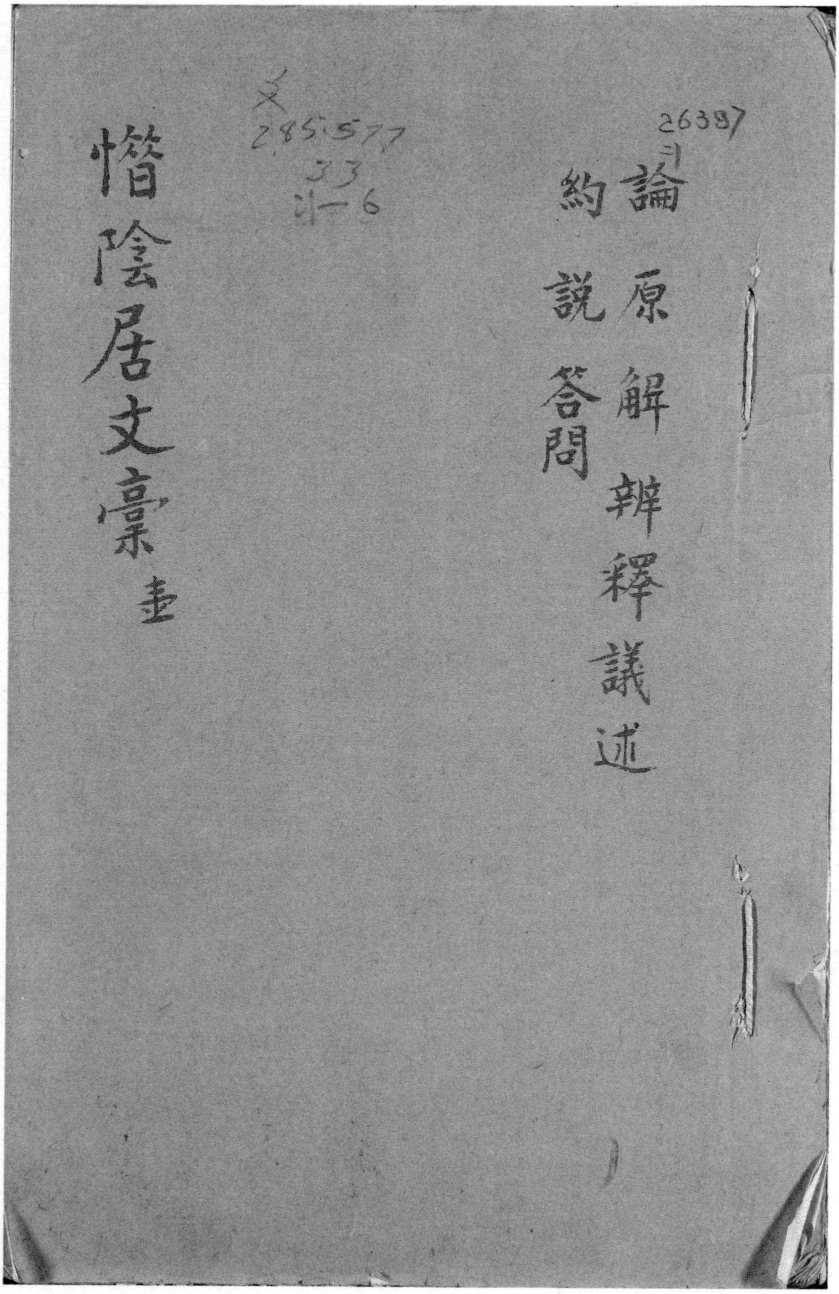

論 原 解 辨 釋 議 述
約 說 答問

惜陰居文稾 圭

論

舜禹避朱均論

古帝王得天下也未嘗有成心亦未嘗無定見堯子丹朱苟可以任天下必不與舜舜之商均苟可以任天下必不與禹堯禪舜舜禪禹早知朱均之才必不可以任天下也堯若苟求丹朱舜必毅然諫不敢堯之天下舜若苟求商均禹必毅然諫不敢受舜之天下舜受堯禹受舜亦知朱均之才必不可以任天下也孟子答萬章論二帝事有曰舜避堯之子于南河之南禹避舜之子于陽城是說也尚書闕如而不能無疑夫堯禪舜知當時天下非舜莫治舜禪禹知當時天下非禹莫治是堯舜雖崩在天之靈方幸託付得人賴其從容經

理以終未竟之業也設使舜禹欲避當避于其君在位時豈有君在則挺身任之君沒則委身去之受其託而不終其事後世中智之士猶且弗爲而舜禹爲之其視君爲何如主視朱均爲何如人自視爲何等視天下爲何物哉且舜禹大聖人也度德量力豈亦不自知其才遠勝于朱均則不必避豈慮天下之或有不從者豈慮在廷之臣輔朱均而爭此位者豈慮朝覲訟獄謳歌之不從戴己而從戴朱均者設使當日舜一避而朱爲天子禹一避而均爲天子充其慢遊之量或以暴亂天下是負君之託矣是負民之望矣負君則不忠負民則不仁舜禹于此其袖手旁觀而勿察乎將復登朝而操廢立之權乎抑號召名海內糾合四岳十二牧躬舉義旗而行放伐事

乎或謂堯舜之聖極盛難繼朱均之不肖特不肖父德耳使爲天子未必暴亂天下也若然舜禹當受禪時何不慨然以諫諫而不聽何不汲然引去即不然君在則勉從其命君沒則盡瘁鞠躬以成其子則堯崩之後舜當擁立丹朱舜崩之後禹當翼戴商均躬先庶位稽首稱臣而率臯夔稷契諸臣共輔新君以贊襄帝業亦可告無罪于先君奈何計不出此徙于喪畢之時飄然遠遁甘爲巢許流者卒使後人不（欲）可（解）而無從乎抑又思之堯都平陽舜都蒲阪（去）所避之地不下千餘里舜禹當日其率在廷諸臣而同往乎抑孑然一身以獨往乎同往則賢臣盡去孤主無依名雖退避實朝覲訟獄謳歌陰爲之結獨往則易服微行杳無蹤跡彼朝覲訟獄謳歌何

知其在南河在在陽城而之舜之禹哉是説也特（孟子爲）戰國傳聞（攘奪）者戒勅非傳聞之誤也
之誤高論聖人而反失其真耳避既無其事則所謂居堯宫
逼堯子誠多此一番議論矣然則堯既禪舜必使其子退處
以避舜舜既禪禹必使其子退處以避禹曰丹曰商想堯舜
在時已食祿于茲使天下共知舜禹之德朱均之不肖何尚
用避哉

論

文章源流論

六經載道者也，而文章之法莫詳乎是。立其體，分其流，及其別，握乎其源，始可以言文。竊意詩之源道性情，其體爲謠爲歌，而謠之流其別有四，謳誦謗語是已；歌之流其別亦四，咏吟怨歎是已。其拘于詩者又別爲三言四言五言六言七言八言九言雜言，體近于文而與詩麗者流爲騷爲賦爲辭爲頌爲贊，其專事對偶無後蹈古則律詩終焉。書之源道政事，其體爲典爲謨，而典之流則別爲命爲誥，謨之流其別爲訓爲誓。凡典者上德宣于下也，別而爲制爲詔爲問爲答爲律爲令。若命之流又別而爲册爲敕爲誡爲教，誥之流又別而

論一

爲諭爲賜書爲書爲告爲判爲遺命而間有不盡出于上者
焉謨者下情孚于上也別而爲議爲疏爲狀爲表爲牋爲啟
爲上書爲封事爲彈劾爲啟事爲奏記若訓之流又別而爲
對爲策爲諫爲規爲諷爲喩爲發爲勢爲設論爲連珠爲七
誓之流又別而爲盟爲檄爲移爲露布爲責爲劵爲約爲劄
孚而間有不盡出于下者焉禮以謹節文其源敬也敬則爲
儀爲義其流之別爲辭爲文爲箴爲銘爲祝爲詛爲禱爲哀
爲弔爲唁爲誄爲輓爲碣爲碑爲志爲墓表爲訃狀皆因乎
書之法焉樂以志舞蹈其源和也和則爲樂均爲樂義其流
之別爲唱爲調爲曲爲引爲行爲篇爲散爲樂章爲琴歌爲
瑟歌爲暢爲弄爲舞篇下至于詩餘詞餘皆因乎詩之法焉

春秋正人心其源名分也其體有褒有貶其流別而爲紀爲志爲年表爲世家爲列傳爲行狀爲譜牒爲符命大率在敍事論贊敍事之流其別爲序爲記爲述爲錄爲題詞爲雜志論贊之流其別爲論爲說爲解爲辨爲釋爲對問爲攷爲評而凡屬乎書禮者不與焉易通天下之志其源陰陽也其體有順有逆其流別而爲兆爲繇爲例爲數爲占爲象爲圖爲原爲傳爲言爲注則凡天地鬼神之情狀究乎人心矣大抵言而履之禮也行而樂之樂也蓺雖有六而文體不同其本諸心夫豈有二哉

歲實消長論

有歲實而後有歲餘大統法因歲餘舊不用消長故疑冬至

論二

漸宜後天三百年後漸及先天特增歲實消長之議此西法平歲定歲操其勝夫抑思歲何爲而用（有）消何爲而有長哉益嘗論平歲則消實爲近論定歲則加實爲近就其法以歲實求平歲以均數求定歲所主皆消實所消小餘（小餘詳下）視授時法更促不知億万年後將漸消至盡抑消極復長耶（今）夫歲星有定而歲實漸消則兩行之較日後必多其數安得以五十一秒永爲定法乎夫古測既爲今日所疑則近測必非後人所信盡一之法尤宜早定然必有平歲之差而後有朓朒之差有一定之實而後有消長之實以有定紀其經以無定通其權纔可始終無弊今之（論）歲實者大都以冬至距冬至特活泓之歲實而非經久之歲實安保遡前推後必無斗分（即歲餘）

强弱也欲經久者宜于春分立法今歲春分距來歲春分苟得真時刻便得真歲實矣由此以論消長必在高衡之行與小輪之改故近高衡稍盈近最高稍朒猶合朔定望弦之不能假借若逐節遞算如統天法則分秒并可刪卻積久統算如授時法終屬勉强第古時未有差法率以二百三十五爲天周小餘即以二十五刻爲歲實小餘而日無盈縮月無遲疾然亦約畧之辭不可用必隨時斟酌早定畫一之法亦非以屢改尺式爲得其要也

魯肅論

世偁江東人才固不曰周瑜而未嘗及魯肅夫肅豈在瑜下哉方荊州之舉瑜固援劉拒曹及曹敗後即欲制劉取荊而并

欲吞噬蜀壟其計實長（深）肅仍借荊其爲劉計長而爲孫計短矣不知荊州新附吳未能懾服人心乘勢結劉不從有以拒曹則荊存荊存則吳存肅豈畏劉哉乃畏曹也恐瑜所意想不到耳及瑜薦肅才孫權在對飲與（時）議大事即建拒曹之策已洞徹瑜胸吳志于瑜傳但言抗拒出自瑜計而不云肅先有謀是攘人之善矣迨瑜病急上疏備肅智畧足任乞爲代後瑜固始終知肅也哉抑又攷之瑜英姿俊足度量恢廓少精音律世言曲有誤周郎顧肅爲人端方寡飾（脩）雖在軍中手不釋卷能文辭善談論非特不下于瑜亦且賢于瑜矣或曰肅不爲時論所歸張昭趙咨共詆其短後世罕有備者嗟乎張昭趙咨何如人而能識肅也歟

正統論

王者治定制禮頒正朔建徽號以蒞天下何在所謂正統哉自歐陽公楊鐵崖諸人互相爭辨而朱子定綱目遂以習鑿齒漢晉春秋之說以正統予昭烈帝豈不大快于人心哉元臣編宋史謂元承遼後目南宋爲偏安後世未能愜意抑知帝王之受命也豈以正統爲重輕哉竊見王猛諫苻堅伐晉曰司馬氏正朔相承高歡謂杜弼曰江左有蕭衍老公專事衣冠禮樂人以爲正統石勒臨死告人曰恐後世不以爲受命之君蓋惟苻堅高歡石勒者偏守一隅每欲隱然竊附于正統也曾是建中御宇而必以苻堅高歡石勒之重爲重哉夫以苻堅高歡石勒之重爲重不且視帝王之統制天下爲

論四

苻堅高歡石勒也歟

原

原翻切

封演聞見録倘翻切起于周彦倫彦倫好爲體語故切字皆
有紐紐有平上去入之分沈約因而傳四聲譜曾糙爲始于
西域佛書吳獅又言始于魏校書令李登聲類夏侯詠韻畧
李涪刊誤亦主其說原其由來固非自周彦倫始而西域佛
書亦無確據竊見漢儒說經止有讀若讀如而孫叔然注尒
疋竟用翻音高貴鄉公見而怪之李登因作聲類但孫李同
時未可執一以爲肇始再推而前之漢末高誘解淮南子吕
氏春秋已有急气緩气開口籠口之（且合脣開脣詳于釋名長書經言見于筆）法未始非翻切之濫觴乎
也（然則翻切定）爲自漢末起可爲今韻書中盛行翻切但古今讀法不同

原一

南北出聲逈異則又不可不喻也釋名詮風字有宂豫横口
合脣言之風氾也其气博氾而動物也青徐言風踧口開脣
推气言之風放也气放散也

原性

孟子曰天下之言性故也則故而已舉凡形而上者皆得爲
性矣然有禀受之性有气質之性原性于禀受所謂先天是
五常根于性五行備于性五事存于性五倫具于性五味五
色辨于性聖凡同一天賦迨有生以後出入于嗜慾攻取中
因有其上率性其次養性其次忍性其下汩滅乎性雖盡性
之聖人亦不能挽回造化也于是有無善無不善之說有可
爲善可爲不善之說有性善有性不善之說甚造爲性惡之

說而性之本善非孟子辨正至今未喻原性于气質所謂後天是或剛柔異斷或文樸異居或利鈍異歸或沉潛高明異宜偏于一端者再任性以行至有賢愚之别而愈習愈遠如古之渾敦窮奇檮杌饕餮不受教化何可勝數今人不察一切諉其故于性而性豈肯任咎哉益性本善試觀談忠論孝雖愚昧亦動情見憫遇悲即凶頑亦落泪是气拘物蔽所錮及深者良心有時而發見至是非倒置好惡乖違而絕去天常益亦鮮矣書曰恒性降衷詩曰民之秉彝好是懿德茍非本善其能責斯人以德性乎

原情

惟太上忘情其次不及情情之所鍾大矣情根于心存于性

原二

而形于事爲情之主動此大畧也夫當未動時祇無一點留于心坎而喜笑哀啼何嘗倒置用者豈非有真情先立乎性哉但常人偏于一見漸失真情往往有過情之舉否則爲不情否則爲矯情否則爲溺情而情之害性可勝道哉然情雖生于性而每因乎外以外之所感或逆其情或誘其情或奪其情而[不能]適如乎本情者此亦恒人同弊耳每見一情之起父子有溺愛之偏夫婦有私比之意朋友有刎頸之交情在于斯夫且情不自禁欲見實情則情味何在欲避俗情則情狀可懲甚至情極而作僞情迫而爲奸出乎常情之外而不覺何[此豈]也性隨[之]過哉性隨情動[縱情而]不復制情故耳人能情不妄動而後有平情而後不失乎真情然則制情之道當于未發特養

其天真而用情無弊矣

原氣

氣無形附于體而有形是氣形而下者也人得天地靈秀之氣以生未有形先有氣既有形必有氣孟子吾善養吾浩然之氣氣充塞乎天地間者似難言語形容矣抑知人之稟受有正氣有戾氣正氣者和氣也居之爲道德用之爲仁義無論上而聖賢下而凡庸莫不在生氣中而失其順氣必至囿于氣習而喪其中氣矣戾氣者乖氣也存之以剛强發之以暴慢無論習于威武流于盜賊亦莫不在生氣中而逞其血氣必至拘于氣稟而傷元氣矣特是人非氣不立不善養氣則爲氣所使于是善氣鮮而暴氣多甚且虛氣傷張盛氣相接

原三

伏氣無忌偏勝之氣中于心邪慝之氣作于外望氣者知其所持之氣不順焉或曰天有六氣時有五氣六氣逆行則生疾病五氣雜乘則反溫涼一身所負幾何安能至大至剛直養而無害哉或曰西北之民悍而武東南之民弱而文氣有方隅所限未能概得乎全保無客氣之擾乎二者俱未合理然則是氣也乃兩間靈秀之氣初無一點雜氣而可不歸于一氣乎顧自其遠者而觀天地一大氣舉之自其微者而論昆蟲艸木亦不外生氣所化耳惟在消其戾氣要諸正氣其亦庶乎其可焉絪之氣不可過斂過斂則百端俱廢抑不可過放過放則一發難收是以君子貴靜氣

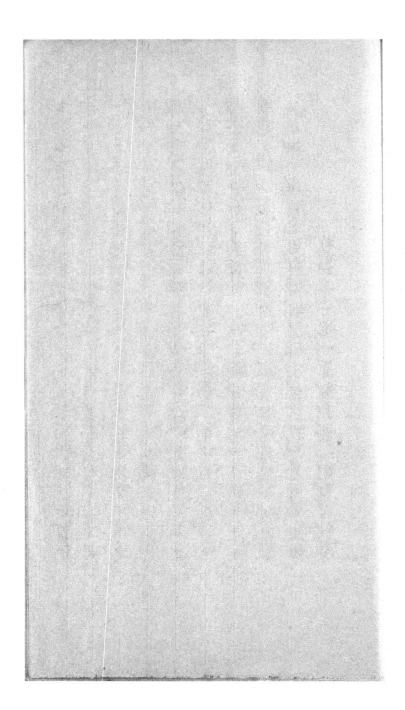

解

鼎字解

鼎之爲器三足兩耳其形鼎鼎然人所共喻也且經傳言鼎詳矣詩倂鼒鼎及鼐士虞禮有上鼎中鼎下鼎有司徹司馬舉羊鼎司士舉豕鼎魚鼎名其立異爲不從同大率金劑爲多下有足上有耳有鼏以覆之有鉉以舉之亦足括其類以釋之曰鼎絕大謂之鼐圜弇上謂之鼒附耳外謂之釴款足者謂之鬲形體約畧可想紬繹其類有烹飪之鼎有從彝之鼎用以烹飪者其其鉶鼎是鉶鼎以牢鼎爲正鼎陪正鼎爲陪鼎實庶羞爲羞鼎近世無得傳即傳之亦識用以從彝者益貯已孰之物設祭宗廟或容一升或容半升爲鼎之形而

實非鼎近好古者所藏然是易言黄耳玉鉉諒非常器可知但不可執陳設之器指爲古時舉火之鼎亦不可執舉火之物借爲陳設之用竊意烹飪之鼎其質薄而大可以爲爨從彝之鼎其質小而厚僅堪設祭豈概名爲鼎遂得概通其用也哉

寅字解

予作日浴咸池詩拈支韻而用寅字同人倆怪從而解之曰嘗讀史記律書寅爲萬物始生螾然也故曰寅白虎通寅者演也是東方之辰僅有翼真反矣而尚書寅賓出日夙夜惟寅徐仙民然音夷劉三吾曰寅有二音韻書釋翼真反者爲敬延知反者爲東方之辰古韻原有分釋文兼取義〻音是二

義可互讀故今韻支真兩收而同用近時作詩者以巽真反順口而延知反久已斷棄不知張子容贈孟浩詩風光肇建寅杜周士閏月定四時詩斗柄正當寅樂伸詩灰琯再推寅㧓是六脂韻則寅字用于近體亦不足怪

風字解

説文解風字从虫凡聲讀方凡反釋名兗豫横口合脣言之風氾也其气博氾而動物也青徐言風踧口開脣推气言之風放也气放散也攷之于古㧓方愔反即如詩緑兮淒其以風下文心字翑之谷風桑柔之遡風烝民之清風皆同秦晨風與林欽協何人斯飄風與南心協楚辭緒風下用芳林遺風上承憂心管子萬民鄉風上承君心下用勝任孫子其猴

解二

如風其徐如林韓非子不勝春風枝將害心不獨周時然也漢人尚有之司馬相如上林賦紛溶萷蔘猗狔從風淮南子有山無林有谷無風有石無金枚乘七發五風上用林字下下用心音字清風上用林浔字下用心禽字東方朔七諫來風上用潭字桓寬鹽鐵論抱風下用今字揚雄蜀都賦蜘蛛作絲不可見風甯黄潤一端數金李尤牖銘八風上承陰字張衡思玄賦心參風心連用不獨漢人然也魏晉間亦有之卞蘭贊休風與音今尋協戴凱之竹譜來風與南潭同協凡斯之類未盡枚舉自王褒洞簫賦班固東都賦馬融長笛賦始與窮蘊隆同用于是禰衡顏子碑魏文黎陽作曹植雜詩劉楨贈從弟無讀方戎反矣後世造韻譜又脱去方愔反一

聲遂不理會古音今山西人尚有方情反之聲此亦小學緊要所關不可不喻

建除十二神解

建除十二神詳于淮南子散見于六韜越絕史漢所主吉凶互有出入而其原莫究蓋起戰國術士而託言黃帝說云推求其義建者立也故爲一月之主從建起例而參伍于十二辰也建次爲除除舊更新月之相氣也一生二二生三數極必滿滿則溢所以持滿惟平平者均也概滿之意也平則定合定則可執故繼之以執執者守其中也物無久而不敗故繼之以破又與建爲衝衝即破也既破而心知危危能達而事功可成既成必收收者藏也物不可以久藏故受之以開

解三

開者復開其端也開而不閉則洩物不可以久洩故受之以閉能閉故後能建循環不已其義與易象大畧相同

辨

禁火辨

世偁寒食不舉火爲介之推而設蓋本莊子盜跖篇介子推抱木燔死一言而東方朔七諫劉向說苑新序從而和之至汝南先賢傳陸翽鄴中記竝云子推以三月三日燔死後世爲之火禁文人學士遂牢不可破而不知其妄設使介推果係燔死左氏司馬氏最善採摘軼文而不載于傳記其可疑一也且周舉傳偁其死在冬中琴操云五月五日既無確實而禁火獨在春者其可疑二也夫燧人氏改火見路史出火内火見夏小正脩火禁見司烜氏行火令見司爟竝在介推以前其爲誰所禁耶其可疑三也大抵火尚新而惡陳火不

改則時疫必興自人情好怪而先民王愛民之遺意概行裁削
爲執此唫囈之說定爲確據悲夫試就人所最易曉者言之
心者天之大火辰戌者火之二墓是以季春心旦見辰而出
火季秋昏見戌而納火卯爲心之明堂而大火始壯故仲春
禁火戒其盛也而豈介推燔死之謂哉

高祖卧内奪韓信軍辨

史傳高祖即于卧内奪韓信軍事似欲張大漢祖英明然殊
屬可疑何也信在漢時號爲名將用兵之法敵人舉動尚且
知之豈有其主夜宿傳舍而軍中罔知曾是毅毅淮陰而若
是哉昔周亞夫屯細柳天子先驅至不得入今乃使人晨入
卧内偁漢使者至召諸將易置其軍而信方起纔知漢王來

大驚其軍門壁壘蕩然無禁律令安在哉設使敵人倣此而襲其軍勢必一敗塗地帝雖英明而信雖昏昧恐不至此

關侯華容釋曹操辨

綱目備關侯華容道釋曹操事爲千古嫩譚余斷爲必無此舉也昔庾斯釋子濯孺子以私恩害公義爲春秋所不許曾是關侯世習春秋而有此舉耶春秋之旨在大義滅親石碏純臣關侯豈未聞哉試以春秋律之楚子問晉公子之報則曰治兵中原避君三舍而不廢鞭弭周旋之語楚子問知罃之報則曰以君之靈得歸骨于晉死且不朽若帥偏師以脩封疆雖遇執事其弗敢違所以報也赫然關侯豈出晉君臣下哉夫人臣受命討逆爲關侯計惟斬乞曹瞞上以雪獻帝之

辨二

恥下以恢中原之宇其豐功偉烈未有若斯之盛也乃以曩昔私恩坐廢國家公義于春秋之旨安(不合)在豈當日軍門勝算第欲以華容有備鴟咈曹瞞則何必多此一番舉動哉向使關侯不讀春秋無論已既世習春秋而(不特)昧此先幾之失而于報讐雪恥之(義)何若(在)我故曰此必無之事也

孔氏辨

今之孔氏輒以魯國爲望聖人之後派衍蕃昌固宜抑知春秋時孔氏之族有四魯國一也其餘如衛孔嬰齊出姞姓其望河南鄭公子嘉出姬姓其望滎陽玆多傳祚又有陳公孫宀出嬀姓其望陳留子孫不顯三家者豈無一綫之延哉抑數傳之後殄滅無遺哉果殄滅無遺不必論若有所存而背

其自出乞聖族爲寵榮此亦必無之事雖然三家者斷非一綫難延也嗚呼爲子孫者不（昌也族而）尊其祖宗固不可爲祖宗者無功德于世以長其子孫亦不可自譜牒廢而淵源莫攷故今之孔氏輒云魯國也歟

姚氏吳興望辨

族望原有一望而數氏者若姚與沈同爲吳興最屬可疑水經以吳興吳郡會稽爲三吳則吳興當是三吳地似非姚氏之望姚出帝舜有虞氏通志氏族畧禹封商均之子于虞城今河東地則姚之發祥自舜始當以蒲阪歷山等処爲望今曰吳興豈不乖誤哉攷吳古虞字史記書虞仲爲吳仲釋名吳虞也讀吳爲虞古音可據然則姚氏之望吳興讀爲虞興

明矣近有不甚攷古者竟如作字恐失族望淵源爰爲訂正以俟博正採之

石鼓辨

左氏傳昭十四年楚椒舉曰成有岐陽之蒐注成王歸自奄大蒐于岐山之陽正義書序倘成王歸自奄在宗周誥庶邦作多方于時諸侯大集故謂岐陽之蒐在此時晉語叔向亦倘成王盟諸侯于岐陽是成王蒐于岐陽甚著石鼓之作諒在此時或以爲文王因始還于岐故或以爲宣王因車攻吉日諸詩故或以爲秦始以多立刻石故然其建都俱在岐東與西歸不合惟史記載秦文公三年東獵汧渭之間水經注引其文于汧水下盛言汧水多魚與鼓文𣶃于汧水其𣶃鱳

鰈合秦文四年爲周平王八年當時正用籀文而鼓郤大篆體亦合攷文四年始遷于汧渭之閒其時尚在秦州西垂故曰西歸且辭意與車鄰駟驖小戎相近其曰天子永寧其曰燕樂天子其曰來嗣王始然祝平王之詞（其曰公謂天子是文爲諸侯）此鼓出秦文無疑不必執首二句與車攻詩同指爲宣王獵碣也金茌平馬定國斷爲宇文周物亦無實據或又指作周武帝時亦非的論豈因石鼓（晚出）之字不見于說文歟（故耶）（唐人言在陳倉野中正合秦文得陳寶之処）

關公生日辨

世傳五月十三爲關公生日馮氏應京解舂集載關公祖考名氏記云解州常平士子于昌得碑于關侯故居之塔廟備侯祖石磐公諱審字問之和帝永元二年庚寅生居解梁常

辨四

平村寶池里公沖穆好道以易春秋訓其子卒于桓帝永壽三年丁酉享壽六十八考諱毅字道遠性至孝父沒廬墓三年既免喪于桓帝延熹三年庚子六月二十四日生侯侯長娶胡氏于靈帝光和元年戊午五月十三日生子平碑文敘事詳密不知何時泐石又金石跋尾續載元至正十二年關王廟碑荊楚之人相傳顯烈關王六月二十二日生朐貺王子平五月十三日生而閻百詩潛邱劄記從明會典第云五月十三日爲關王生日遂據爲口實但其傳四戊午不可不辨公卒于獻帝建安廿四年己亥史不言其壽元胡琦攷之當在六十上下是延熹三年不謬若生于戊午僅四十又二不合一也戊午爲靈帝光和元年攷通鑑目錄是年四月庚戌

朔戊午是月之九日可知五月無戊午不合二也古人始生止記年月日而不及時唐虛中推命猶不以時已見昌黎集安有公生東漢閒而傳其戊午時于千載下不合三也

柏梁詩辨

辛氏三秦記偁漢武帝柏梁臺詩作于元封三年後世據爲口實桉漢書孝武紀元鼎二年春起柏梁臺是爲梁平王廿二年又七年爲元封三年時平王襄已于元朔中與太母爭樽削去五縣不復增封未必仍有乘輿駟馬之寵且乘輿駟馬乃景帝前七年迎梁孝王事見景帝紀及梁世家在柏梁前四十四載或者追敘前恩未可知也攷諸王表平王入朝一在元朔二年一在太初四年而于元封三年無聞豈史闕文

哉且詩中所敘光禄勳大鴻臚大司農執金吾京兆尹左馮翊右扶風竝是太初元年更置官名若元封時仍是郎中令大行令治粟内史中尉左右内史主爵中尉也百官公卿表可據不應預書于元封及復攷證無一事合于史者當是後世贋作辛氏説未可確信

李衛公告西嶽文辨

李肇國史補載李衛公告西嶽事文辭不傳已與新舊唐書不合按隨書靖初仕爲殿内直長尋爲馬邑丞唐高祖擊突厥時察其非常志乃自鎖上急變史言如此若果有是文而勒諸石也則歐陽氏金石攷趙氏金石録早載之矣且其文法不類隨唐人手筆句意粗腐淺率想是宋末元初不得志

之士借此僞作而好事者勒于石也不然靖雖英毅斷無出言不遜侮慢神明若此歟

辨六

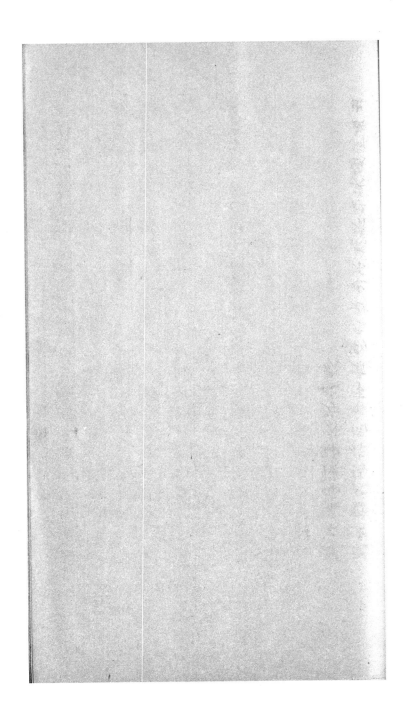

釋

釋動

天主覆曰宗動地主載曰發動人主行曰舉動水有流動草木有萌動動之時義大矣哉寂然不動藏其機也非禮勿動戒其妄也特是心動則神疲目動則心駭氣動則志遷體動則氣暴手足有措謂之運動提撕有覺謂之竦動感于遇而動是爲鼓動縱于欲而動是爲浮動明則動動罔弗臧時而動動不過則是以君子貴慎動其動也中

釋七情　葢惟太上忘情其次過情其下不及情情之所鍾君子有不免況感于一偏情溺而莫自知者每至失情安能中情乎哉

釋一

喜在內爲悅豫爲沖穆在外爲忻忭爲洋溢發爲嘉休分爲怡逸加之以從容見于面則雍和接于人則寬裕其體舒泰其境亨通其意曠達其氣遲緩其象吉康其勢流動其味雋永其色文明其時麗春其爲人也溫柔敦厚其究嬉戲無度流蕩忘反

怒在內爲蘊結爲激昂在外爲英鋭爲忿懥發爲倨傲繼爲閔悻推之以桀濯見于面則亢厲接于人則暴慢其體結實其境拂逆其意制服其氣躁急其象威嚴其勢難犯其味燥烈其色大赤其時炎暑其爲人也酷猛剛愎其究淫威肆毒慢令致期

哀在內爲悒鬱爲欿恨在外爲矜憐爲歎息發爲涕泗轉爲

哭泣及之以躃踊見于面則慘戚接于人則愿慤其體枯瘠其境焦勞其意傷悲其氣迫促其象悍獨其勢戰慄其味苦楚其色晦墨其時隆冬其爲人也憂愁窮黯其究不合時宜無端慨想

樂在内爲怡養爲安恬在外爲嬉笑爲歌舞發爲優游流爲滌暢終之以豪散見于面則豐（祥）盈接于人則和易其體俊逸其境佳麗其意閑雅其氣吉康其象歡娱其勢伴奐其味穠郁其色鮮妍其時艷陽其爲人也愷康姚般其究放浪形骸敗壞綱常

愛在内爲長厚爲慈祥在外爲款協爲豔羨發爲企慕進爲陽翊甚之以化育見于面則柔順接于人則淑善其體適中

釋二

其境清閑其意容蓄其氣沖虛其象純粹其勢親昵其味滑甘其色澹雅其時徵和其爲人也愉婉平康其究和光同塵燕朋比黨

惡在内爲不平爲沈痛在外爲切膚爲明察發爲廉隅著爲谿刻繼之以排擯斥逐見于面則端正接于人則忠介其體古執其境憤懣其意懲戒其氣方格其象忿戾其勢高潔其味辛酸其色純白其時秋肅其爲人也稜角陗厲其究探隱擿微求全責備

欲在内爲私忌爲陰險在外爲奔走爲貪冒積爲較計變爲爭奪切之以眷戀見于面則狠惡接于人則鄙吝其體粗俗蠢陋其境作僞其意苛求其氣紛馳其象巽斂其勢蒐羅其

味腥穢其色厖雜其時沴戾其爲人也狡猾慳奸其究錙銖必較巧詐百端

釋祭

祭者求諸陰陽之義也祭謂之享享謂之獻享獻謂之祀升歆謂之禋燔柴謂之柴亦謂之槱燎取牲血謂之血祭瘞牲于地謂之貍投牲幣于淵謂之沈縣謂之庪縣雜陳謂之布裂謂之磔解皮曰剝熟體曰亨陳骨曰肆薦肉曰將餼生牲也腥薦生也肆剔洗滌也爓牛熟也腍汁也祼灌地以降神也安安坐神也侑勸尸食也奠頓爵也徹祭畢而收其俎也埽除宗廟爲滌涂以牲血爲釁告事爲禱臨牲爲涖求福爲祈謝福爲報穀其神曰類詣其所曰造望而祭之曰望秩所

釋三

以消災害曰禳亦曰由弭弭除也所以贊饗曰祝亦曰嘏嘏大也除惡曰祓迎祥曰禨繹祭謂之祊亦謂之肜數祭謂之禁非其所祭而祭謂之淫祀

釋舟

伏羲氏刳木爲舟舟刳木爲楫楫者周流無滯也以濟不通天子船舟比舟爲梁也諸侯維舟連四舟也大夫方舟兩舟也士特舟單舟也大舟曰舸亦曰艘小舸曰艖又小艖曰艒小艒縮曰艇狹而長曰艨衝長而薄曰艜帶短而深曰艄步小而深曰艓卯方舟曰艎亦曰舫上下重板曰艦江中舟曰艬禮海中舟曰艆[illegible][illegible]貊也貊短也舴艋小艇也艑浅也航泛也筏桴也查槎也舟上施屋爲廬重室爲飛廬重屋爲雀室舟中曰艙其門曰馬

門窗牖曰舲艇兩旁之版曰舷冒于上曰篷所以行舟者櫓櫓膂也所以撥水者櫂櫂濯也或謂之檝檝捷也或謂之橈橈亦櫂也所以穩櫂者槳槳横出而小柂也所以拏舟者篙篙交也或謂之篦或謂之竹碇護舟之木曰䑣其尾曰梢其尾柂水以闗捩曰柂柂離水処爲福福上曲処爲頔其上張臥曰颿其前立柱曰椳孛舟而前曰縴亦曰䉶引舟之索曰曰筰作也或曰纜纜維也矴舟之四角叉曰錨係舟之杙曰牂牁泊舟置版以登岸曰艞艞兼跳躍義也

釋帛

帛繒也繒縳也縳絹也絹絙也其絲絙厚而疏也今䈪穿絹錦織采爲文也紈煥也細澤有光煥煥然也今軽光絹綃生絲縳也縑

兼絲縛也綺攲也其文攲斜不順經緯縱橫也（今斜文花綾之屬）素朴
素而不加巧飾也縠粟也其形足足而踧視之如粟也一曰
縐縠一曰沙縠紗疏也疏寥也其形方孔寥寥然也（今偏地紗）綾
綾也凡布帛之細者皆曰綾羅紋疏密相間也綢綢繆也紬
紬繹也抽也引也羅（本体是）以絲為罟張禽鳥也緞（本作鍛）履後帖也今
俗用為帛名𢇁借字也

釋采色

青生也赤赫也黃晃也白啓也黑晦也倉亦青也朱丹亦赤（鞠亦黃也）
也茵素亦白也皁緇墨亦黑也藍（綠）碧淺青也紅淺赤也纁線
殷乾赤也褐淺黑也青與黃相間為綠綠瀏也黃與青相間
為緗緗桑也赤與黑相間為紫紫疵也赤與黃相間為絳絳

工也青與赤相間爲紺紺甘也黑與青相間爲緅緅聚也繰

絪靛䩕翠青別名也彤䩕赤頳緹㷲赭緋赤別名也䵷拄䵷卦

黪老䵻善䵶端䵿占䵹今䵺乜䵽䌷黄別名也皁汗䵯

皙皭曈皚的皏併皛渴皤皎蒿潔白別名也黝黕黯黶默黮

腆默黫真涅儵盧黸焦黎黔黰黴黧黲縝黳黰乜黲黲黑別

名也凡五采備謂之繡繡修也

釋雷電

陰陽相薄爲雷與雷同氣而生光爲電雷从回回薄成雷電

从中申洩則電正月始雷二月始電雷硠也如轉物聲硠硠

也電殄也乍現而斯滅也疾雷爲霆霆急激也或曰雷餘聲

也俗謂之劈歷劈折也所歷能破折也譌爲霹靂非是雷疾

釋五

而甚爲震震戰也凡雷爲火劈歷金氣也其音恪恪謂之雄雷旱象其鳴依依謂之雌雷水象也其聲(震)百里易曰震驚百里是也電謂之列缺銘倫閃有熱閃有雨閃東電曰無孛南電曰順流西電曰墜光明北電曰百生樹

釋拜

立則磬折拱則抱鼓磬折則平衡平衡拜也首至地爲拜古者鞠躬揖讓均謂之拜拜兩手齊下頭與要平也拱兩手相合頭稍俯也推手曰揖引手曰歙斂手向肯(身)微作曲勢也于丈夫則跌跌然屈折就地也于婦人則扶抽扶而上下其手也引手而起爲長跪或曰長跽聲之轉也兩手著肯爲長揖長揖不拜也首至手爲拜手亦曰空首首至地爲稽首稽首

下衡也首頓于手爲頓首頓首俯身也首觸地爲稽顙拜而后拜稽顙吉拜也稽顙而后拜凶拜也稽顙而不拜不成拜也振動戰栗變動也一拜曰奇基拜再拜曰褒拜皆常禮也首俯而身曲曰肅拜肅然起敬亦介胄之士不拜以肅當拜也揖謂之撎孤卿特揖一一揖之大夫旅揖合而一揖之士旁三揖士有三等各一揖之推手小下謂土揖推手平齊謂時揖推手小舉謂天揖（古者行禮不過再拜）三拜亡人之禮也四拜加禮也九頓首情迫而禮變也百拜喻多拜也凡施于尊者用稽首施于匹敵者用頓首或爲再拜惟君上之尊則再拜稽首郊特牲曰拜服也稽首服之甚也君子行禮于其所尊無所不用其極

釋六

議

海運議上

竊惟大禹定賦揚州貢道有沿海達淮之文是海運已剏于虞夏秦漢以來想亦行之（行齊所謂自瑯邪轉輸于遼是也唐時杜詩偁雲帆轉遼海粳稻來東吳是也追）但無記載可詳惟元至元二十一年伯顏復議海運招募海上亡命徒朱清張瑄授金符千戶押運漕糧三萬五千石船大者不過千石小者三百石自劉家港出揚子江盤運黃沙嘴月餘至淮口過膠州牢山一路至延真島望北行轉成山西行到九皋島放萊州大洋收界河兩月抵直沽實爲繁重不能經久二十六年增糧八十萬石二月開洋四月直沽交卸五月還南復運夏糧至八月回空一歲兩運是時船小而人恐懼亦未盡善二十七年朱清

等數長興李福四押運自揚子江開洋落潮東北行離長灘
至白水綠水經黑水大洋北望延真島轉成山西行入沙門
島開萊州大洋進界河不過一月或東南風順半月可至直
沽漕運大利如是二十餘載其省財力不貲明初洪武三十
年猶倣其法歲運七十萬石以給遼東至永樂十年工部尚
書宋禮開會通河而漕運始繇內河然宋工部猶有三年海
運一次之議當時未嘗絕意也及宏治閒河運方盛而登州
海船尚未奉裁輔臣邱濬請閒行海運恐日後漕河少塞或
此不至而有彼來之利誠老成先見耳又孜登州海船裁于
嘉靖三年遮洋一總革于四十五年至末年河漕屢塞開浚
累歲大費國帑迨隆慶四年邳州閼塞百八十里京師大困

復有海運之議撫臣梁夢龍遂募海工先以米麥船踏勘數次自淮安抵張灣沿海一路並無疏虞程圖詳細在指掌間則海運之利可知矣夫居今日而禁議海運者蓋以風波之險寇盜之害爲慮抑知河不如海者豈僅二端哉河有淤塞之時而海則片颿可達一也河有守凍之苦而海則帀月可到二也河以每歲一運而支積揞維艱海則春夏兩行而倉儲充足三也河狹必挨幫而進一船閣則衆船俱閣海可萬艘齊開散行無礙四也河有竊米延路而貨海則無從貨售五也河有弃舟而逃海則無從遁匿六也河運一夫大呼萬槳俱停海則一船有儆彼此可救七也河運一舟失火百舟並燼海則各自分行火不延焚八也河運輓縴于赤日中費重工勞

議二

海則高臥在船費省工逸九也河運必給糧以防海海運則
海濱巡緝益嚴十也河船率五六年一造海船可十五年一
造省價百萬十一也河多起駁海則密邇通州不煩陸輓十
二也況新行海程更為穩便元代起自蘇州以至直沽計萬
三千里明代起自淮安徑達天津止三千三百九里十里本
有劉河鶯遊山兩道今兩處壅塞惟吳淞口最為近便亦不
過四千餘里元從大洋風波難避今傍海有島嶼可依且所
經之地悉是江南山東兩衛所轄　本朝康熙年間開海禁
以來商船往還東關天津等處習以為常凡駕馭之技趨向
之方靡不漸推漸準愈久愈精豈商賈可行而漕運獨不可
行乎謹議萬全悠久之策開列于後試採擇焉

一募海工以教水手擇慣行海上而誠實者數百人察明執結具其口糧分散各船作把舵欄頭教習水手各練精熟則海道若康莊矣

一選賢能以使任事擇忠義有膽畧者使充押運三次無誤錄功陞擢則賢豪嚮風尤必貴于久任以責成功俾得實心報績

一懸賞格以實樂趨如運丁一次無失作一功二次無失作二功滿三功者准給頂帶運功與軍功並行則樂于趨事其餘頭工舵工仍許帶貨作賞

一立防衛以備不測凡運船所經之地多設旗幟巡船護送連絡不絕倘有風波寇盜鳴鉦放砲晝發島內巡緝船以

議三

救之

一立標記以便輓泊凡輓泊之地晝竪大黄旗夜張大鐙或遠而難見則立烟墩以舉烟爲號守島兵鳴鉦以招接如本處泊滿方下旗鐙以便後船另泊他處回空亦然

一立記號以便迴避如礁石淺灘應避之處晝竪黑旗夜張二鐙即在應避處守島兵吹喇叭以驅回空亦然

一早運期以趁順風大率四月以前多東南風順且和遲則逆而暴矣各州縣須十二月完兑正月起程二月到天津四月再運庶運日少而工費省

一造運船以利重載海船形狀與漕船不同海船宜尖頭濶腹上無樓棚方可破浪而免風又宜高艕深舵平安鎮板

方可載重而不近水當遴選廉能官吏專督工匠採買堅木造成庶得十五年一造

一占風候以知趨避須擇精于占驗者偕行倘風色不利斷不可行

一察潮汛以定行止海潮應月盈虛如月大盡五十八期月小盡五十六期不爽時刻隨潮順萬無一失

一廣延訪以開識見凡通天文知氣候熟海路曉言語有奇謀智畧技勇絶倫可禦海寇者許其同行即海邊耆老亦宜多問

一給海程以安衆心凡糧船所經之地方如某處可輓泊或淺或深某處當迴避是灘是石某島至某島約幾許里某

衛至某衛或一日半日某處爲險惡某處爲某縣刋示明白徧給各船使之一覽曉然

一舒發運以便泊船約計五十船爲一幫陸續開放則小島可容泊左右可互援庶無疏失

一禁泛洋以防盜寇凡商人俱着緣島嶼之内以熟習漕道不許遠泛大洋則商船兼護漕艘而漕船就以係商不已兩得其利

一許帶貨以結衆心每船定例帶貨物若干免其報税惟違禁物不許私帶則人心悅矣

一備器械以嚴防禦凡運船每隻給利器火葯等物以備不虞需用

一分運道以省工力如近河州縣無礙舟檣者照舊河運近海州縣乘便者則行海運則工力省而各得其便以上十七條爲　朝廷省無算錢糧軍民均利内外共怙神京有磐石之安各塞有金湯之固至于遠外貢以備敵絶番通番以防患葺諸島以杜奸賞早到以鼓勵尤宜隨時斟酌施行并附路程爲　當宁獻謹議

江蘇上海縣黄浦口東出吴淞口五十里

吴淞口至崇明縣新開河一百十里

新開河至十滧七十里

十滧至青浦縣佘山百八十里

佘山向北至贛榆縣鷹游門百八十里

議五

鷹游門至山東日照縣界山百八十里

界山北至文登縣錢槎山　錢槎山又北至馬頭嘴　馬頭

嘴至榮成縣石島共約六百餘里

石島至俚島百六十里

俚島至成山百四十里

成山向北至文登縣劉公島百餘里

又西至威海衛百餘里

又北至福山縣之罘島百餘里

又北至蓬萊縣廟島二百餘里

廟島過掖縣小石島即入直隸天津海口約九百里

又逆流抵天津東關外百八十餘里　通計水程四千餘里

海運後議

海運與河運原相表裏自明永樂十年以來[後]海運廢而專由漕河者所以避開洋之險也然海險不過成山以東白蓬頭等處危礁亂磯湍流伏沙非熟識水洪者不敢擅行今黄河漸從而南或衝而北大爲漕患則復脩海道以備不虞未必非 國家之至計哉竊見海船運貨畏淺不畏深畏礁不畏風明代沿嶼求道非礁即淺無怪其難宜乎禁絶不行抑知元時所開生道即今沙船所行之程最爲盡善伏查至元三十年千户殷民畧開海運新道自浙西至直沽僅旬有餘日入潛山東膠萊新河直達天津因萊蕪山所限未往達者僅五可轉繞文登蓬萊等處從利津入亦不過六百里之近今

商人南北往來頗能認識此路至舊傳劉家河廖角沙或由八套口出鷹游門固有兩道迩已壅塞不必議惟出吳淞口至十滧一路極爲利便竊思海運之利非特省財用恤工力且以弭盜賊自明代廢海運而沙民爭魚鹽之末往往仇殺拒捕虜掠貨商致生海患今召募沿海漁人及竈下鹽徒流充攔頭舵工以尋認洪波則彼有生機豈難效命將見沙民富而海之爭奪靖矣解經省而農之田耗減矣運卒休而衛之行伍實矣南北貨通而物價不至于湧貴官民船便而漕河不至于擁塞如此則海運之效豈鮮乎哉再就見聞所及謹陳梗概

求雨議

查得求雨之法有驗有不驗者要在守土官員實心實意感得上格蒼穹此真法也至億度之説生克之論巧幻之術總總違逆天常雖取效于一時而不可爲後世常法豈未盡善哉葢徒法不足行故耳謹案湯有七年之旱惟六事自責春秋因旱而雩服注亦从月令説惟祭帝祭山川而已漢舊儀求雨太常亦惟禱天地宗廟社稷山川以賽載之古書可攷此法之有驗者乃若神農求雨書所謂甲乙日不雨命爲青龍東方小童子舞之丙丁日不雨命爲赤龍南方壯者舞之戊己日不雨命爲黄龍中央壯者舞之庚辛日不雨命爲白龍西方老人舞之壬癸日不雨命爲黑龍北方老人舞之如再不雨闔南門置水于其外開北門取人骨埋之此一説也

漢儒董子所言春旱祠户毋伐名木毋斬山林纍巫聚蛇夏
旱竈祠毋舉土功更大浚井纍釜于壇杵臼于街季夏旱禱
山陵徙市禁男子無得行入市祠中霤毋舉土功聚巫于市
蒴秋旱纍巫尫毋舉火煎金器祠門冬旱舞龍禱名山祠井
毋壅水以應天地之氣此一說也宋時有以庚辛壬癸日先
齋戒以酒脯告社令築方壇壇上植竹枝畫龍形其圖以縑
素畫黑魚左顧環以天黿十星中為白龍吐雲黑色其下畫
水波有龜亦左顧吐黑氣如綫和金銀朱丹飾龍形又設皁
旛刎鵞頸（取）血致盤中以楊枝洒水龍上羣官再至祝而足取
龍投水中此亦一說也宋時更有以甲乙日擇東地作壇取
土造青龍其餘方各以色配皆如之凡旱建壇取五行生成

之數長吏齋三日詣龍所汲流水設香茗果日再至祝酹不用樂巫覡雨足送龍水中此又一說也至鞭旱魃焚月孛呪蜥蜴捕蝦蟇筥土龍見(凡斯之類)于經注史子者亦不勝殫述而一切荒誕邪僻妖幻之術概不臚舉然亦有驗有不驗者間近亢陽彌月禾稻待雨甚(急)有司虔禱未應下訪良法 職願賓心膂意得便精神上格將見指日甘霖下沛灑徧郊圻而歲豐告慶矣又恐術士乘間誑惑敢核前聞或有小驗伏惟 當宁裁酌施行

庶民酬神議

議八

古者自天子至庶人通祀祇有五祀見于古禮漢時尚然五祀者門戶中霤竈井是也迨巫蠱事興始有各神名目然未

嘗延及庶民漢末張道陵廣倆神號誑惑人心于是以神前
爲人禳灾祈福後世遂爲口實晉陶隱居又造僞言而士庶
家舍近求遠竟忘日在室中好爲越分且方祀土祀封號日
繁祟端日出而佛氏復起無稽之說射利之徒又建小祠剝
掠銀錢竟作神道設教而小民不悟哀哉近見庶民歲時酧
報徧立諸神使諸神來歆其祀則庶民何德不歆其祀徒爲
虛設若令五祀攝位不特其神且以無位之神攝有位之祀
于義不順禮曰淫祀無福信矣今禾俗于紙上圖印神模中
堂供奉神豈附紙哉況萬家饗獻神必不能徧受即使神通
廣大亦不勝其煩大抵來享其祭者仍是室中五祀之神耳
惟在守土有司傳約士夫家不干非禮即曉諭衆民庶得整

飭風俗革除弊端各户歲時酧報只許遵行古禮毋得僭越
庶不自誣以誣神也

禁海米出洋議

照得米穀豆麥所以養内地非以齎外洋近奸徒外通洋匪
内聯牙儈僞作行商偷運出洋接濟奸匪者及止圖漁利並
無接濟奸匪情弊者罪有差等備載兵律禁止之法若沿海
立防船勢駛速必不能捕獲若各口驗引爲憑而海程流分
派别或從小路抄去亦不能廵緝今查得洋路浙江江南福
建沿海諸山議分三界黄牛山馬墓長塗冊子金塘大謝蘭
秀劒山雙嶼六横韭山塘頭等處爲上界灘山許山羊山馬
蹟兩頭洞漁山三姑霍山黄澤大小衢大佛頭等處爲中界

議九

花腦求芝絡草嶼及東庫陳錢壁下等處爲下界此洋匪往來必由之道也于此而議巡緝需會同蘇建二省分段立禁南自鎮下門南麂玉環烏沙門等山交于漳泉北自洋山馬蹟灘許劚山交于蘇淞而陳錢又爲江浙分䑸尤爲緊要復驗得海中礁沙甚多南起舟山北至崇明斷續暗伏易于閣淺外洋來接及奸徒出洋者不能東西亂渡于是風信巡緝更屬較便如遇東北風則守于陳錢馬蹟等山防于温台禁于蘇淞遇正東風守于茶山防于淮陽禁于常鎮遇正北風守于琉球交界處防于福興漳泉禁于温台三處雖窎遠而形勢連絡要在同心會緝是無偷運出洋之弊矣至米石多寡之定罪䑸口員弁之賞給及妄拿商船以冒功劾訛詐良

民以贓錢財俱有名例究辦又聞菉豆可代鉛珠京緞包紮
火鎗火礮利于皮韃尤宜嚴查　職愚敢据地勢險要處立禁
稽察萬無一失或有小效謹貢　當宁裁酌施行

議十

述

雷述

雷者太陽之激氣也淮南子所謂陰陽相薄爲雷漢五行志以二月出地百八十日雷出則萬物出八月入地百八十日雷入則萬物入初非有神所憑有狀可擬明矣道書言神姓名江帯沖者本不可信後世言雷神狀不一或曰如連鼓形圖一人若力士謂之雷公左手引連鼓右手椎之論衡或曰神狀如飛鳥而銳喙肉翅赤色而人足陸深願豐堂漫録或曰丹脣目如鏡毛角長三尺餘類畜頭似獼猴搜神記或曰豬首手足各兩指執一赤蛇嚙之酉陽雜俎或曰豕首鱗身投荒雜録或曰雨工雷霆之屬狀似羊李朝威柳毅傳或曰雷州春夏多雷秋日伏地中狀如

述一

一絲斤違例出洋過一百斤照米石出洋例發近邊充軍不及百斤者杖一百徒三年不及十斤者枷號一個月杖一百為從及船户知情不首告者各減一等船隻貨物入官其違例偷漏紬緞綿綃等物按照絲斤分兩多寡分别治罪失察之汛口文武各官並照失察米石出洋例分别議處

一姦徒將米穀豆麥雜糧偷運外洋接濟姦匪者擬絞立決如止圖漁利並無接濟姦匪情弊者米過一百石發近邊充軍一百石以下杖一百徒三年不及十石者枷號一個月杖一百為從及知情不首之船户各減一等穀及豆麥雜糧每二石作米一石科斷所有姦徒偷運米石及船隻貨物俱給拿獲之員弁充賞失察之汛口文武各官照例議處如有得賄故縱者卽行參革以枉法計贓治罪倘有不肖員弁奉委之後並不親身出口及岙拿商船額帶食米訛詐者一體嚴參其有得贓者

[illegible]

故縱者嘗卽行參革以枉法計贓治罪倘有不肖員弁奉委之後並不親身出口及妄拿商船額帶食米訛詐者一體嚴參其有得贓者照恐嚇取財律治罪 [illegible]

[illegible] 十日

雷入則萬物入初非有神憑有狀可擬明矣道書言神姓名江崇沖者本不可信後世言雷神狀不一或曰如連鼓形圖一人若力士謂之雷公左手引連鼓右手椎之（論衡）或曰神狀如飛鳥而銳喙肉被赤色而人足（陸深豐堂漫錄）或曰丹脣目如鏡毛角長三尺餘類畜頭似獼猴（搜神記）或曰豬首手足各兩指執一赤蛇嚙之（酉陽雜俎）或曰豕首鱗身（投荒雜錄）或曰雨工雷霆之屬狀似羊（李朝威柳毅傳）或曰雷州春夏多雷秋日伏地中狀如

述一

氣人取食之李肇國史補至于雷澤有神鼓腹山海經雷州歲獻雷車雷鼓嶺表錄異又有天雷水雷地雷神雷社雷之說風雷火雷雲雷蠻雷妖雷之別白玉蟾雄雷雌雷劈歷之解師曠占旱氣水氣金氣之辨雜占終非的論然則雷者陰陽相薄震戰也霆雷餘聲也初非有狀可求特愚民罔覺設象表威借爲儆衆然于理則謬

六十甲子納音述

以五音五行納入六十甲子本形家說而其原其義罕能詳究朱子以十榦十枝分作六甲爲提綱而五音五行錯出難于醒目輟耕錄以甲子乙丑順數未免散緩僭用音行作領而以甲子分疏其下序次雖異而法則同

宮爲土土生金甲子乙丑海中金子屬水丑配之金死于子墓于丑水旺則金衰故曰海中金壬申癸酉劍鋒金申酉金之正位生旺則成剛故曰劍鋒金庚辰辛巳白鑞金金胎于辰生于巳形質初成未能堅利故曰白鑞金甲午乙未沙石金午爲火旺之地則金敗未爲火衰之地則金冷故曰沙石金壬寅癸卯金箔金寅卯木鄉況金絶于寅胎于卯尚未有力故曰金箔金庚戌辛亥釵釧金金至戌而衰至亥而病其質柔弱故曰釵釧金

商爲金金生水丙子丁丑澗下水水旺于子衰于丑不能如江河之大故曰澗下水甲申乙酉井泉水申酉金位水生于金方生之力量未洪故曰井泉水壬辰癸巳長流水辰爲水

述二

庫巳爲金長生水逢金則泉源不竭故曰長流水丙午丁未天河水丙丁屬又當火位水自火出非銀漢不能爲故曰天河水甲寅乙卯大谿水寅卯本東方之位水向東流故曰大谿水壬戌癸亥大海水幹枝俱屬水非他水所比擬故曰大海水

角爲木木生火戊子己丑霹靂火子水丑土與火違行而空中灼爍非雷電乎故曰霹靂火丙申丁酉山頭下火申爲地戶酉爲日入之門日至此而光耀故曰山下火甲辰乙巳覆鐙火辰是食時巳是禺中日正則光盛故曰覆鐙火戊午己未天上火火旺于午兼生未木火性炎上又逢生地故曰天上火丙寅丁卯鑪中火得其地又寅卯生之有天地開爐之爲

故曰鑪中火甲戌乙亥山頭火戌亥爲天門火照天門其光至高故曰山頭火

徵爲火火生土庚子辛丑辟上土丑是土家而子則水旺土見水則爲泥故曰辟上土戊申己酉大驛土申在坤維坤爲土酉爲兑位兑爲澤土加于坤澤之上則非浮薄故曰大驛土丙辰丁巳沙中土土庫絶于辰庫絶而火旺復生故曰沙中土庚午辛未路傍土未中之木而生午位火盛則土焦不能育物故曰路傍土戊寅己卯城頭土戊己土屬寅爲艮山而卯配之土積于山故曰城頭土丙戌丁亥屋上土丙丁屬火戌亥是天門火既炎上則土在下故曰屋上土

羽爲水水生木壬子癸丑桑柘木子水丑金水方生木而金

述三

伐之故曰桑柘木庚申辛酉石榴木當秋之時木植漸衰惟石榴結實故曰石榴木戊辰己巳大林木辰為原野巳為六陽若樹木盛于原野故曰大林木壬午癸未楊柳木木死于午墓于未得壬癸之水以生然枝體柔弱故曰楊柳木庚寅辛卯松柏木木體壯盛有刀森然挺秀故曰松柏木戊戌己亥平地木戊亦原野亥為木生之地非一根一株所比故曰平地木

約

古今權量度約

漢志黄鍾根本萬事其起數之法黄鍾之長實千二百黍爲一分十分爲寸十寸爲尺十尺爲丈十丈爲引黄鍾之龠亦實千二百黍合龠也兩龠爲合十合爲升十升爲斗十斗爲斛黄鍾一龠千二百黍重十二銖二十四銖爲兩十六兩爲斤三十斤爲鈞四鈞爲石至隋時而權量度制悉乖古法通典所謂量三升當今一升稱三兩當今一兩尺一尺二寸當今一尺大業三年詔改度量權衡悉依于古不果行故唐時仍有大斗小斗大兩小兩之目明鄭世子玹羊頭山秬黍以時等則稱之百黍得二分五釐古倫龠容一千二百黍重十二

銖二十四銖爲兩今二千四百黍重六錢則今之六錢準古一兩以約度量今之八寸即古一尺今之三斗即古一斛然則度以八爲率量以三爲率權以六爲率

不用神模約

照得禾俗于紙上圖印神模廣傳市肆不論士夫民庶售歸供奉以爲酧報祭畢焚化弃地習矣爲常恬不作怪噫何頑愚若是哉今爲衆人約歲時酧神可不用神模舉頭三尺有神何待仰瞻片紙而後申敬乎抑諸神憑依片紙而後來享乎況神模祇有嘉屬通行各州府有用有不用設使紙上之神爲有耶其敢褻弃路途一任飛散踐踏于心何忍使紙上之神爲無耶何必設供中筵舉室側身羅拜甚屬愚昧倏而虔

奉條而遺弃雖極無知之人恐不出此而況稍有性靈身在搢紳者哉是所以約衆人不用神模之意一爲敬神計免使焚弃無褻瀆神明之罪一爲惜字計免得散飛無淪流汚穢之傷自今以後約衆人于紅紙上或書五祀之神或書恭酧神恩中堂縣供祭畢收藏無論士夫民庶一體行此非特循守本分亦不越古禮兩得其便

約二

說

句股說

昔黃帝命隸首作算數而九章之中遂有句股法嗣後商高周公傳之而弧矢割圜之學載在周髀通其說者夏矦氏最優迨儒者失傳此術淪于西域實非剏自西人西法以爲一率比爲二率若爲三率與爲四率以比小句股也若與大句股也援此例推雖與弧矢割圜之名目不同要不外弧矢割圜之法爾桉周髀經廣者爲句脩者爲股自句至股兩端之斜綫爲徑隅亦謂之弦其大于直角者爲鈍角小于直角者爲銳角句與股相併曰句股和句與弦相併曰句弦和句與股相較曰句股較較者差也句與弦相較曰句弦較股與弦相

併曰句弦和股與弦相較曰股弦較弦與句股和相併曰弦和和弦與句股較相併曰弦較和弦與句股和相減曰弦和較弦與句股較相減曰弦較較大抵求句于股用減法求股于弦用加法故句股之相乘以求積也句股之開方以求弦也句股之互爲比例以測高下淺深廣遠也其餘容方容圓測望平直諸法凡百四十又四名而參差不齊之數可布算而得矣夫句股所用甚繁惟施于平圓渾圓以測周天三百六十五度爲大平圓者平三角也渾圓者弧三角也但角有正有鋭有鈍正角者正九十度也鋭角者不及九十度也鈍角者過于九十度也西人以八綫比例而列爲表體其法惟得一綫即可以求餘綫可以因角求邊可以因邊求角可

以八綫求他形亦可以他形求八綫夫所謂八綫者何正弦餘弦正矢餘矢正切餘切正割餘割是也其分數之法橫縱相交雖名目有異而立意則同要皆以直綫求直綫而不拘于迹孰非句股之變而通哉

海潮説

古今論海潮之説多矣謂虛于子午(竇氏海潮記)此候東海潮也謂潮生于子(燕公著論)此測南海潮也謂潮生于東南(海說)貫此乘舟候漲而進退者也若夫海鰍出沒(山海經)神龍變化(浮圖書)怪異之談難爲徵信至天河所激湧(葛洪潮說)地機所翕張(洞正真經)憑虛肌見恐非確切即隨月盈虧(海嶠志)隨氣進退(王充論衡)日激而潮生(盧肇說)山湧而濤隨(封谿說)析木大梁月行而水大(竇叔蒙濤志)

説二

然屬合理特語焉不詳未能造化之精也蓋天地之間東西爲緯南北爲經故子午卯酉爲四方之正位而海潮進退以月而至（朱子說）海潮固然應月然潮有漲退而海無增減蓋月之臨位水必往從故月臨卯酉則水漲于東西月臨子午則則潮平于南北彼盈此竭皆係于月夫月陰精也水陰物也以水之陰從月之精晦朔弦望而潮汐應焉故朔後三日載生明而潮壯望後三日載生魄而潮瀉仲春月落水微（生）而汐微仲秋月明水落而潮盛減于大寒極陰而凝弱于大暑畏陽而縮（余襄公說）今以應月盈虛推之如月朔夜半子時潮平于地之子位四刻十六分半月離于日在地之辰次日移三刻七十二分對月到之位以日臨之次潮必應之過月望復東

行潮附日而又西應之至後朔子時四刻十六分半日月潮水俱復會于亥（子）位其小盡則月離于日在地之辰次日移三刻七十三分半對月到之位以日臨之次潮必應之至後朔子時四刻十六分半仍會于子位（會稽海潮碑）故大盡子午合五十八期小盡合五十六期由子至巳其氣為陽由午至亥其氣為陰一晝夜合天地之氣再升再降故潮亦再焉卯酉之月正陰氣陽氣之交氣以交而盛故潮大異于他月朔望之後正上弦下弦之會氣以會而激（盛）故潮大異于他日此天地自然之理爾

歲差說

說三

天之分常有餘歲之分常不足其差至微前人未有覺者及

漢劉洪作乾象法始減歲餘分二千五百爲二千四百六十二至晉虞喜宋何承天梁祖冲之直謂歲當有差因立差法而三人又不合喜以五十年差一度承天以百年差一度冲之以四十六年差一度嗣後隋劉焯以七十五年唐傅仁均以五十五年僧一行以八十二年惟宋楊忠輔以六十七年每年約差五十二秒元郭守敬因之較諸家爲密今法實測晷景驗之中星得七十年有餘每此差五十一秒此歲差之大較也然唐祖孝孫輩初猶不信得傅仁均僧一行之論而定益不知與黄道俱差故有万五千年後寒暑易位之疑倘歲果無差何以堯時冬至日在虚周末在牛秦在斗漢太初法在斗二十一度唐大衍法在斗十度元授時法在箕十今

法在箕二蓋天漸差而東(西)歲漸差而東與天差而東歲差而西同辟如堯時冬至昏昴中今在辰位是天差而東也今冬至昏室中室在昴西是歲差而西也若以日躔宫次而言古時冬至在元枵之虚今在析木之箕自子而丑而寅是歲差而東即天差而西也但古法以恆星不動而黄道西移故曰天漸差而東歲漸差而西所謂天者即恆星歲者即分至今西法則以黄道終古不動而恆星東行故曰列宿每年東行五十一秒然則新法恆星東移之度即古法冬至西移之度初未有異

名子說

長名暹其文从日从進欲與日俱進也上智精進中智漸進

說四

又恐有退遜心望其聞斯行之即字進之惜乎未及丁年已見
殤耳
次名星其文从日从生取智慧日生也字曰生之葢人得天
地之氣以生不負其生庶不虛是生又以誕于四月八日內
典謂佛生日因小字佛兒
三名昱其文从日从立取自立意字曰立之葢本立則道生
行成則名立兼用論語注立之謂植其生義以其生于甲戌
又取戌中添口故小字咸
四名晟其文从日从成葢日後有成之望字曰成之德成蕆
成各有一成成之義本此又與　家大人先後庚辰因小字
同慮性最慧惜亦早夭

孿生說

世有孿生者就所見則先誕爲兄後誕爲弟或以受胎論指後誕爲兄其說然出何休氏云質家據現在立先生文家据本意立後生以定長幼之次商周以來不同如此似因殷王祖甲一產二子曰囂曰良囂以卯日生良以巳日生定囂爲兄良爲弟若文家以後生爲長周有達适突忽未聞誰者先生也昔霍光妻一產二男疑所爲兄弟或曰前生爲兄後生爲弟今雖同日亦宜以前生是兄或曰居上者宜爲兄居下者宜爲弟居下者前生宜以前生爲弟光亦主後生爲弟雖受胎前後似亦有理不知兒當生下時必得轉胎轉胎之際安知居上者仍在上居下者仍在下哉況質文二家之分未

說五

必盡然何氏好造偏見徙以滋後世之惑

十二生肖說

朱子嘗論十二屬頗與八卦乾馬坤牛取爲相類自有來歷恐非假譬且論衡物勢篇言毒篇所載然與今合而其義難曉按暘谷漫錄子寅辰午申戌俱陽故取相屬之奇數以爲名鼠虎龍馬猴狗皆五指而馬單蹄丑卯巳未酉亥俱陰故取相屬之偶數以爲名牛羊雞豬皆四爪而兎兩爪蛇兩舌此一說也七脩類稿子爲陰極幽潛隱晦以鼠配之午爲陽極顯明剛健以馬配之丑陰也俯而慈愛生焉牛有舐犢可配未陽也仰而秉禮行焉羊有跪乳可配寅爲三陽陽勝則暴配以虎申爲三陰陰勝則黠配以猴日生東而有西酉之

雞月生西而有東卯之兔此陰陽交感之義故曰卯酉爲日月私門辰巳陽起而動作龍爲盛蛇次之戌亥陰斂而潛寂狗守夜豬守靜各爲相配此一說也二者之中可居一于是他書所載可無取焉

二十八宿配日說

日有六十甲子星有二十八宿凡四百二十日而一周故時憲科有七元之說一元甲子日起虛以子爲鼠而虛爲日鼠也二元甲子起奎三元甲子起畢四元甲子起箕鬼五元甲子起翼六元甲子起氐七元甲子起畢箕而無餘日矣由是復起于虛循環不已但一元不知起于何年月日則已不可得而考矣所最可疑者日月五星運行于二十八舍遲速不齊

躔次各别交錯參差又復遲留伏逆即使推而上之逢到甲子歲月日正當日在虛月在危五星以次居室壁奎婁胃者然少選月即過度安得又從昴至鬼復順次而列哉況以不齊之天度配一定之星舍亦萬無可通之理也今按其說本西域吉凶時日善惡宿曜經俑彼國不知十幹十二枝之名借二十八宿以紀日其七政加二十八宿猶幹之加枝非謂七政之必躔于此宿也憲書存此可使絕域殊同某日是何甲子以通遠地竝非别有關涉留其說以俟該博者

答問

問果木接生

問古公亶父接果實之木果實有接枝而生者何也予曰草陰木陽果木乃陽中之陽陽必陰配纔能生育木有根梢根頭有力而梢末實資下以生果著梢上是陽上陰下陽主之陰隨之易不云乎地道無成而代有終歟客曰一切果實從接而生均以本物接木物得其气故也若桑上接梨楮上接楊梅棗上接牛柿牛柿上接棗冬青上接梅而花墨凡斯之類何哉予曰楮桑棗柿全化其質冬青化未盡化譬如人之習于善則善習于善未能遽善餘气尚存故耳客曰然則梅接杏而大枇杷接梨而甜是習于善而未能遽善也予曰非

答問一

也梅味本酸而杏亦酸枇杷味本甘而梨亦甘味之相近不必全化其气質而所化已神矣

答禽雛

客問雞雛伏二十日而生鴨雛伏三十日而生同是伏息也何遲速有分耶予曰周天之度三百六十一歲十二月一月三十日得三百六十時雞屬西方之气圍三之二得成數二十鴨屬北方之气圍三之三得成數三十故其伏息有遲速耳客曰洵如此論鵝屬南方之气圍三之一得成數僅十何以亦三十日而出雛予曰天地運行之數有始于始又有始于終鵝生數雛圍三之始而所得卻圍三之終且母禽之气有盛衰冷煖不同也客曰竊見雞鵝生子少而鴨生子多其

故何在予曰禽類本有陰陽之分鵝屬南方陽之陽雞屬西方陽之中鴨屬北方陽之陰陽數寡陰數多鴨子之多于雞鵝有何難解哉客曰凡爲羽族有翼者必能飛雞鵝鴨有翼而不能飛則又何也予曰羽族能飛固耳豈知衆禽出雛後而生羽其體輕故能飛雞鵝鴨生羽而出雛其體重故不能飛

家祠土地答問

問人家祠宇立土地位到処同風似非虛設然以爲土穀土穀是方社之神一方祇有一神以爲土神五方祇有五神豈能按門挨户各爲之主哉或者别有憑依第無功德于人且非我族類未可遽受血食竟究何等神明充此職耶予曰家

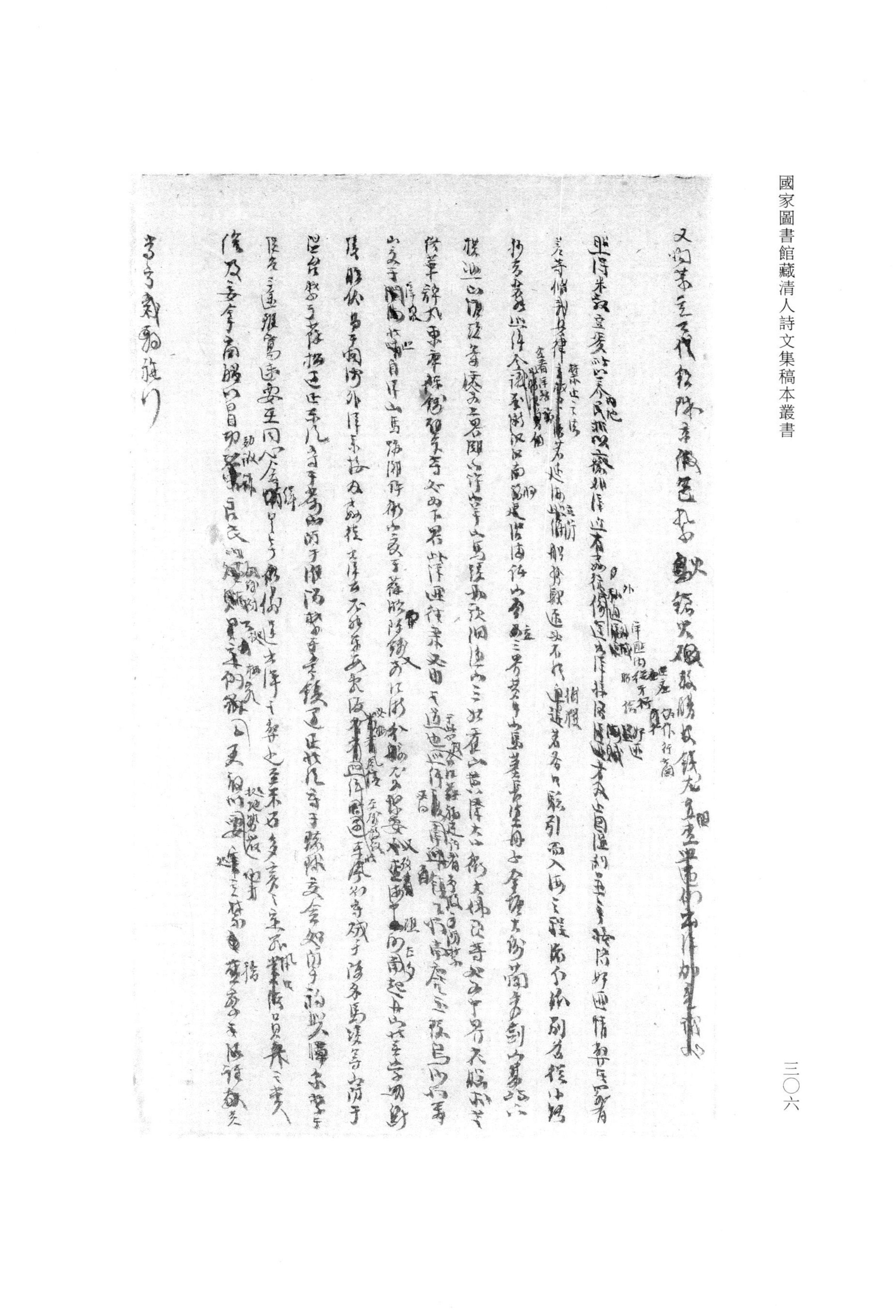

[illegible]

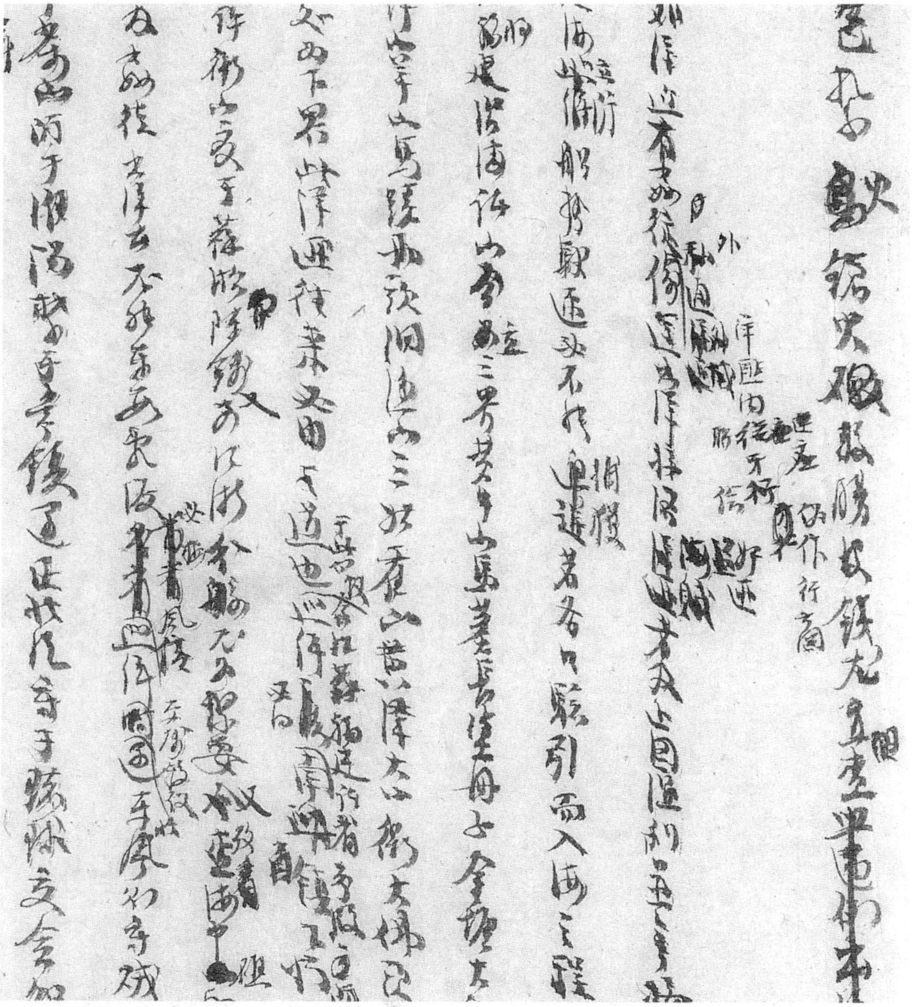

祠中土地豈係他人即是本家剏始祖宗及已祧先人不在時饗月祭中而遠祖之靈正當受食雲仍庶得貴賤咸宜適如手分曰（然則）墳墓之立后土牌者必非句龍矣其又何神予曰此亦土地也有土必有主野祭雖非古禮然爲祖宗加土當告于所主之神近世不察訛題后土云

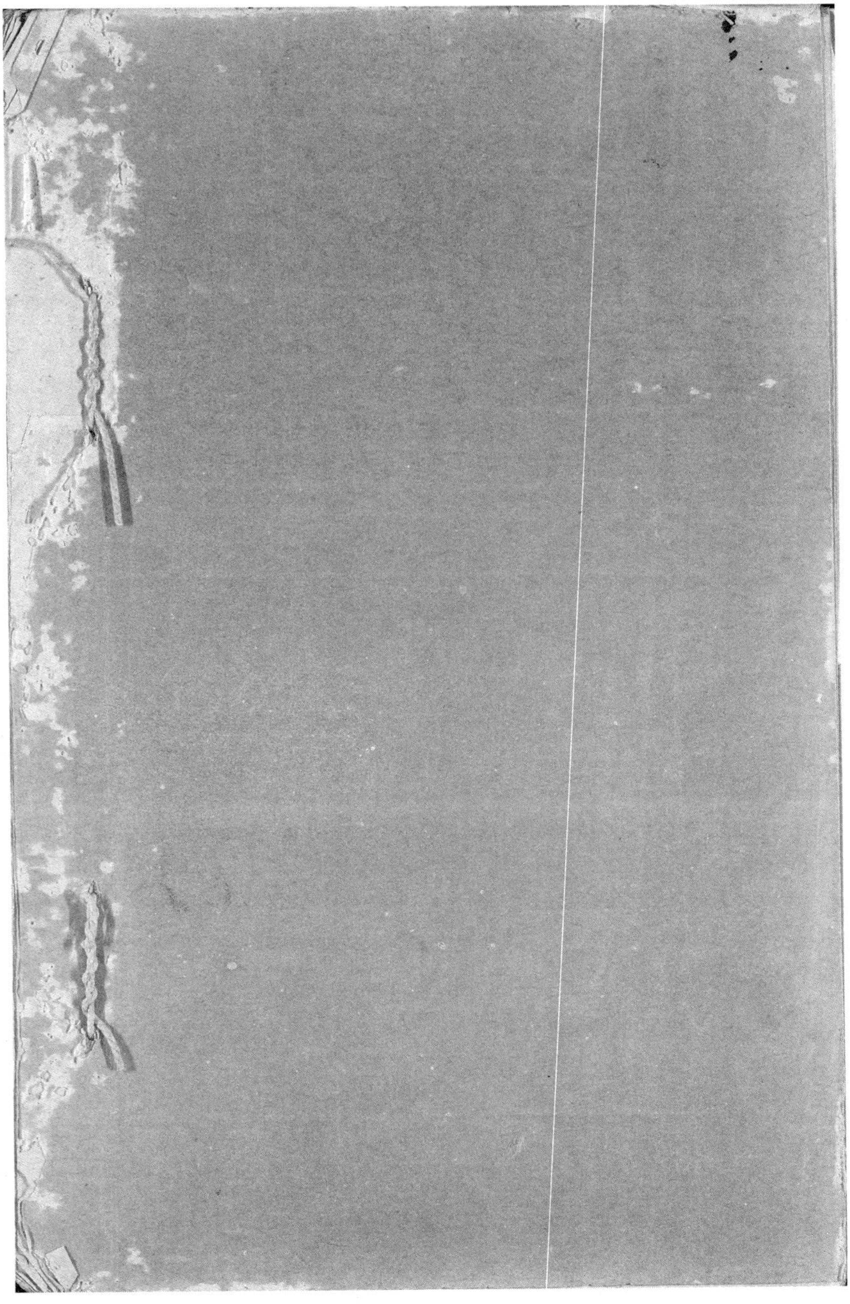

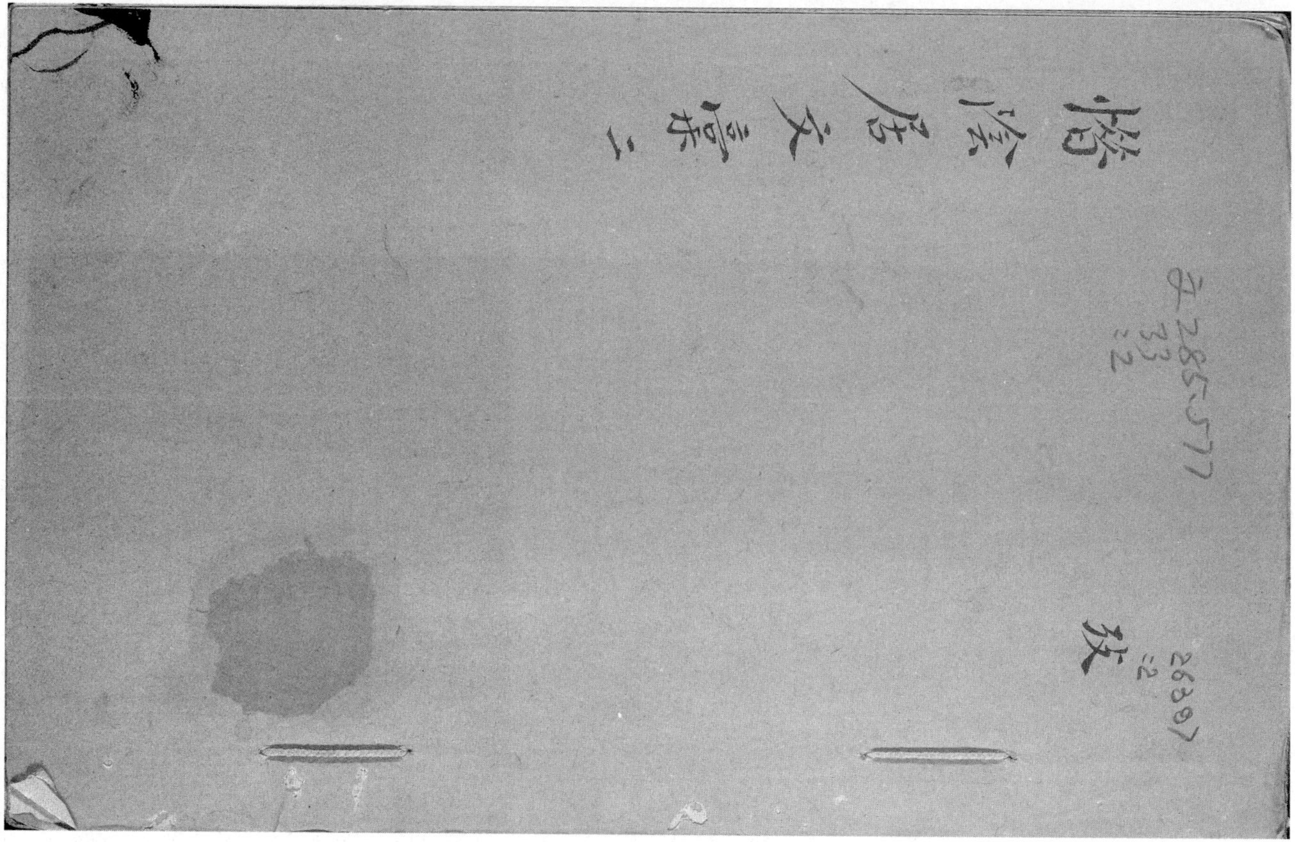
惜陰居文稿二

考一

從祀　文廟考

至聖先師　漢高祖東巡始祀漢元始元年追謚褒成宣尼公永元四年封褒尊侯北魏太和十六年改謚文聖尼父後周大象二年改封鄒國公隋文帝贈先師尼父唐貞觀二年尊爲先聖十一年尊爲宣父乾封二年追贈太師天授元年追封隆道公開元廿七年追謚文宣王宋祥符元年加謚玄聖文宣王五年改至聖文宣王加封亓官氏鄆國夫人元大德十一年加封大成至聖文宣王亓官氏如封嘉靖九年改偁至聖先師　國朝順治二年加偁大成至聖文宣先師孔子

復聖顏子一東配　諱回字子淵魯人漢高祖祀廟以顏子配享魏正始七年唐貞觀二年並詔偁先師總章元年贈太子少師太極元年加贈太子太師開元八年偁亞聖廿三年追封兗公宋祥符二年封兗國公元至順元年加贈兗國復聖公明嘉靖九年改偁復聖顏子

宗聖曾子一西配　諱參字子輿武城人唐總章元年贈太子少保從祀太極元年加贈太子太保開元八年配享廿七年追封郕伯宋祥符二年加封郕侯政和元年改封武城侯咸淳三年加封郕國公元至順元年加封宗聖公明嘉靖九年改偁宗聖曾子

述聖子思子二東配　諱伋宋崇寧元年封沂水侯大觀元年從

祀端平二年升祀于堂咸淳三年加封沂國公配享元至順元年加封沂國述聖公明嘉靖九年改偁述聖子思子

亞聖孟子西配二　諱軻字子輿一字子車魯公族孟孫後世居鄒宋元豐六年封鄒國公配享元至順元年贈鄒國亞聖公明洪武五年罷祀踰年復配嘉靖九年改偁亞聖孟子

先賢閔子東哲一　諱損字子騫魯人唐開元八年從祀廿七年封費侯宋祥符二年加封瑯琊公咸淳二年改封費國公明嘉靖九年改偁先賢閔子以下諸賢從祀封贈年月及改偁先賢某子俱同不重書

冉子西哲一　諱耕字伯牛魯人唐封鄆侯宋封東平公改封鄆國公

冉子東哲二　諱雍字仲弓伯牛族唐封郯侯宋封下邳公改封

辥公
宰子西哲二　諱予字我魯人唐封齊侯宋封臨淄公加封齊公
端木子東哲三　諱賜字子貢衛人唐封黎侯宋封黎陽公加封
黎公
冉子西哲三　諱求字有仲弓族唐封徐侯宋封彭城公加封徐
公
仲子東哲四　諱由字子路卞[魯]人唐封衛侯宋封河内侯加封衛
公
言子西哲四　諱偃字子游吳人唐封吳侯宋封丹陽公進封吳
公
卜子東哲五　諱商字子夏衛人唐封魏侯宋封河東公進封魏

公

顓孫子五西哲　諱師字子張陳人唐封陳伯宋封宛邱侯政和中改封潁川侯咸淳三年加封陳國公尋改陳公

有子六東哲　諱若字子若魯人唐封汴伯宋封平陰侯國朝乾隆三年升哲

朱子六西哲　諱熹字元晦婺源人宋鄉貢進士累官煥章閣待制嘉定中謚曰文寶慶二年贈太師追封信國公紹定三年改徽國國朝康熙五十一年升哲淳祐三年從祀元至正廿二年改封齊國公明崇禎十五年改稱先賢

右殿庭先賢十六人周十五宋一

蘧子一東廡　諱瑗字伯玉衛大夫開元廿二年從祀贈衛伯宋加內黃侯明嘉靖九年以夫子嚴友不當弟子列改祀于鄉國朝復祀雍正二年

林子一西廡　諱放字子邱魯人開元廿二年從祀贈清河伯宋加封長山侯嘉靖九年以

家語史記不載弟子改祀于鄉　國朝復祀

澹臺子二東　諱滅明字子羽武城人唐封江伯宋封金鄉侯

宓子二西　諱不齊字子賤魯人唐封單父伯宋封單父侯

原子三東　諱憲字思宋人鄭康成曰魯人唐封原伯宋封任城侯

公冶子三西　諱長字子長齊人家語曰魯人唐封莒伯宋封高密侯

南宮子四東　諱适字子容家語曰名韜一作縚史記作括唐封郯伯宋封龔邱侯

改封汝陽侯

公晳子四西　諱哀字季沈家語作季次齊人唐封郳伯宋封北海侯

商子五東　諱瞿字子木魯人唐封蒙伯宋封須昌侯

高子五西　諱柴字子羔齊人禮記史記竝作子皋鄭康成衛人唐封共城伯宋封共城侯

漆雕子東六　諱開字子開(家語作憑蔡人康成曰魯人)唐封滕伯宋封平興侯

樊子西六　諱須字遲(康成曰齊人)唐封樊伯宋封益都侯

司馬子東七　諱耕字牛(家語作犂耕)唐封向伯宋封楚侯改封綏(作睢)陽侯

商子西七　諱澤字子秀(史記作子季)魯人唐封睢陽伯宋封鄒平侯

梁子東八　諱鱣字子魚齊人唐封梁伯宋封千乘侯

巫馬子西八　諱期字子期陳人(史記曰巫馬施字子旗康成曰魯人)唐封鄫伯宋封東阿侯

冉子東九　諱孺字子魯(家語曰儒字子魚)魯人唐封紀伯宋封臨沂侯

顏子西九　諱辛字子柳魯人唐封蕭伯宋封陽穀侯

伯子東十　諱虔字楷一字子析唐封聊伯宋封沭陽侯

曹子西十　諱卹字子循蔡人唐封曹伯宋封上蔡矦

冉子東十一　諱季字子産魯人唐封東平伯宋封諸城矦

公孫子西十一　諱龍字子石衛人（家語作寵　鄭云楚人）唐封黄伯宋封枝江矦

漆雕子東十二　諱徒父字子有（家語作從　字子文）魯人唐封須句伯宋封高苑矦

秦子西十二　諱商字子丕（家語作不慈）魯人（康成曰楚人）唐封上洛伯宋封鄄城矦

漆雕子東十三　諱哆字子斂（家語作侈）魯人唐封武城伯宋封濮陽矦

顏子西十三　諱高（家語作刻）字子驕魯人唐封瑯琊伯宋封雷澤矦

公西子東十四　諱赤字子華魯人唐封鄁伯宋封鉅野矦

壤駟子（西十四）　諱赤字子徒（家語作子從）（穰字）秦人唐封比（北作）徵伯宋封上邽侯

任子（東十五）　諱不齊字子選楚人唐封任城伯宋封當陽侯

石子（西十五）　諱作蜀字子明（家語作子蜀）秦人唐封郈邑伯宋封成紀侯

公良子（東十六）　諱孺字子正陳人唐封東牟伯宋封牟平侯

公夏子（西十六）　諱首（家語作守）字子（子）乘魯人唐封亢（亢）父伯宋封鉅平侯

公肩子（東十七）　諱定字子中魯人（家語曰公肩字子仲史記作公堅定）唐封新田伯宋

封梁父侯

后子（西十七）　諱處（字堅之）一字子里（家語作石處）齊人唐封營邱伯宋封膠東侯

鄡子（東十八）　諱單字子家（家語作縣亶字子象）魯人唐封銅鞮伯宋封聊城侯

奚容子（西十八）　諱蒧字晳（家語作奚蒧字子偕）魯人（正義曰衛人）唐封下邳伯宋封

濟陽侯

罕父子（九東） 諱黑字子索魯人（家語作宰父黑字子黑）唐封乘邱伯宋封祁鄉侯

顏子（九西） 諱祖（家語作相）字子襄魯人唐封臨邑（沂）伯宋封富陽侯

榮子（十東） 諱旂（家語作祈）字子祺魯人唐封雩婁伯宋封猷次侯

句子（十西） 諱疆字子井（一作子界）衛人唐封淇陽伯宋封滏陽侯

左人子（廿東） 諱郢字行（家語作子行左郢）魯人唐封臨淄伯宋封南華侯

秦子（廿西） 諱祖字子南秦人唐封少梁伯宋封鄄城侯

鄭子（廿一東） 諱國字子徒魯人（家語作薛邦字子從史記誤薛爲鄭誤從爲徒以邦作國避漢諱也）唐封滎陽伯宋封朐山侯

縣子（廿一西） 諱成字子祺（一作橫）魯人唐封鉅野伯宋封武城侯

原子（廿二東） 諱亢字籍（家語作原桃字子籍）魯人唐封萊蕪伯宋封樂平侯

公祖子（廿二西） 諱句茲字子之魯人唐封期思伯宋封即墨侯

康子東茜　諱潔字子曹（一作庸）衛人（古史作齊人）唐封莒父伯宋封胙城侯

燕子西茜　諱伋（家語作級）字思　秦人唐封漁陽伯宋封沂源侯

叔仲子東五　諱會字子期魯人（康成曰晉人）唐封瑕邱伯宋封博平侯

樂子西苙　諱欬字子聲魯人唐封昌平伯宋封建成侯

公西子東䒠　諱輿如（古史作輿家語作與）字子上魯人唐封重邱伯宋封臨朐侯

狄子西䒠　諱黑字晳衛人唐封臨濟伯宋封林慮侯

邽子東芒　諱巽（一作選）字子斂（家語作子欽）魯人唐封平陸伯宋封高唐侯

孔子西芒　諱忠孟皮之子（家語作孔弗）唐封汶陽伯宋封鄆城侯

陳子東艾　諱亢字子禽陳人唐封潁伯宋封南頓侯

公西子西廾　諱蒧字子尚魯人唐封祝阿伯宋封徐城侯

琴子東艽　諱牢字子張一字子開衛人唐封南陵伯宋封平陽侯

顏子西艽　諱僕字叔家語曰字子叔魯人唐封東武伯宋封宛句侯

步子東辛　諱叔乘字子車齊人唐封淳于伯宋封博昌侯

施子西三十　諱之常字子恒魯人唐封乘氏伯宋封臨濮侯

秦子東卋一　諱非字子之魯人唐封汧陽伯宋封華亭侯

申子西卋一　諱棖家語作續一作績史記作棠一作黨字子周魯人唐封魯伯宋封文登侯

顏子東丗二　諱噲字子聲魯人唐封朱虛伯宋封濟陰侯

左邱子西丗二　諱明魯中都人唐貞觀廿一年從祀宋祥符元

年封瑕邱伯政和九年改封中都伯

顏子（東卅三） 諱何字冉魯人唐封開陽伯宋封堂邑侯明嘉靖九年以家語不載罷祀 國朝（雍正二年）後祀

秦子（西卅三） 諱冉字開蔡人唐封彭衙伯宋封新息侯明嘉靖九年以家語不載罷祀 國朝後祀

縣子（東卅四） 諱亶字子象唐宋封爵不與 國朝雍正二年增祀

牧子（西卅四） 諱皮 國朝增祀

右兩廡先賢六十八人（舊有公伯子周寮嘉靖九年罷祀）

樂正子（東卅五） 諱克魯人宋政和中贈利國侯（從祀孟廟） 國朝雍正二年增祀（下同）

公都子（西卅五） 宋政和中贈平陰伯 國朝增祀

萬子（東卅六） 諱章姬姓畢萬後宋贈博興伯 國朝增祀

公孫子（西 共六） 諱丑齊人宋政和中贈壽光伯 國朝增祀

右孟門從祀四人

先儒公羊氏（東一 儒） 諱高齊人唐（貞觀廿一年）時從祀宋（祥符元年）封臨淄伯（以下從祀封贈同不重書）

穀梁氏（西一） 諱赤魯人（受春秋于子夏）唐時從祀宋封龔邱伯改封睢陽伯

右周儒二人（舊有趙人荀卿況 嘉靖九年罷祀）

伏氏（東二） 諱勝（濟）南人秦博士（授尚書）唐時從祀宋封乘氏伯

高唐生（西二） （字伯）魯人漢博士（傳士禮十七篇）唐時從祀宋封萊蕪伯

董氏（東三） 諱仲舒廣川人武帝時江都王相復爲膠西王相

元至順元年從祀明洪武廿九年追封江都伯成化三年

改封廣川伯

孔氏（西三） 諱安國字子國孔子十一世孫（漢臨淮太守）唐時從祀宋封曲

昇伯

后氏四東　諱倉（字近君）東海郯人（漢武時博士从孟卿受禮）明嘉靖九年從祀

毛氏四西　諱萇趙人河間獻王博士唐時從祀宋封樂壽伯

杜氏五東　諱子春河南緱氏人（受周官于劉歆）唐時從祀宋封緱氏伯

鄭氏五西　諱　字康成北海高密人唐時從祀宋封高密伯

明時改祀于鄉　國朝復祀

諸葛氏六東　諱亮字孔明南陽人（蜀相封武鄉侯謚忠武）國朝舉祀

范氏六西　諱甯字武子晉鄢陵人（晉武時封陽遂鄉侯後豫章太守）唐時從祀宋封鄢陵伯（[illegible]）明時改祀于鄉　國朝復祀

右漢儒十二人（舊有鄭仲師衆服子慎虔盧子幹植於嘉靖時改祀于鄉揚子雲雄洪武廿九年罷祀戴次君聖賈景伯逵劉子政向馬季長融何邵公休於嘉靖時罷祀）

王氏東七　諱通字仲淹龍門人隋大業末門人（中發授汾河）私謚文中子明

嘉靖時從祀

右隨儒一人　舊有魏山陽王輔嗣弼東海王子雍肅晉杜陵杜元凱預於嘉靖時罷祀

韓氏西七　諱愈字退之脩武人唐吏部侍郎贈禮部尚書謚

曰文宋元豐七年從祀封昌黎伯

陸氏東八　諱贄字　盧官人唐左相謚曰宣　國朝道光

年從祀

右唐儒二人

周子東廿　諱敦頤字茂叔道州營道人官南安司理嘉定十

三年謚元淳祐元年封汝南伯從祀元時加封道國公　曾禎喜好光貴

張子西廿　諱載字子厚世居大梁爲郿縣横渠鎮官太常禮

院嘉定十三年謚曰明淳佑元年追封郿伯從祀

程子（東六）諱顥字伯淳係明道先生河南人嘉祐初進士嘉定十三年謚曰純淳佑元年封河南伯從祀元至順二年加封豫國公

程子（西六）諱頤字正叔明道弟世係伊川先生元祐元年召擢崇政殿說書嘉定十三年謚曰正淳祐元年封伊陽伯從祀元至順二年加封洛國公

邵子（東九）諱雍字堯夫河南人元祐中賜謚康節咸淳三年從祀追封新安伯

右宋賢五人（並崇禎十五年升賢）

范氏（西八）諱仲淹字希文其先邠州人後從吳縣宋贈兵部尚書封楚國公謚文正

國朝康熙五十四年從祀

胡氏東九　諱瑗字翼之海陵人世傅安定先生以布衣除湖州教授擢侍講謚文昭明嘉靖九年從祀

歐陽氏西九　諱脩字永叔廬陵人歷官樞密參知政事贈太子太師謚文忠明嘉靖九年從祀

司馬氏東十　諱光字君實夏縣人歷官尚書左僕射兼門下侍郎贈太師追封温國公謚文正咸淳三年從祀

楊氏西十　諱時字中立將樂人世傅龜山先生以龍圖閣直學士乞歸明弘治九年追封將樂伯從祀

尹氏東土　諱焞字彦明洛陽人宋崇政殿説書累擢侍講國朝增祀

羅氏西土　諱從彦字仲素南昌人宋博羅主簿追謚文質明萬歷四十二年從祀

胡氏東土　諱安國字康侯崇安人累官寶文直閣學士謚文

定明正統元年從祀成化三年追封建安侯

李氏西十二 諱侗字愿中宋南劍人世稱延平先生追謚文靖明萬曆四十三年從祀

張氏東十三 諱栻字敬夫緜竹人累官右文殿脩撰世稱南軒先生嘉泰八年謚曰宣景定二年從祀咸淳三年封華陽伯

呂氏西十三 諱祖謙字伯恭萊人南渡爲金華人由進士累官著作郎兼國史院編脩朱子書墓曰東萊先生嘉泰八年謚曰成嘉熙三年改謚中亮景定二年追封開封伯從祀

陸氏東西 諱九淵字子靜金溪人由進士累官知荆門軍謚文安稱象山先生明嘉靖九年從祀

蔡氏西西 諱沈字仲默建陽人世稱九峯先生明正統元年從祀謚文正成化三年追封崇安伯

黃氏東十五　諱幹字直卿閩人宋安慶守贈朝奉郎端平元年謚文肅　國朝增祀

陳氏西十五　諱淳字安卿漳州龍溪人世稱北溪先生終仕安溪主簿　國朝增祀

真氏東十六　諱德秀字景元浦城人由進士累官資政殿學士
贈銀青光祿大夫謚文忠世稱西山先生明正統元年從
祀成化三年追封浦城伯

魏氏西十六　諱了翁字華父邛州蒲江人慶元中進士官資政殿學士稱鶴山先生贈少師加秦國公謚文靖　國朝增祀

何氏東十七　諱基字子恭金華人宋舉賢良方正授官辭世稱北山先生謚文定　國朝增祀

王氏西十七　諱柏字會之金華人稱魯齋先生謚文憲德祐元年贈承事郎　國朝增祀

陳氏東十八　諱澔字可久號北山叟都昌人不仕稱雲住先生明太祖列禮記集說于學宮　國朝增祀

趙氏西十八　諱復字仁甫德安人元師拔德安復以儒學見重稱江漢先生　國朝增祀

金氏東十九　諱履祥字吉甫金華人稱仁山先生元至正中謚文安　國朝增祀

許氏西九　諱謙字益之金華人稱白雲先生元謚文懿　國朝增祀

右宋儒廿三人舊王介甫安石崇甯三年從祀淳祐元年以壞法罷

許氏東廿　諱衡字仲平河內人累官集賢殿大學士兼國子監祭酒贈司徒謚文正至大二年追封魏國公皇慶二年從祀

吳氏西廿　諱澂字幼清撫州崇仁人世稱草廬元翰林先生明正統八年從祀嘉靖九年以忘宋事元罷祀　國朝復祀

右元儒二人

薛氏東廿一　諱瑄字德溫河津人由進士累官禮部左侍郎入內閣贈禮部尚書謚文清隆慶五年從祀

胡氏西廿一　諱居仁字叔心餘干人聘主白鹿書院萬歷十二年從祀追謚文敬

陳氏東廿二　諱獻章字公甫龍新會人舉鄉試上禮部不第歸隱

白沙世倆白沙先生召至京師乞歸終養特翰林檢討萬曆十二年從祀追謚文恭

王氏西廿 諱守仁字伯安餘姚人由進入官封新建伯世倆陽明先生隆慶中贈侯謚文成萬曆十二年從祀

蔡氏東廿 諱清字介夫晉江人成化甲辰進士官江西提學副使謚文莊萬曆中贈禮部侍郎謚文莊 國朝增祀

劉氏西廿

羅氏東西 諱從順字允升泰和人弘治癸丑進士官禮部尚書嘉靖時贈太子太保謚文莊 國朝增祀

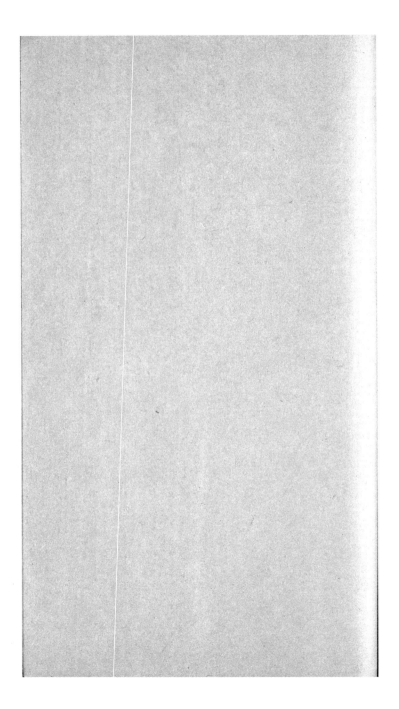

考

嘉府建置沿革考

嘉興古荒服地唐虞夏商爲揚州商末太伯逃之荆蠻周武王封仲雍五世孫周章于吳即今常州無錫地攷嘉興郡志東南有胥山山有大石相傳爲吳王試劍石南有練浦云是子胥練兵處則嘉之名未立而盡爲吳地可知周敬王二十四年即魯定十四年吳闔廬伐越句踐禦于檇李檇李即嘉之舊名其時越地北至禦兒禦兒今石門而長水等鄉仍是吳地敬王二十六年魯哀元年夫差敗越于夫椒今太湖椒山句踐保棲于會稽則浙以西盡爲吳地吳後又增益越地北至于平越絕書作武原平原即海鹽舊名越築射襄城以拒當在此時射襄今之

考一

聞川則嘉已盡爲越有𩔰王四十六年越無疆伐楚楚大敗
之乘勝取吴故地東至于浙江則嘉又入于楚秦始皇二十
五年王翦滅楚二十六年罷封建而置郡縣嘉爲長水治谷
口海鹽治華亭今陷柘湖爲屬會稽郡嘗轄三十七年改長水爲
由拳或曰囚倦後由拳陷移治之處不可攷華亭鄉陷移治
在武原即今平湖地二世元年項氏起兵據吴此爲西楚地
漢高帝六年立劉賈爲荆王則屬荆十一年荆除復會稽郡
二縣仍屬焉明年又立劉濞爲吴王則屬吴景帝四年吴除
復會稽郡領縣二十六由拳海鹽屬如故元封五年會稽郡
隷揚州刺史新莽時改海鹽爲展武至元志王莽時陷爲柘湖移治武原鄉爲武原
縣攷吴地記陷湖移治係秦時事謂莽改武原者東漢永建
誤蓋漢時縣治已在武原鄉非新莽始移治也

二年又以為當湖移治故邑山今在縣治東北四年析會稽郡置吳郡元和郡縣志順帝永建四年陽羨令周嘉山陰令殷重上書言求分兩郡遂割浙江以東為會稽以西為吳郡水經注同漢末又析海鹽西南置鹽官縣今為海宁吳黃龍三年由由拳野穀自生改為禾興及赤烏五年立孫和為太子改名嘉興嘉興之名始見于此劉宋大明七年隸南徐州刺史八年復隸揚州刺史梁天監六年析海鹽東北境置前京縣後為松江屬信義郡今為常熟又析東北境置胥浦縣屬吳郡今松江之東北境與西南境皆是太清三年改揚州牧為吳郡改刺史為牧在宋昇明三年是年侯景分海鹽胥浦二縣為武原郡大寶元年罷吳州復揚州牧吳仍為郡陳永定元年割海鹽鹽官前京三縣置海宁郡而嘉仍屬吳禎明元年罷揚州復置吳

考二

屬如故隋開皇九年嘉省入吳屬蘇州海省入鹽官屬杭郡竝隸揚州行臺大業元年罷蘇復吳二年改餘杭州爲錢唐郡隸徐州總管唐武德四年復改吳爲蘇六年陷于輔公祏七年輔公祏平復置蘇州兼復嘉興縣而海鹽地屬焉隸四州蘇湖杭暨都督（是年改總管爲都督）八年又廢貞觀八年復置嘉興景雲二年復置海鹽隸江南道觀（道設于貞觀元年）先天元年海鹽廢開元五年又復二十一年嘉海屬蘇州隸江南道採訪使天寶元載改蘇爲吳十載析嘉之東境海之北境置華亭縣屬吳郡至德二載又改吳爲蘇屬如故乾元元年隸浙江西節度使二年隸浙江西觀察使建中二年隸鎮海軍（即西節度使治潤州）貞元三年仍隸浙西觀察使五代時爲錢氏地隸鎮海軍節度使

梁開平三年析嘉之北境爲吳江縣屬杭州亦隸本軍唐同
光三年置開元府而嘉華海屬焉分隸中吳軍節度使長興
元年開元府罷其縣並屬杭州晉天福三年以杭之嘉興置
秀州（秀始見）治嘉華海又析嘉之西南境置崇德（崇德之名始見）縣（按自
梁開平至此並錢氏更改州縣）宗太平興國三年隸兩浙路熙甯七年分東
西爲兩路九月又合九年復分十年又合凡分時並屬西路
政和七年立嘉禾郡宣和三年立秀州慶元元年以孝宗誕育
之地陞爲嘉興府（府名始于此）隸兩浙西路嘉定元年立嘉興軍
元至元十三年立嘉興安撫司隸江淮行中書省十四年立
嘉興路總管府領松江府嘉海崇三縣（按省領路路又領府）元貞元年
海崇並陞爲州隸江浙行中書省明吳元年（按明太祖始立國號曰吳建元）

考三

大中後一統北省乃改洪武改路爲府洪武二年海寧二州復爲縣于是嘉興海鹽崇德仍屬嘉興府隸南直隸十四年始隸浙江布政司使宣德五年準巡撫胡槩議分嘉興自郡城西至北至吴江柿涇爲秀水東北魏塘鎮東涉華亭風涇市北薄長洲蘇來鄉爲嘉善分海鹽東北當湖鎮爲平湖分崇德東北梧桐等鄉爲桐鄉于是有七縣之領攷七縣之名惟海鹽爲最古國朝康熙元年改崇德爲石門餘因舊制夫嘉興當春漢時僅由拳海鹽兩縣耳自漢景以後隸屬無定置廢不常至五代增其式廓宋外爲府元置路總管居然東南一大都會矣今以四疆極境言之嘉東西七十里南北六十四里秀東西三十八里南北四十五里善東西三十九里南北五十里海東西六十四里南北五十八里平東西四十九里南北六十八里石東西五

十二里南北二十七里東西三十五里南北六十里桐南至广波北至江蘇吳江距一百五十七里東至江蘇華亭西至德青距一百七十三里東南至江蘇金山衛東北至蘇之長洲距百四十里西南至杭之仁和西北至湖之歸安界距百六十里嘉禾全境之建革本末燦然可指焉

孔子生攷

左氏傳哀十六年書孔子卒而不書生年公羊傳僖襄二十一年十一月庚子生穀梁傳僖二十年十月庚子生而史記則二十二年不載月日賈逵注左傳于襄二十一年云此年仲尼生又昭二十四年服虔引賈逵說云仲尼時年三十五是漢儒悉以孔子生在襄二十一年雖有可据攷是年經書十月庚辰

考四

朔則庚子是月之二十一日也而十一月無庚子可知然則
宣尼之生當从公羊氏（況釋文所引賈無）以十有一月作十月便與賈服説合（四字陸氏所見的是真本合諸）穀（昭而）
梁氏移上一算史記移下一算梵（是傳譌今）非自襄二十一年至哀十
六年實七十又四未（子）知可憑史記以定年譜恐未審焉

孟子生卒考

雜記載孟氏譜云孟子以周定王三十七年四月二日生赧
王二十六年正月十五日卒壽八十四歲此譜不知定于（何）時
（并不詳其所据）元張頍孟母墓碑記据鄒公墳廟碑云孟子後孔子三十五
年生是周定（王）三十七年（生）由來久矣然以赧王二十六年上距
定王三十七年實百四十七載于八十四不合今以六國表
考之魯穆公立于威烈王十九年卒于安王二十六年是孟

子當生安王之世就舊譜壽八十四而言則爲安王十七年上距孔子卒計九十五載其卒當在赧王十三年庶允且與史記受業于孔子之門人亦合（古偁門人者是從學于弟子）自漢蓺文志有子思弟子之說趙氏从之云長師孔子孫王劭因史記文改爲受業于孔子之門是孟子親承子思之教孔叢子等書更傅會思孟問答之詞謬矣

谷水源流攷

谷水在餘杭者此舊說也（時海鹽未立縣）有云海鹽縣東北（建在秦始皇二十六年）二百里有長谷陸遜陸凱居此又云嘉興縣東北二十五里有長谷亭入華亭縣界吳地記說也攷古戰場在夾谷口爲秦長水縣治夾谷即今硤石硤石本一山始皇以山出王气鑿分爲

考五

兩而水流其中今兩山夾峙東曰沈山西曰紫微山皆古檇
李地甚確又嘉興縣東五十步曰天星湖舊志係秦皇發囚
所掘自硤石鑿其山迤邐六十里至此瀦其水以禳天子气水
經云谷水吳小湖逕由拳縣故城下由拳即秦時長水縣也
始皇時淪沒爲谷因名長水城而水曰谷水由此觀之謂在
餘杭恐未必然嘗見梁元帝元覽賦有時渡谷水之陽尚想
嘉禾之方則谷水豈非嘉禾之水哉但所謂長谷亭入華亭
縣者亦自有說桉宋方輿勝覽吳大帝于建安中封陸遜爲華
亭侯即以所居之地爲封故亦名華亭谷又宋志當湖北有
華亭湖東北接松江然則曰長谷曰華亭曰華亭湖實一水
而異名其謂谷也湖也自硤石襟帶禾地以至東泖之通言

也其謂亭華者嘉興縣東二十五里長谷是也總之自源而言曰上谷即今硤石之上谷湖又曰星天湖谷水所出在此自流而言曰長谷自上谷至由拳縣滙諸水始大曰谷口又東南逕鹽官縣故城出爲澉浦以通巨海皆谷水之支派也今長水故城雖湮没不可攷然謂谷水在餘杭者非即謂入華亭縣者亦非確實遡其源流則硤石之上谷湖具拄定爲谷水發源不大彰明較著哉

攷六

宋時提舉宫觀使攷

初設提舉原以逸老優賢員數不多熙寧以後悉罷疲老然定例三十月爲滿至南渡時或老病自丐或忠直疏遠或阿附見斥非復舊制矣今据所見摘録惜難徵引時代并容陸續補足

考四

楚建中字正叔洛陽人第進士官中奉大夫天章閣待制提

舉
張𪇡（燾）字景元漢陽人第進士歷龍圖閣直學士知成都府（以通議大夫）至
張問字昌言襄陽人進士起家以（歷秘書監）給事中提舉
陳薦字彥升沙河人第進士（歷河北轉運使）以資政殿學士提舉
范鎮字景仁華陽人寶元元年進士以端明殿學士至封蜀
郡公卒謚忠文
呂誨字獻可開封人端孫第進士爲御史中丞與王安石不
合出知鄧州提舉
曾布字子宣南豐人鞏弟嘉祐二年進士拜尚書右僕射出
知潤州連貶後提舉卒謚文肅
許遵字仲塗泗州人第進士擢判大理出知潤州至

邢恕字和叔原武人第進士擢御史中丞以罪落職復顯謨閣待制提舉
張耒字文潛淮陰人第進士官太常少卿坐元祐黨籍貶房州尋得自便主管
樓异字試可鄞人元豐八年進士徽猷閣直學士出知平江府至
崔鶠字德符雍邱人元祐中進士元符末坐廢靖康初擢右正言以疾乞解除直龍圖閣提舉
晁詠之字之道濟北人說之弟以蔭入官後登進士又擢宏詞科第一爲京兆錄事以朝請郎至
劉光祖字德脩陽安人登進士以顯謨閣直學士提舉

考五

右嵩山崇福宫

吕溱字濟叔揚州人寶元元年進士第一以樞密院直學士提舉

曾覿字純甫汴人淳熙中除開府儀同三司加少保充使

喬行簡字壽朋東陽人紹熙四年進士封肅國公及請老加保保寧軍節度充使

程元鳳字申甫歙人紹定二年進士拜右丞相兼樞密院使罷充使後封吉國公謚文清

右醴泉觀

錢即字仲道宜興人吴越王俶孫舉進士歷顯謨閣直學士以論事忤童貫貶團練使提舉卒謚忠定

盧秉字仲甫德清人皇祐元年進士歷龍圖閣直學士以盧
法虐民降待制至
莘騤字子駿錢唐人皇祐五年進士累遷主客郎中出爲夔
路憲知州提舉
鄭穆字閎中侯官人登進士第歷國子祭酒以請老至
蔡肇字天啟丹陽人元豐二年進士顯謨閣待制以議辟雍
出知明州奪職至
周邦彦字美成錢唐人元豐中獻汴都賦爲太學正歷徽猷
閣待制出知順昌府提舉
耿南仲字晞道開封人元豐五年進士歷觀文殿大學士以
請老提舉

考六

人以顯謨閣直學士知定州落職提舉政和元年後以泰職知濠州引疾丐歸再至政和八年老

王渙之字

蔣靜字叔明宜興人舉元豐進士歷顯謨閣待制以疾至

辛炳字　　　　矦官人以言忤蔡京謫監南劒州新豐場尋至

章惇字子厚浦城人嘉祐四年進士歷左丞相封申國公以

通議大夫提舉

呂頤浩字元直樂陵人紹聖元年進士左丞相以水灾被劾

命爲鎮南軍節度使至卒贈太師封秦國公謚忠穆

陳暘字晉之福州人祥道弟紹聖元年舉賢良方正歷禮部

侍郎以顯謨閣待制提舉

許景衡字小伊瑞安人元祐元年進士歷尚書左丞以直言

授資政殿學士至謚忠簡

楊時字中立將樂人熙寧九年進士連章丐外以龍圖直學

士至卒謚文靖

葉夢得字少蘊吳人紹聖四年進士歷福建安撫使與監司異議請老至

張近字　開封人顯謨閣待制直學士以老疾至

姚勔字　山陰人言者論其阿附呂大防至

上官鈞字彥衡邵武人（熙寧庚戌進士）集賢院脩撰以論進退人才紹述邪說并忤章惇至

楊畏字　遂寧人寶文閣待制以陰附章惇落職至

林攄字　人知滁州以倨傲論黜至

毛注字　西安人以論時相張商英罷充提舉

張守字子固晉陵人崇寧元年進士參知政事以薦汪伯彥

考七

授資政殿學士至卒謚文靖
朱勝非字藏一蔡州人崇宀二年上舍登第除右丞相與秦
會有隙罷提舉謚忠靖
曾開字天游贛縣人準子崇宀二年進士權中書舍人罷至
蔡嶷字文饒開封人崇宀五年進士第一以翰林學士坐妄
議政事至
趙鼎字元鎮聞喜人崇宀五年進士尚書右僕射首闢和議
秦會惡之奪節提舉卒謚忠簡贈太傅
馮熙載字彥爲西安人大觀元年進士尚書左丞以中書侍
郎出知亳州至卒謚文節
李光字泰發上虞人崇宀五年進士徽猷閣待制忤秦會請

祠至卒謚莊簡

李邴字漢老任城人崇寧五年進士知行臺三省樞密院事與呂頤浩不合至

李綱字伯紀邵武人政和二年進士高宗朝歷左丞相銳意恢復爲呂頤浩諸人交劾提舉卒贈少師孝宗賜謚忠定

胡松年字茂老懷仁人政和二年上舍出身高宗朝權參知政事以疾至

陳與義字去非洛人（一云汝州葉人）政和三年上舍甲科紹興中拜翰林學士知制誥參知政事以請閒至

辛次膺字起季（一作象）萊州人政和二年進士孝宗朝參知政事以疾退至

考八

汪澈字明遠婺源人登進士歷參知政事湖北京西宣諭使
出師與張浚忤以資政殿學士請祠至
張浚字德遠綿竹人政和八年進士高宗朝知樞密院事以
排擯岳飛被劾提舉
湯鵬舉字致遠金壇人登進士爲臺官論董德元附秦會之
非以資政學士提舉卒謚肅敏
沈該字約文歸安人參知政事歷右丞相以忤秦會授觀文
殿學士提舉
沈與求字必先德清人政和五年進士南渡後累遷資政殿
學士以止和議見斥提舉謚忠敏
傅墨卿字國華山陰人以恩補官宣和四年使高麗有功賜

同進士出身進龍圖閣學士提舉

沈晦字文明（一作元用）錢唐人遘孫宣和六年廷對第一以集英殿脩撰歷徽猷閣直學士不爲韓侂胄所容尋提舉一再至

周葵字立義宜興人宣和中進士歷參知政事附主和議以資政殿學士至卒謚惠簡

程克俊字元饒浮梁人宣和中進士歷檢校院簽書以忤秦會依前職提舉

蕭燧字照鄰臨江人歷樞密院知政以試事忤秦會請閒提舉卒謚正肅

范宗尹字覺民鄧城人（宣和三年上舍登第）歷官右丞以失薦事授觀文殿學士提舉

考九

富直柔字季申河南人弼孫靖康進士同知樞密院事爲呂
頤浩秦會所忌罷至
韓肖胄字似夫相州人琦曾孫以恩蔭歷端明殿學士與朱
勝非不合求去以舊職至
王次翁字慶曾濟南人禮部別頭試第一歷參知政事以陰
附秦會授資政殿學士提舉
傅穆卿字　　山陰人以京城守禦使出知舒州至
呂好問字　　人疏張邦昌僭號除資政殿學士至
許翰字崧老襄邑人歷尚書右丞以直言除授資政殿學士
提舉
滕康字　　宋城人歷集賢殿脩撰以詞詆宰執至

吴敏字　贛州人歷知漳州辭免丐祠至

戴慶炣字　永嘉人以資政殿大學士至

邢焕字　開封人歷除都承旨引疾擢慶元軍節度使至

胡交脩字　晉陵人以中書舍人召辭改徽猷閣脩撰至

路允迪字　人以京城撫諭使至

謝克家字　人歷參知政事罷職後以資政殿學士

提舉

徐俯字師川分宁人以父禧死事授通直郎紹興初賜進士

歷事樞密院與趙鼎論事不合至

洪遵字景嚴番陽人登紹興宏詞科賜進士歷資政殿學士

以事坐貶至卒謚文安

考十

衛膚敏字　華亭人以諫官論罷授集英殿脩撰至

季陵字　龍泉人以右文殿脩撰承望宰風斥至

劉大中字　真州人以禁籃官恣下漁取至

俞堯弼字　人歷參知政事以資政殿學士至

宋樸字　人歷樞密院僉書以罷授端明殿大學士

提舉

史才字　人歷樞密院僉書罷授端明殿學士至

蔣芾字子禮宜興人紹興中進士歷左僕射以言事落職尋

得自便提舉

葉甬字子昂仙遊人紹興中進士歷尚書左僕射以直言斥

提舉卒謚正簡

錢端禮字處和臨安人吳越後裔少師忱子以蔭拜參知政
事因陳俊卿抗疏以女爲太子妃引嫌至卒謚忠肅
畱正字仲至永春人紹興中進士歷左丞相與劉德秀不合
請使至贈太師謚忠宣
朱熹字元晦婺源人紹興十八年進士歷煥章閣待制以時
論指係僞學詔提舉卒封徽國公謚文從祀　廟廷
范成大字致能吳郡人紹興廿四年進士歷端明殿學士以
疾請閒進資政殿提舉卒謚文穆
王淮字季海金華人紹興十五年進士以觀文殿大學士至
卒贈少師謚文定
曾懷字欽道晉江人公亮曾孫以蔭入官乾道初賜同進士

考十一

歷右丞相封魯國公因忤會以觀文殿大學士提舉

劉清之字子澄臨江人紹興廿七年進士累官知衢州至

王炎字晦叔婺源人登乾道進士歷樞密院使罷職以觀文

殿學士至

陳騤字叔通臨海人紹興中試春官第一歷參知政事以乞

授觀文殿學士提舉卒贈少傅謚文簡

何澹字自然龍泉人紹興進士歷參知政事被論偽學求退

得提舉

婁機字彥發嘉興人乾道二年進士歷參知政事俾贊引多

告老知福州予祠

趙汝愚字子直宗室登乾道進士第一歷右丞相爲光宗定

大策韓侂胄搆斥提舉卒封沂國公謚忠定
余端禮字處恭龍游人歷官右丞相以求退授觀文殿學士
提舉
黄洽字德恩侯官人歷資政殿學士以乞歸昇提舉
魏了翁字華父浦江人慶元五年進士歷端明殿學士史彌
遠指爲僞學詔提舉卒贈秦國公謚文靖
任希夷字伯起邵武人伯雨四世孫淳熙二年進士歷簽書
樞密院事與史彌遠不合以端明殿學士提舉謚宣獻
鄭寀字宗卿江陰人隆興元年進士歷知樞密院事以言忤
韓侂胄至
李辟字季章丹陵人燾子以任子入官復登進士權禮部尚

考十二

書附韓侂冑以諫臣言得自便提舉謚文懿
曾從龍字君錫晉江人公亮四世从孫慶元五年進士第一
疾胡榘憸壬以端明殿學士至後知隆興府又至
鄒應龍字景初邵武軍太宁人慶元元年進士以端明殿學
士僉事樞密院事至
曾懷古字　人歷官右丞相罷職以觀文殿大學士
提舉
董槐字　定遠人歷右丞相爲丁大全逐以觀文殿大學
士提舉
施師點字　上饒人以資政殿大學士出知泉州府繼除
提舉

李彦穎字　德清人忤封椿議以資政殿大學士至一

趙善湘字　宗室九疏乞歸以資政殿大學士至

吳淵字道父宀國人嘉定七年進士改知宀國府事累乞奉
祠至

程公許字季與宣化人嘉定中進士以觀文殿大學士至

姚希德字逢源潼川人嘉定進歷參知政事抗疏直言以潼
川郡公提舉卒贈少保

徐清叟字直翁蒲城人榮叟兄嘉定七年進士歷殿中侍御
史以言事罷提舉贈少師謚忠簡

吳潛字毅夫宀國人淵弟嘉定十年進士第一歷右丞初以
亢旱乞祠至次以水災至後以火災至並乞解機政提舉

考十三

封許國公

鄭清之字德源鄞人嘉定十年進士歷左丞相樞密使封魏

國公乞去授觀文殿大學士至卒封魏郡王謚忠定

王塈字子文婺州人嘉定十三年進士歷端明殿學士與宰

相不合言者攻以前職主管

饒虎臣字　宀國人嘉定中進士歷端明殿學士以言事

罷提舉

蔡抗字仲節建陽人沈子紹定二年進士歷端明殿學士以

言被竄復職提舉卒謚文肅

程元鳳字瑞甫歙人紹定二年禮部第一歷右丞相封吉國

公以丁大全謀相位至

趙與憲字　宗室以淮東總領至
楊棟字元極青城人紹定二年進士以原職參知政事出知
慶元府至
徐榮叟字茂翁浦城人應龍子權吏部尚書以資政殿大學
士乞歸得提舉終老卒謚文靖
爰韶字　慶元人以資政殿大學士至
宣繒字　慶元人以資政殿大學士至
林畧字乳英永嘉人歷端明殿學士以言罷職至
許應龍字　閩人歷端明殿學士以請外補至後以正言
郭嵩卿論疏再至
考十四
崔與之字正子廣州人乞致仕以觀文殿大學士至追封南

海郡公謚清獻

劉伯正字　餘干人歷參知政事以孫起予言罷授資政

殿學士至

皮龍榮字起霖醴陵人淳祐中進士歷觀文殿學士封陵縣

男以抗直不降志貫似道提舉

范鍾字　蘭谿人歷右丞相以請保晚節予祠提舉

陳韡字　侯官人以觀文殿大學士至

李曾伯字長孺覃懷人賜進士歷福建安撫使乞免職特授大學士

提舉

應䌛字之道昌國人歷樞密院參知政事乞歸以資政殿學

士至

沈炎字　　嘉興人以資政殿學士至
李性傳字　　　人以資政殿大學士至
謝芳叔字　　威州人歷右丞相以救正洪天錫罷職至
馬天驥字德夫衢州人歷端明殿學士加封信安郡侯以言
官論罷至後知慶元府兼沿海制置使再至
葛洪字　　東陽人以資政殿大學士至
林存字　　　人以同知樞密院事至
馬廷鸞字翔仲樂平人淳祐七年進士拜右丞以觀文殿大
學士請老提舉
江萬里字子遠都昌人太學上舍出身歷參知政事以忤賈
似道詔提舉歸里元兵至城陷赴水死詔贈太師加封益
考十五

國公謚文忠

右杭州洞霄宫

羅勝卿字　　人寶元中進士提舉

蘇軾字子瞻眉山人嘉祐二年進士拜禮部尚書右僕射安置惠

州徽宗立赦還提舉高宗時贈太師謚文忠

陳景思字思誠人康伯孫歷兩浙運副以奏事忤韓侂胄提舉

右玉局觀

舒雅字子正歙人南唐貢舉第一歸宋累遷職方員外郎出守舒州秩滿乞致仕就掌主

孫覺字莘老高郵人皇祐元年進士拜御史中丞以元祐黨籍詔

提舉

范之奇字穎叔宜興人嘉祐二年進士拜同知樞密院事除

觀文殿學士出知杭州提舉

右舒州靈仙觀

鄭獬字毅夫安陸人皇祐五年進士第一拜翰林學士爲王
安石所惡出知杭州徙青州提舉終老
馬默字處厚成武人第進士[歷]寳文閣待制請老以提舉終
孫覿字仲益晉陵人大觀三年進士南渡後歷吏[戶]部尚書得
提舉

右鴻慶宮

鄒極字適中宜黄人治平四年進士擢度支員外郎除江西
提刑丁外艱服除丐祠至
曾幾字吉甫贛縣人賜上舍出身權禮部侍郎至
蔣璨字宣卿宜興人之奇子除敷文閣待制至
湯漢字伯紀安仁人歷刑部侍郎權工部尚書至復爲端明

考十六

殿學士致仕謚文清

右洪州玉隆觀

王欽臣字仲直　人洙子以蔭入官歷集賢殿脩撰出知

和州徙饒州斥提舉

呂本中字居仁開封人公著曾孫紹興中進士歷中書舍人

權直學士隨以刻罷至

趙暘字又若其先杭人徙鄭州紹聖元年進士歷官直龍圖

閣提舉

王渙之字

程俱字致遠開化人宣和二年上舍出身高宗朝擢中書舍

人歷寶文顯謨閣待制出知嘉州提舉

人兼侍講以罷職至

李易字順之江都人建炎二年策進士第一遷中書舍人改

直秘閣知揚州以敷文閣待制至
楊愿字謹仲清江人紹興二年進士歷樞密院事兼參知政
以罷職至

右江州太平觀

蘇元老字在廷眉山人軾從孫舉進士官太常少卿坐黨籍
提舉
任伯雨字德翁眉山人舉進士除左正言崇寧初以黨籍謫
遇赦提點
廖剛中字用中順昌人崇寧五年進士歷工部尚書以徽猷
閣直學士提舉
晏敦復字景初臨川人殊曾孫大觀三年進士南渡後官吏

卷十七

部尚書以寶文閣學士知衢州至
潘良貴字子賤一字義榮金華人政和初上舍釋褐紹興中
除中書舍人出知明州至
吳柔勝字勝之宣州人淳熙八年進士遷司農丞出知隨州
以秘閣脩撰主管卒謚正肅
黄榦字直卿閩人後知安慶府主管卒謚文肅
右亳州明道宮
朱松字喬年婺源人政和八年進士同上舍出身南渡後司
勳員外郎出知饒州主管
（程俱紹擢中書舍人知漳州以病辭改提舉）
吳儆字益恭人紹興廿七年進士歷廣南西路安撫使主管
（趙）令衿宋祖五祖世孫官左朝散大夫主管
王庭秀字彥穎鄞人登政和上舍第建炎中御史臺檢法官直秘閣主管

右台州崇道觀

唐仲友字與政金華人登紹興進士復中宏詞科出知台州

爲同官高文虎譖于提刑罷職主管

許開字仲啓丹徒人乾道二年進士歷官中奉大夫提舉

黄軿字直卿閩人歷知漢陽軍主管

右武夷沖佑道宮

沈晦字元用錢唐人宣和六年廷對第一高宗朝進徽猷閣

學士出守衢州提舉

程瑀字伯寓浮梁人宣和中太學第一高宗朝除兵部尚書

龍圖閣學士提舉江州

洪适字景伯番陽人紹興十二年宏詞歷尚書右僕射同中

考十八

書門下平章事兼樞密使提舉謚文惠

陳居仁字安行莆田人紹興廿一年進士歷觀文殿直學士

提舉謚文懿

右太平興國宮

王涣之字

人歷顯謨閣待制出知壽州以故相張商英黨削職提舉

岳飛字鵬舉湯陰人宣和間應真定宣撫南渡歷大少保河南

北諸路招討使進樞密副使封武昌郡開國公罷奉使

真德秀字希元浦城人慶元五年進士拜參知政事資政殿

直學士提舉謚文忠

洪咨夔字舜俞於潛人嘉定元年進士歷知制誥加端明殿

學士提舉謚忠文

右萬壽觀 舒州

許將字沖元閩人嘉祐八年進士第一進門下侍郎加觀文
殿學士以請老充使謚文定
朱弁字少章婺源人建炎初借團練使使金被拘紹興十三
年南歸直秘閣主管
傅伯成字景初晉江人隆興元年進士歷寶文閣學士以原
職提舉謚忠簡
徐清叟字直翁浦城人嘉定七年進士知樞密院兼參知政
事提舉
右佑神觀
李師中字誠之楚邱人舉進士天章閣待制貶和州團練副
使以分司南京提舉太極觀
考十九

呂公弼字寶臣夷簡子賜進士歷樞密院直學士知成都府進樞密使以出知外郡充西太一宮使

吴充字沖卿浦城人登寶元進士代王安石爲中書門下平章事罷以觀文殿大學士充西太一宮使

闞詢字議道天興人第進士神宗朝歷右諫議大夫提舉上清宫

蘇頌字子容南安人紳子慶歷二年進拜右僕射兼中書門下侍郎罷充使集禧觀

王存字正仲丹陽人慶歷六年進士官尚書左丞以端明殿學士知蔡州紹聖初提舉崇禧觀

黄履字安中邵武人嘉祐二年進士歷御史中丞拜尚書右丞提舉中太一宫

趙挺之字正夫諸城人舉進士歷右僕射再除觀文殿大學

士充使佑聖觀

李邦彥字士美懷州人大觀二年進士第一特進太宰門下侍郎兼沖霄宮使

徐鹿卿字德夫豐城人嘉定十六年進士歷禮部侍郎提舉鴻禧觀

蘇轍字子由眉山人嘉祐二年進士累拜尚書右丞進門下侍郎崇寧間再被謫貶奉祠

孔平仲字毅父人治平二年進士坐黨籍安置英州徽宗朝還金部郎中出使陝西帥奉祠

薛朋龜字彥益鄞人政和八年進士歷工部侍郎知興國軍奉祠

胡寅字明仲安定人宣和二年進士高宗朝擢中書舍人侍講直學士忤秦會以徽猷殿直學士奉祠

考二十

張邵字才彦烏江人宣和三年上舍登第建炎初假禮部尚
書使金不屈南歸升秘閣脩撰敷文殿待制出知池州尋
奉祠
張闡字大猷永嘉人宣和六年進士孝宗朝遷工部尚書顯謨
閣學士奉祠
胡憲字原仲安定人紹興中進士以福建路安撫司屬官請
祠後除秘書正字病不能朝詔改予祠
張九成字子韶開封人紹興二年進士第一歷宗正少卿兼
侍講權刑部侍郎累謫南安軍起知温州丐祠卒贈太師
封崇國公謚文忠
李浩字德遠臨川人紹興十二年進士擢權吏部侍郎旋詔

予祠

曾慥字端伯晉江人懷從兄歷尚書郎直寶文閣奉祠

張孝祥字安國烏江人紹興廿四年廷試第一以荆南湖北

路安撫使請祠

喻良能字　義烏人紹興廿七年進士累遷工部郎官出

處州奉祠

謝諤字昌國新喻人紹興廿七年進士歷御史中丞權工部

尚書請祠

王質字景文鄆州人紹興三十年進士歷樞密院編脩官出

判荆南府奉祠

葉衡字夢錫金華人紹興十八年進士歷右丞相責授安德

考廿一

軍節度使郴州安置後官予祠

袁樞字機仲建安人隆興元年進士擢右文殿脩撰知江陵府奉祠武夷沖道宮

孫逢吉字從之龍泉人隆興元年進士歷秘書監兼吏部侍郎出知太平州丐祠謚獻簡

虞儔字壽老寧國人隆興初入太學舉進士以太常少卿使金累官兵部侍郎奉祠

廖德明字子晦南劍人乾道中進士歷官吏部左選郎官旋奉祠

危稹字逢吉臨川人淳熙十四年進士歷屯田郎中出知潮州漳州忤部使者請祠

徐僑字崇甫義烏人淳熙十四年進士歷工部侍郎寶謨閣
待制奉祠謚文清
王邁字實之仙遊人嘉定十年進士被劾出知邵武軍予祠
卒贈司農少卿
顏頤仲字景正龍谿人師魯孫以祖蔭補官歷吏部尚書寶
章閣學士提舉玉隆宮
蕭崱字則山臨川江人紹定中進士以太府丞奉祠
章鑑字公秉寧州人別院省試及第累官權參知政事拜右
丞相兼樞密使元兵逼臨安託故去遣使召還罷相予祠
呂希哲字原明公著子以蔭入官薦爲崇政殿說書歷直祕
閣出知曹州入黨籍奪職爲宮祠
考廿二

李翀字彥淵富陽人崇寧二年進士除比部郎秦會欲以子
其女爲婚翀卻之出外持憲閣部奉祠
岳珂字肅之湯陰人霖子歷內勸農使以寶謨閣直學士提
舉江州太平興國宮
趙師羿太祖八世孫舉進士歷司農卿知臨安府以兵部尚
書奉祠
劉述字孝叔湖州人景祐三年進士歷侍御史以忤王安石
謫江州提舉崇禧觀
林宗放字問禮宣城人淳熙丁未進士通判廣州乞祠歸
董居誼字仁夫臨川人淳熙中進士歷四川制置使奉祠歸
康執權字　　人官待制奉祠

蔡伯俙字景蕃　人舉神童侍東宮仁宗朝以舊恩領郡頗
不循法元符初致仕與宮祠
范諷字補之齊州人舉進士第歷翰林侍讀學士性疏誕嘗
忤外計求監舒州靈仙觀
章粢字質夫浦城人治平四年進士甲科歷端明殿學士拜
同知樞密院事授資政殿學士充中太一宮使
范致虛字謙叔　人與蔡元長忤久處閑散宣和初自唐
州方城召還提舉寶籙宮

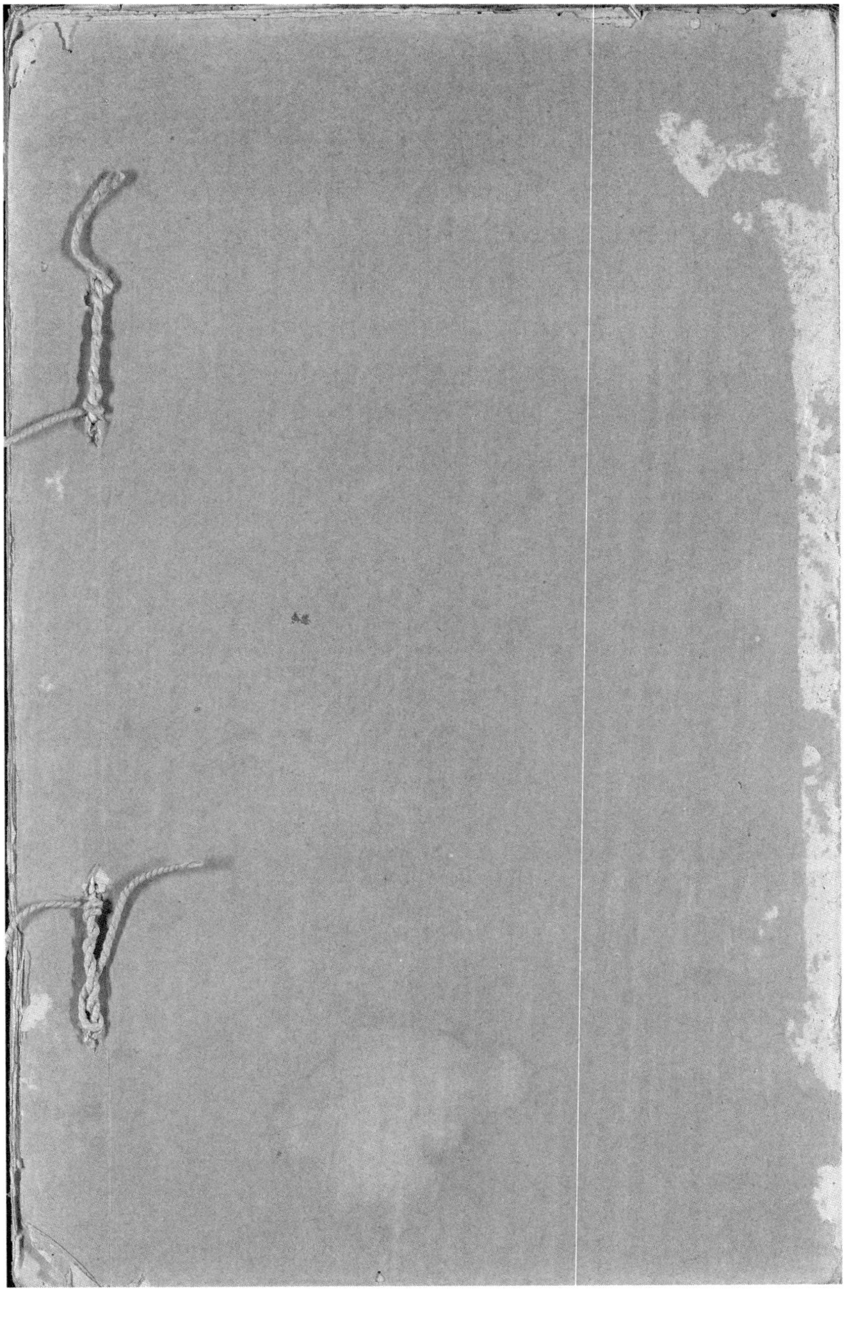

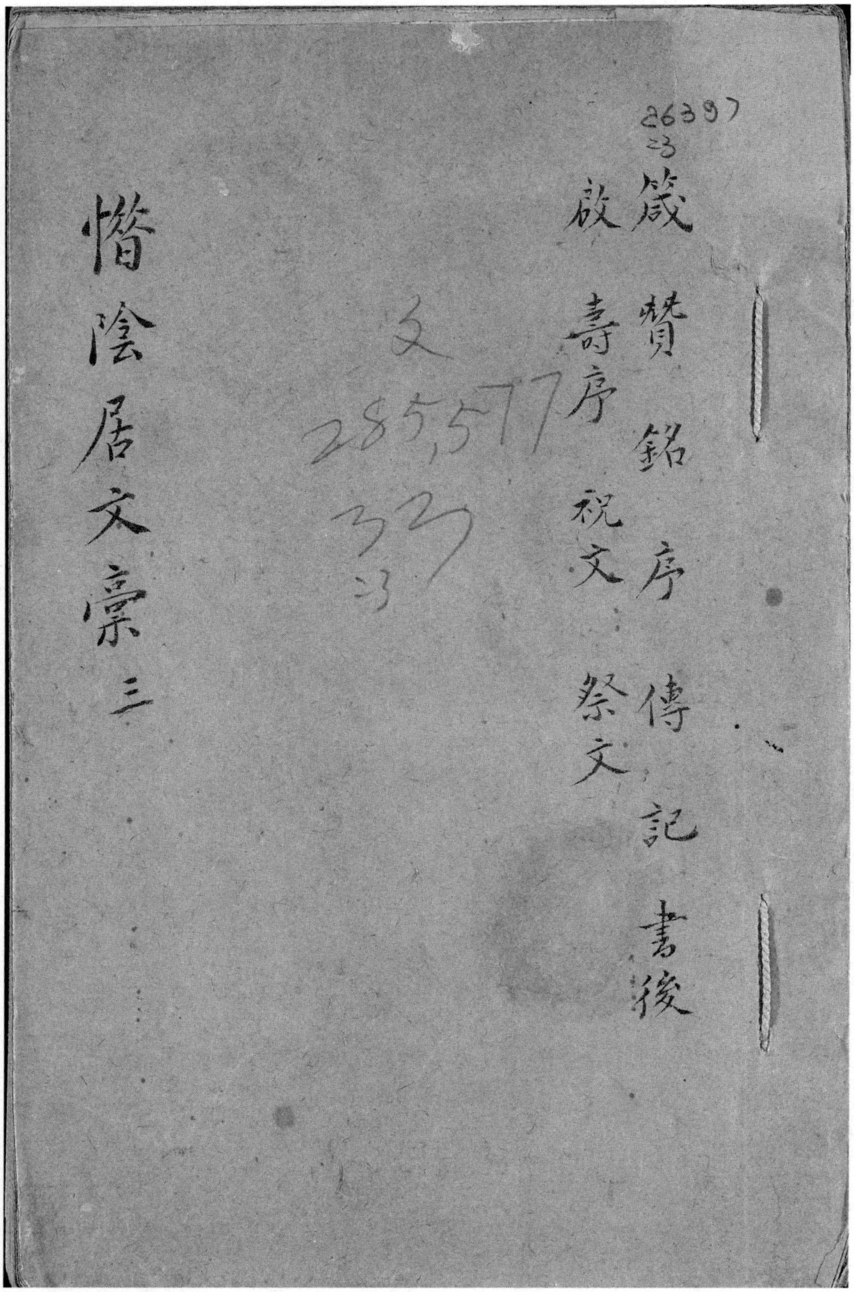

箴 贊 銘 序 傳 記 書後

啟 壽序 祝文 祭文

惜陰居文稾 三

箴

惜陰居額箴

用爾寸金難買寸陰積時成日與日俱深爾曹勉旃無玩愒之心

箴一

贊

天官圖集詩言

彼君子兮如圭如璋赤芾金舄衮衣繡裳公言錫爵長發其祥穆如清風邦家之光

又集古言

乃立天官世有常職之屏之翰而康而色正其衣冠服其命服文思安安日新其德

銕拐李仙集古

彼何人斯辟世之士左右皆曰北山有李貌不揚跛能履行不學足杖而後起作者七人夫焉有所倚

三星集詩

三星在戶長發其祥福祿來下壽考不忘受(是萬)天之(是億)祜爲龍爲光受天之祜終焉允臧

壽母集詩

令德壽母受祿于天昭茲來許迄用康年

百子集詩

君子有穀和樂且湛永錫爾類則百斯男

和合集詩

彼童而角維其嘉矣以遨以遊如兄如弟無冬無夏克順克比顩我則笑我心則喜

劉海蟾子

海蟾子爲劉氏方燕全盛時威名震千里苟非根柢深莫悟

神仙技危哉舍先笏逃入終南裹何日鑷鬢着散髮作童稺

終葵仙 集古

子爲誰終葵氏先民有言曰進士蠭目豭喙叶雕題黑齒或錫之鞶帶夫撫劍疾視螭魅罔兩不可嚮邇桓桓烈烈允矣君子

門神 集詩

維此二人洵美且武貝冑朱綅有力如虎鞞琫容刀仍執醜虜乃立高門曰予禦侮

張仙 集古

桑弧蓬矢男子之祥令月吉日承筐是將同復于父必有餘慶誰其尸之堂堂乎張

贊二

魁星

魁之名實司文明魁之形有類山精豈文采之風流脱胎乎

嵜英抑科第之面目𠔃醜所釀成右手操筆而何以左手持

金得毋讀書非此不行如吾赤貧偏欲徼神之靈或曰文星

所照尚賴賞城

麻姑進酒 集詩

碩人其頎惠然肯來婉兮孌兮降福孔皆爲此春酒以介眉壽我姑酌彼金罍永懷

銘

鏡銘

惟空則明惟明則靈虛靈不昧星象呈形

文櫃

物有時用用之則行抑有時舍舍之則藏藏以待用何用不臧用而慢藏莫知其鄉

方硯

端方正直君子之德

井田硯

往來井井儒生風景

合硯

覆之載之坳行不悖彼乎此乎惟君所愛

著書硯

是能抱端守正知方常伴解經攷史許子

鐙隱

焫膏繼晷燎之方揚置尒鐙右且隱其光

柞枝杖集詩

維柞之枝既堅既好攜手同歸行彼周道

匏尊集詩

酌之用匏古訓是式雖有嘉肴求之不得

瓢壺

許之縣顔之飲千百年後誰其任

日表

日出而出日入而入一綫之維不遲不疾脩短咸宜時歸一道律不規

律头偶合文質两韵字

自鳴鐘

隨時而行中規有定金鐵度処如響斯應夜以繼日忽然驚醒

茶船

幾生脩气味拔造爲舟暗香浮梅花形　欲適口無炙手

三五月圓汎彼玉川月形　維蓮之清載緑昌明蓮花形

杏瓣尖尖色味乞薰杏棠形　棠舟棠舟海棠開玉盌浮海棠形

不欹不側滿載之則　葵心向日和盤託出葵花形

芙蓉杯蓮子盌一葉載之供清玩　不浮不游任其夷由

解得此味妙載以太古春　結清芬緣呼以上船

銘二

甌傾唉清流行舟輕圓形迴文　不帆而至不檝而遂

半月硯

具圭角勢有環轉意離方遯員上弦不啻

井田硯

不守方里井卻受幾寸井井養而不窮飽煖在其中

硯銘

溫如玉清如鵠三摩三挲便脫俗

田字硯

方寸心田方面硯田朝耕夕耨日日豐年

圓硯

造端受圓抱寒守堅迴文

方硯

端守其義方應乎地惟端與方已見大意

銘三

書後

書逸周書後

隨經籍志唐藝文志竝稱得于晉太康中汲郡魏安釐冢中似乎晉以前未有是書然漢藝文志已云劉向所校周書七十一篇視今傳本僅多一篇其有目而闕文者程寤秦陰九政九開劉法文開保開八繁箕子耆德月令十一篇已不可攷而莊子又有金版六弢司馬彪注爲周書名亦不知在七十一篇中否漢人引用者如太史公引克殷解度邑解之辭大戴記文王官人篇與官人解同者居多康成周禮注亦云周書王會解備爲注儀禮又引北唐以閭馬融注論語引月令文許氏說文引大翰若翬雉貑有爪而不敢以撅且毋以孽

書後一

御固莊后三句已見于禮緇衣勇者害上不登于明堂又見于左傳文二年則漢儒與周儒然見是書而爲汲冢誤矣雖謚法解文義淺陋周月解斗柄建子及日月俱起牽牛全似周末漢初星度時訓解全用太初以後法其經漢人羼訂亦屬不少至若祖祭公之偁謂世俘解之誇靡王會解之國名均未合古以及駁文雜出讀者心解可耳

書大戴記後

漢興禮家孝宣之世有后倉字近君東海郯人曲臺記二百四篇授沛聞人通漢字子方梁戴德字延君戴聖字次君沛慶普字孝公故有大小戴慶之學據陳節良名郃下邳人晉司空長史周禮論序偁戴德刪二百四篇爲八十五篇謂之大戴禮戴聖又刪德書爲四十

九篇謂之小戴禮隋經籍志脩大戴十三卷而夏小正另行
唐藝文志亦十三卷而小正在內崇文總目則爲十卷八十
五篇而闕亦五篇該存五十篇今本起自卅九至八十一僅
存四十三篇攷盛德明堂古合爲一篇今分而二傳職胎教
容經保傅古分四篇今合爲一又目中疊出一篇兩七十二以例
原目僅得四十六篇統其上不存者仍未合八十五篇之數
維白虎通有謚法篇名但不知在主言前與易本命後終無
確据或謂不存者然小戴所取然二戴篇目同者已有哀公
問投壺二篇文亦不甚異且禮察與經解同文曾子大孝與
祭義同文恐未必是小戴删餘也或謂大戴篇第悉照舊目
然亦無所取證又攷漢儒林傳戴德事孝宣帝嘗爲信都太

書後二

傳戴聖則爲九江太守今德書題九江太守豈亦聖所編次也歟

書竹書紀年後

晉束晳傳太康二年汲郡發魏安釐王冢得竹書七十五篇而武帝紀係咸寧五年杜元凱春秋後序係太康元年王隱束晳傳同汲冢發于咸寧五年冬十月官輙聞知明年改元太康三月吳平元凱始得聞知又二年見其書故序曰初藏在祕府余晚獲見之此皆當日目擊非如房喬耳聞誤冠太康二年也汲竹書瘞于周隱王十七年下距燔書八十六載瘞五百七十七載年爲晉武帝咸寧五年而出雖文晚出然非全僞且與尚書左傳正史合者多而不合者寡況春秋前後事實鮮徵亦足

備參攷惟駁文錯簡在所不免故讀者未能深信又攷注竹書者傳爲梁沈約然裴駰注史于夏本紀已引有王無王用歲四百七十一年（通鑑前編作四百三十九）于殷本紀又引湯滅夏至受二十九王（實三十王前編爲二十八）用歲四百九十六年（前編作六百四十四）子野在休文前則注竹書者沈以前亦必有人（其）否則亦正文也

書玉篇後

梁舍人顧野王移說文部分而譔玉篇原本純用分隸不从晉宋以來俗楷甚可寶今本乃蕭愷刪改孫彊增加陳彭年等新校字數多于說文已非舍人原書又用俗楷全失譔者本意況舍人改小篆爲分隸已不知偏旁混雜攷分隸有匕（比）無七（化）有𠂇無又有冂（羃）無冂（同）有禾（和）無未（稭）循至于

支枝攴朴同書殳殊殳沒埶作桼秦泰泰𡴀奉䒤春之首不
異己紀已以乃乃巳節之體莫辨而分隸又改爲俗楷必至
字不成體動後人疑也夫漢時尚分隸許叔重恐小篆淵源
無攷而譔說文晉宋時尚俗楷舍人恐分隸端緒難尋而譔
玉篇其用心良苦矣自有此改宜乎漢人不識古篆唐人不
識隸古其亦何辭雖屢經增改而始一終亥猶承舊瀀且漢
晉散佚之書尚可依据考證一二即與說文互異字畫假借
亦不失爲古訓安得好古之士仍用分隸標首重爲鋟版還
舍人真面目焉

書汗簡後

右郭宗正忠恕汗簡七卷目一卷亦用說文始一終亥部分

收七十一家事蹟篆瀍古疋宋史藝文志與佩觿集並列而崇文總目及郡齋讀書志直齋書錄解題僅載佩觿而汗簡闕如想已散佚不全置而弗顧也或謂汗簡篆體俱在夏英公古文四聲韻中攷英公韻五卷集九十四家之文汗簡已在内仍列汗簡所引之書小有出入者不過十之二三其說似可信但是書罕見不能取而校比形蹟惟篆書中引据汗簡匪夥久欲購求不果今年春始見雕本前後攷驗恐是集錄成編畧存古體如引尚書周易莊子等不載原文引字指古今字詁字畧等絕無訓解引石經碑刻章篆等但有字形此可審諦古法未足參攷古義也想原書必有辨證斷非僅畫字樣不完不備傳示後人之理又閲每部下如一之屬皆从一上之屬皆从

書後四

从上者亦是後人增入特其鋟刻工雅紙版精良乘此尚原印足爲塾中流覽可尓

序

叔祖錦村司訓田園雜興百詠後序

蓋聞於潛賢宰能詩手圖畊織魯國名儒善問口訣農桑然守聖門彝訓輙曇農圃不如而對星戶勤劬及見鎡鎮未識豈久居城市似難見獨生心柳謬託衣冠未易賦詩見志以故試秀才而問策望杏瞻蒲較華士之宏詞挑菘翦韭陶靖節歸來未盡將蕪是想陳全真充卷不從就正有心斯叔祖錦村司訓田園雜興所由作也公青年遊庠英歲登科既妙解乎文章尤精研夫詩律託田園興到之舊題敘寒暑歲成之新曲篇較石湖欲加無已（范石湖作三十首）數分吳社其損有孚（月泉吟社徵四方名手得二千七百三十五卷選中二百八十名）約一年三百六旬四分而

序一

仍不足核期月七十二候一倍而卻有餘雖老圃老農同屬細民本務而一名一物早留君子深心化齊東埜語爲雅言不安皮相出池北偶譚以衆解具見性靈又況家無餘粟籌米維艱研可代畊受金不易對微徽著面輕風爲細總關情妙句明珠百琲放開塵外遐心豔錦百端道盡眼前勝景此豈借煙霞高蹈徒掾風悶俗之勞直教雲路聯登爲靖獻先資之用迨予中年以往鼎占告象履筮繫文公始有折足之憂繼有失明之疾故不顯才雖迴不由人命則依然故我美髯公壯心不已允宜潑墨千花白髮翁相遇終窮留得吉光片羽其奈手投商杖當秋迫老去之悲謂兩叔相繼去世身挂許瓢得句爲詩中之讖公晚年不得志僑寓南鄉由是付烈火以具揚竟隨風散逃劫灰而先去幸

守焚餘公著作富有盡付于火此冊早藏名處得存別本無傳或不免夫亥豕遺編尚在恐未正乎魯魚名憶牽衣繞膝之時每多問難及截柳翦蒲之下不少校讎敬竊駢語爲公平日所歡公作文喜駢體敢竭鄙忱俾我後人永守

舅祖沈竹谿先生悟心編序

昔昌黎伯有言一時勸人以言百世勸人以書誠以言之入人淺不若書之入人深且久也竊見世之廣佈善函不下千編俱係大板不便巾箱攜帶可朝夕揣摩舅祖竹谿先生好脩君子也敦善行習禪喜逢神下拜見佛便參今刊感應篇陰隲文準提呪多心經如千通特用縮板俾敬奉者如盤之銘鑑之誡午夜之鐘蓮華之筏喜則喜懼則懼此心常存有

序二

日遷善改過而不自知者斯以書勸人之意也歟奉此編者亦將有感于斯文

徐褋兄壽生明經脩竹吾廬吟稾序

物不得平則鳴士感于遇而賦古君子鳴豫天下者大抵感乎物而形乎聲也若目不遇山川文物即有所鳴便平平無奇矣或能遇山川文物而胷無感發亦平平無奇矣徐君壽生英年游豫見知于賢士大夫且得秀靈之助而運筆奇絶今秋僕出鳳山以大作邀序僕近來詩味若黄楊逢閏有减無增安能持一言爲贈哉因而臨風朗誦五古如磨盤山入門歎諸作出自性靈别有寄託又如醉中搔素首歌咲皆非常狂歌邀明月痛飲吸湖水非漢晋名手不能道及隻字七

古如練帬蔔帔不耐宵仰天一笑浮雲逝碧桃花發蓮壺秋
扶桑夜燭蛟龍愁醉起時敲竹如意壯心飛上黃金臺珊瑚
撑枝露光㤥金蓮出水交鮮新雖元白再生亦不過是五言
近體如鄉思千重疊征驅一葉斜露壇花氣靜風砌竹光寒
殘碑蝸補字斷墻樹爲尖人在千山裏舟行亂石中地高灘
漲盡秋老嶺雲寒深入少陵奧竅七言近體如木拚骨肉經
年別無那鄉關一望遥寒魚接屣依沙岸埜鳥銜波落釣磯
把酒笑看慈母健扣門驚喜故人來鴈到不傳天外信雞鳴
空著夢中鞭釀成心血將盈廾誤盡生涯又一年兩度醉游
傳赤壁千秋詩案笑烏臺千樹梅花想風格片言牙慧恥雷
同直逼溫李豈特詩人之賦麗以則哉君作無美不臻無格

序三

不備得（深）尊人九江太守家法（太守諱觀海号西湖才子）即梅村漁洋竹垞諸前輩稿中亦絕無僅有僕不能為君序謹舉所傾倒者為他日詩壇標準所謂有感而作其一鳴驚人非耶至精細得體處諸賢序中評中已曲盡其趣不待僕贅

姚翁湘蘅茂材落花詩序

從來才子最易生情自古詩人每多著想奚必借東南日出文在其中何須引西北樓高言傳乎外千紅萬紫河邊淺總絢之春疊韻雙聲詩界織篇篇之錦計一春好景曾幾何時當百感交陳誰能自遣又況罔羅芳菲望美人兮不見追思蘼蕪動君子以卷懷此吾姚翁湘蘅茂材落花三十首所由作也筆媚辛夷香分丁子定七言以入律握全韻以標題遡

二十四番花信與古爲新核一百五日春光自今伊始脱來妙手捷登排羼場中舒出錦心步入香匳體段頗教青帝常存莽遺花姑惜别特是買笑樹前芳容易老若耶谿畔紅粉早凋春風無賴聊細數以黯傷穀雨何知向當空而亂惹天心方妒地力難憑闇浮水面徒成游戲文章偶點人顰勾引宫闈妝色當此日哀容之挂未免牽情憶曩時笑面之迎定多觧語既非鏡裏難聽諸何有何無翻在目前敢付于時開時謝然而芳心易寄綵筆難工以故黄葉僧知後來居上舊槀先删（明釋智舷有落花分韻三十首當時槀中已删見秋潭詩鈔）松雪翁喜後起有人新題首倡（元趙文敏公有分韻三十首）想到無聲哀怨香分滿徑匀鋪吟成有韻篇章夢返三更益冷是可忍也能不悲哉名遠遡朱

湅近聯李孔荷次公闔麦每有忘年邂䟫子授经章無虚日磬竅脱手之高吟喜得傾心以朗誦所悵欲成九轉之丹常雷花魄誼受三生之約難返詩魂翁盛年好道術惜未能得享長齡翁誠仙侶能傳此曲之真僕本恨人妄識斯文之盛嗚呼樊湖烟梛絲影重牽金谷春花嬌情再訴舊題徵七字之詩辭道空空即色後學願一辭之贊恐難片片歸根

姚翁田園四時雜興百咏序

原夫堯典星辰敬授四時平秩周官農圃𢗉頒九職之科條狀而家懸畊織古圖解能得解人讀農桑輯要畐若閭閻豈此中真意欲辯忘言使局外閒觀難形其狀以故石湖徵老去之吟僅符三十吳社集雨來之作始具二千顧我浅衷敢竅

傑作遥遡湘蘅姚翁心澈氷壺堂開繡埜借田園興到之辭敍歲月更新之想細數一年好景三百六旬重鐫七月仁風八十一物篇盈維百既百態以牢籠韻或疊雙喜雙聲之悉合憶到門前欂櫨盡得風流卻教宅畔禾麻堪供詩料摹來好句曲具巧心羊太傅新製角巾范蜀公好敲埜服縻儲紅粟種菜何妨家有黃金買山自足宗風曉暢放閑塵外之高懷化兩知時道盡眼前之旨趣想其手不停書文無加點事核齊民要術新穎獨標句該氾勝全書陳言務去吟咏出雅人之口洵知末俗增光還移近君子之居行見比鄰生色相逢田叟閒聽秋瘦麥肥得見場師解道橙黃橘綠分覘圃予鄰媪滴滴如酥醉村酒夫社翁婺嫠欲饗歲收芋栗居然錦

序五

里先生席設雞豚恍似玉華吟客此真正始元音而繪康年景色也名未諳蔌葵喜事詞章將百篇百讀之餘歎一字一金之妙何圖馬卿帶疾悼早歲而病沉追思平子歸田幸遺編而手訂家藏舊帙尚存篋中先叔祖錦村司訓亦有是作未付剞劂草次燕詞未盈簡末予在前秋作久未脫稾挺巢父之珊瑚安在此則長留閬公之松鞠猶存慨然遐慕

季弟稲樓印林序

刻篆爲章始于秦時用蟲篆至漢用小篆間有古篆厥後轉爲繆篆迨松雪出則法入于奇而衡山父子又法趨于正惟趙凡夫以草法作篆體勢夭矯姿態橫生于是急刀緩刀單刀笨刀雙鉤玉柱各逞神妙斯亦變倉籒而愈工矣季弟稲

樓精研古法十年學力漸深或時作變勢𢘿有新奇且出人意表好古者接踵而來已駸駸乎操松雪之戈入衡山之室與凡夫而俱化矣近以腕底得意之作畱爲雅玩囑予一言弁首夫篆刻小執也神乎其技且聲價十倍稻樓其斟酌乎古今奇正閒成一家法妙也可

上衆紀叟半樵萍雲小艸序

吳楚本縱横之地識見高超者英登翰墨之場胸襄磊落又況蹤希米舫三春夢入鶯花集滿謝窗千首裴成瑇瑁錐管中鷩豹畧見斒斕而鉢裏窺龍已探光怪得閬廣巢人鬪鍾[鼓典]聲自入化城地上樓臺多陋萍雲小草者半樵紀翁大箸也雷鳴遠貫風度久欽豈因萍泊之遭逢想拈雲閣之精妙廿

序六

枝管氐青縷生花三載弸中大輪試射鈔來舊槀半從破寺
留題揮出長箋可是行篙持贈未閒墨痕乾否萬口爭傳直
教紙價高騰千金不惜感深知己振衣外千仞之岡興劇能
豪叉手入犀卿之座或舟中馬上放閒塵外心胸或尊底畫
間道盡眼前勝景薩桂老来念粹真味常留珠璣圓後生光
餘燁菁焰且也烟霞增趣不讓輞閣魚鳥成奇兼通古篆是
以怡逢熱客未知何処逃虛不喜要人祇覺無從埋焰者也
走跡類鷦栖食貪鶩炙亦年獻賦愧不如人半世飄蓬依然
故我羨朱顏之不老矍鑠精神幸青睫以相關綢交繆誼磬
竊傑作盡私心傾倒之忱畧具蕪辭忘醜媍咲嚬之態 名序
姚上舍海崔表兄秋草詩序

自來君子可以言情從古詩人方能咏物何則情推乎萬常情恆入幻情物積而千造物每難窮物又況物感思媚覽物生情方知情不自持寄情在物宜乎託無知之物而抒不盡之情也歟海翁姚表兄體物最工閱情更切老年失偶定情遑讓縈欽迹日悼亡賦物能豈徒潘岳方寄懷乎寸草借全韻以標題抑舉眼而三秋用七言以排悶步入香奩之體客氣全刪爭傳黄絹之辭芳心靡限境非盡幻絕無幻想其間事不得平要在和平以出細核卷中真味感舊良多力除格外浮文翻新不少獨憐生意已傷滿地心紅無想死灰欲問長天海碧何論情闋打破猩云太上能忘正教物態頗殊幸得箇中奈解名跡以蓬飄心如麻亂雕青醮碧欲寸報而無從

弄墨塗黄亦長言而不已窮筆底以形難爲狀我獨何能即
眼前之色即是空翁誠善悟物猶如此統古今大畧相同情
在于斯豈老少必宜有異也哉

傳

散花仙女傳

原夫蕋珠宮裏三千雲路迢遥金碧城中十二仙縹緲疑南嶽夫人弟子秋水爲神似西池王母侍兒春光照眼若鷲鴻若游龍恍同宓妃不捫石不擊鼓何殊玉女擢月姊之精神信非凡豔借天孫之杼柚迴出俏容奚必幽香擲地尋醋醋于名園不須冷韻侵人叫真真于故紙者哉迺有天仙厥因結習不逢羣玉山頭卻見諸尊會上好持意蕊十指生香結撰心華一塵不染薔薇滿架年年巧鬬芳菲薜荔成陰歲歲競摛爛熳卻新妝兮梅額佩紉秋蘭非空戴大蓮冠裊拖春草胸含豆蔻手把芙蓉杜若多香豈羨雜糅芳澤梨花作粉

傳一

誰知不御鉛華春已至而花開思美人兮不見花已開而春
去望仙御而從（何）當風相送迎來兩袖清風承露空舒散作一
盤靈露布金之地增光祇樹之園生色至若蘭香下降指月
闕以茫茫阮肇中迷望道山以寂寞蔡座之麻姑不能幾及
秦宮之弄玉洵有仙風未足與論洵有仙風而無俗韻名在
上元秘笈迹藏司命丹書百年浩刦盡銷磨珊瑚秀骨千樹
名花多活脫點點奇胎瑤緘杳矣未得予詳釋典有之姑存
其說

梓居老人傳

老人不知何許人也託號于梓義亦未詳夫梓爲美材而居
在梓里必非闤闠編民或與我桑梓同居故爲是號歟今重

九次夢先大父雲吟公手示贈言及老人吟稾曰汝爲傳之子何人何敢傳老人哉憶我先人之與人交也淡如水雖里中賢士大夫不輕握手亦不輕與人作傳今曰汝爲傳之我先人之不輕與人以作傳而以敎末微則老人見重于先人而先人必欲傳老人以垂不朽者從可識矣抑又聞之生而爲英死而爲靈我先人著作等身雖未付剞劂氏而古情古意磊落行間直從紙中勃勃欲發老人何索我傳先人傳之而必閤傳于先人之子若孫哉若久閤風塵不見世間詞翰留此爲地下嫰譚抑不知我先人曾倩老人之子孫閤行傳否嗚呼魂夢難憑幽明相隔不能述盛德貢諛辭揚令名于後世惟老人以梓居是號我知其爲先人所重今以重先人者

傳二

重老人而信老人爲古君子人歟

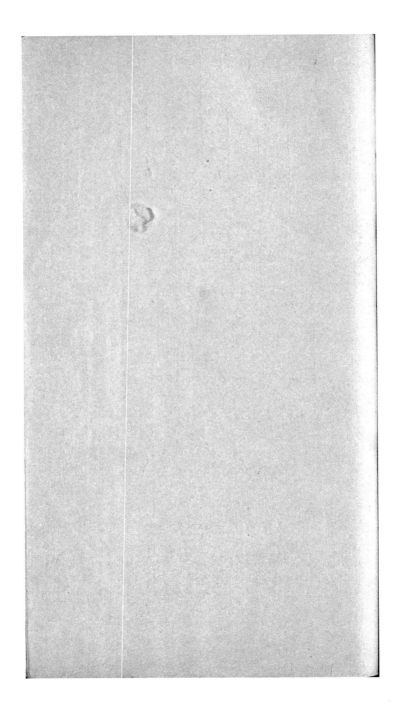

記

娑羅樹記

天下譚士恆以見所未見識所難識爲快然識而不得見見而不能識者矣有吾邑心如陳君金陀園植娑羅一本數百年物根移丹桂影接白榆墨客游人無論識與不識往往相見如晚也豈以品獨成奇物稀爲貴哉聞嘗攷娑羅之名詳維摩詰經夸其靈異佛氏從而和者或名蒼羅或名菩提或名波羅或名思惟或名成道或名娑婆或名畢鉢羅似未有定劉宋元嘉時巴陵僧房忽生牀下唐天寶中安西道入貢禁內其他華山朝元洞有之滁州官圃有之餘杭南安寺有之益州蛾眉山亦有之至若惡禽不集凡草不庇李子和著于

羅伊洛多奇木娑羅舊得名常于佛家見宜在月中生歐陽永叔形于詩雖不能實詮其出處而娑羅之名不改夫以數千年之久數萬里之大文人著作之富僅道寥寥安知非昔人好奇夸不易見不易識之物以欺後人而後人甘受其愚使此樹久竊嘉名居之不疑也余案夫每枝生葉七片與海州七葉者合皮如玉蘭葱白與蛾眉似耕者合其子類栗可食與華山所植合豈非見之識之大畧哉特是博疋如酉易猶云花開似蓮然後知百聞不若一見見之而仍不識與不見同見之而泥載籍誤傳者與不識同爰記顛末俾一見而即識焉

吴栖邨鈔萸葉庵詩識庵

右黄葉庵詩七十三頁爲明詩僧黄葉老人智舷著舷字葦如一字秋潭嘉之梅谿人詩有鈔本而此册爲同郡吴柳村前輩所録柳村名洽字在陽尾題戊午仲秋柳村主人在陽手録字皆行書前有吴洽之印小章尾壓在陽二字方章與鈔本去取微有出入跋中有恨不得見等語想當年亦珍惜之不知何時轉入他人爲吴翁見曝書亭集則與竹垞太史同時年齒畧不上下去黄葉亦未遠曰戊午者康熙十七年也黄葉工詩兼工艸書名振緇流柳村書詩古雅爲 國初諸賢器重二人之詩格墨法不待名贅惟憶 先君子久欲購此不得歲戊辰得是鈔于舊書肆雖紙版有霉爛幸無殘缺今爲裝襯作藝林珍賞因以記得之不易并以爲作詩者愛

記二

手鈔也後之人弗輕視焉是囑

朱君壽廬畫册記

從來才子誕降多祥自古雅人遭逢不偶頻年就道秖因菽水相孚每歲還家正喜椿萱並茂悵光陰之易過逝者如斯借圖画以流傳見之若素特開生面未知身在圖中妙有品題不覺神超象外此壽廬朱君紀事画册所由昉也身逢具慶材壓衆英積心地之異香屬雲天以高誼既非鏡裏難云何有何亡宛在目前敢謂時閑時謝遂遊都東吉兆綽有鳳毛轉憑江艇奇緣空成泡影未能舉案倩鼓缶以生悲洵屬高談狎飛鷗以寄興半生之幻跡無憑（千里客踪難卜）上激青雲半生之幻跡無憑廣徵白雪揣其命意安知皮裏昜秋詳厥端倪想是

壺中日月大丈夫臨風神往未免有情小游仙隨處身安是
應無恙詢爲藝苑嫩譚抑亦客場佳趣君誠仙侶能標數事
之原由僕本恨人漫用駢言以持贈

記三

啟

爲翁烈婦陶孺人徵言啟

從來表德端惟君子贈言自古徵詞宜請名家手筆闡幽光于壺内名敎攸關播懿烈于寰中淳風乃立行多玉樹地擲金聲絢無假予陳言要亦詳夫實行詎必剖容截耳侈貞女之常聞蕙萎蘭摧悼徽音乎湫迹哉兹節婦陶孺人爲序珍翁君原配也徽流巽順德媲坤貞午夜鵑啼灑盡有窮之血晨光鵠立胸填無限之悲拚一死于黄泉愧餘生于白日粤稽永訣未至季隗待我之年爰孜從原半參杞婦崩城之日痛翁姑之已逝未遂奉匜悼似續之無人頻諄立嗣食其有在無桑乎頤飲豈必求不加夫口指五日以爲期季女斯飢

詎閲歷半旬而遽殞共姜矢志靡它將二十八宿心中而論數不到星張翼之全由一十二枚指屈而推時僅越辰巳午未之日竹箭有筠無慚勁節卷施貽艸其實傷心生如寄兮死如婦毀而滅性心是真而志是潔定在蓋棺綜厥生平則儉且又勤笑言不苟閲其遭際則死而無憾節義熏全郝夫人之禮法盡焉桓少君之處釵在耳名學里聯通德懿老芳徽惟冀東都客詞西苑鴻才奮韓潮蘇海之觀籍賡大典鐫鮑俊庾清之句爰紀堅貞然潔映壺玉宜翻舊事以生新文綵鏤金各出靈機而獨運跂望揄揚以光梨棗

爲朱節母翁孺人徵言啟

蓋聞秉堅貞于一室典重揚清凜大義于千秋世隆苦節青

年立誓指天地以為期白首完貞遇冰霜而不改易循順德禮有乞言婉彼芳閨時守大家之誡輝流彤管并徵壽母之詞比維節母翁孺人係上舍俊博朱公淑配也歲未二旬已傳閩簦年逾四七旋誓柏舟痛心疾首始于廿九之秋茹苦卺辛已歷七旬之算相警戒予鳴雞十年賢助集哀音予嫠鵠九族聲循花驗合歡草擬卷施之苦枝傷連理心符金石之操冬之夜夏之日廿九死而靡它朝于斯夕于斯苦百身其莫贖殫畢生之全力還憐似續無人哀三世之煢嫠不信泉臺有伴是以岱嶺之松經霜益翠湘皋之竹染淚加斑孝本性生非始于二十九年以後節因守見已槪諸四十餘稔之中名盛通同鄉夙欽閫範凡茲淑行悉徵故老品評爰肯芳

規已入鉅公推勘伏望虎觀高材鴻都上客詞翻陸海賡
聖朝錫類之恩彩粲江花紀節母守貞之實庶使言言有物
好句成珠從兹事事加詳名詩蕙史爰疏短引用乞瑶章

新溪募埋遺骨啟

竊見死于道路可憐速朽桐棺骨暴塗泥常歎木㛿窀穸況
瓦棺土塈之文典開上古而掩骼埋胔之令載入孟春今里
之南柵有鳳花園者向構十椽廣收幽櫬歴經百載嗟破秋
風于是魂送青楓不識幾迴生落屍横淺土飛蓬何處天涯
或爲狐鼠所殘或受螻螻所穴或遇風霜飄泊散雜沙泥或
遺荆棘横生不全肢體委諸野則露頂露脛送之歸則無家
無主心紅滿地對芳艸而欷歔魄冷當寒望長風以悲悼死

者不能自愛祇令人憐見者未免有情欲推公好名將躲彼衆骸共峙一穴然事非細故全賴同仁伏冀急爲解橐亦如佛發慈航慨許捐金俾得鬼超苦海噫三月落花辭世界百年冷骨證菩提謹啟

代募脩橋并街啟

易占涉險仁人有利濟之心夏令成梁王道無崎嶇之路緬往來就道忽（傷）躑躅難前當南北交衝不覺戰兢色動茲有某處某橋某路者年遠長流鞠爲茂草某等每每寒心時時屋念倘或有舟經過戕于滅頂之凶當其舉趾偶高陡覺驚魂之失將擬他山之石採作非輕詎無在篋之金藉資甚急或千數或百數衆擎易舉以日計以月計積少成多頓見轉危

啟三

而安庶免人人裹足自涯勿反從茲路路亨通爰告同人各
隨雅量稍爲解槖聿觀厥成

新溪重集惜字會啟

字之由惜由來久矣昔王封君拾字而子相宋高甃庵埋字
而天惜金果報昭昭在人耳目乃有不甚珍惜者謂片紙隻
字無關功罪律也豈知一畫開天地之奇一字皆聖賢之蹟
殘編斷簡莫非王言帝命之遺西抹東塗莫非鳥跡蟲書之
象凡夫魚雁郵傳雞豚登記以及票籤點畫之零星莫非造
自蒼頡哭自鬼神洩自造化蓋當珍如圭璧重若鼎彝庶乎
其可歟近見士農工賈城鎮鄉村或包物覆瓿或糊窗襯箔
或撚充燈照或搓作紙釘或佐繡閨綫樣之需或供葯鼎茶

爐之爨或牆垣揭貼剝落溝渠或市肆標題蓬飄巷陌或投烈火而幾等秦灰或弃長流而竟同禍水或道旁一擲沾牛溲馬勃之污或稚子無知受蟲嚙鴉塗之慘特是庸人罔覺莫解虔收而君子盟心所宜廣惜吾鎮能仁古寺舊有惜字義舉日久廢衰反淪禪室　名等目擊心傷捐貲送海再備小引喜舊事以逢新復約常規冀前蹤以啟後尤慮窮年累月一力非所能支是當積少成多衆手無難畢舉爰告仁人共勷義集或一會十會之輸不拘慨諾見同德同心之雅務廣吹噓庶使有用者藏而如南面之城于其無用者焚而播東洋之海永無穢褻長此蒐羅將見四柵埶種善根一鎮共成福地矣謹疏

啟四

爲僧募修關聖廟引

竊聞廟之爲貌神能信及中孚瞻也若思象以取諸大壯秉英雄正直之精忠超三國嚴崇濯聲靈之著義冠千秋則有県處關聖廟者向構法宮乃安神座歷年既久已乏丹楹刻桷之施异歲俱長漸遭春雨秋風之剝是以 衲廣叩各紳處脩緣事均從德量亦將積少以成多慨種善根不致經年而累月佇見十方之吉迪也深焉半畝之宮煥然新矣

闔川時疫集福設醮疏

竊維九門之磔在儺典開月令五社之終曰厲法著古侯邦况皇矣上帝孚佑乎崇濯聲靈而凡厥下民奠定夫神明齋戒茲因暑氣外蒸災祲內作入膏肓之穴藥不可攻如滋蔓

之延急何能擇于是各社迎神毆邪無補千門資福偏頗何
憑名蒿目時艱寒心里疫不須侲子侲童之作能釋愚夫愚
婦之辜謹擇于某月日招集黃冠設建羅天大醮一壇于社
廟朝禮神祇廣偁尊號揭五千卷七籤雲笈上達瓊宮啟赤
二天六甲寶符下開福地靈飛迎八景之輿布祭弭三災之
厄一時齋祓誠格九霄十惡蠲除光騰四表庶使正氣勝而
戾氣潛消幽明兹賴吉神照而凶神退聽遐邇均沾啟告仁
人咸脩福德不惟多寡兹開一善之忱樂此捐輸致備百祥
之降謹疏

啟五

壽序

壽松溪朱別駕暨淑配沈夫人六十雙慶序代晴沙伯作

原夫乾坤合德，古今開誕育之奇；配偶同生，山嶽鍾精英之瑞。聚景星于門內，惟以永年；忻大耋于庭前，聿脩厥德。館啟恒春，花符長樂。盼壽星以朝朗，瞻婺宿以宵明。而況衣盋傳家，儲書種子；鼎鍾逮養，肯穀詒孫。己則紀而卯則茂，周甲成章；榦爲陽而枝爲陰，同庚初度。今著雍攝提之歲，欣逢大誥封松溪親家大人暨親母沈夫人六旬雙壽。南極呈祥，祝三多于階阤；東風著力，集五福于門楣。瞻鮑室之雙仙，椿萱競秀；拜鹿門之兩美，弧帨共輝。爆竹生春，先謁麻姑于蔡座；鏡奩吐豔，羣依子晉于緱山。恭維親翁胸羅翰墨，學富縹

緗著作允臻前文章啟迪後生喜黯點手朱衣龍門捷足奉
泥封之　丹詔花縣犒春輿題昭武久貽膏澤于桐鄉鐸
秉夫椒復煦春風手沂水同心則室有萊妻鹿車共挽齊眉
則人推孟母鴻案相莊及維親母江左名門吳興望族世擅
三臺之貴家隆八詠之聲施衿結帨允宜敷賁六珈頌𦩘銘
蘭行見起居八座者也尔乃世德作求資富能訓杖扶靈壽
問𡔷（鼓）以怡顏爵進延年奉盤匜而愛日服繡衣而趨萊綵之
班天倫樂事種玉樹而顧謝庭之產蓺苑嫩譚馨滿燕山已
益竇家五桂鬱游鄴下不殊荀氏八龍盡蜚聲夫黌序行奪
跡手雲衢問饍盈庭負米何如閉戶省晨環寢執經可代奉
觴又況子復生孫恪遵令緒女能相壻克配高門汾陽但付

點頭龐右必爲槃籍斯真　熙朝又(尚)慶固知雀算長延抑亦　盛世徵休快覩　龍章寵錫也哉名跡附葭莩光依松栢愧弱息未嫺七識備洒埽于五郎蒙仁公慶約三生結潘楊爲二姓昔歲旋歸南土識丰采手荆州此食旅食北平望風塵于鄭里設璚筵而斟綠蟻夏日舒長啟繡扉而獻紅椒春光方滿鳩杖先生高風景仰璇宫阿母懿福倍膺洵知嵇君道之清標居然第一郝夫人之禮法允矣無雙爰擬雲璈隊裏而爭添籌算大開北海之樽欲登畫錦堂中而未遂兒趨封獻南山之祝

郭母曹孺人七十壽序

葢聞天上種姮娥之樹丹桂飄香人間來王母之禽青鸞接

壽序二

翙金蕿吐秀由來箕子疇多慈竹垂青更羨延鄉人壽忻逢瑞月宜晉綵觴章託同鄉允徵坤祉矧夫慶隨善積福兹春生豈非鍾大美乎璇閨注佳名于瓊笈者哉恭維郭母曹孺人謀國名宗濮州淑望好逑聯汾水之陽懿範著太原之宅方歸我邀齋上舍也占鳴鳳以鏘鏘富家協吉咏夭桃以灼灼宜室有徵翠幔牽盟問夫子果然是郭女經垂訓知大家本自云曹信無射雉言歡但能儉樸秖有鳴雞致警佐以作勞鳩巢相莊方異福綏乎君子鸞飛遽遠惟傳螽錫夫令妻由是痒集維躬德闕在闈教請子以玉成馨攢五桂弄衆孫而環立秀挺三芝婦猶有媳得侍祖姑子又抱孫仰承大母女能婉娩已克配乎名門人各康和兹恪遵夫慈訓尔迺二

陸則屋亙東南諸沉則巷連南北晨昏定省喜列室之相通西
衛宇對望可倚閭而自見且也心甘蔬布雅愛古風口誦蔓
華蕭壽禪喜交親族黨請急者不厭頻賙闔翟鑰庖輸勤者
必爲孚恤凡茲種福自亦延年是以今者分甘娛目韋裾而
喜動含飴索笑怡顔負劍而忻承辟咡繞膝斑衣燦燦殊有
鳳毛盈階玉對亭亭允爲蘭茁紀年臻耄耋福已衍乎三多
戲綵集孫曾觴可偁夫四代彼夫綴新聲于柔翰用假浮辭
舒麗句于瑶牋未詳實行豈足爲孺人壽也哉茲當歲在強
圉律吹南吕七十大慶亥有首而方將盈數甲有花而彌望
重周佇見　天家寵命不遑賜錦之期海屋添籌恰值乘
槎之候大開祝嘏芳筵酒是延齡之酒覺慶嘉祥夏屋花呈

壽序三

倆意之花七寶裝來添設七莫瑞葉七襄織就製爲七絲新衣蓋信鳳嫺七誠脩成七級浮屠敬禮七真贊出七句壽誕愧無七步長材巧擬七篇錐作者也時則東國名賢丙園碩彥泚冠裳之勝會庭實璣瓣極絲竹以爲歡門盈錦軸更有南嶽夫人駕九真之霞帔北宮玉女舞一曲之霓裳摩訶登堂而拜月鹿謝庭應賚介祉之章雲聯江錦斯爲 熙朝人瑞崔算長延 聖世女宗魚戕莫盤名忝附通家宜倆令德爲有華軒之授簡聊憑綺席以抽毫雲璈隊裏喜充仙島之賓晝錦堂前頤巽永年之祝

公壽卜明經錬崖表伯七十序

原夫百祥天降名賢誕君子之鄉萬善人傳耆德衍高年之

慶又況海内仰文章司命大雅扶輪里中得詩禮名傳家世儒就範高曾規矩代有典型門第琳瑯篤生賢哲甲子近絳人之算春秋符羅氏之鳩茲當著雍困敦之歲孟夏上旬欣逢七十大慶堂開百福集喜氣夫耆梢庭祝三多照休光乎眼底奚待薰風得解曉暘宗風正當夏日舒長輝生化日壽顏茂對歷南山之級而有餘老運亨來比東海之流而莫磬署訣詞而奉爵敢拜手以抒忱敬惟 閣下胸羅珠斗學富縹緗雅量涵高家有通徽乎周易清標不偶世推司直于漢廷時飄月殿之香木樨無隱每倚文園之艷仙杏可栽棹楔當衢膜拜先生在北郭皋比設座瞻依夫子自西河斯爲太乎呈瑞莘懋學乎耆英抑亦譾陋幸逢賴洪鑪以成器亦適情

怡適軸樂境常閒手脫珠璣壯懷常在矍鑠翁精神飽滿地上仙人文章伯翰墨淋漓眼前福業從此彤廷月告適符錦質之頌海屋籌添恰值葵心之向舞鳳毛以擢秀捷足雲衢携鳩杖而安時增光錦席者也 名等愧游緱侶喜託龍門或就孔顏之儔或爲姬姒之聯或昔年曾仲締交或近日荀陳通誼名師在望好容平步青雲賤子何知幸得謦窺鴻寶竭私心頌禱之誠爲他日光榮之驗揷花起舞向瑶圃而神馳奏曲高飛惟崔嵬之是祝謹序

五十初度自序

禮曰服官任官何日聖云知命實命不猶白髮將催賤子何矜夫晚節青雲頷附庸材無補乎盛年空忙舉子之槐花頭

衔依舊徒(亂)宋人之樁榮骨格非仙運不偁文一畝仍此蓬華
才何如命半生嘗徧蘗盬望日月以如馳時乎不再挽桑榆
以在暮來者無多欲藉人謀尤恐客嘲不免聊爲自序略陳
大意在斯今當重光單閼之歲首(孟陬)第二日爲不佞五十初度生
辛　熙朝履當新歲得延甲子以全三愧閱春秋者半百
食貧如故敢云薄有文章私願奠酹詎謂能超塵俗痛椿萱
以並萎永感弥長悵手足以睽違孔懷是切萊妻蓬首早知
老運未亨賤息蒙心恆惧一經難授高曾規矩(華研精良)斯在何以爲
生高曾規矩猶存守而弗替豈特昨非今是每自恐惶含舊
謀新聞多疑處者哉惟是日拈一藝收枯腸而幾許背城夜
起五更過淺眠而還同面壁見客惟借書爲事梳點手鈔論

交宜同氣相從晨昏心賞三能未信拾遺則挂漏居多四俊何追對策則脫忘不少還憶沙原是白偏與泥俱洵知絹亦曾(黄)莫將絲鮮赤年献賦攀龍之志難伸半世讀書守鹿之愚不改竊取儒生之号在所不辭側聞君子之風纔能起懦或者標(可)丰采乎一鳴破雷同乎百里哀從此始援尚父而何遲非曾知比朱箭其未晚待䜩文以蔚起潤色　太平使其武而克繩續承舊德奈年來無狀受髮膚肢體而徒存備日後逢辰建事(業)功名以必大垂老而壯懷未已靡靡可聽固窮而真性常留沾沾自喜得非天意遽乖夫五角六張抑有人情莫解乎二除七滿苟逢知己爱(而)予定有名言(以)教我

百福篇

天上福星之照福並春生人間福德之脩福緣善慶書云福享祜五福福且臨門詩曰福遐析衆福福徵在體祝福多多益善福至心靈介福久久自芳福隨氣轉福感斯集得福者唯以允懷福應且臻有福者容當共賞特開福象福更康恬抑復福綏福生和樂豈若福昌福善爲私禱常詞福惠福安作介眉恒語已哉由是緜緜福降種種福來廣樹福田庭生福草嘗從福地家濬福泉配福命以永言有求必得信福躬以相協申錫無疆福爲懿而福爲嘉福祺遁壇福在謙而福在震福算緜延福賜天官膺厚福而福無量福傳賢裔留餘福而福不窮種福業以年年福非幸獲立福基予世世福豈在祈彼夫庸人福分多癡老衲福心則薄福鄰寶受叨福庇

壽序六

而福崇福毋相依因福亨而福及集福而福銜夫燕福必鼎新受福而福感乎神福爲喜報福源不已洵知福且孔偕福運方開要在福常拱向福于佛而積乎允諧福祉福出女而至萬益見福隆具此福鍾共探（登）福肇（祚）凡茲福相諒使福連爾迺仰洪福迎禔福拾榮福邀天福福門自名同福與福造脩興福澤孔長作福籍福端振起登福堂以致祝福因景以彰攀福境以抒忱福過清而拜敬惟福主獻福酒以盈卮歸美福人奉福疇以就範福如海樣之寬晉福者居然全福福似山高之歷頌福者華（贊）成百福云尔

百壽篇

壽之爲久許叔重能解壽文壽亦訓酧董仲舒闡揚壽命壽

曲紀壽人之瑞壽因大而榮壽章賡壽母之詩壽得雙而慶壽算餘延壽列富康以上壽顏開処壽居福子之中壽燭生輝壽合椿萱並茂壽香結篆壽來弧悅齊標斯壽日在羲皇上者而壽星分角亢間也維我台翁壽祖風神增壽輝于南極夫人壽仙璽系流壽曜夫西池共獲壽籌同登壽寓喬松壽錫樹壽石于壽山菊綻壽延晉壽杯于壽水柏雍伯壽肩壽花照燿緗麻姑壽髻壽鏡團圞壽徵萃以三壬獨高壽相壽字推夫一亥素著壽光壽歷從心紅酌壽眉之斗壽宜尚齒青分壽髩之釵茲逢壽楊特開顯文章以壽世適際壽陽地近爭衆寓之壽名況夫添壽者鯉庭繞膝柏葉壽增宜壽者鴻案齊眉梅花壽獻壽朋星聚設壽席于壽州壽雀飛來

壽序七

步壽巏于壽宬渭滸共貞壽夢壽叟生茅香山並得壽榮壽
姬頌橋鳩生壽杖壽與桃紅物勒壽銘壽唯芝紫啞甌則壽
合劉樊壽符古柏垂佩則壽迎名社壽誌甘棠凡茲壽意繪
（壽椿于）入壽圖具此壽祺（仰壽齡）文爲壽序迺知壽而昌壽而富壽而康大
壽協三多壽如日壽如月壽如岡陵壽儕五老何待壽躋古
佛壽必駐夫金丹壽即教壽誕　熙朝壽史摩夫銅狄恭
吟壽考喜躍壽筵含　壽（中壽南山）壽之全數（級壽瑞甲重詳周）壽開八
海之樽壽辰百展合　下壽中壽上壽之全數端（詳）三壽祝長壽
永壽延壽之嘏詞萃成百壽云尔

祝文

告門神文

維年月日名謹以牲醴資帛敢昭告于大門之神曰惟神實司出入簡別禨祥是以神荼鬱壘嘉名錫自皇初組甲金鎧偉貌著乎近古奮勇毅手當棖倒同屋漏執戈矛以衛室不攘桃符名卜居是宅聿仗神休凡茲吉星拱照惟神是迎惡曜來侵惟神是逐災祲不作盜賊不窺俾得家道亨通庭招迪吉肅陳心腹謹獻酒殽仰祈靈爽默佑鐵閑神其鑒此伏惟尚饗

祭文

祭徐君雪村文代陶生湛

嗚呼嚴霜早降未忘苦次餘哀幻夢又催鴛爰對霜總闈壓念何圖三台掩処士之星哀音突至一个弱姜宗之室繐帳式臨名獨何心能不悲哉敬維舅父德暉丕著素履可貞欲矢幽人令範景仰方深不虞童子何知微忱上瀆名生不逢辰家遭多難痛大椿之委蔭宰木誰雕幸子犯之芘休祖鞭可示乃者伯牛遘厲釋凶服而起居司馬沉痾侍慈幃而來許方思厥疾而早瘳得叨訓育高山而無恙再沐慈祥詎料天道無親莫贖百夫之特人生缺陷偏逢八月之凶被麻衣而出次祗令人悲歎良木之改柯夫誰爲慟至使跡如蓬梗竟爾

長漂心似蓬施居然屢拔于是入逸少之廬而墜羊欣之泪矣更可傷者小人有母北堂之淚落偏長逝者如斯丙舍之魂歸難再蓋曩時祇復違和走候者尚存嚴父而今日楄柎飲泣執紼者徒有藐孤以此思哀哀能自已于焉云痛痛何如耶又想夫梁君有室翻作寬翁鄧氏無兒未能繇厥閭當風之慈竹枯瀝應多墜出水之紅蓮苦心不少常棣多華然洒令原之血女蘿施蔦共滌頻弁之懷名等夙仰典型久叨樾蔭瞻依顏崔算之延傾念感駒光之速雖然作德日休善人有後爰撫連枝之猶子餘慶徵是得邀　寵錫于幽城熾昌在望則未能悦豫于身前安知不顯榮于身後哉有酒盈尊有肴在俎恕孤兒無父惟出涕而不文倘長者有知顧憑

依而來格哀哉尚饗

代祭唐母成太君

邈夫卦演坤貞婦道至三爻而含美禮傳內則女宗脩四德以常存豈知天道如弓空留寶婺不信風光似箭遽奪遐齡鸞下瑤池九月杳層城之信隺歸遼海千年窮弱水之蹤孝孫伊邇大祥疇云卒哭感末追思淑範祗令人悲恭維某上谷名門荊邦芳族澤著循良舊蹟代有賢聲家隆懷祿遺風爰開閫福時當穠李方華盟訂秋桐分寶述好結廣陵之媛淑慎其身于歸作閬邑之嬪柔嘉維則蘋蘩致潔有齋季女可風滫髓必親下氣寢門是式相夫子鳴雞弋鴈禮敬如賓宜家人春絸秋緜碪精勤作率亦且樂善好施每聆輿頌睦親

敦族曉暘宗風凡茲淑德明徵爰致富家大吉也無何文伯
先殂敬姜夜哭曇花虛現嗣連同氣之芳枝梧葉早凋泪向
新秋而多滴韋雙珠而繼美娛二老以共甘肴齊鴻案孟相
莊孟曜可偕百歲天遣虬騣遠駕劉綱先赴十年故花甲餘
齡畀痕于縗絰而天申介祉錫寉算以期頤謹詮大義在三
畀盡萬分之一名與高門叨聯姻好大德範恭膺懿福俯鑒
葭莩令孫媛允配　禎兒　仰惟松柏櫂泛平林得拜芝顏在昔
澤隆貳室痛闇雝露于今方親霽色乎高平進叩崇階以侑
壽詎料慈篁瀝盡湘靈添江上斑痕蘐草金殘蜀魄洒花間
血跡良可痛也尚何言哉雖然資富能訓階繞芝蘭作善降
庭餘珠玉馬鬣高封此日鬱鬱佳城　龍章寵錫他年煌

煌甲第則生前之食報未終而身後之榮光靡暨縮酒盈尊搴蔬在豆昃蜺旆于絳津鞶雲冠于紫闕靈其來格歆此微忱尚饗

告亡兒進之文

年月日父 名潔治庶羞呼大兒進之之靈而告曰嗚呼死生有命知殀壽之本上天日月有時通古今而衡大禮自兒殤以後魂牌設供已歲又十月矣爲父者與友譚心尚僞汝慧爲母者倚門垂盼如見尒容或青鐙寢夢若不能釋然者豈所分[愛]之必然抑忘情于未忍然而分不同于椶室何待再祥例既等諸長殤已邀七祭又況上當重慶之臨徬已一期之盡斟酌乎古制雖云未免有情商確夫諸親皆曰是應無恙

今爲作冥福具冥資爰脩複室安汝殤魂特是在昔作誄兒之句吟泪未乾于今書祭子之章文心頓塞至于遺櫬雖縈淺土之傷且俟餘冬容卜螳封之吉有酒盈杯有肴盛豆兒其有知我言是聽哀哉尚饗

代祭王幼峯孔目

原夫珪璋特達名賢誕君子之鄉桑梓爭輝戚里仰耆英之澤豈天（知）道弓彎緱嶺空留飛赤舄不信風箭（光）疾驚峰遽速花齡淨盧仙子昨乘白鳥以遐昇淵穎先生今駕赤鯨以高會不特賢兒哭望天涯而戚末悲填胸肌也恭維某仁暉遠浹祥履早欽家傳春柳之儀文光濯世植濯世植高槐之瑞佳氣休休詒待金門肇允風流于江左羹調玉鼎遠承俊逸乎

漢南大丈夫志在四方古君子心游萬仞東瀛蠵鳳仙乎李郭之扁舟北海文蝙操矣閩朱之勝算披繡衣而進秩曾登翰苑名場種玉茁而齊芳光燦謝庭寶樹且也太和保合允徵五福夫箕疇衍善奉行屢見千金乎布諾洵知大德無雙畧盡萬分之一 名忝附葭莩允依松柏愧 舍弟未瞻岱嶽早經翹企東游蒙仁翁不棄培塿已許提攜南阮昔時舊戚忻邀頎盼之榮此日新姻幸得傾心之願詎料駒光易過逝者如斯石火難留時乎不再雖然作善者降祥克仁者尚慶忝承 天寵于生前煇煌門第爰掇巍科于身後佑啟兒孫尊盈縮酒豆實搴蔬裊雲旆乎絳津聲紈衣失紫闕靈其來格歆此微忱

代祭沈母許安人文

嗚呼今何日耶叔母竟乘雲軿歷蓬島入蕊珠之宮弃名等而長逝耶在歲庚子來歸我曉山叔父也惟名已而某以下於親見生育倆敢冒昧空言以詮次生平德範哉憶自襁褓迄今恭稔上侍盡孝操家尚儉敦仁不怠為善最樂至晚年勸納副室得有從弟某某然諸姪瞻依左右必顧復提攜愛如己出與叔父白頭相守五十春秋地上神仙良足方今夏四月擬開七旬雙芳筵因在體違和未得序班進祝私相謂曰待慈躬康豫共獻壽卮而今迨不可復矣今夫桮棬日御也杖履扶身也歡笑之色樂境也文繡之衣喜氣也皆昔之所有者而橘柑凶器也繐帷蔽幽也哭泣之聲悲音也齋疏

之服不祥也皆昔之所無者何意易梧棬爲槁榭易杖屨爲繐帷易歡笑之色爲哭泣之聲易文繡之衣爲齊疏之服嗚呼叔母真弃名等而長逝矣胸填悲悒言不成文所願他日者恩綸下逮光寵門楣將見表母儀之盛德則不享諸生前定崇乎身後其所以報者意在斯乎縮酒盈樽搴蔬盛豆靈其下降鑒此哀忱

公祭卜錢崖明經文

嗚呼古稱有涯者主不朽者名而況文章師表道範高深敦行孝弟砥厲康隅使後進之子無不知錢崖夫子此千古流芳不特一時榮耀而已恭維夫子系出西河學追東魯其上侍椿萱孔懷棠棣修宗祠訂族譜慎交游聯親戚翼子詒孫勤

儉以処己寬厚以待人照在耳目何待某等羮詞述其崖畧哉某等居弟子列恭侍以來深感栽培之厚斧削之嚴成材翦棘幸獲青衿因而膾炙鴻文知沈雄処則山迴海立風逐雷行澹遠処則明霞天半素練江頭且蘆花月色桐葉雨聲莫比其清新鶯啼永晝花滿芳洲莫比其逸韻瘦檜千年虬松獰鱗莫比其蒼凝向使夫子冠玉笥入紅蘭珥筆于石渠虎觀閒奚止將軍擅驃騎之名司隸得青驄之譽而頓早歲廾庠英年屢薦月旦有評未酬大志能不悲哉雖然嗣君善讀父書服膺庭訓發端黌序奮志青雲而諸孫又珪璋重器黼黻鴻材昌黎云不有得于身必有得于後歐陽云爲善無不報而遲速有期古人諒不我欺也特某等所不忘者平時

欽仰仁風親沾化雨百般啟迪連口罷揚絕無厭倦而今迨不能再復從今小子悵哲人之萎我將安放慘兮思矣然而如夫子者壽登七十又六五福俱全書冊猶存對遺編而恍惚聲名遠播指姓氏而芳馨佇見他時　紫誥聯頒休揚父教將德澤之宏深採諸　國史傳諸郡志列諸家牒不必享百年大壽動人以千古之思此亦天之實鑒于此夫子有知當于彩雲堆邊感慨欷歔許　某等微忱者乎哀哉尚饗

公祭卜鋏崖明經文

竊觀夫山嶽之崇高良材生焉江湖之浩大靈物產焉蓋其取精也多則其待用也宏物既猶然人亦必然敬維我公西河家學北郭世居先芴煇煌詩書燕翼至公而又古处獨敦

孝弟根乎天性文章出自真情慈惠可師端方作表一切嘉言懿行並世所不多覯者蓋人誰不事親公則承歡膝下必敬必誠已而靈椿凋落慈竹漂搖斂則親檢衣衾葬則親採畚挶弗生悔非古孝子乎人誰不事兄公上有兩兄一隱于醫一隱于市渾金璞玉並有芬芳及相繼升仙公與二嫂同居出入必稟雖細必商終則營窀穸立己子以承祧非古悌弟乎至若修葺宗祠重編族譜遇子弟中稍有一長攻書者必爲郢削務業者必助斧資亦且舊戚故交來通緩急無不竭力周濟非古仁孝長者乎此又孝弟之承先啟後刱及者也而更有合于古者循高曾之規雖儉是自成風權出納以公平廉而樂善以故人爭華辯公獨戇而訥人尚巧利公獨直

而和人有殘物以供口腹公獨戒殺而愛生雖古有道君子
莫有過于是焉宜乎中年以後豐于境亨于遇介于長壽康
强其身體惟是抱經濟文章僅爲壽世豈天薄待我公不欲
名顯乎天下哉雖然天非薄待公也蓋積厚者流光含章者
有慶克家之令子發軔黌宫繩武之文孫造端私塾行見他
時　天章寵錫父訓增光公雖未能親見其盛而身後之
榮尚未艾焉　某等仰公之德私心切望之忱而敢巧作誄詞
也乎公其來格歆受一卮亦將有感于斯文嗚呼尚　饗

祭岳母趙太安人文

嗚呼太安人駕雲軿而登仙籙耶憶自壬戌夏附愛德門爾
時岳翁已歸道山太安人春秋五十又四慈祥聖善淑慎溫

祭文七

恭當風雨漂揺之日教其子而成長其女而嫁凡夫歲時孝
享親族往還及一切米鹽布縷無不謀諸十指者留禾半載
旋即赴杭越丙寅冬移玉敝廬開春拜別丁卯升應省闈諸
叨惠澤戊辰偕婦祝六十壽辰庚午癸酉丙子三次赴試俱
得恭依左右戊寅又偕婦祝七十榮誕是秋及次年己卯入
試並厚欵許棲癸未甲申婦又定省戊子四月升以羇絆縈
身遣子星隨婦奉觴八十大壽適當護慈增福得抱文孫秋
間升復技癢入場重蒙留館瞻依之下親見神氣沖和容顏
康霽升于親戚中羣相謂曰太安人健旺精神長年之象再
越十年聚慶九旬亦必連有數孫更增一番景色矣回里後
旋奉慈體違和即遣星事婦馳杭躬侍吉人默佑再獲承顏

庚寅辛卯癸巳並偕婦侍令春婦又侍疾寢門得冀緜延壽
算孰知迨不可復而升亦不能再謁慈徽嗚呼痛哉敢敘三
十餘年仁恩之注往來顧盼之殷且責命途偃蹇辜負每科
則望之心未能上慰此真不才餘憾矣雖然太安人淑德在
躬子侍孫承壽登八十有六居恒康吉五福俱全況喆嗣英
俊長才方登仕版已得　鳳誥寵頒母儀丕著從此增榮
累洽而太安人之厚德流光尤未有艾焉清酒盈樽薄蔬在
豆靈其來格鑒此微忱哀哉尚　饗

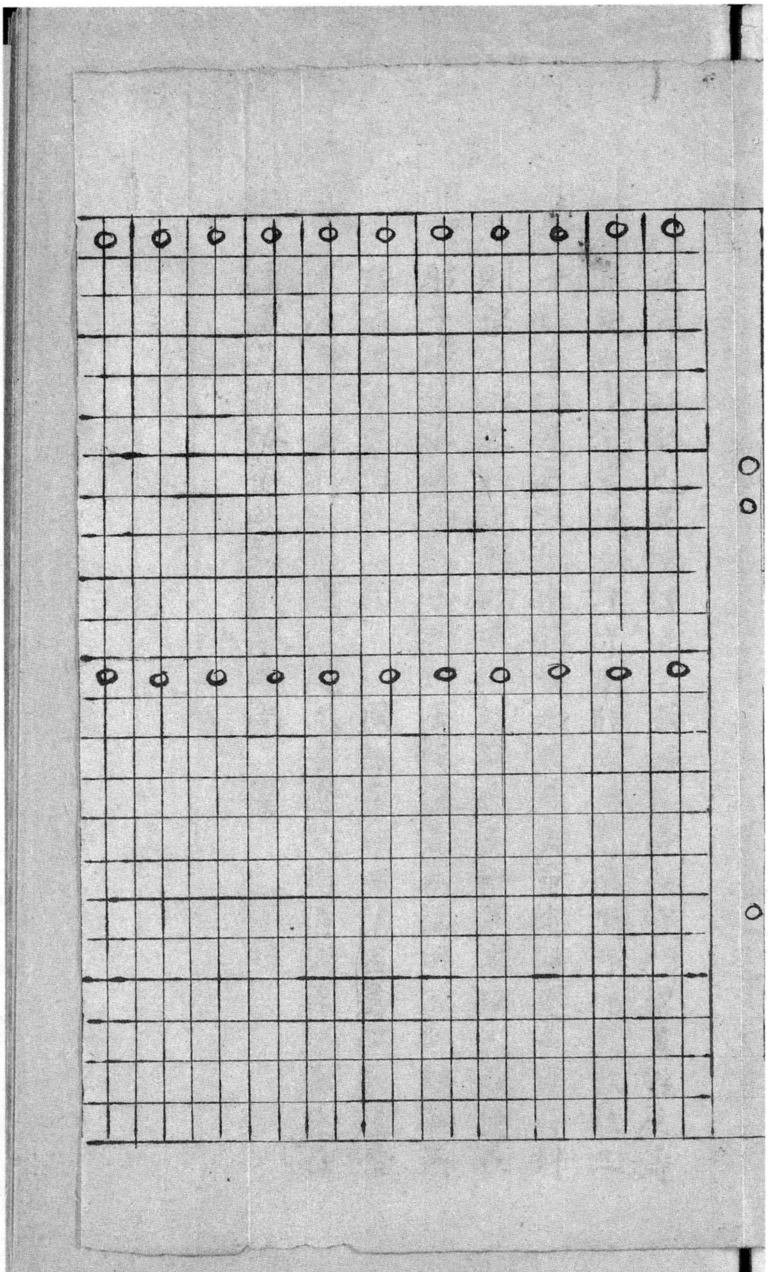

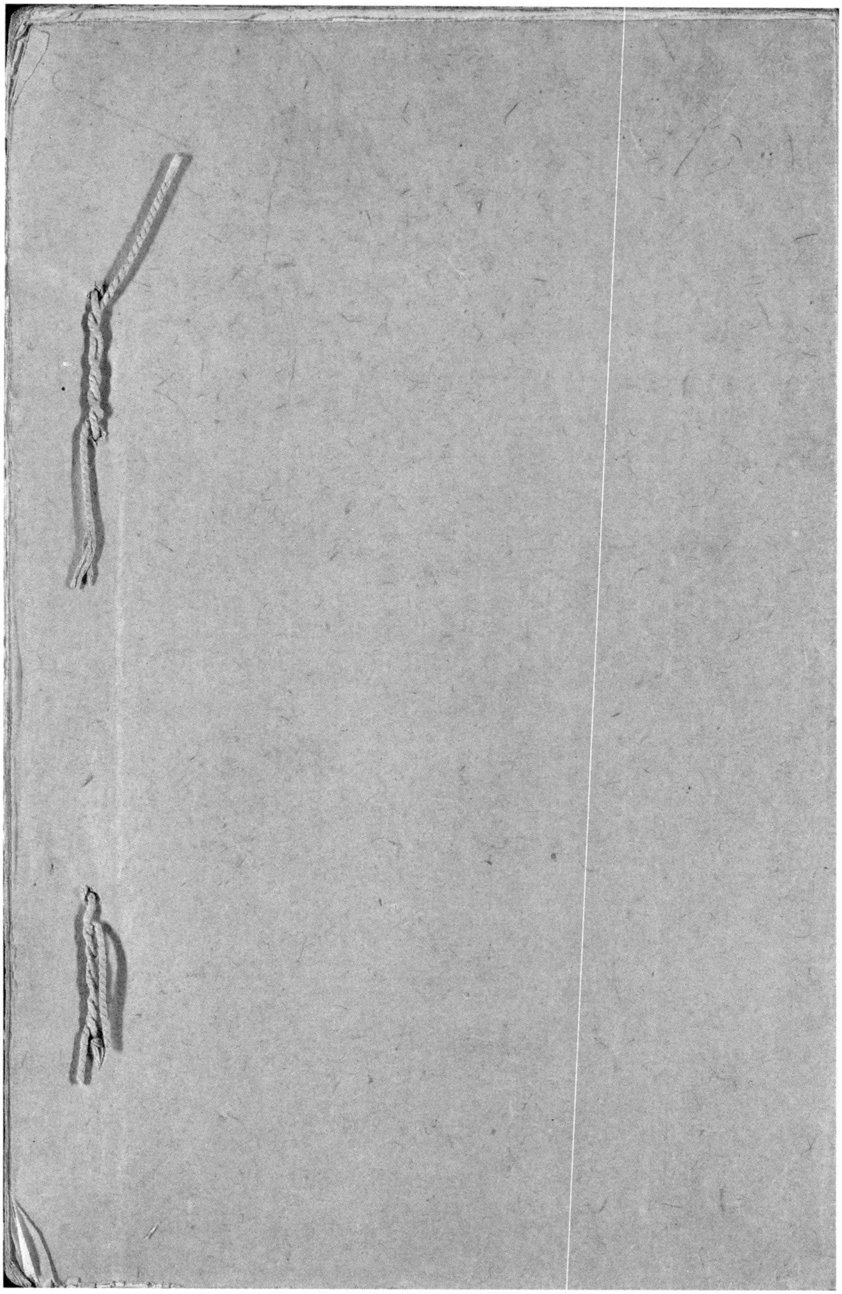

維
道光十有四年太歲在甲午秋八月壬朔越祀之辰緦服子宜榮之辰子婿姚服外孫男詵謹以
清酌庶饈之儀致祭於
皇清誥封宜人岳母趙太宜人之靈曰嗚呼　太宜人駕靈輧而登仙籙耶憶自壬戌夏附受德
門爾時　岳翁已歸道山　太宜人春秋五十又四慈祥堅善淑慎溫恭當風雨漂搖之日
教其子而成長其女而嫁凡夫歲時孝享親族往還及一切米鹽布縷無不課諸十指者留
禾半載旋即赴杭越丙寅冬移玉　敝廬　開春拜別丁卯　升　應省闈請叨恩澤戊辰偕婦祝六
十壽辰庚午癸酉丙子三次赴試俱得恭依左右戊寅又偕婦祝七十榮誕是秋及次年己
卯入試並挈款許栖癸未甲申婦又定省戊子四月　升　以羈絆縈身遣子星隨婦奉觴八十
大壽適當護慈　增福得抱文孫秋闈　升　後技癢入場重蒙留餞睠依之不親見神氣沖和容

頳康寨廿于親戚中群相謂曰　太宜人健旺精神長年之象再越十年衆慶九旬亦必連
有數孫更增一番景色矣回里後旋奉慈體違和即遣里事婦馳杭躬侍吉人默佑再獲承
顏庚寅辛卯癸巳並倩婦侍今春婦又侍疾寢門得冀餘延壽算孰知迨不可復而廿亦不
能再謁慈徽嗚呼痛哉敢叙三十餘年仁恩之注往來頒盼之殷且責命遠偪塞辜負每科
祈明望之心未能上慰此真不才餘憾矣雖然　太宜人叙德在躬子侍孫承壽登八十又六
居恒康吉五福俱全況詰嗣英俊長才方登仕版已得
鳳誥寵頒母儀至著從此增榮累葉而太宜人之厚德流光允未艾又焉清酒盈樽肴蔬在豆
榮封母德詩見音錫聯蟬皆　太宜人德澤宏深而身後之福未有艾焉清酒盈樽薄蔬在豆靈
靈其來格鑒此微忱哀哉尚
其來格鑒此微忱哀哉尚
饗

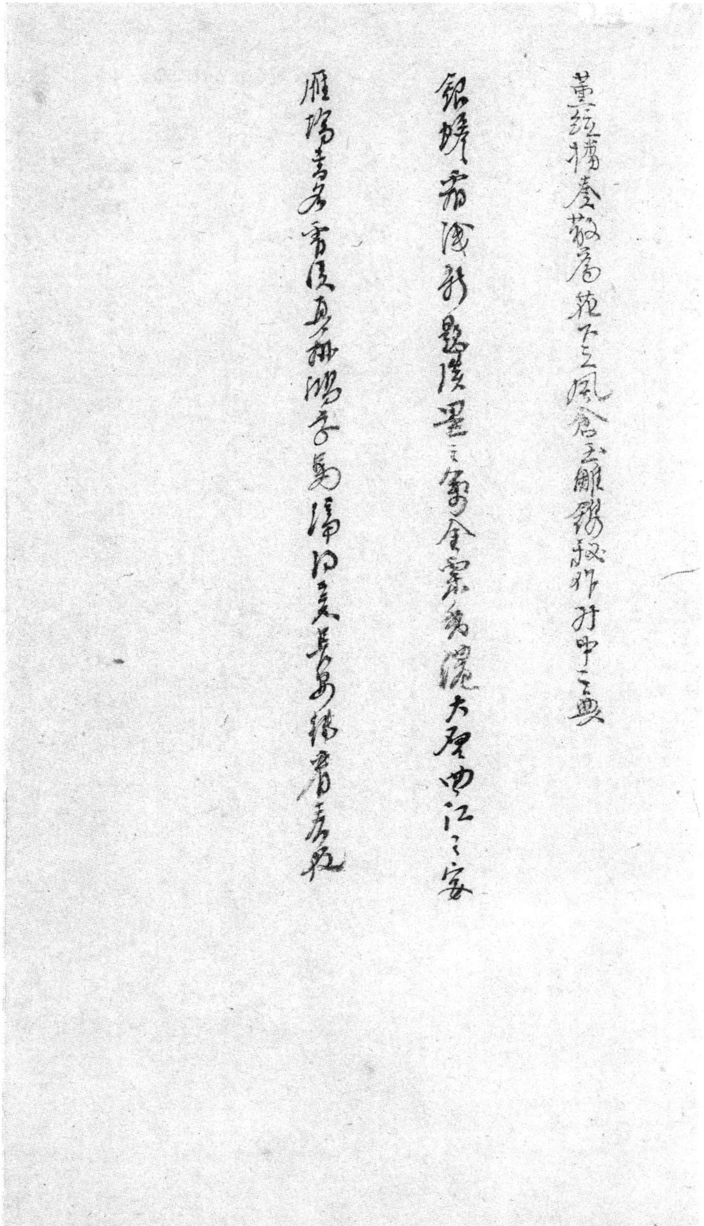

秋色都是者依　帝澤而生綠風昔程雅致　天恩而坤垂

行到嬌樓玉宇天上聽多謝好風韻就騙世間秋少

若太陽之後雲雨過皆清如月乎之雨露歸來起風

而安惠是風露之唱叢香叢之雜樓飛樹底之紅林綠擇

細疏種昭郁拔子去之龍鸞之然為萊蘇玉參軍之缺

揚塵微如風激煙練蘇　逢江靜

駢句摘鈔

聖主當昌庶案際千載之運卿雲抱日騰萬古五色之祥

但驚奎璧之輝從天而下益淵源孰之極行地無疆

升歌不愧天地同流拔瑟以娛君臣相湘

白玉為窗天垂宮苧于寰世史編繫日照成法于一王

藹藹之天能名莫見宮情之美欣欣之有生之色共聞箴籥之音

矢來冒慎用昭遠慕之誠乃推扶桑永荷誕敷之洽

聖謨煥發紀休君子柔祇天語昭垂綿厚恩于近服

地溯日出每務傾藿之心天開蒼冬亦被葵萬之澤

豆籩陳有楚之宜黍稷表惟馨之薦
皇天篤祜以垂象以示人重至重承皇御身以循行
月齊日以得天而能久亦坤順孔而配地是以厚生
治茂重華樓瑞源而諧燕書展大典綏實勝以無疆
九月接衣駿奔先慶之為之友承式溥宏含申之恩
三后在天娱陽獻于今古為主冠佑紀永實于典禮

惜陰居吟稿

姚東升撰。三册。

姚東升，生平見《惜陰居文稿》。

《惜陰居吟稿》共收録姚東升詩歌四百餘首，以寫作時間爲序。第一册分爲「甲申」「乙酉」兩部分，收録道光四年（一八二三）、五年所作詩。第二册共五卷（第四卷闕），收録姚東升早年所作詩歌，嘉慶二十五年（一八二〇）整理成册。但此册標記的最晚寫作時間爲癸未（道光三年），可知整理後又有作品收入。第三册分爲「强圉大淵獻」「著雍困敦」「屠維赤奮若至重輝單閼」三部分，即道光七至十一年的詩。所收之詩從形式看，有三言、四言、五言、五古、五律、七古、七律、長短句等多種形式；從内容而言，一切皆可入詩，如民俗、詠物、寫景、勞作、感懷、詠史等，還有部分唱和詩和題畫詩。

姚東升年少時即習詩，並隨時隨地吟詠不輟，遇到變故才偶有中斷，可見其勤。《吟稿》第二册自序記録了其對零散詩歌作品的階段性整理：「僕在童時略解四聲，便耽於吟詠，大率近體居多，並經先大父點定，已謄繕成秩。庚申秋先大父棄世，辛酉秋又遭先慈見背，擱筆四載。至甲子春復有所詠，然隨作隨棄，而留存案頭絶少。惟集古試帖兩種，時與門弟子課習，俱已訂成。昨奉家大人命，搜羅故篋，得舊作二百數十首，而己卯以前已不能編次。至所尚格律，較少時另一蹊徑，遂與近作彙鈔於册，以便審其聲病，删其客氣，學白傅『舊句時時改，何妨悦性情』之意，非敢妄冀壽世，商榷於大雅君子云。」

《惜陰居吟稿》第三册首葉鈐「姚東升印」和「曉珊嘯三」兩枚印章。

（彭文芳）

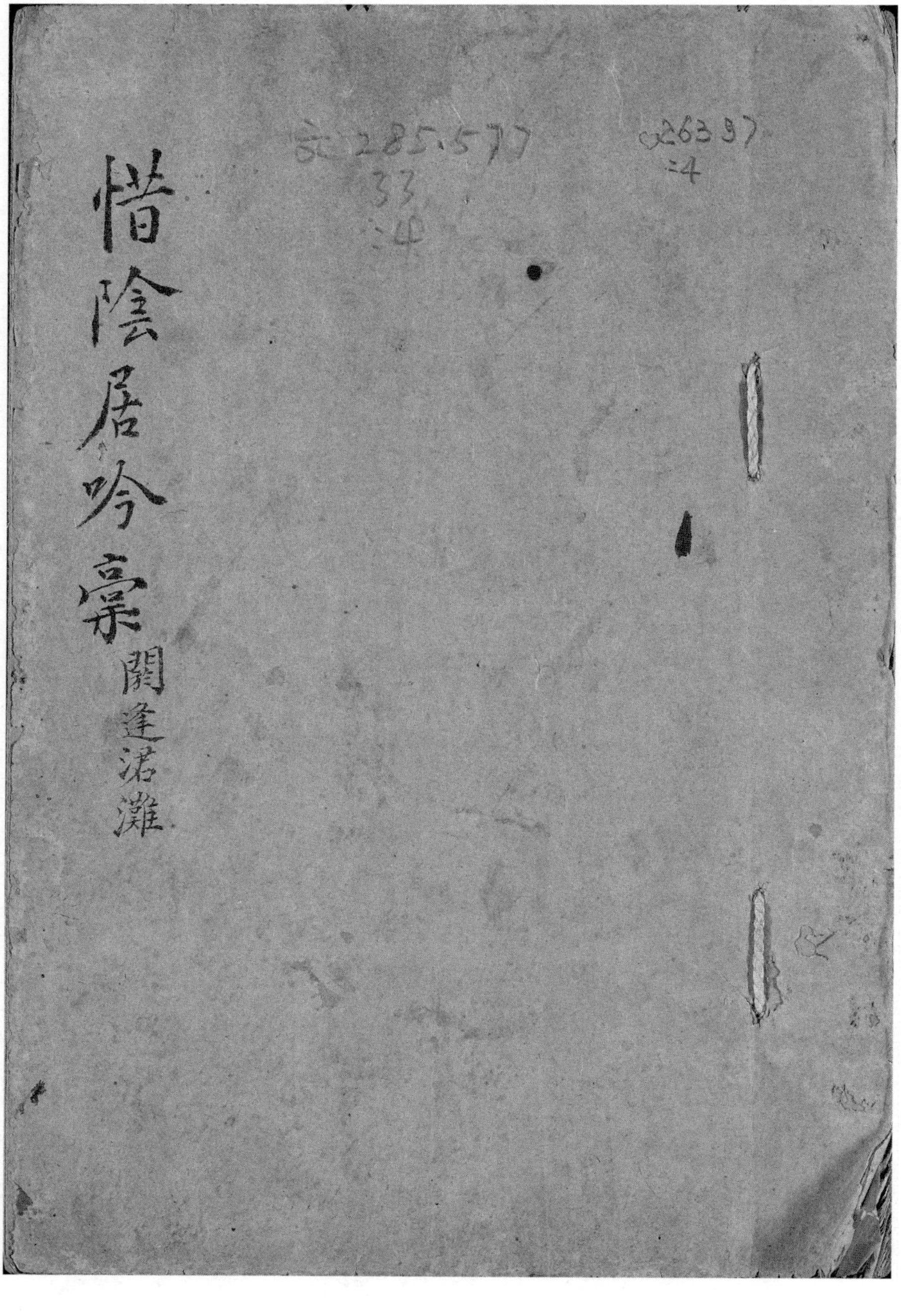
惜陰居吟稾
閔逢渃灘

惜陰居吟稿 甲申

迎竈神 三言

維年月，擇吉辰，具官某，踐重茵，親拜跪，迎竈神，潔鼎鼐，粟栗榛，茶一盞，聊洗塵，果幾行，供盬脣，薄薄物，神其禋，將款款，悃說端，因頗今歲，去邅迍，門庭吉，樂天倫，無俗客，有嘉賓，乃所願，泉與刀，金與銀，米麥菽，滿倉囷，又必得，福如海，壽如椿，威如鳳，瑞如麟，儘著我，坐皐比，屋宇新，鮮服御，列芳珍，任他喜，任他嗔，神爲我，奏紫宸，竈神聽，笑齗齗，君所祝，不大醇，孰閒暇，孰勤辛，天所賜，本不均，而況君，數因循，年四十，名未伸，不操贏，不搢紳，上有父

踰六旬下有子頑且嚚傍有妻廢組紃釜無鮮突無薪爲君計

昏繼晨過日改福日臻　要知耶柏有性竹有筠璞有玉珠有蠙

如君説大陶甄欲轉環在洪鈞　君不見草與木生土垠貫于秋

榮于春　從今後畫(量)君力守君真度君材安君貧生今世爲今人

且除舊俟更新又何必禱申申主人聽不敢詢氣默默便逡巡

古琴引　長短句

君不見龍門之桐高百尺而無枝削成上圓下方象得七尺又

二寸無零奇(居宜切)又不見東海之女踞地而歐絲製爲七條絃中

三十六律二百五十二聲復奚疑憶昔羲農造此琴不尚繁音

尚希音輕鬆脆滑四善具暢操吟弄愜素心漆退如烏木紋斷
若蛇腹晴雨旦暮晴(時)濁者為清々者濁後世材漸減々至三尺
六寸六分而無為(爲絶)憾絃漸增々至九絃十三絃二十七絃而無憑
高山流水寄逸情清角響泉錫美名聲疏而越想奏薰風出南
鬭聲和且平曾撫伐檀白駒暨鹿鳴又何須策々堂々辛與庚
至若清風良宵引徒使此琴作一哂試與注抹勾掉審元音陽
材聲浮陰材沈恐未識太古之良琴

純鉤寶劍篇 七古雙轆轤體

赤堇山枯耶溪涸天選良辰開紫橐駭爐烈々走雷霆一口純

鉤青鋒鍔捽如芙蓉出秋水百鍊金精剛繞指辟燭見之瞿然
驚駿馬千足未輕市英鋒閃〻冷秋霜殺氣吁〻馳雲光出鞘
一飲萬口血前驅千人終難當（七仄 七平）未識何年落空山壯士此去
不復還古來物華天所寶紫氣上射斗牛間自從海内妖氛靖
刀屈明鏡弓蛇影不戀血戰戀清談常使英雄氣日冷祥光夜
夜見豐城雷君臣眼細〻偵憑將獄底石函啟司空諒亦瞿然
驚土花填溢千年篆鶴膏拭去七星顯方今歐冶不更生豪曹
巨闕豈上選益壽延年錦絛束銜以驪珠飾以玉摩挲拂拭振
風塵英豪本色難馴伏不結靜緣結動緣斂鍔鞘中如迍邅化

作蒼龍會有年霹靂一聲飛上天

月影

留月爲身伴君從身外奔相緣如有約對面卻無言塌地尋高
臥依牆叩短門此間休躲避兩兩黯消魂

水影

又是躍于淵衣裳咲忘褰洗頭疑帽整濯足怪波沿此際憐
相照何時解倒懸逝將去汝也汝可誕登先

鏡影

此文跟上
累我多方覓偏逃在此中遲顏能了了結想定空空有美相覿

善無端一笑同呼之終不出似又象癡聾

擬王仲初鏡聽詞 七古單轆轤體

匣中雙綰鴛鴦鏡不願分飛願相併自從兒郎守長城一鏡隨郎逐征行一鏡留為妾所守朝朝暮暮藏中葺郎行豈是鏡中花屈指十年不還家妾心匪鑒不可茹今夕何夕又是除茹除並協去聲竈前東鏡乞神靈出門仰面望三星街頭夜半行人定無心好語有心聽欲憑鏡卜郎歸期多露獨行行透迤可憐明鏡如明月何不照歡照離別行行去去去行行教妾心虛體是輕柴門半掩燈暗灺高談雄辯驚四野上說平安聽分明下說還歸最

闋。情暗合妾心流妾耳妾便諾〻復尔、但願大刀一折環預
報好音非等閒歸房覽鏡喜自語重整雲鬟尋端緒前日天使
到章臺聞道兒郎從春回顏春早回郎回早趁妾容顏尚未老

形嘲影

相親相近不相離豈是塵緣未盡期萬里雲程欲跋涉一燈星
火怪追隨悄無言處空留戀覺有情時恐惹疑待我商量逃入
夢料難踪跡報君知

影答形

與君難合又難離結伴終于沒了期不但此生身能學狀縱教

此首刪

到死也相隨千年未悟葬塵亂一笑無端照水疑怪底官骸多
妄動休言黯地莫傾知

主人爲示形影

尔欲離渠渠不離去期未了訂來期踐形惟肖依形合顧影影
慚任影隨百歲流光曾瞬息暫時相守莫猜疑冥然同是難知
物從此何妨各自知

和姚上舍海隺表兄花朝原韻

花姑初度等閒消斂卻嚴妝戒永朝獻壽羣仙容易謝尋芳女
子最難饒訂桃不惹丹脣妬約李休勞粉面焦豈是今年慵解

語怪他顛工未除貂

疊韻

看花興會未全消新雨匆匆又幾朝把酒最宜良日好到園偏
怪去年饒天心懶似人心懶客思焦于詩思焦一覺不知羯鼓
鬧阮生曾否解金貂

補鶯言四首 舊擬鶯言以成十六闋櫟句之下於綴七言三句而此作又長短不齊較前作聲調畧異聊以遣興云尒

春至也 惜春鳥正二月鳴聲如春至也四五月鳴聲如春去也

春至也草意金鉤橫繡野春風慣袖惹春雨飄鶯乱春花多作
謾春去也興會寡綠楊作絮絮化萍杏桃零落難海冶春至也

我心寫春去也我心寫

架架格格（駕犂也）

架〻格〻我是田間客老農笑我衣襏襫曉烟如雨〻如烟庤

乃腰鐮打二麥行過南阡又北陌已見秋鍼長一尺鄉村四月

未駕犂不怪莫知苗之碩

姑惡（見前）

姑惡姑惡昔爲婦時姑待不薄今爲姑時待婦何虐婦無罪戾

多將謫〻蘭芝往事歌傳孔雀姑乎姑乎何孽自作

情急了（秦吉了也）

情急了情急了男兒非薄倖女子多窈窕情渺渺憂悄悄兩地相思何日了爭教紅粉欲成灰可以人而不如鳥

楊二上舍自滄署寄近作示余即用其送王小竹主簿之官原韻答之并問遂舟二弟

桃李新陰聲價高（楊汝士與元白同席賦詩有文章舊價留鸞掖桃李新陰在鯉庭以為壓倒元白）賦詩脫手壓群豪浣湖縈絆遲鴻羽（相別一載未通音問）瀛海（滄州別名瀛海）飛來有鳳毛一自太沖留記室更無公瑾醉醇醪同懷滯迹叨波及希閲江頭八月濤（時舍弟在泉署中託為引薦）

再疊前韻懷遂舟二弟子保定

保陽北斗七星高，跡託申韓半傑豪。千里辭家附驥尾，長風順
過愛鴻毛。金聲擲處何須賦，玉色闊時不讓醪。可有八行憑驛
使，休令白髮問春濤。時久不接家信，家大人問甚

食筍

謝豹和烟閒，籜龍帶雨滋。偶逢新養婦，索取錦綳兒。芭體無疑
角，柔膚不減脂。顛蜀真味在，白煮朵頤
曾咒貓頭筍，斜穿麂眼籬。禪心參玉版，饕口滑金匙。廚待櫻桃
熟，家環水竹宜。一餐增韻事，又惹一回思。

麥浪和海鶴韻

牛背橫騎似乘舟麥畦繞弄小瀛洲浪移魚子千層疊汲引祠
痕萬丈流餅餌香微平地皺風波險借拍天浮細雷福習銀濤
瀉（福習麥神名見雲笈七籤）春隴青青不減秋

龍尾硯歌 七古

斧柯山空茶園毀不愛端谿愛龍尾龍尾古出久無石支脈蔓
延百餘里魚鱗瑩潔空中嵌南唐官硯置務監旋有硯工李少
微風狀月形就材劇蛾眉涵星成鳳足水心石綠紺如玉大谿
改谿故道尋羅紋山枯芙蓉涸發石如浪半斧桐大滓質潤而（玉版撐出太乙船閻色先生贊）
性堅方員不及四五寸蒼黑青碧何潑鮮色相王琢又其次能（當時發石如巨浪拔）

（其尤者多寶藏）發爾煤爭王位三浸三漬三摩挲紋成山水星月蜃樓之家〻

生鋒鋩試以涓〻鏡面光澀不畱（筆）墨縱揮洒滑不拒墨增煇煌

幕平如砥心如自琉璃匣中畱香久倘爲良田便可眀呼爲金

城便可守潤含千壑萬壑雨光燦一池半池星洒墨形難狀照（俞慈）

燦一池半池星千金之價未易定席上之珍以待聘（汪）蔡（虛）氏（暈）高（碧）米

（信精良）高曹各有譜刻以十病無一病（晶）金玉金銀錢與銅古時好尚不（襄陽老米執笏拜玉）

盡同一變潑泥再瓦當天然片石最爲工洮河磁澗千種艷鸜

（歙李生發函蓋斤百年來造化奇烟雲過眼增一快新安）

金鳳味萬丈焰涵虛暈碧已精良材德三美小闕久覘石特生

（甲塵寰）（超然象外得其環）

天地閒新安深溪甲塵寰試將濡墨淋漓寫大書婺源東南山

初夏雨中作

嫩夏初歸半有無暗窗讀易欲模糊催成細織廉纖縷勾引狂
抛大小珠江樹蔥煙籠鵁鶄苔垣霤雨畫蠨蛸風光薄似清和
剩餘冷顆頻到渡膚

和人春日河上

九十春刻已銷磨乙坐蘆蓬肖幾何（半）欹笠扶風（斜）將鬢壓（上）倒盧擲
浪倒屐拖廿長草色平于剪尺許篷飛疾似梭還問題詩河上
客耳邊曾聽打漁歌

打二麥 五古

其尤者多寶藏○

發○麝○煤○爭○主○位○三○浸○三○漬○三○摩○挲○紋○成○山○水○星○月○㡛○楼○之○索○〻○

生○鋒○鋩○試○以○滑○〻○鏡○面○光○澀○不○留○筆墨○縱○揮○灑○滑○不○拒○墨○增○煇○煌○

幕平如砥心如臼○琉○璃○匣○中○留○香○久○倘爲良田便可畊○呼爲金

城便可守○潤○含○千○巖○萬○壑○雨○光○燦○一○池○半○池○星○灑○墨○形嗣然○難○狀○照○

○燦○一寸照○水○不○減○暮天青錫以嘉名○勒以銘○閟○含千巖萬壑雨光高米涵虛暈碧

信精良高曹各有譜○刻○以○十○病○無○一○病○晶金玉金銀鉄與○銅古時好尚不玉

○盡同一變瀲泥再瓦當○天然片石最爲工○洮河磁洞千種艷鸜襄陽老米執笏拜○

歙山益○斤百年來造化奇○烟雲過眼增一快○新安

銘李生發金鳳咮萬丈焰涵虛暈碧已精良○村德三美小闕久硯石特生

甲塵寰○超然象外得其環○

天地閟新安溪溪甲塵寰試○將○濡○墨○淋○漓○寫○大○書○藝○源○東○南○山○

初夏雨中作

嫩夏初歸半有無，暗窗讀易欲模糊。催成細織簾纖縷，勾引狂拋大小珠。江樹葱煙籠鵓鴣，苔垣雷雨畫蟾蜍。風光薄似清和剩，餘冷頻頻到瘦膚。

和人春日河上

九十春刻已銷磨，乙坐虛峯肖幾何。欸（平）笠扶風將（斜）髩壁，倒匳鄉浪倒篆拖廿長草色，平千翦尺許篷飛疾似梭。還問題詩河上客，耳邊曾聽打漁歌。

打二麥 五古

以下二作不排奡不烘託純以真摯之氣伐毛洗髓此詩家上乘也古人云為文人之詩易為詩人之詩難是二作者庶近詩人之詩矣

冬無雪麥不結此是老農諺占驗勝著策去冬雪一尺宿麥厭其饜青青汲浪痕漸漸秀且碩夜風從南來黃雲覆阡陌鄉村五月忙田家打二麥貽我來與牟庤乃錢鎛方在牛黃時趁天晴收割大麥及小麥相次登墐場童稃壺漿提姑婦箪食挈吾聞得時麥稠長而芒赤二七以為行薄翼而蕣色一穗發兩岐實方苞穎栗收不越三辛在臈喜三白荷擔走夕陽力盡不知熱又恐明日雨急于星火切持莖脫金穗一聲復再聲風前積層層不惜簸揚力農服舊先疇或相倍什佰計家七八口半歲好代食大麥煎餡餳小麥作餺飥蒟子初告成豆子未劃劃

麥先五穀登○丘給石三十○　帝命四時和○綏我烝民粒○

插秧詞　五古

祈○穀○當○元○辰○出○畊○在○小○卯○四平四仄蠶桑未了纔○筠籃浸早稻○一○犁○雨○
芳○田○芳○田○先○擊○菓○拋○擲○乃○嘉○種○終○朝○淤○蔭○了○舊○穀○發○新○穎○新○穎○
剌○鐵○巧○出水日養○長拔擢天未曉○一拔方把握○再拔具堅好○散
著東西畦○三四葉梟梟○烏健若肩賴○代力知多少○黃梅雨生肥○
寸根合穗兆○風○前○縱○橫○拈○舉○插○無○窮○繰○著○手○成○春○生○御○行○似○僂○
儴○手○足○不○敢○停○頭○巔○半○傾○倒○三○族○喜○同○居○綠○冒○衝○烟○小、○汗淡我
蓑笠○泥濘我衩衧○亭午力倦勤○口腹欲虛擔○田家婦提攜○餉以

黍肉醲。清酒也不辭滑滑泥。左右行曲繞。丁男多辛苦。辛苦如荼蓼。秧插徧青青。老農心悄悄。正恐疾風威。人恐烈日槁。陰晴四五。天寶丞斯語。造蚤晚向乎疇。塵注溼與燥。午風槐夏涼。解衣磅礴溪漫。把春牛圖。旱溢細參考。朐朐乎孺子。莊莊乎壯佼。不從氾勝書。不向齊民討。父子兄弟傳。一一合乎道。載芟載溢崇生意滿。方阜喜見苗嶷嶷。共思飧一飽。良苗日懷新。稼穡真可寶。良田無晚歲。稼穡知維寶。

詠老十二首

老儒限生字

雨晦風瀟歲月更皐比座上拜先生青燈十載遲相照白髮千
條漸次盈經世文章充棟牖登雲子弟半公卿芳心不減從前
壯始信龍頭屬老成

臨風罷經早

老將 限軍字

盛年投筆已空群萬里邊城立大勳兩鬢秋生三尺雪單鎗血
濺五花紋森森矍鑠推神策凜凜威風壓塞氛前後身經千百
戰古來倚重老將軍

老農 限民字

天上星標農丈人無懷太古問斯民洵知筋骨當堅壯慣與孫

曾共苦辛新穎得時函活〻舊疇親手田畇〻畊雲耕雨生平事屈指家儲三百囷

老漁 限湖字

青蓑破〻守印須出入烟霞舊釣徒古樹半灣多自植吳趨一曲付孫摹露餘瘦影疑爲夢雪後飛蓬冷到顱引得長鯨東海至不知予樂在江湖

老僧 限禪字

手結茆庵任劫千趺跏入定幾（已忘）何年慈雲深覆三生業法雨參（聞）參一字禪雀髮垂時空大地龍鍾久後見諸天鏡鐵磚鏡從頭

老吏限員字

奉行公牍向花甎六十年来小吏員每放午衙歸去早揭開卯簿出班先筆頭脱稿休增一案尾標承已積千指日選司提議敘得憑舊冊姓名傳想了卻人間未了緣

老妓限顏字

芳年二八比紅顏寥落風塵幾往還粉頰半衰珠古艷烏鬟重整覺新顏閒門空對枇杷住幻夢還從荳蔻閒一自兒身多薄命紫桐花謝鳥闗、

老馬限長字

久與將軍歷戰場龍驤八尺氣昂、十年塞草多嘗徧萬里征塵慣服裏剩有皮毛能傾影自憐骨格欲生霜花開苜蓿當風晚凡馬終難較短長

老牛 限犂字

雨灑芳田各駕犂老牛依舊入町畦迩年多病心非壯流汗如
漿力不齊一貫晚風悲喘息五更殘月影淒迷精神消瘦知難
旺斬角空存首漸低

老樹 限青字

出入風霜幾度經婆娑此樹尚亭亭托根久遠揮如夢封植孤
高不改青天上白榆分妙影月中丹桂共餘馨蒼然別有生生
意曾見槐堂舊日銘

老屋 限家字

結廬千載記榮華古様簷牙一道斜故老相傳多口誤芳鄰近
比半心遐當秋不畏西風破入夜偏驚驟雨加問字名儒無細
訪讀書聲裏阿陽家

老圃 限蔬字

舊學當年秇圃書老梅月下自携鋤春來熟吧貓頭味客到常
調鴨腳蔬稚子耘瓜扶短杖童孫收栗向邊廬桑榆影裏尋閒
適多少名卿嘆不如

老僕 限隨字

昔時門下健行兒三世仁恩報效遲筋力漸衰增馬齒形容消

瘦長雞皮自卸慚另眼膩和獲到老傾心藿與葵同憶丁年厮役
給東西南北慣追隨

改同作二首　姚星子珊

褒衣博帶對公卿晚節文章壓俊英子弟風流登楊貴桑榆
影裏讀書聲傳經在漢差如伏好古于殷竊比彭恭遇
聖朝敦懋學閣臣推薦是先生　老儒

元戎英勇冠三軍蓋世功名処處聞百戰鳥員無敵手終朝
黃髮有殊勛破來聲勢同于竹捲去梟雄疾似雲回首孫曾
多拜爵五侯七相又論文　老將

老丐限戴字
一領衣衫破似
蓑雪中毛落不
分鵝行來短巷
長衢轉慣把
殘羹冷炙羅
簇髮着鬚新
様點蓮花出
舊腔訛今朝有
食今朝飽還
較青蚨少與
多

效同作二首　姚昱　半珊

久聞冠蓋盛如雲（君侯兩臂任千斤）湖上歸來酒半醺匹馬單鎗唐節度南征北戰漢將軍從行部曲多通顯主帥神威再立勛莫道蒼顏人不識姓名早勒在燕雲　老將

摩空冀北選調良萬里長征不厭長慣是龍媒參上乘故教虎將寰遐方問途閱盡星霜變加齒還存意氣昂一噴生風驚壯往珊瑚鞭影界奇光　老馬

題照　雜體

謂君好讀書有書不開卷謂君好飲酒對酒不沈湎讀罷飲一

杯世慮盡消遣脫帽露頂王公前不求甚解坐碧蘚爲枕安非
晉劉伶胸如書成麗非唐李善超然遐舉人不識類是古之狂與狷

秋海棠十二韻

海棠開後望歸人腸斷秋風嬾笑嚬草負燕支還鬬艷每將花
貌試停勻嬌情難許三更夢冷雨空傳八月春堪嘆年年多惹
恨相思廿廿不能晨輕盈薄換垂絲締塗抹無疑一樣新悄立
短牆酸入骨嚴妝長愛淡爲神須知紅粉方殊俗料得孱顏莫
染塵半世迷津酣未醒十分消瘦畫難真蹤梅落托欺前聘丹
鳳妖嬈結比鄰金屋貯時終寂寞玉鉤捲罷效顰顰眼中芍藥

差同鄭枕上珊瑚好是甄郇列夜深纔覓睡露寒催起點朱唇

雨中秋海棠十二韻

詰朝秋雨挂絲絲洗滌輕紅滿暈時三豔無端隨影沐一塵不染動人思痕移冷面情多懶汗浹芳魂睡正癡細盟六銖齊四出劇憐分首便雙垂黯遺南國霜中擣滑踏西風月下遲臙粉就容嬌易撒啜釀將醉弱難持莫嬿濤濟尋他巧纔有激懷可自知好對楊妃新麗浴鄧教越女綴傾脂粘蜂戴范餘態重滯蜨交鬆託足欲夢裹金釵常活脫醒來玉筋半迷離淩波仙子添芳潤得句詩翁落墨濡欲捧黄心殊脈脈低頭斜向碧窗窺

機杼示從學諸子

萬緒千頭意若何一經一緯往來過端旋軸轉渾無盡縷析條分信不訛要把絲絲齊入扣自能寸寸積成多天機相引隨時進歲月匆匆擲似梭

評云以道學語作詠物詩得曉示意

雜詩疊韻八首 五古

行行重行行辛苦遂長征天路豈狹窄人路難夷平風波日後日嶮巘程接程肝腸空自裂肺腑爲誰傾一朝定奔走舉眼不愕驚

忽忽又忽忽人生多恍惚寒暑迭往來日月相出没去者不可

知來者無定核白玉雷清心黃金換奇骨世事難逆料邑若訖

蹇訥

閒閒將（獨）閒閒俗慮誰全刪有感感懷極欲笑笑口慳未能學曠

達不如學癡頑疏野出本性歡樂常照顏請從吾所好漠然不

相闕

了了難了了自討自煩擾數典恐忘經要終懼深窈開卷鮮分

明解圜欠通曉心斂一寸多腸迴九折必安得大鮮脫游目出

四表

紛紛終（何）紛紛猶如治絲棼頭緒不尋著源委鮮判分剖見又側

出人云雜我云力掃千里霧驅逐萬丈雲解于不甚解卓然冠
一羣
切切復切切未除結習結紙短心情偏情長面寒心甚熱花豔不久
榮月圓有時缺捫燭盤何扣求劒舟咲鄉人生天地間惟勤能
補拙
茫茫終茫茫守愚不敢狂閒來尚迫促靜習猶張皇逃入寒涼
地如坐鬧熱場今日繼明日寅糧支卯糧倘心無罣礙隨時變
景光
落落咲落落不諾亦不諤長天非管窺海水不蠡勺鵲舉高情

○鶱蟲雕小技薄○既難合○時宜○抑○豈受束縛○我安○我形骸○豪素○深、
心○託○

和沈青城叔岳重赴永康舟中之作原韻

一械詩劉寄來中○遥想文旌又赴公○重、入、麗州、（永康别名）如、在、昨○得、來、
妙、句、好、摩空○五○峰山○列○經○徽○雨○八○詠○樓○高○續○舊○風（五峰山八詠樓並在金華府）老
去精神知益壯○吟成豪士冠羣雄○
耐、有、薰、風、撲、面、過、巖、灘、七、里、淺、痕、多○（赴永又由之路）欲、馳、鴻、羽、留、遵、渚○試
問、鮒、魚、可、出、波○（鮒魚產富春）去○日○老○松○根○化○石○（松化石產永康延真觀）隱○黏○佛○髻○翠○分
縹○自慚未得從游願○手捧璚瑶側弁哦○

壽張上舍一颿表兄五十九言

五十年來（前）日出在扶桑照我清河張氏孝友堂維時旃蒙協洽
冬十月（君乙未生）君之曾王父予告在鄉（君生之歲望園侍御致仕歸里）家承舊
學奕世載令德天錫之慶篤生我表兄憶昔子既生孫孫復子
執其右手肇錫以嘉名我幼于君三十七甲子少時嬉戲言語
傾肺腸茲當春秋五十想從前孩童心性同塵而和光君冠游
庠壯歲入成均室如懸罄胸有大文章福祿濟、在榛楛棫樸
聞望藹、如金璧圭璋手酌大斗與兄無他祝願祝齒德與日
而俱長子子孫孫俾爾熾而昌

寒窗雜詠八首

似有闕防法挑燈不畏風一心深愛護四面受牢籠仍照虛虛白能留小小紅卓然珍席上歌影畫牆東 風燈

不耐寒風緊明窗且補虛未春先得煖有格不嫌疏茜草紗厨似梅花紙帳如晴光相照也移晷覺徐徐 風窗

欲作藏身固先爲屈膝排一聯三折勢六扇兩旁踏內外形相隔詩文意到揩儒生宜寡欲不藉幾行釵 圍屏

手足欲拘攣圍爐獸炭燃未能親熱地歷試向寒天久坐渾忘冷高譚好近儇薰蒸纔鄉迩活活透心田 圍爐

土銼形還質銅鍋屢變名全身俱是膽滿腹慣爲羹莫恠相煎

急偏能須刻成容無憂冷炙漫漫較籌觥　暖鍋

壺樣規形巧溫溫耐久安燂湯多厮醞挹注卻難寬妙以腸能

熱應知面不寒且兼篝火穩達旦尚銜丹　暖壺

一領黄棉襖從天上送來溫和能體貼長短截（稱）身裁衹覺圍圜

客無須處處催迻時風雪緊賴汝卻方纔　棉袍

昨得丁孃布閨中尺寸量舊衾多補綴新緒細鋪張計價三千

算于身一半長和平溫且厚睡覺到天光　棉衾

道情二折書張君可亭蕉葉題詩圖

引
迩日秋庭緑滿天幻緣是否敵詩緣幾回欲折拈新句未忍
芭蕉打作箋白我乃鏡機仙客是也一路雲游只聽得清河公
子日嬉戲于緑蠵天中那知這片芭蕉當時生下來原有一段
機緣閏曾有人說破不免再向前去開他覺路有何不可正是清
閒境裏留千載熱鬧場中走一朝我便唱來使他聽者
這芭蕉生曲寮出仙骨透靈苗風前有韻拈紅豆月下無聲夢
翠翹句引詞人綪暫憑銀管樂逍遥
憶仙郎少年場昔宋玉今王昌脫巾贏得三分緑小立尋來一
點芳無限深情也不如留墨寫東光

尾葉上題詩欲寄誰味如甘露莫猜疑須知入骨難銷處盡在濡毫不語時白料他知道根由我去也

惜陰居吟稾乙卯

磨椒自滄署寄懷索和即用原韻答之

一噴當年杖叔濤，休云僕病溺于醪。書中論斷乘時略（去春予書中備具乘時利略，今來書辨論略識甚詳），卷内文章伐淺毛。準擬三秋鏖戰捷，得憑千里企英豪。子雲途日能增快，自想從今聲價高。

感懷用前韻并寄磨椒遂舟

春夜江邊長嫩濤，以醪投水水如醪。家貧權作攜囊仲，跡混慚手脱穎毛。短劉寫閑三載閒，七言詩引半生豪。未知手足康和適，盼望珠聯北斗高。（時遂舟閒置保陽）

飛來啟事見山濤妙理于今悟獨醪顧我戔戔嘗束帛任他細
細去吹毛未能換骨遁仙侶亦有深心託素豪記得名場官嫣
限商量攀桂仰天高丙子南場與廖椒同號各立局格攀桂仰天高當時試帖題也

補破窗十韻

紙窗近日半飛揚刻畫零星小補將疏脫積成彌百孔翦裁畧
計到千張休歸破格相通達薄用填空曲護防得寸長時畀尺
短隨員遞處請離方向明訖附同明照依樣裝來幾樣忘細較
縱橫除挂漏暫時瑣碎便包藏聞于統彩爭天巧聊以平分就
地光象外陰晴無異著現前新故卻殊當未能一色虛留白不

等雙鉤渾貼黃陳跡這番憑割愛春風那敢試輕狂

紙鳶和韻

聊相依紙竹幻成鳶憤喜憑虛結少年麗日方遲爭得地好風相送便沖天半生戲逐三春老千里緣隨一線牽斥鷃從傍休逆料羨他羽化欲登仙

侍　先君子命咏諸作并識

甲申初冬　先君子以肩背疼痛起疾至今年春厎日益加重遂卧榻不甚起身然精力雖微而丰神恬逸不孝躬侍湯葯一日呼而語曰我有襟擬新題頗堪吟咏但不許用典須

要意行尤必審形狀切境遇立身分又要聲律精細對仗工穩果能倘我意者勝如一劑和平散也不孝恐懼承命自揣力薄安能臻此上乘且先君子才學淵深勉力成篇或以娛高年耳目爲幸遂于悅豫時陸續呈閱每倘好好至六月初十竟弃不孝而歸道山此等韻事安能再得耶故不敢刊落留置卷中即以識恨當時命題不少而散佚甚多曾記有人漫云甘平合勝三年艾溫潤無殊一滴楊湘妃竹扇云尚存舊恨難消骨繞有深情易聚頭紙糊貓云皮于何有毛安附腹或常枵體具微近光眼鏡云須我識毫雖畢露借他尺寸欲增光東坡肉云豈願割刀留姓字每逢行炙見形容此數聯俱爲見賞附存于末

鯉魚網得在錢唐繞出江鄉入醉鄉三百素鱗齊帶脃一雙青

眼欲生香黏脣活脫葡萄味舉箸分明琥珀光想合老添年佐
餕細論旨否謹先嘗 糟鯉魚
貓頭筍後翦蕤、賴尔心虛勝碧筒取含寒溫隨得便晨昏呼
吸每相通尚留往日凌雲勢纔信平生抱節功入手細摩共欣
賞淡芭菰到火初紅 貓竹烟筒
秋燕尋魚壘作窩每于海上試銜波采來半面輕如葉刷去纖
毫白似羅淡薄味中脣可接鹹酸氣外胃能和惟求飲後精神
健賻貫青蚨揀取多 燕窩菜
杖向園丁問柘枝堅而多節本來奇隨身出入扶持便著手摩

拏左右宜免肉挑殘留月伴龍頭舞破望雲時高年相得應忘

倦整頓精神獨賴伊　柘枝杖

餅師探橘喜新霜摘取千頭法製良脫蒂黏皮存故態出漿連

絡不分瓤舌根辨去蕙收蜜盎本常留耐久香小小四離三剖

也憐他伴到黑甜鄉　橘餅

百褶纖羅六出如梅花高格本清疏握來南國佳人手綴到西

湖處士廬瘦貌不隨春色減香痕猶記隔年儲處憐一閑申楙

意囊拈丹荻媚遠初　梅花楙囊

五更篩粉不辭勞低襯婆蘭氣自豪（音禾俗作手敝）兩手輕揉參白玉版滿箱小

晨起清香透
曲曲○碧烟细影
篆窗芸還中
旋繞通身缺篆
外推移惜寸分
一線貫来直到
底滿盤運轉
得相熏偶然舉
目當空處道
是秋風捲薄
雲蟠香

切○試○金○刀○芳馨到口清涼○接軟滑盈腮細膩○吻隨嚼隨嚥隨得
味○何須重九漫題餻 婆蘭餻
配合蔓荟等分纖或炮或炙隔湯蒸○氣浮○蟹沫○香○透鼻○影○界蝦
鬢○家○到○簾○揭○鼎○温○和○須○要○恰○放○覺○要○安○恰○杯○眠○遲○明○細○問○飢○還
飽○早○饍○留○心○粥飯添葯爐

輓高姨母張夫人并慰姨丈順齋明经 三言
有姨母○配高氏○駟馬門○壯閭里○高使君○文孫○是甲木○盈命巳矣○
一解 溯懿範○從頭紀○孝友張○聞遠迩○姨少時○椿萱喜○推梨棗○解意
以○不苟笑○不苟訾○二解 年及笄○求庶士○拜舅姑○承盤匜○慎諾○復

尔〻○德靜貞○相夫子○茂猷遠○燦經史○宜家人○和妯娌○肅門庭○有

條理○三解生賢兒○頭角擬○詎祥麟○蚤潛趾○病在○心○重厥耳○生淑女○

教絲枲○鮑暉才○左嬌技○結名門○雀躍起○四解將納箑○緜續似○音徽

音○履福履○奈何哉○不永齒○五解念先慈○娟與姊○云六人○莫逆視○十

餘年○青鳥使○五人者○珠宮倏○望天涯○靡所厎○六解惟有姨○多錫祉○

卜新還○在西水○瞻懿範○承樂只○秋七月○脫然委○何降割○又若此○

七解況在外○椿庭毀○今失怙○前先恃○神傷脅○才益踣○淚和血○敢銘

誄○言○不○文○顙○有○泚○八解顙達人○自今始○垂大觀○庶乎是○星有霤○江

有汜○鏡雖破○佩則縈○緜瓜瓞○長蘭茁○承

天寵○奉麭家○光門

閭榮桑梓。姨心安。拭目俟。九解

沈君蕉雨以尊甫竹坡翁蕙委遺圖屬題 三言 丙戌

金護草。樹蘭房。吳興沈。發奇光。九十母。身其康。七十兒。將舉觴。弥尔性。純嘏常。一折 誰知道。自穹蒼。孟秋月。早飛霜。脱貞骨。入仙鄉。今老萊。痛高堂。肝欲裂。泪盈眶。傾金護。已滅芳。二折 為茲圖。綾贉裝。時展卷。痛念傷。未百日。遽罹殃。未半載。及孟光。具三善。萃一堂。三折 孝子後。孝孟彰。刋厥圖。屬表揚。想鉅手。多激昂。刻徵羽。歸宮商。粃糠自今始。楮墨香。四折 愧走者。心恐惶。誰非子。何日忘。昔喪母。弱冠將強。後喪父。四十強。欲乞言。俱未遑。見茲圖。細推詳。未落墨。

涕泗滂。印相印。腸非腸。一浩歎。不成章。五折為君羨。為君望。將嫩
行。貢當陽。恩典建孝子坊。千載後。有餘慶。蘐雖委長發
祥。永錫類。熾而昌。六解

改作四言　　星蓀滋

北堂有蘐。分自仙根。相依慈竹。雨潤日晅。令德壽母。載笑載
言。彼孝子兮。定省晨昏。維秋七月。喪我姜嫄。金蘐獻壽。悽愴
中園。一解何昔之蘐。萃鄂實繁。何今之蘐。黯然銷魂。況我沈翁。
古道獨敦。麻衣如雪。至孝者存。二解爰命畫工。繪我泪痕。永朝
永夕。展卷散吞。何天降割。海幻禽冤。厥有萊妻。共挽鹿軒。具

兹三善萃聚德門。三辭欲迪前光。垂裕後昆。敢贊一辭。重與細論。况今 孝治。當沐 聖恩。遺芳千載。永矢弗諼。家風克駿。子子孫孫。四辭

誄楊甥女蓀齡 四言

將毋采俞永朝永夕。

姑生半載。父徃長蘆。行年四歲。父歸鴛湖。相見白淺。得母歡娛。五歲入學。便認之無。如懷中玉。如掌中珠。今秋九月。母病而臞。姑僅八齡。走向牀扶。侍母疾未瘳。姑已云徂。永訣。家慧心常別。亦瘦膚。僕本恨人。向隅而吁。母也天只。兩眼欲枯。父也聞之。將信將疑。留我姑貌。繪受经圖、中者誰。爲楊大姑。

題沈一上舍西顋兄紫綬金章圖紫綬乓子受馨近信用名城字俊藩

日出在扶桑，梧桐生朝陽。側聞君子德，〻乓歲俱長。詩書敦宿好，瑾瑜發奇光。賢兒承父訓，指日受金章。

題沈五上舍雲嵓兄春遊得飲圖長短句名垠字達

天上酒旗懸，地中出酒泉。君不見宗之美少年，舉杯白眼望青天。又不見劉叉生，多瀟灑，詩膽如天酒腸海。古人豪興至今存，過之今人即古在。玉壺好買春，爲仙爲狂得其真。柳陰路曲板橋夾，一竿挑出在前津。況乃白雲初晴時，興酣日費千百緡。沽美酒，嘗旨否，一斗未醉更一石。人間樂事隨處有，願君拚一醉。

與。盡。沽。來。酒。

題雲叟得貴圖長短句　鯫貴敢近借用

任公釣東海。三年志不怠。獨𫚉盈車魚。至理傳千載。嚴子釣桐廬。終日樂遨〻。富貴非所願。狂奴款態遂其初。閩川沈君自有臺〻。無（在）何有之墟。高蹈風塵。不讓古。消遣世慮。今復覩。得魚不爲歡。失魚不足怒。偶然投竿向江湖。忘机獨坐在茅蒲。試問君。釣其維何。巨口細鱗狀似松江鱸。

題紀叟半樵鏡景圖五古　叟名大復字子勍上海人

人生天地間。大抵逢場戲。卻疑性所同。億貌千形異。反鏡索相照纔能認得自鏡非老畫師一筆曲盡致肥臞少壯耆𢓜不迴避但人具五官摹倣可全備抑人有七情布置僅傳四得之于觀面失之於辭文欲招鏡中人把握終難至欲藏鏡外人朦朧亦非易先生造斯圖合一不分二想在周甲前叟年六十爲是圖早悟身如寄結習定空空明淨時遂遂一任世推移我安我位置法輪他自懼刮垢又其次古來不解解由于不類類僕是太瘦生大牛偷安肆今悟身外身更有一天地君心明如鏡此中有真意眼穎多顛顡終歲慵相窺

又題紀叟萍雲攓圖七古

有箇老僧山中出。一擔書軸何時釋。萍浮雲行本無蹤。前身應是維摩詰。欲尋知己在天涯。踏破芒鞵不一。行來南北又東西。到処何妨容我膝。世人不識有疑年。三百九十甲子日。叟年六十又五看花如霧倩靉靆。舉足如雲謝榔栗。靜習君心印禪心。興酣畫筆兼詩筆。羲皇以上固百人。神仙之中共誰匹。經横緣字非貝多。烟成青篆豈波律。風濤嶮巇何日無。高跡潛蹤同坦率。昔讀涪翁黔中吟。毒烟瘴氣覼縷述。又讀放翁劍南詩。飛梁棧道心自逸。僕初昂首瞰青雲。爭奈青萍尚在室。願從金剛不壞身。得脩般若波羅蜜。

曲曲篇 五古

莫謂天不曲。天上曲星躔。莫謂地不曲。黃河九曲連。天地若不曲。亙古無憾然。乾旋而坤轉。造化諒無權。人之生也直。審曲最爲先。曲學不可習。曲節不足憐。曲防嚴例禁。曲路少安便。得曲就肖曲。徇非德之全。鍼有曲難刺。髮局曲難妍。木勾曲難削。草偃曲難芊。小物尚如此。何況師聖賢。況迺讀至誠章。致曲在一偏。形著明動變。賴曲尊于前。身曲主敬愼。腸曲多纏緜。肱曲代安枕。指曲通算純。皆有時而偃。舌有時而卷。有時而遲。肘有時而轉肩。于踞見規矩。惟曲成方員。于樂見磬折。假曲勾股傳。曲蝮自全身。曲未能畊田。曲鈎便約束。曲弓可破堅。苟泛應曲當。何妨常曲焉。人生天地間。遇曲年復年。或左支右絀。或東扯西牽。或終朝悲挹。或暮夜𡚒緣。從亂彼心曲。䌹䌹費周旋。安得平情論。負曲莫相懟。安得大瀧脫。隨曲隨棄擲。但毋暫曲從。尓毋借曲穿。又何事曲折。更何待曲旃。我有我衷曲。曲曲到守愈堅。抱膝學壯。老強學（項）董宣。靜坐法明道。遐跡儒齋消。生平不能曲。疾書曲曲篇。

分和徐君雷亭竹影原韻五疊 名珩 太倉人

虛白生庭覺有芬。幾竿斜挂壓羣羣。縱。橫。節。概。崇。清。畫。添。淺。丰

神領幻雲眼底不知誰是主風前到處可容君天然粉本晴窗
改一筆書成个〻分 日中
七賢林立照餘芬左右分留各出羣百丈端倪開白地終宵光
景接青雲本來面目空中色别玄皮膚鏡裏君倘使姮娥相愛
也明年五月小園分 月下
淇澳風流齒頰芬波光一洗便香羣斜挑冷滑林間趣倒浸蕭
疏潭底雲無處狂搜偏累我此中甘遯又逢君劇憐上下形相
弔黯地魂消兩不分 水邊
揩磨鏡匣對常勞著色方能可冠羣體段全然纔畢露容成一

片屬停雲空〻澈底憑虛子了了明中亡是君不許塵埃侵半點相逢那肯避毫分鏡裏

誰家高爝倚芳芬一哄西窗闖入羣準擬虛心就往蝶商量奇節掃浮雲王郎欲夢還乎地杜老吟香斡典君覓（覺）恐未能聊强起歛斜佬態卻平分鐙前

又改和六首

不御鉛黄屢接芬碧琅玕外約同羣頗教水墨鈎真本（常愛）悄掩青茵駐密雲思盤忽斜欲勝費泥濃泥淺好留君風前再倩天公巧度玉依稀半面分　姚穀卅稿楼

香吹細細絪多芬立脚休隨流俗羣差許踐形爭畫手每逢
得狀待朝雲別開生面知惟我斜倚當窗疑是君料想胸中
成彼竹不分明處認三分　沈垠雲品
自來臭味不殊芬依樣窮形細合羣堪笑狂奴多故態得償
還客便停雲瞬時成象君輸我隨地安身我亦君一片光明新
新脫迹短長肥瘦究難分　張燕可亭
有竹人家氣自芬或三或五屬同羣君摹高節無餘力橫渺
孤標欲破雲體段朦朧驚俗眼平安叩就認斯君前身想締
忘形友出入依依不忍分　沈坪硯田

曾從長吉問幽芬翠滴閒庭四五羣胎脫短垣多得意情移平地可生雲安排種々無他技妙造空々有斐君試看此間留客处當時相守莫能分 姚星蓀滋

認得孤標久々芬容來不速詞賢羣脫然有迹還思雅妙以無心漫望雲今我依稀仍故我見君約畧可憑君這從石上三生訂雨晦風瀟且暫分 姚昱亭然

余將歸里羊㭊以竹影原韻留別亦用原題韻答之

又逢清影迴殊芬體段飄然絢不羣印落無疑添秀骨扶來直欲上春雲二三對待成知己一半句留爲此君若我近年眼界

短簫疏常在霧中分
卻不許多欲問芬畫難相似霍難摩憑將有迹當窗晚幻等無
心出岫雲活脱局中纔立扇扶搖君外又求君明春解襆同欣
賞潛留庭前暫且分是日冒雪話别

題李君一帆小影 四言

柳陰路曲水流花間吏滿所欲酌彼金罍
和而不同端坐石上先生之風熙臺晴望

題鍾仙嫁婿圖 五古

老馗出山時婿也扶牀走老馗歸故山婿未爲人婦吾聞流俗

言取妻（須）看男女貌美而艷兄狀奇且醜媒謂婿莫愁不待標梅後長安富貴家兄可認八九王楊盧駱師許史金張友曾見隴西李更有河東柳某也紐金章某也挽墨綬素稱敵國富豪俠又爭〻不待媒妁言選壻憑兄手今朝天喜日送婿出洞口坐以七香車佐以千年酒文綉被其身黃金耀其首江心鏡當胸鏤絲釧貫肘薄奩五百籃各用三簧釦壓底選青蚨一〻紅絲紐篋中貯維何綾錦分匹耦白璧二百雙明珠千百斗綱僕三千人交轅是任負媵婢數十行侍立在左右媒馬向前行精神好抖擻冠帶肅莊嚴劍笏隨身守充塞長安城驚起倘人叩問

道誰家女匳贈何豐厚始信終南鍾今日卻富有不知誰家郎
此福可消受

禁火辨

世偁寒食不舉火。爲介之推而設。蓋本莊子盜跖篇介子推抱木燔死一言。而東方朔七諫。劉向説苑新序。從而和之。至汝南先賢傳。陸翽鄴中記。並云子推以三月三日燔死。後世爲之火禁。遂牢不可破。而不知其妄。使、介、推、果、係、燔、死。左氏司馬氏最善採摭軼文。而不載于傳記。其可疑一也。且周舉傳偁其死在冬中。琴操云五月五日。而〔既非確實〕禁火獨在春者。其可疑二也。夫燧人氏改火。見路史。出火内火。見夏小正。偁火禁。見司烜氏行火令。見司爟。並在介推前。果爲誰所禁耶。其可疑三也。大、抵、火、尚、新、

而懸陳○火不改則時疫必興○自人情好怪○而先王愛民之遺意○
概行抹殺○今就人所最易明者言之○心者天之大火○辰戌者火
之二墓○是以季春心旦見辰而出火○季秋昏見戌而納火○卯爲
心之明堂○而大火始壯○故仲春禁火○戒其盛也○而豈介推燔死
之謂哉○

叔祖錦村司訓田園雜興百詠跋

蓋聞於潛賢宰能詩。手啚明織。魯國英豪善問。口訣農桑。然守
聖門彝訓。輒云農圃不如。而對星户勤劬。及見鎡錤未識。豈久。
居。城。市。似。難。見。獵。生。心。抑。謬。攷訛。古秋。今冠。未。易。賦。詩。見。志。以。故。試。秀。
才。而。儒。[illegible]。望。杏。瞻。蒲。較。華。士。之。宏。詞。挑。蔬。翦。韭。閩靖節歸來。未、
盡將、蕪、是、想。陳全真充卷。不、徒、就、正、有、心。斯叔祖錦村司訓田
園雜興所由作也。公青年遊庠。英歲登科。既妙解乎文章。尤精
研、夫詩律。託田園興到之舊題。敘寒暑歲成之新曲。篇較石湖。
欲。加。無。已。石湖作三十首數分吴社。其。損。有。孚。月泉吟社徵四方名手得二千七百卌五卷選

中二百約一年三百六旬四分而存不足核期月七十二候一
八十名
倍而御有餘雖〻老圃老農固屬細民本務而一名一物早留君
子深心化齊東野語為雅言不安皮相出池北偶譚以衆解具
見性靈又況家無餘粟籌米雖艱硯可代畊受金不易對徵〻
著直輕風為總、闋情妙句明珠百琲放開塵外遐心豔錦百
端道盡眼前勝景此豈借烟霞高蹈徒探風問俗之勞直教雲
路聯登為靖獻先資之用迨乎中年以往、鼎占告象履筮見繫文
公始有折足之憂後有失明之疾才雖迴不由人命則依然故我美髯公壯心
不已允宜潑墨千花白髮翁相遇終窮當彊吉光片羽其奈手

投商秋當秋迫老去之悲（雨叔相繼去世）身挂許瓢得句爲詩中之識（公晚年寓南鄉）投由是付烈火以具揚竟隨風散幸劫灰而先去蠹宇焚餘（公著作盡付丙火此冊卷早藏升篋故得存及）別本無傳應（或）不免夫亥豕遺編尚在恐未正乎魯魚（名）憶牽衣繞膝之時每多問難及截柳（剪）編蒲之下不少校讎敬鐫駢語爲公平日所歡（公作文喜駢體）敢竭微忱俾我後人永保

徐襟兄壽生明經修竹吾廬吟槀序

物不得平則鳴士感于遇而賦古君子鳴豫天下者大抵感乎物而形乎聲也若目不遇山川文物而發（器能）爲鳴使平平無奇矣

即能遇山川文物，而胃無所感，亦平平無奇矣。徐君壽生中年游豫，得秀靈之助，而運筆奇絶。今秋　僕出鳳山，君出以傑作並序。　僕近來詩興若黄楊逢閏，有減無增，安能持一言以爲贈哉？但臨風朗誦，五古如磨盤山、入門嘆諸作，出自性靈，別有寄託。又如醉中搔首歌哭，皆非常。狂歌邀明月，痛飲吸湖水，非漢魏名手不能道及隻字。七古如練帬蕩帔不耐宵，仰天一哭浮雲逝。碧桃花發蓬壺秋，扶桑夜燭蛟龍愁。醉起時敲竹如意，壯心飛上黄金臺。珊瑚撐枝露光怪，金蓮出水交鮮新。可謂壓倒元白。雖元白再生亦不過是五言近體如鄉思千重疊，征帆一葉斜。露壇花氣靜，風砌竹光

寒殘碑蝸補字斷塙樹爲尖人在千石山裏舟行亂石中地高灘

漲盡秋老嶺雲寒深入少陵奧竅七言近體如未拚骨肉經年

別無那鄉關一望遙寒魚接尾依沙岸楚烏銜波落釣磯把酒

笑看慈母健扣門驚喜故人來鴈到不傳天外信雞鳴空著夢

中鞭釀成心血將盈廿誤盡生涯又一年兩度醉游傳赤辟千

秋詩案笑爲臺千樹梅花想風格序言牙慧恥雷同直逼溫李

是不特詩人之賦麗以則也竊讀君作無美不臻無格不備即

梅村漁洋竹垞諸前輩中亦絕無僅有僕不能爲君序謹摘稾

中妙句一二爲他日詩譚標準使非知君有感而作其一鳴驚人

非耶。至精細處諸賢序中評中題辭中已曲盡其趣。不待僕贅。

姚翁湘蘅茂材落花詩後序　翁爲　先曾祖母姪孫

從來才子最易感懷，自古詩人每多著想。奚必借東南日出，文在其中；何須引西北樓高，言傳乎外。千紅萬紫，河邊洩總總之春；疊韻傚聲，詩界織篇篇之錦。計一春好景，曾幾何時；當百感交陳，誰能自遣。又況多買（閒能芳菲心望）臙脂，欲入時人（美兮不見追思）顧盼；竟誇穠豔（暫）顛簪，君子以卷懷。此吾姚翁湘蘅茂材落花三十首所由作也。筆娟辛萸，香分丁子；定七言以入律，握全韻以標題；遡二十四番花信，與古爲新；核一百五日春光，自今伊始。脫來妙手，捷登排界場中；舒出錦心，步入香匳體段。頗教青帝以常存，莫遣花姑之惜非耶。至精細處諸賢序中評中題辭中已曲盡其趣。不待僕贅。

卷一
瓶梅
漢銅
畫蝶歌
卷二
古劍
卷三
題沈上舍四言十二首
歲晚煩不給書

歲晚頗不給書

歲暮有感而作 四首

重示詩法 二首

甲申春

侍先居士病中 九首

補破窗十韵

從來才子○姚

在其中何

春○疊韻

交○陳誰能

君子卷懷

夷香分丁、

與古爲新核一百五日春光自今伊始脱來妙手捷登排場

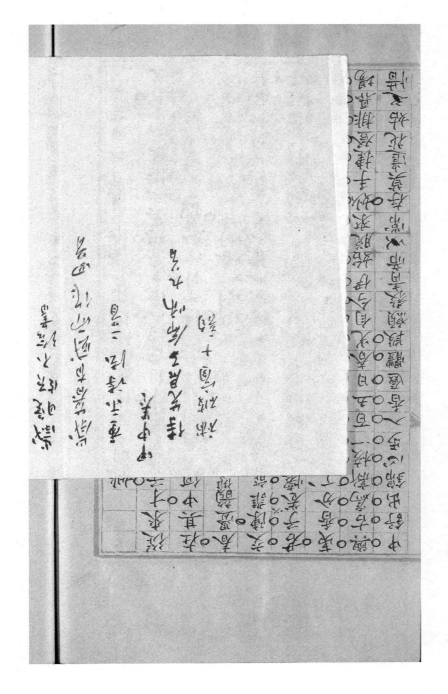

中舒出錦心步入香匳體段頗教青帝以常存莫遣花姑之惜

既非鏡裏難聽諸
何有何無知在目前
敢付于時開時謝

别特是買笑樹前芳容易老若耶谿畔紅粉早凋春風無賴耶
細數以黯傷穀雨何知向當空而當惹天心方妒地力難憑閻
浮水面徒成游戲文章偶點人顧幻引宮闈妝色衛當此日尉帳哀綠容珠
之挂去未免有牽情汝情南景思時碧哭玉面之婦不定能多無解慕語然而芳情心易寄緣
筆難工以故黃風葉石僧田𢘿後來居上舊稾未刪明釋智舷有落花分韻三十首當時
稾中已刪見秋潭詩欽麥敏翁題於雪喜後起有人新題首倡十首亦分韻趙孟頫有三想
到無聲哀怨香分滿徑之鋪吟成有韻篇殘夢返三更益冷是
可忍也能不悲哉名遠遡朱陳近聯李孔荷次公闋每有忘
年遨賊子授經幸無虛日聲竅脫手之高吟喜得傾心以朗誦

所悵欲成九轉之丹。常留花魄。詎受三生之約。難返詩魂。翁早年好道惜未能得享大年。翁誠仙侶能傳此曲之真。僕本恨人。妄識斯文之感。嗚呼、樊湖烟柳。綠影重摹。金谷春花。嬌情再訴。舊題徵七字之詩。解道空、。即色後學。顛一辭之贊。恐難片、歸根。

又田園四時雜興百詠後序

原夫堯典星辰。敬授四時之平秩。周官農圃。竝頒九職之科條。然而家懸明織古圖。鮮能解得人讀農桑輯要。亶若罔聞。豈此中、真、意。欲辯忘言。使局外、閒、觀。難形其狀。以故石湖徵老、去、之吟。僅符三十。吳社集雨、來、之作。始具二千。顧我淺衰。敢窺傑作。遙

遡湘蘅姚翁心澈氷壺堂開繡野借田園興到之辭敘歲月新
更之想細數一年好景三百六句重鎸七月仁風八十一物篇
盈惟百既百態以牢籠韻或疊雙喜疊聲之悉合憶到門前榆
柳盡得風流卻教垞畔禾麻堪供詩料摹來好句曲具巧心羊
太傅新製角巾范蜀公好披野服廩儲紅粟種菜何妨家有黃
金買山自足宗風曉暢放開塵外之高懷化雨知時道盡眼前
之旨趣想其手不停書文無加點事核齊民要術句該氾勝全
書吟咏出雅人之口未俗增光還移近君子之居比鄰生色相
橙黃橘綠
逢田叟閒聽秧瘦麥肥得見場師解道春生秋實分親圃爭鄰

媪滴〻如酥醉村酒夫社翁婆〻欲饗歲收芧栗居然錦里先生席設雞豚恍似玉華吟客此真正始之元音而繪康年之景色也。名未諳菽麥喜事詞章將百篇百讀之餘嘆一字一金之妙何圖馬卿帶疾悼早歲而病沉追思乎子歸田幸遺編以手訂家藏舊帙尚在篋中先叔祖錦村司訓亦有是作未付刊草次鄙蕪詞未盈簡末予在前秋擬作久未脫稾巢父之珊瑚安在此則長留陶公之松菊猶存慨然遐慕

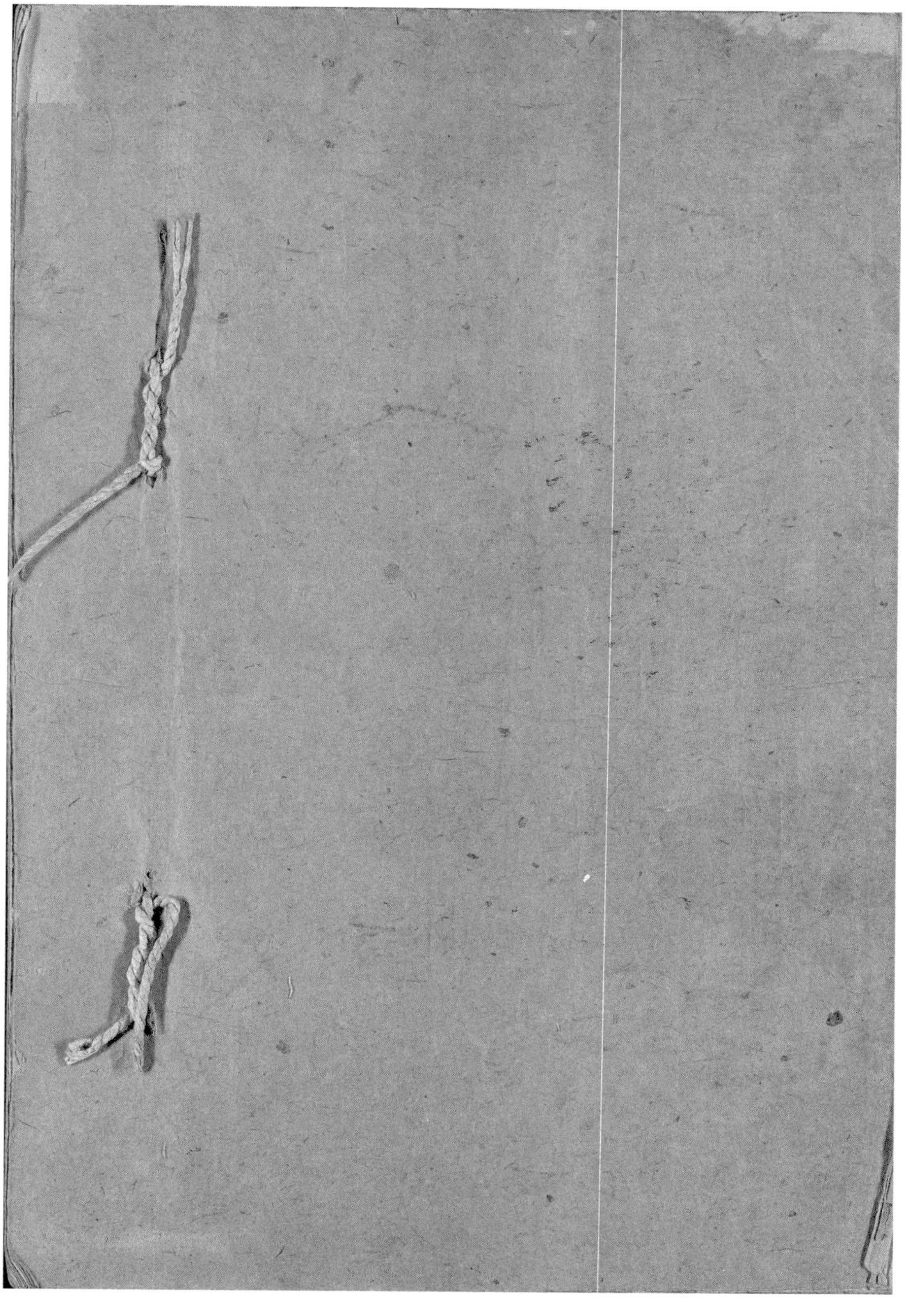

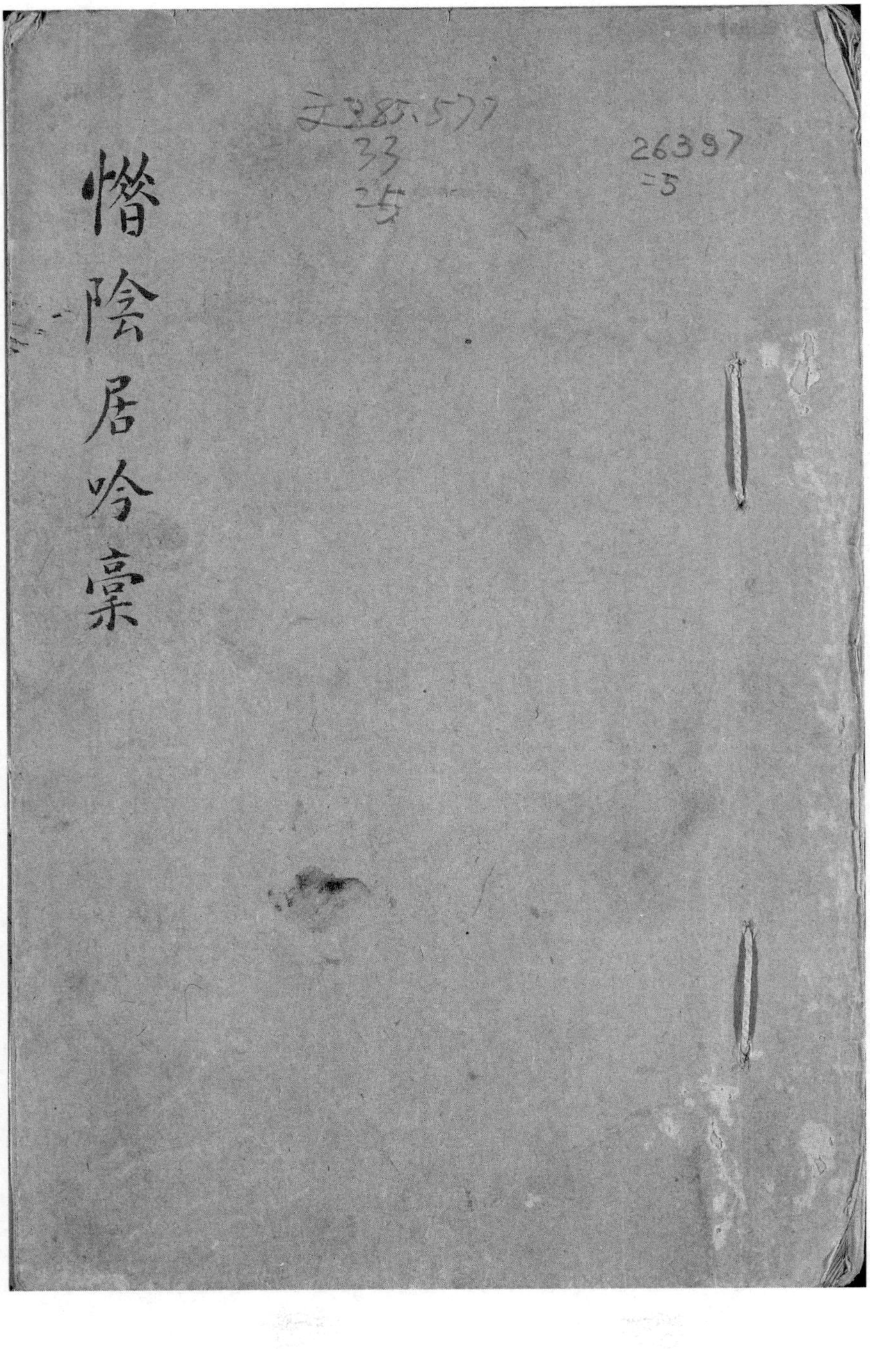
憎陰居吟稾

惜陰居吟稾卷一

僕在童時畧解四聲便躭于吟詠大學近體居多兹經先大父點定已謄繕成帙庚申秋　大父棄世辛酉秋又遭　先慈見背擱筆四載至甲子春復有所詠然隨作隨弃而留存案頭絕少惟集古試帖兩種時與門弟子課習俱已訂成昨奉　家大人命搜羅故篋得舊作二百數十首而已既以棄已不能編次至所尚格律較少時另一蹊徑遂與近作彙鈔于册以便審其聲病删其客氣學白傅舊句時時改何妨悅性情之意非敢妄冀壽世商確于大雅君子云嘉慶庚辰夏四月繡水姚東升識

老屋三首

老屋州東灣右舊時城市山林咲指門前淺水吾家自宋迄

今府志里人姚慶三居此米南宫爲書城市山林額

老屋卜居六世由來二百春秋不畏西風入室惟連夜雨是憂所居老屋自先贈公始遷

老屋庭無花木年年茇艸蕃滋主人俛仰其間解經論史敲詩

餅梅

斗室無塵清韻長膽餅春浸一枝芳吟童每日添新水供佛連朝罷點香幾瓣蛕開詩境界十分勾引酒疏狂小窗不許來蜂蝶好伴騷人筆硯良

漢元延鋗并引

鋗爲同郡黄明府本誠享新鄭時携歸文曰長安共厨銅三斗鋗卅枚第廿重十五斤八兩元延元年十

月造二十五字按漢孝成帝永始五年改元元延其時趙飛燕李平平得幸禁中宴飲之會及趙李諸侍中皆滿引舉白談咲大噱見谷永傳故詩尾用此非謂弄器家也

長安御廚三斗銅：口回環如月圓質如雨後天藍碧二十五字小篆鐫銅爲鐺形介銚鬲鬲閒想是溫酒之器焉元延元年十月造至今相距二千餘百年當時同造三十枚各以其次編于顛此特枚之一第廿重得十五斤八兩準漢權實以三斗定不愆黃戾出宰新鄭時不惜千金一擲旃新鄭長安地相去千有餘里計裒延摹搨一番傳及我邑中好事細真詮此銅晦跡已久矣定在宣和圖譜靡歐陽諸公未及睋古今滄桑不知幾入塵出世會有緣吁嗟乎漢祚乾坤一

醉後此器不妨在弃捐况乃趙李遊宴物尚何餘滴愛涓〻

那與商舩周觶作比肩

晚登南城壁望

陟彼高城攝衣力撑下俯繡錯上睇玉京樊籠如出灝氣來

迎遊目四表廓焉心亨

市肆屋舜喧聲雲泥鵲巢俯瞰竹影低迷白雲飛來一幅對

谿舊吾椽筆可把詩題

南指徐園裴宅高騫埨鈴風遞雜以鳥言黃錦覆地碧毯鋪

原帆銜夕照葉〻牛痕

歸鳥聯蟬平地飛旋人皆坐井想必觀天赤輪西昃四野暮

煙長歌步下聲滿城巔

秋栜用漁洋山人韻

秋来凝望最消魂記得鵞黄遠郭門影散綠烟鶯夢斷腰蔚碧葉月天痕清疏馬跡空官渡慘澹漁燈露遠邨人欲攀條話離别樹多愁思向誰論

螺潭

潭以元妓羅愛卿而得名俗因水產白螺故訛羅爲螺

羅愛卿名本不磨碧潭肇錫郡因螺白螺巧竊嘉名後但解爲螺未解羅

戒宰畊牛

祭地郊天重太牢下民口腹敢操刀從今受罰爲畊犢凤昔人頰爾尔曹打水鞭笞驚瘦骨負犁血汗徧青臯一家飽享倉箱樂不念成功若個勞

順濟龍王廟

日澹澹雲溶溶河神隨浪入龍宫龍宫一躍飛蒼穹金輿寶輅驂虬龍雲旍霓旆乘回風容刀鍔若銀芙蓉膚寸雲合崇朝濛倏然閶闔開九重青冥直上杳無蹤白雲靉靆浮長空攫拏萬狀起豐隆龍兮龍兮散作靈雨慰春農

題扇頭畫山水

秋江水浩淼奇峯多嶒崒曲徑絶人蹤但覺風瑟瑟數椽茆屋危（獨）坐道氣清逸樂在我瀟灑拔却塵埃鎖

子夜歌二首

獨立階除間把扇撲蝴蝶尔自雙雙飛何爲来傲妾

谷中有幽蘭如妾深閨裏當爲王者香相與俟知己

練塘襄古

一櫂南湖更復南霜圖荒浦浸寒潭隼旗幟處沙鷗集組甲

披餘匹練涵霸業已隨流水盡怒雲惟對夕陽酣英雄覓得千年蹟輸與漁翁作劇譚

柿林廬中　家大人以寄懷詩下問敬步原韻奉呈

一月隔州東家書次第通地無磨鏡具（在廬多時無同志相勖）人但沁詩筒未許閒余步（新塍名勝閒有幾處從未一覽）時還礪厥躬趨庭應不遠抵掌話相同

面目依然舊惟慚我舌捫望雲愁失學守拙畏開門（廬齋之門常關）己克恒由昔（先大父恒以克己二字示丹曰此吾家舊訓也）經耡每繼昏故園饒逸興春漲問新痕

讀宋史追憶　大父

舊史曾從　大父傳開函畧解紹熙前（己未秋　大父常講天禧後紹熙前史事）琅琅雅趁春風永轉轉追悲秋雨天（大父庚申秋去世）毋福喜聞高孟德將才

細較岳韓賢挑燈憶到承顏日不信蹉跎已十年

丙丁帖歌 并引

學使劉金門少保以丙丁帖試新進諸子錯解命意蓋本俗説久雨不晴禁丙丁乃得晴因舉朱竹垞太史杜貴祈晴丙丁帖謂積雨詩也爰賦長歌即紀零雨之久

五月甲子沛膏沃（初夏亢旱至廿九始雨）溝渠行潦無不足癸酉甲戌勢轉狂（閏月初八初九晝夜大雨）丙子丁丑未晴旭（至十一十二仍雨）十有三日戊回頭（自甲子雨抵戊寅始晴諺云久雨戊回頭）辛未壬申二日暴（中間惟初六七大晴）南疇北陌一望平芟池芋陂連相屬（田塍高下並積潦人憫之）黃鸝斂翼粉蜨潛鶻鵃聲裏將婦逐艸堂客座欲生苔（庚子山有客座盡生苔句）陰陰夏木結新綠課晴之言徧達路桔槔之聲達郊牧昨夜又添二三尺（十六十七二日又大雨）補綴

長歌聒耳目

十六夜聞雨不寐

曾記杏花春夜雨阿誰依舊小樓聽[illegible]草木入江郎夢不寐差同屈子醒無使桐枝敲隔院莫將蕉葉打前庭旅人落筆驚蒼昊何取祈晴帖丙丁

畫蜨歌

滕王畫蝶甲千古謫鉛粉(叙)傳手新譜惜昔與酣落筆時花間婉尔參差舞百年之後李逖工（亦唐人）手神栩栩逐春風陸離光怪驚俗目大抵擬之無雷同臨川積詩三百首（謝無逸咏蜨詩多至三百首）翩翔正側莫不有畫中有詩纔二三詩中有畫得入九對谿小幅出心裁春花幾朵映蒼苔莫道羅浮鳳子少倘却菜花村裏來（羅浮鳳子種之美者菜花子村裏來亦蜨名）

客館聞漏

數更自丙將傳戊，滲滲銀鈎黯黷釭。睡去忽驚鼕鼓報，醒餘未許典鐘撞。客懷無奈丁冬響，旅思同敲子夜腔。二十五聲催到曉，天雞已喔宗宗窗。星經：天雞二星在南斗度內。

燈花二首

巧獻奇花出洞乳，一枝異彩信青葱。客窓漏永蓮啣碧，鏤欽烟浮豆是紅。然到三更擬太乙，夢搖五色幻文通。去年人醉華燈下，且喜光生藝圃中。

蘭膏淺染文光斂，暖向鐙檠次第開。九九莫疑春尚小，番番奚籍信初回。三條銀燭偏能著，一點勞心那肎灰。寄語封姨休入户，好深保護古金臺。

寒窗雜詠四首

圍爐

客窗寒氣峭炙手定相同熱不因人借風疑到院窮末冬當守黑遇冷失新紅覔爾灰頻撥無須愛日烘

暖硯

耳伴聞久鑿端谿仍有源何煩呵彼凍似覺即之温冷氣微侵案春風屢叩門蒸成如火句落筆索梅魂

火酒

猶是糟邱製充腸無過三色還清似水味豈滑而甘侵曉人初起深宵飲乍酣一杯供薄酌未敢漫豪貪

水烟

坎離相既濟銅琯詡中嵌妙有通中理還兼潤下鹹聞來烟半吐酒罷氣初銜爝火寒能却清芬迴不凡

題和合二神

閿鄉直抵安西役，往返纔經一日過。歸報雙慈兄受福，至今人說萬回哥。游覽志餘：和合神即萬回哥哥。太平廣記引西京記云：萬回姓張氏，宏農閿鄉人，其兄役戍安西，父母遣其問訊，朝齎而夕返，計宏農抵安西萬餘里，因号萬回哥哥。

畫出當年如手足，相賓相友又相親。埜人未解天台蹟，錯認寒山拾得身。謹按國朝雍正十一年封天台寒山大士爲和聖，拾得大士爲合聖。

謁嚴夫子墓

昔弔將軍塋，今謁夫子墓。將軍之塋尚姓嚴，夫子之墓流傳誤。墓側有李氏古壙，歷久湮及，土人竟誤爲李墳云。憶昔軒昂磊落材，胸懷哀出時命賦。夫子有哀時命賦，見本傳。可憐景帝不好文，受知孝王傷徒步。入梁名與枚叔勒，在漢才與相如互。右文之世仰詞宗，衆賓亦欽凝遠度。吁嗟荒烟蔓艸閒，精瑰英魄千年附。晚樹斜陽叫杜鵑，何人來此

臨風慕

題問松橋

未識何年種此松危橋肇錫記前蹤拏雲驚敵無驚雀冷甲化兵不化龍當日躬膺團練職他時辭拜大夫封點頭那許南軍渡勝却咸陽萬雉墉

道聞能仁晚鐘

未覓藏雲寺何來帶晚鐘聲敲浮曲徑響逸落村舂客渡橋橫水僧扶竹裏筇遥遥聽不穩餘韻入長松

福業院松路褱古

一徑禪關雨後青當年表立果亭亭老松化作龍鱗去空負遊人菽菽聽松爲寺僧砍伐一空

夏雲效長慶體

昂首仰青雲雲中似有君奇峯新暑借蒼狗夕陽紛一氣渾無辨悠然思不羣

夏雨

春月沛春膏夏時迎夏雨郊圻大澤霑臺笠東菑聚一犁畊綠野繪作豳風譜

夏木

白日氣自淸綠杉連楚屋涯分苒苒鸝天囀陰陰木積翠生晝靜聊以豁胸目

夏蟲

夫子猶黄鵠盧生是壤蟲不因嗟暑雨罷與奏薰風可有寒冰遇莊生語未工

㭊林廌中廣種戲拈十題

黄雀樓中雀去也何期此地雀歸還道人欲探揚州信試問江
南秋色閒 黄雀翎
冷香鬪出蓮花座欲鑄黄金先鍊銀何是不將金作辦恐他
金色渾金身 銀佛座
人面桃花往事了門中猶惹舊春風劇憐老圃秋容澹多買
燕支逗粉紅 人面紅
亭亭玉作小樓偏靜想他時好着鞦秋意鬧于春意鬧醉中
道是杏花天 玉樓春
麟閣文章太史書清光玉色兩如如應緣天禄披金軸正好
青藜出故廬 太史白
西風楚雨重陽節適枉漁陽軍駐時浸假不進安史逆儘教
沉醉阿誰知 楊妃醉

孫壽曾梳墮馬髻一枝嬾意肖難真秋風晚節闗何事也向
妝臺學美人 嬾梳妝
此鄉本是偭餘米食味還同稼穡甘休恠當年辭五斗歸來
廣種徑三三 老米菊
水晶簾外水晶球秋老籬黄尚未收明月十分他自耀冬壺
金鏡冷光浮 水晶球
休説紫桑貧隱士飢來任取落英餐何舒若數傳家寳猶有
珍藏瑪瑙盤 瑪瑙盤
再拈十題
三垣列宿炳天文五緯聯珠應吉昌躔度已周三百六秋華
晢晢耀殊方 滿天星
誰家讀書秋樹根青燈黄卷繼晨昏十年面壁無辞苦恠尔

依然筐賁園萬卷書

古徑低于疎步橫雞林類事高麗人呼眉曰疎步老聃曾否是前身因何又化隻

着白屢向人間變姓名白着老君

昨夜吴宫酣舞斜夫差齵齒每三嘉因之巧弄纖纖舌不惜

温辭出口牙西施吐舌

璠璵東國尊爲𤢖虎豹西山遠避威何幸二難秋後併白雲

深處伴柴扉玉獅子

九千里外飛金鳳三百名中闘艷華不道佐昌當世罕也同

燕雀到人家金鳳毛

誰言處士不爭燀白淺藍深紅更肥回憶上元燈火夜月明

如水是耶非燈月交燀

葯闌翻動謝詩公詩香汗初消冒雨宜送却春花春去遠秋花

還帶舊將離 雨中芍藥

七寶良因開妙諦多羅王手是兜緜祇因緣結風塵味露冷園中試一拳 黄佛手

久無車馬喧人境冷落門庭幾度經昨日上傳求隱詔頭敎俗眼十分青 紫泥封詔

又拈十題

觀碑雖未到終南墨瀋秦川染鞠潭五老洞中書用汁興來落筆有餘酣 墨奎

圖画蕭孃未肖容東籬淰抹勝妝濃朝陽一再西風起未識齋君王還認儂 朝陽素

尖磨銀辮勁于鍼聲到松風却少音果不改柯霜後傲踈疏幾個欲成林 銀松鍼

鞠綻金風壓衆英蓮花燈下照昇平曾聞學士移歸院不取
潘妃步步生　金蓮花
仙掌金盤懷漢武黄花承露樂芳顏長生果得長生否空挂
詩人嗤頰間　金盤獻露
抽成縷縷金絲樣不欲風前試冶容猶恐使頭紐作綫競誇
戲霧使傳聞　金絲縷
銅雀臺荒吊二喬平分秋色昔時嬌至今魏帳歌聲歇不解
朱嬴鞠名名亦摽　平分秋色
東南籬下無人跡拾得遺先小徑邊想是嫦娥歸去晚鬢鬆
掉落拄風箚　墜地先
不須紅掌泛晴波雪艷鵞翎誰白多他日羽毛豐滿後豈隨
鴨脚舞傞傞　雪鵞翎管

百錬靈丹粒粒紅延年本是傅元公合成九九黄鍾數藥鼎
開肯看奏功火錬丹

哭外祖錦村明經

寅歲辟西舍從容挽竟難（公自丙寅居南鄉從此相見日少）籌婦仍未決（家大人到鄉屢次謀婦不果）顧影屢嗟單帳雀何時坐（見庚子山集）牀𥧌言地寒（公居鄉末免不得其所）春来曾晉謁（壬午春間到鄉一見）一轉一浩歎
文章尔許付漂搖（公著作本富盡付之火存者十不及一）境比風蕭此又蕭兩目痛披卜子（庚戌庚申兩叔相繼去世由是二目並喪）半身空繫許公瓢崢嶸壯遡三三後（公自壬午貢于鄉年三十四焉）委脫寒遺九九銷（今歲八十又一）欲仰德輝何處是夢中常倩蝀爲撩

和朱太姨丈梓廬明府重遊泮宮原韻

青衫曾與壓英才又趁鸞旂結少孩芹葉乍添迎每采鳳池

爭濯羨重來六年剡曲多栽李丈曾秉鐸嵊縣七載壺山廣種棠領袖後生二十五翩翩何幸得光陪

脫手新詩示茂才文章拔俗濬童孩學從通德里中講人自廣寒宮裏來準擬三秋攀仙桂試將十月採緗棋自慚薄植無佳句敢附干旄載筆陪

宜春花倣（翦）長慶體

誰倩燕支點化工妝成新樣與時同澹非梨面三分白艷入桃腮一捻紅芳氣果能添得到奇胎儘足咲春風

錦車行并引

漢書西域志馮夫人漢宮人也善史書乘錦車持節和戎而歸其事勝于明妃失節文姬傷化多矣而後世以詩名家者不聞一言及之雖馮嫽之使當日諒

非重盛而赤心報國幾與蘇典屬功高賞薄同爰作
商調一章
憂不御琵琶怨不拍胡笳四座且清聽聽我歌錦車昔有馮
氏女入爲漢宮娥學書精史籀二十尚未多待詔於庭下不
見君王過一朝傳上殿遣使至流沙健兒儘勇力猛將廢干
戈女子有何技功力拄四遐持節出天漢慷慨與婚娶望雲
愁已慘仰風嚴且苛上接蘇子卿下破呼韓邪黃金不畏火白
玉豈有瑕殺身良非易之死矢靡它戎錐肆威强那得不云
和還奏君王側志節兩不磨我戢冠帶者愧恧其若何
食鴨餛飩
樂府歌傳河子鴨餛飩小入市秀州城外行廚饌法舊聞伍
氏硎童昏桂研胜爨妾伐毛洗髓老饕今日一飽莫怪人人

動指

靈光里古磚 并引

嘉慶庚午修靈光里街于火德廟橋北塊閙得古磚一乃宋時僧俗募砌之記廣約二尺厚二寸許其陽則云政和癸巳其陰云嘉泰辛酉文甚淺鄙字亦樸率邑中諸老謂是七百餘年舊物特徵詩以寵異之

誰識靈光里初名郭五鄉志中不載政和嘉泰歲先後欵端詳

七百餘年物名題信不訛暫時相賞識埜老亦嗟呀其磚仍歸故土

湘竹簾

妃子潸潸灑翠竹簾中猶帶舊時斑任他巔嶺推門外自愛

湘江排闥閑樓護絳綃千縷合掐縣古錦一谿灣芬芳庭有

芝蘭氣道是道遥沅澧間

代題殷雲樓明經畫杜鵑

鵑鳥啼𦕽花獻媚鵑聲絶得後已空枝春風倚樹憐芳意紅雨隨巖惜歲滋興到神魂俱得妙筆參造化本無疑卷中勾引平泉記不减稽山照四時

嘗苦丁茶

主人珍重煮仙芽渴裏垂涎似麴車記得埜薔薇謝後白花輸與苦丁茶

鴈來紅和韻

金風催鴈到南邊秋色庭除别具妍盲葉霜楓千片落非花爛熳一枝鮮骨緣既老偷丹換顏復還童醉酒偏贏得高堂增歲月班衣錯綵舞階前

東坡畫竹壁

剔除古薜苔蘚封森翠然竹兩三叢淋漓墨汁氣磅礴云昔寫
自大蘇公蘇公竹譜傳畫院何人彷彿肖其工腕力直過文
與可管夫人竟分雌雄一寸一節勢百尺誰知墨寶留禪宮
鄂社千枝生下筆渭川百畝在胸中風來蕭蕭聲欲響日映
个个光偏融想參玉版得禪悅椽筆掃出蒼筤容當時老僧
焉得識愛護未鼎碧紗籠輕筠寮節遺俗目風雨剥蝕隨飛
蓬君不見曹將軍馬僧繇龍神物變化將毋同東吳妙筆有
成蠅一誤涵機洵天工獨有龍淵佛力大七百年來想像拄
牆東

重整隱真道院

曲徑任遲遲仙蹤溯昔時百年嗟剎落指日效靈奇法像輝

新相人工廓舊規客來堪徙倚相與話興衰

元日燈花應　家大人命

隔歲添燈雷一宵撰成紅豆結成茶番来擬是山礬信時在立春前四日然出奚須太乙撩蘭炬燒殘休見跋主人頻喚且更條敲詩艷奪春光早未敢將他用指挑

復　命原題又賦奉呈

九花連發繼崇朝燈發九枝花唐張子容除夕詩也滿泛蘭膏徹夜燒不假寸根從地出頻添喜氣上肴梢燼長未覺宵來久光焰新抽色露幺想是赤椒爭獻瑞故教先報一枝饒

在曹莊厲中夢授　暹兒尔疋

頻年株守舊門閭責課雖虛樂有餘夢裏不知身是客教兒琅誦數行書

和徐丈柳堂茂材暮春夢中作原韻

五更殘月未西沉宜樹頻招郤慶吟伏枕渾忘鶯喜懼撫時還感去來今無銷一飯盧生志遂見三年董子心回首問春春往也日邊紅杏繫懷深

雨施雨潤一外沉曾步先生春艸吟（歲乙卯曾和春艸大作忽忽十九年）面目竊慚猶是昔是非未悟那如今興來把酒渾多醉每到敲詩別有心禿筆久虛光祿夢自忘綆短不知深

又疊前韻二首

旅館蕭蕭秉緑沉淇唯肩上拍成吟青衫九載旋爲幻（余自乙丑游庠後已九年）白酒三杯又到今形色未空空即色狂心非佛佛存心靜中細把生平論論夢無如此夢深

且從性玩任浮沉改罷新詩還自吟一片玉壺清如許千秋

金鑑照千今紫袍白馬翩翩壯碧海青天夜夜心用玉谿生句攜得驚人謝眺詠憑虛曠望極高深曠望極高深謝元暉苔呂法曹詩也

蠶婦雜詞三十八首

筆端寫出一江南寫尔江南慣飼蠶按月數來纔到四計眠算去却逢三

昨日鳴鳩拂樹梢側聞繭館戒南郊小娃奉種臨川浴莫敢將儂蠶事拋

三月花餈餞更巧吳俗寒食作花餈祀蠶神阿儂筐箔已經料平去年幸尔多留種竊喜清明是白條吳有清明白條桑葉白挑之諺

天心穀雨力幾殫蠶喜溫和麥喜寒剛道皇天容易做纔知四月做天難

紅閨日暖古陽春桁館煙銷綠滿津怪道吳蠶初出火故教

遠陌求桑玉步摇夕陽影落伴相招倩儂滅卻懷春也一任
羅敷自有夫
郎本吴人慣善趨妾從陌上學巴歈尚逢日出東南照報道
盅去換猩兒
蠶蠾夜出圖肥口勞我濘粘雨不辟邸路行同泥滑：水晶
偷懶破將來
初眠未了二眠纔一日儂腸九轉迴莫道野蠶能作繭朝：
改換貼宜春
育蠶字樣一時新底事蠶家辭故人遠客不知禁忌意卻嫌
聲裏似春風
三間茆屋綠陰蒙情味閑：夕照中首夏清和猶二月剪刀
越燕半窺人

鶯花過六橋
村北村南作市場貧家夫婦細商量拔釵連夜權爲典又恐明朝葉價昂
菜花零落麥花肥蠶怕飢時葉怕稀權使癡兒去較計兒偏拾莧滿筐歸
未讀全真一卷書宋全真陳旉撰農書三卷其下卷講蠶事而秦少游觀有蠶書私心揣去卻如如曾裁十畝青桑葉餵盡能絲一煮餘
柔桑陌上碧于油郍似儂腸寸寸柔只爲將嫌來比素青絲不惜繫籠鉤
强睉倦眼視箝篟撿亂雲鬟徹夜芒祝到繰昂桑賤處側身膜拜馬頭孃
姊娟花開四月初緑楊陰裏閉門居五更疑是瀼瀼雨驚我

鴛鴦好夢虛
萬緑蔭々水一灣柴門雖設卻常關待他二十八天後開撲
親朋看浪山
日長可作困人看無那蠶孃一覺難驚起梁間雙燕子憐儂
帀月錦衾寒
蘇杭寶髻抽心樣忙裏閒餘不敢偷鎮日蓬鬆非拙嬾郎無
嗔我不梳頭
纔見青桑小似錢兒童競想好衣穿蠶孃留意多辛苦只是
三眠儂未眠
恰々黃鶯頻喚晴大家看火搭山棚清明簷槺添蛛網早卜
儂家十二成
東鄰競去置新烓說文行竈也想是紅蠶上箔齊明日我家亦煮繭

將他舊竈補香泥

一寸金償一寸心　小姑作伴過到更深　即辰掇頓三盆水　連日

慵拈七孔鍼

初經小滿動絲車　蠶娘新妝酹菀窊菀窊婦人蠶神名　纔出門來郎一咲

咲儂鬢插做絲花做絲花野薔薇別名

幾夜山頭作雪看　挑燈相守坐團圞　誰家女子尋花去　儂恨

新裳未編完

哄騙兒童來趁忙　饟伊蠶豆許伊裳　阿爹舊債其如積　責得

新絲還宿償

昔疑窗外有人聞　浪泛桃花不解紛　幸得這天公事了　待儂

黯處去煎帍

繅車旋轉快如飛　軋〻聲連孰似機　差喜今年青葉賤　選中

留得嫁時衣

當年嫘祖出西陵安燥宜温有匠憑他日機中抛錦字織成
妙様壓花綾

婦蓄私房瞞阿嫂欲將六幅作席拖小姑又拾同功繭偏愛
雙ゝ白玉蛾

餘絲百兩織成縑夫欲新袍嫂欲襜女子從旁又作計不如
把我做妝匳

桑斧初停蠶事畢女娃拗（吴音讀仄聲）繭最關情來朝令尓前村去
見客勝（平聲）常道一聲

禿桑陰裏阿陽家吴女吴蠶俱似花此地頻年多瑞繭海人
莫把獨綸誇

敧斜雲髻鬆ゝ慢束羅裙半約胸憶（迴）昔時多辛苦地鴛衾

不敢戀芙蓉
桑中負葉又趁邅豈是人心惟利貪只道比鄰初熟畢更聽
西舍養蠶鬟
沽得雞豚酒與鱸太平景色到康衢楝花風裏渾無事擬繪
於潛廿四圖
右古今體一百三十二首

惜陰居吟稾卷二

擬陳思王明都篇

明都多佳士舉止何翩翩素馬飾金羇錦帶横白間剪窄披繡服頂上貫蟬冠長風万里舉發矢七札穿天子校大獵馳逐到南山前者舂麋鹿後者獻壯豜獨有一士人緩緩試開弦下射大兕殪上射兩鶬連觀者偁美盛少年尚然歎借問何歎然薄技未足傳及今隆盛時才力宜兩全善射敢自誇善騎容自安他日茂猷遠竹帛難磬宣相彼明都士勇冠一羣賢

擬陳思王美女篇

美女有何美儀靜體復閒黄金燿其軀白玉儷芳顔皎皎善盼睞峩峩高髻鬟丹脣接皓齒豐頰妙承權脩眉横素臉瓌

珥垂香肩文履嫣行緩羅衫璀璨寛鬟纖合中度言咲氣若蘭秦女且減色越女休誇姸粲粲都人子相逢陌度間一顧還再顧心下已懽然速令媒氏來直至城南端佩璧五十穀錦繡一百純瓊瑶閙窈勝紅翠簇芳塗道傍矜納幣聘女如聘賢媒氏達誠素中心尚悄悄試問女何心出處會有年

吴越王鐵券歌

維唐乾寧朝政缺三橋一敗計愈拙昔日羅平妖鳥聲天目山前異人出提刀仗劍奪先威董昌逃遁如烟滅事在夕陽未鑄時凱奏長安天子悦豈無帶馬賜英雄未補一絲一髮力詔書特下與卿盟鐫金作字垂天錫如厲如帶指山河永奠子孫開吴越三節歸來挂錦袍親執金尊鄉里說靈機清化語從容鍾釜燕碑未比烈三百年中凡幾遷漁人尚識錢

家物吁嗟乎古今賜劵已多矣人存物在人亡歇獨有餘杭
傳至今那在區區一方鐵

古劍

莫邪化龍去干將射斗間芙蓉苔暈蝕鋒鍔土花斑一色光
難辨千年氣共殷欲酹三尺志摩厲出人寰

令節食物十首并引

頻年學禮未解八珍迩日探函纔知七妙志符衆伯
顏和傳相之羹跡類饕君燒褊帚公之尾嘗應時之
風味式食庶幾入改歲之芳筵分甘而已爰憶充腸
聊書便腹

六一菜人日

梅橫㧑鞞到江南菜入盍羹春意探緣勝雙雙將倍一辛盤

五五却餘三半輪仙桂當空曜七種嘉蔬適口貪甘舉筯自詩
知味客烟苗雨甲漫豪貪
宜春酒花朝
絲絲膏沐洗天街招飲帘中瑶席排猩入桃唇紅作點螳浮
椰眼緑初揩宜晴宜雨宜春左有酒有詩有客佳尒鬭芳菲吾
問醉醉人爲尒溼芒鞵
冬凌粥寒食
貧士朝朝譈薄糜雙弓此際却相宜楊稀餳粥勑宵煮麦藁
香餻去日炊蝀州蕒餘仙醞釀鵓枝啼徹冷淘遺道人又餉
青精飯屢顫神魂不厭辭
手行厨上巳
揚柳春旂一色黏茴公厨下乞晶盥菜花開後魚兒美燕子

來時筍價廉䭞爨稚童休艸鬥當壚少女罷蘭拈老饕每食
必兼味分付庖丁勝味添

如意圓 重午

石榴多子潔新廚意到如如興不孤芳藹襲人殊解糉匀圓
入口等流蘇饞餘呼煮長生粥肴盡宜添臣勝奴更有無憂
嘉腊佐何須益智佐慈愚

辟惡餅 伏日

聞道饗饜列鼎鐺薄于昳字大于搵挑椰細擣非因惡餖飣
盛盤不畏庚逃暑境中思食祿迎涼苑裏啖昇平撐腸應有
嘉休戩説餅程若滿座驚

同心脯 七夕

咲壓奇形詅市中纏花乾脯結秋風半匏禮蓋應須合一歠

嘉宰從此同徧地錦翻羅睺北滿天星聚列仙東顛將子面如吾面分㗫連珠試郝隆

玩月羹中秋

常儀結郎印千川印徧千川開綺筵天上香輪三五滿席間花餅十分圓冷蟾愛仿嫦家製甘露恩深御府煎記得去年番試沇未曾有句寫雲箋

米錦餻重九

題餻未敢負詩豪艷錦臨風映古袍七返匀膏加尔力百花擣米不辭勞玉粱引木容添蜜獅粟銷金漸見毛九九重逢爭勝意呼兒摩頂祝增高

法王料臘八

丁子香匀大蜡辰法王料斗尔娛賓杏梅酸極荏茗苦醯漉

醎多薤芥辛越國碎金千點曜西江節物一時新彌年足饜芳流齒酒泛傳生又報春

乳燕二首示兒輩

旅燕生雛燕梁間乳哺忙似添兒女累出入每傍徨多少恩勤力繞能弄曉風相看同一脉樝翼羽毛豐

楊麿椒妹倩雪阻拄舍看惟青菜一盤戲成以解嘲

獵獵戎嚴寒爐中火失丹炙行真是冷羹到并無殘積玉難爲餕縣晶那作风尚餘蒼耳醞與菜甲同餐

羅衣

窄羅衫子色何鮮無假同昌澄水縣雪疊一膚香挂薜風遺兩袖碧于蓮霓裳隊下翩翩羽姑射山中躍躍仙準擬越谿烟霧樣裁成短領趁身穿

紈扇

新裂齊紈出漢宮班家巧樣却相同皎如盧瀑千重疊圓比蟾光三五中寢簟展時多變態元規虛意任天工揮來亦借他人力引得南窗滿座風

代孤兒行承 家大人命爲梅里吴君恒作

孤子生 孤兒獨當

孤兒苦孤兒曷爲苦孤兒旬又八日喪父未知名與數云又喪其母叶兒今思反哺兒恨淚下如雨那能補一解孤兒苦孤兒未爲苦父母雖已故祖母兼恃怙兒出祖母顧兒入祖母撫昔之兒一日不充餔今之兒庭下列酒脯二解兒有婦叶非獨処兒有子傳令緒兒當壯盛時白髮之媪攜二豎孤兒苦行人淒楚三解梅會里中一坏土年年寒食備鼎俎村之老幼往來覩云是延陵吴氏兩世父霜墓四解千秋萬歲後慈母幸與孝孫

慨然生遐慕孤兒可無苦

禽言四五首

提壺盧狀類燕色黄褐

提壺盧慣提壺啼時女子正當壚前村釀酒汝去沽緑楊隄上大招呼

泥滑滑鳩類疑蜩澤鳥

泥滑滑溼羅襪陰雨連朝日不出征人辛苦多怳惚一步一顚酸入骨

水步姑即斑鳩俗名鵓鴣實祝鳩

水步姑屢自呼呼晴呼雨胡爲乎昨日好雨正相需催起田家一犁扶

布穀即鳲鳩

布穀布穀喚起農夫牽牛犢今年黍稷並豖豖到秋來牽場
啄粟

復禽言四首

容見前作倘有古樂府之趣要余復用其詞以續之
因有此第禽言甚彩他日當逐一補作不虛是請

今朝天公晴白頭翁也

今朝天公晴繞樹三匝鳴日高三丈照前楹（勸）君起來笑面迎
聞得街頭少履聲

紫山着火鴟鳩也禽經倘其音爲着鬆着火然細聞之又似架架格格想是駕犁類也

紫山着火休得穩坐我是昔年多嬾惰引起口實衰我瘴丁佐反
君鑒前車纔是可

姑惡苦吻鳥也即賜

姑惡姑惡待汝不薄曉起出門烟漠漠嬰兒未醒小姑託歸來不見兒啼哭或云姑虐嫂兒或云姑虐其婦茲無實据

行不得哥哥 鷓鴣也

行不得哥哥世路多偏頗又况春雨連日過萬里長途化作河征人行路可奈何

和人尋孤山原韻

自別林和靖茲山依舊孤出羣甘隱遯有角肖康隅性癖多爲傲標清獨見癯時宜雖不合單影倒明湖

蟋蟀鳴

古諺蟋蟀鳴嬾婦驚又河射角堪夜作犂星沒水生骨茲絕妙古詩擬爲樂府以便婦人稚子成誦而續貂貂請有所不辭

蟋蟀鳴嬾婦驚嬾婦有何驚寒衣尚未成北斗闌珊夜未艾
月落參橫兩目眛兩目眛夢難成誰家砧（細腰）杵急（擣破秋江城砧逐西風緊）纖影（君𣎴）燈藥
窗前霜滿高烟平雄雞一聲天已明明年製我狐貉裘再中
聽得蜻蛉鳴（古語蜻蛉鳴狐裘成）

河射角

河射角堪夜作宵中星虛亮之與七月流火豳風之俗東隣
織素五丈餘西鄰織縑得一匹南村動砧杵北村催刀尺女
手顩纖纖女心難漠漠連夜經之緯之對燈檠要之𧛾之便
好服寸短尺長來相度婦無功事蠶績休莫怨西風待汝薄

犂星沒（即參星也沒晚沒也按參星冬至曉沒于坤維 ○篇中叶韻用集韻卻非好怪實欲詮釋骨字）

犂星沒水生骨西風吹落黃昏月月落風聲靜長流千里割
水性軟且懦一朝能挺拔北流先腹堅南流粘膚末曲處成

骪骫音委被玉篇骨曲也高處成骫𩩲音跋揹類篇骨高皃骨在上髃髋音虞諱說文肩前骨也骨在下
髁𩪓音課歷說文髀骨集韻髆尾本水長生其髊音䏣類篇髁骫長骨皃水小生其髀音捽玉篇小骨也髑
髎髗髋者音曷于童腔廣疋髑髎缺盆骪也集韻髗髋尻骨相次狀凹凸百體日益全六骸不
相奪他時犁星昏中央孟春之月昏參中骨骼倏忽急拉折骨折骼拉見揚雄傳○結句偶成七平七仄

花朝雨

年年花朝日桃花妒人面今年花朝日桃花未見面
花到春雨迎花去春風送倘得十日晴花姑難一夢

亦從學諸子

六经字字會真詮出色時文熟幾篇大抵認題須適的當更宜
識想句法是天然詞折割愛留餘力勢要淩空忌實填步步生新
共欣賞試看到処著先鞭

呈卜表伯錢崖增廣

西河夫子是名師松樣手標崔樣姿入世未隨流俗轉存心
邊讓古人爲修來學道多閲愛老去文心不好奇窗下芝蘭
通具味衆芳景附莫差池

題竹林高蹈圖

青青千竿竹排比拄空谷似出文守胸似寓王丞目奇石壽
而古主人溫如玉有蘭蘭有芳得書書可讀深処不留客思
崔不遐矚上以追嵇阮外以遠世俗超然坐春風惟日且不
足請質圖中人斯言必悦服

攜暹兒抵杭挈眷舟中口占

昨自西郊三壋灣年來七渡此渡津關汝着每往前途去舟近

臨平一朵山

舟中與暹兒聯句

片帆穩挂喚舟師暹又是槐黃覓解時爲折一枝多擊肘東升蛽開兩目細敲推芙蓉山外烟如画暹薜荔村邊雨似絲屆指前程四十里東升好穿衣服問親知暹

題折桂圖

天邊丹桂發未識幾何秋折到香盈手攀時月滿頭豈從明鏡覓好趁廣寒遊轉笑吳剛拙年年伐不休

冬至數九詩八首

一九與二九相喚不出手景短則多寒寒隨風入牖步武欲慄股葉拱不運肘逢酸知入骨有暄便思負挾纊不解温狐貉宜于厚

三九二十七檐頭吹簞䈥聲從北方來吹中大呂律雖非太
古音五六四工乙風者冬之鳴不徐亦不疾天然成響籟奚
必簫與瑟
四九三十六夜眠如鷺縮爐火失溫〻舉足屢蹜〻不能學
笳挺但覺似弓曲牀頭攤鯀衾到處説皸瘃小寒接大寒方
纔凍得熟
五九四十五太陽開門户寒氣日益減和氣日益煦晨見黄
鯀襖兒童屋角聚春到總如期問春〻不語且買春牛圖且
打迎年鼓
六九五十四樹頭青漬〻黄蜂狂巡簷粉蝶𡑁舞翅微和纔
一扇階前動生意踏來未見青拾去覺有翠光景一時新春
遊芳草地

七九六十三破衲足頭擔東風吹凍解冷暖半相參不須寬而博略見樂且耽烏皮旋細剝吹面不寒諳物態已如此人情想可堪

八九七十二口中咽暖氣平地一聲雷寒威尚未既吞吐媚百昌吹噓爭萬卉藹然和可親淡若知有味呼之不成雲大塊假我未

九九八十一犁耙一齊出昨日中和節農師訪故實或傳氾氏書或進齊民術水田飛白鷺梁間掠紫鳦菖葉小于釵杏花點點畢

補夏至數九詩八首

數九之諺見于宋陸泳吳下田家志周遵道豹隱紀談茲有冬至夏至兩首丹鉛錄委宛餘編月令廣義

游覽志餘皆然故用前體補之

一九與二九扇手不離手人怕南窗坐卧向北窗守温風次第薰羅衫不約細出入攜袖底蒲葵動左右狀如粉蝶舞并覓瓜與藕

三九二十七冰水如瓷汁煮茗分七碗不滿一狂吸短領雖多穿長綆向井汲風頭雲截位柱礎蒸淋漓曲腸灌得直毋乃暑氣逼

四九三十六拭汗如出浴其氣蘊燻〻非毒即爲酷飲水若飲湯坐席若坐褥黄妳慵午夢羲御停悲谷炎氛鬱不開爭向露天宿

五九四十五頭戴楸葉舞井桐一葉落槐蔭日正午聲自西南來莢雖已振羽迎風解嫩涼驅暑歛白雨却喜晚立秋便

可庭中步

六九五十四乘涼入佛寺佛心本是冷涼從天末至記庚欲到三天地肅殺始催促藁碪期蓮房紅粉墜燮埃日益退悅似初醒醉

七九六十三脉頭尋被單銀河轉絡角北倚闌斗干在半箪滑〻簾露溥〻葛衣逃入笥絺衣尚未攤秋點到丙丁粟火一燈丹

八九七十二思量蓋夾被宵來覺有寒紈扇漸涓棄雖非徹骨醎刀尺寒衣萃秋影日夜分纔可伸足睡錦衾碧間紅是又在其次

九九八十一家〻打炭墼未寒先禦寒斗杓已指戌遡員而離方一盞復一屋耳聽克丁當兩手黑似桼好景君須記黃

燈興録摘

戊寅除夕

年來年去擲如梭，合格文章有幾何。幸喜嚴君誠矍鑠，自慚壯齒每蹉跎。三傳相對團圞坐，八口之家大小和。明日又爲經歲客，燈前擁管細吟哦。

右古今體四百六十五八首

五十八首

惜陰居吟稾卷三

己卯十九首

題褚君子和畫綠萼梅

淺綠圖梅萼天然腕底香調鉛輸遠黛貼翠試新妝妙引霓裳羽清分白玉堂憶他橫竹外相與閱蒼蒼

家大人命代題松江王蘭舫姻兄小園尋花雀伴行圖

小園尋花雀伴行閒中解得主人情風光瀲灧慵無力一點芳心善氣迎

仙人掌上雨初晴小園尋花雀伴行前渡不知泥滑滑雪霄久骨步輕輕

幾處紅英照眼明好題幽興寄先生霧中分得句留味小園

尋花儂伴行

題畫杜鵑花戲效白傅體

客自香爐峯頂至繪成一幅待人題鵑章謝後何傷謝杜宇啼残却道啼畨到重陽更鞠候看花如在浙江西

誄子辭

余長子厥名暹義曰進智慧添字進之志在丹鉛爲余子五千一百一十三天生爲乙丑閏六月前（五月一日）終爲己亥閏四月後（五月二日）生孩七月弱不可負行年四歲疾生八九嗣自來歷梧偉（叶）使讀書畧能可受其奈頻年家迫（計）不能與尔常聚首一書至病中收拾向城走見尔全軀黯（瘦）悗似松栢樹培塿禱于神神莫救延厥醫醫束手藥餌日日脩禆補尔鳥有纏綿旬四日小姑先尔赴泉臺（小妹先于閏月廿八殤）尔亦形骸朽堂上垂雙泪

聲聲爲泣尓能知余泣尓恐增悲惋尓与尓姑安尓居余必爲尓一坏給倘爲挪甑甑秋夜告余急倘爲頌非熊每世可相集去者不可作存者何留連天生齒數有修短余不罪尓死在余之先尓有父爲尓憐余既有父在高堂從今後不爾泪潸然

輓郭生桐軒

喪子餘哀尚未忘忽驚蘭契早摧傷六年唯諾如雷耳五月睽違欲問蒼爲羨守身同白玉豈知運厄等黃楊端陽有約今何在諒与癡兒結客場生于工元過舍有端昜来晤之約

無聊

遇合頗艱辛難辭三斗塵熱腸何処試冷炙不堪頻既作村夫子應逢震丈人傾江來一洗面目庶還真

五鍼松爲金生浪三上舍作

曾向寒崖移此松金鍼度處試英鋒天衣欲補先符數馬鬣餘榮待受封穿憶閨人疑欠闕敲分稗子喜多重森如雨後爭磨鍊未化龍時先繡龍

鴨脚楓亦爲浪三賦

吴江楓落鴨初過巧向欄邊兩掌摩春雨試開毛褷褷曉霜先見舞傞傞脂能貫魄因成虎足減鋪茵卻肖鵞欲脱紅幮來一褁㕸他腫短撥清波

艷歌行四首

采茶女

采茶女兒十四五娉婷䕃藹入山隖四時最好是春和山前山後好倡歌圓者爲筥方者筐采采仙芽蠟面光早春晚春

向風丢無郍春風惹我袖豈難挈伴去連娑又恐來朝穀雨過城中慣煮綠昌明共説今年法製精采茶更訝茶花苦開徧白花無人主

采桑女

連朝恰恰倉庚鳴農家女子陌上行生來不識鉛黛與風前嫋娜具姿態入城買得流年圖竊喜把蠶是小姑纖纖女手執懿筐女兒去采女兒桑采多却怕青葉希采少又怕我蠶飢練花風裏好煮繭大者爲緜小者絹昔爲他人織鳳皇今年織我嫁衣裳

采蓮女

江南女子慣采蓮湖中蓮葉正田田輕舟短櫂倡歌去羅裠皓腕花深処東風吹出采蓮童朱脣玉面水相逢共説秋房

初结子鸕鷀鸂鶒漫送喜此時齊放木蘭船舩頭折藕絲暗
牽采得並肩蓮相贈他日同心便可證擘開蓮子意若何誰
知蓮子苦心多

采菱女

十里湖光瀲灧平十畝菱花晚鏡清漁娃作歌聲欸乃青青
菱角雙手采秋風红豆最相思斷岸白蘋慣牽絲牽得漁郎
來共采日未晡時又滿載儂家種得紫泥菱郎家又種青色
冰來朝移入绿楊裏碧窺雨影勾留水如絃有譜笛有腔驚
起水上鴛鴦雙

摺摺疊扇

開合清風引相依紙半張握來一把骨疊似九迴腸拄熱偏
趨熱迎涼却避涼偶因機軸轉隨処遯員方

寒窗

天上飛烏疾南窗始覺寒對陰思共惜挾卷補餘殘笑索梅花白心銜鑪火丹表中添一線簾外透三竿

水花

不意長流水能開頃刻花瓣從波面現（出）光比鏡心遐（參）色相原多幻圓匀却少斜憑虛聊一擲脱手定無差

月波樓

舊跡在楞嚴寺西子城上俯瞰金魚池

高樓西北待歸風太守令狐退自公曲檻倒懸波影裏古濠偏壓月明中瞰餘鯪鯉黃金椂香愛芙蕖碧玉叢名勝已隨流水繞後賢猶与古人同（後太守毛渙重修）千重睥睨參差疊幾許艅艎遠近通造物有靈何處乞白雲深処本來空一輪虛抱神

常靜百尺豪吞氣自雄舊跡至今逢梗積遷移近在悲谿東（今悲谿之月波樓非舊址）

古碑短歌行

未識何年樹此碑約畧首戴蝸而足趺龜是篆是分已難辨非行非草鮮
能知點畫模糊辭滅裂損者何人書者誰往來行人目不窺危然
蒙跡在堀堁荒艸碧苔烟霞鎖漢歟唐歟近代歟欲訪根由屢不果
刻石壽世論興衰西安纍塔嶧山火不若沒字題道左

庚辰（廿六首）

紙鳶

寸紙渾忘紙非鳶適類鳶不須誇滿羽卻願試高騫出地千
人仰橫天一綫緣超然遐舉也咲指立檐前

續禽言四首

鈎輈即子規或云鷓鴣

鈎輈我是舊周三更帶月到揚州昨日洛陽橋畔遊惹得時人費喟歎

脱却破袴亦鵓鴣

脱却破袴換我新袴走向河邊洗兩跨送却春風歸去也著新簪舊時還可

婆餅焦亦鳩類

婆餅焦樹盧調翻餅必須快手鏉不知味者起相嘲豈知入口味更饒

鳳皇不如我即號寒蟲

鳳皇不如我如我聲名播自揣神化非攙攙物之無羽毛者東風催我人間坐得過且過亦是我

題金半槁上舍采芝圖仿張平子雜詩

采青芝兮在泰山欲往從之出徐國側身東望解玉環仙人
贈我傳延年何以報之壓勝錢行年四十好翩翻煮而食之
手足便

采赤芝兮在桂林欲往從之出江陰側身南望佇瑤琴仙人
贈我鄱梁香何以報之紫荷囊行年四十將翱翔煮而食之
氣體康

采素芝兮在太行欲往從之過羊腸側身西望脫赤璋仙人
贈我何首烏何以報之記事珠行年四十少躊躇煮而食之
耳目娱

采元芝兮在天門徃欲往從之過太原側身北望佩蘭蓀仙人
贈我仲思棗何以報之青文襖行年四十多懷抱煮而食之

精神飽

和震澤吴蘋香秋牡丹

昨從三月贈將離竊取嘉名綴別枝端伯再當迎貴客放翁尚欲定前期安排老圃爲誰艷塗抹輕臙便不疑莫道春光歸去也西風也會買燕支

秋褱和蘋香原韻二首

悲哉秋氣動人憐鏖戰名場未應弥頏我短材能脫俗知君好句郤如仙悟來造物炎涼態寫盡長天大小箋欲問泬寥無暇問撫時聊且愛逃禪

從今世慮若何消書幌懷新別有苗（余時著讀書偶記）畧見婁姿嗟此樹細磨點畫認前朝（竊中諸子時以古錢相賡時代遠近）與酣未觧劉伶醉閒到休甘翁子樵蟋蟀尚知吟意在恍如月底譜吹簫

和震澤錢徠山咏菊原韵

客舍吟箋投阿陽，標題榮菊燿秋黄。風神靚面殊凡艷，翰墨傳家洵古香。原作自注本韻為其先人首倡　三徑芳時欺我嬾，菊未曾一覽，在扃闈有佳　滿頭插去咲他狂。詩人不負今番約，明歲分苗引得光。

不能飲　上去對叶

姚子性不多飲，客舉古人之善飲者再三窮詰，作此以曉之

不能飲性斯稟，入席聞酒忌。未三巡思伏枕，加一卮心難凜。强飲之便噤唫，咲唐舉注上聲領頤皃　揚雄解嘲蔡澤噤唫而　視臉龐赤似錦，舉兩足柔似荏。聖与賢濁与瀋，味若何倒不諗也。問腸非劉腰近沈，酒經荒酒箴酒力微，酒興頹。有如鳩食桑葚，有如雀多戰凜。所可者有何恁人醉之吾醒甚

題雙鬟索句圖

春容排比鬥嬋娟爲乞君家第一箋蜀紙麝煤添筆媚新詞脫手十分妍

新詞脫手十分妍休惹雙娥墜翠鈿畫裏幾時成勝聚珠喉一串晚風前

題飲酒栽花圖

有酒拚一醉無酒覓一睡既醉偏不睡陶陶復遂遂

栽花宜年少看花忘年老人老花不老愈看愈覺好

辣醬

曾聞芥醬出經函調劑宜于閏下鹹比烈不殊薑桂性流涎無讓杏梅饞老年得句憐余辣寒氣侵人賴尔誠金水相涵原一派秋窗猶記火珠銜

雪美人爲金生韓城上舍賦

誰教予美雪中來，惹得兒童笑口開。粉骨肖彤（時）欺傲骨，奇胎脱処定仙胎。暫留清白焉能涴，縱入風塵不受埃。豈羨河嬌金屋貯，紅顔一盼欲成灰（余詩未畢，生之兄以灰字難余，故及此字）。

擬五雜組五首

五雜組，刺紋繡。往復還，千金購。不得已，暫相守。

五雜組，遍地花。往復還，爛若霞。不得已，市上誇。

五雜組，銀鉤暈。往復還，通詩問。不得已，待時運。

五雜組，紫曲水。往復還，尺寸紙。不得已，歸故里。

五雜組，六金魚。往復還，臨風舒。不得已，著我書。

凍豆腐

煮豆（庶物異名疏：菽乳，豆腐也。煮豆爲乳）旋磨釀作漿，出箱刀下欲生霜。腐從寒夜冰脂白凍借西風蠟面黄斤玉剮來俱是栗寸膚皺処便于湘烹也不疑小宰羊偏瘦清異録時戢爲青陽丞日市豆腐士人俻爲小宰羊骨董爲美郤厭嘗

辛巳三十首

承 家大人命題陳君屺塘尋山問水圖

衆山如棋布舉足尋幽趣衆水向東流觸目問崖渡自有山水來不知幾季數頻川有陳子出入烟霞吐明秀本天然登臨欣遐慕泳思又游思一頣且再頣于山見嶽高高者不惜步于水見河大大者順流源嘗乘搏望搓口誦天台賦洵非摸範輩如塗而塗附人生天地間妙造誰能晤興到即可遊溪谷時旹露想其胷次中邱壑塡一肚叶我若訪山水請君導先路

和葉文蘭齋文學七十自壽原韻

寸幅新詩箋脫手新還忻君我是同辰（丈誕于前壬申子誕于壬寅同正月二日）絳翁紀

歲惟知甲司馬花谿又入辛（葉本楚司馬叢公）十載潤腸褱令德（予于壬申夏晤後契闊十年）

七言强步扇蒸民自安自樂當萊舞昨日傳生已足珍

又奉　家大人命代和

一聲爆竹氣更新七十年華覽揆辰天上吉暉初向巳盤中

滋味有餘辛方知窋勝前身佛（釋藏窋勝佛正月二日生）正是無懷太古民

劉子當時進賜第（唐劉蕡年七十擧恩榜進士）先生待聘守儒珍

題王稼盤上舍臨池學書圖（圖有二美人）

書自君家舊典型臨池鄭重仿蘭亭伴來紅袖雙眉嫵換起（取）

黃庭一卷經鏤管生花驚盼睞雲箋脫手問娉婷豈知（別）有風

流味莫把犀心點尔靈

又題荷淨納涼圖

荷淨納涼時連環接翠帷入簾花氣靜香蘊臉邊胎
餘芳相綴點荷淨納涼時瓜李頻來送休傾綠玉卮
弱袂動參差魂銷且莫疑不須多强解荷淨納涼時

又題秋夜琴簫圖

碧梧老去刺牆陰一片秋光炤眼深天上妙香求甚解人間
芳興却難尋也知簫譜皆仙譜料得琹心愜素心年少不生
巫峽夢美人休倡白頭吟

自述倣建除體

建白何年遂童蒙求我師除積聊自免恒恚有人嗤滿擬春
風永還存止水疑平生非學究大段强吟詩定分雖前數光
陰向牖窺執迷雖已矣密勿解之而破篋藏千卷深林奪一
枝危安俱歷徧塵俗莫余欺成也多招敗胸如恐是癡收羅

增富厚藏器待康時開处能驚目高言足解頤閉門知事少差擬董生帷

又題椽盤松石小憩圖君短視通刀圭學

逢花不作霧中看古石喬松縱大觀一卷素書知手倦兩輪小月釋肴端金鍼度處隨機引銀海翻皆强自寬想是王郎心磊落莫嫌終日獨盤桓

溽暑擬短歌行

六月徂暑暑氣高張風來户外溫而不涼握扇尚熾飲水猶湯凭案如焦揮汗如漿噉藕如蠟食瓜如蘿永朝永夕若沸若羹竹深可留青篠加黄荷香可玩紅裳卸妝雨師遠遁屛翳潛藏炙我兩手蒸我詩腸我不憚暑與之若忘更可佳者讀書數行

答問詩客

三百篇中細細推(精)性情兩字莫相猜(排細)搞華最忌賓喧主立格還嫌合後開要把靈心机軸轉自能凡骨脫胎來先民矩矱皆如此寄語諸君好取裁

放言四首

四十光陰如箭三千卷帙收羅人生自幼至壯讀書積少成多

劉子愁中卜命杜翁老去悲秋瀕仰古今上下雄心直抵封侯

昨夜明月雲淨今朝雨驟風狂天道晴陰不測人情反覆難量

競趨初日芙蓉巧門鏤金簇采惟我狂奴故態一點芳心不

改

題飼雀圖

雲龍山人好飼雀馴而善飛豪素託指之不來爲此圖古人可愛今不薄月其羽而霜其衣頰是高士之不羇詩言鳴皐聲聞遠易言子和好爵縻雀既有容兼有態清遠閒曠頗自在南遊湘水三百年東入遼城一千載爾不高騫反慕饘終日勞勞故紙鑽我与立又商議定即欲煮尓作朝餐（雀兮雀兮雛附頸人嘖不鳴亦不食何不）

雨後口占 時在扇擬歸不果

雨後提愁著我胸所愁破屋又遭逢封書怕与家中問未識牙籤濕幾重

再續禽言四首

沽美酒 即提壺盧狀似燕黄褐色見九華山志

沽美酒何处有却向杏花深处走暂借珠喉招舞袖十分春
色得八九

莫摘花果（惜春鳥也一名護山雞）

莫摘花果莫摘苍果花開時也曾記朵果熟時也曾數顆説
與君聽知道麼

克丁當（搗藥鳥也見九華山志）

克丁當搗药忙蔔翁貽我長生方月白風清此夜良不妨終
我身倘徉

不如歸去（見陶岳零陵志即思歸鳥也）

不如歸去世事終無據况此那人雖与處君記取落花飛絮
把酒問春春不語

稼盤上舍拈汪秀峰比部酒帘原韻并邀余作

黄筊疎疎挂酒篘，客來多少惹雙眸。十家三店熏人面，一貫千緡輸尒樓。勾引春風詩後債，欲歸醉里渴痠先瘳。何時準踐旗亭約，飲徧南頭又北頭。

同作　　王　桂　稼盤

邨前熏氣釀清篘，帘動微風接遠眸。花徑欹側紅杏路，春光酥透玉人樓。招遊拚飲三生渴，吸引狂吟一斛瘳。盡日寬腸澆筆興，共誰贏得墨濡頭。

每閱倡和全刻，仍疊前韻

昔年曾記叶春篘，歲乙卯予和秀峯作。有社家招我試春篘，已在刻中。迄今二十七載。千首詩篇每到眸。澄酒醱新纔入市，花帘依舊得懸樓。綠浮竹葉憑愁解，白泛梅花厭疾瘳。敢惜萬錢來一著，提壺日日向江頭。

稼盤邀予又疊作進退格

秀州清若鬬芳篘家近姸山嬾舉眸風味東南偁勝地月波西北有高樓口漾未待逢車溢心醉偏宜勿葯瘳遥憶當年能釀酒紅燈幾點處倚簷頭南宋有庵酒店縱紙燈爲標見放翁老學庵筆記

四疊前韻

篘罷糟醨醨又篘輕帘揺曳照人眸招來琥珀光浮醆劇引葡萄香滿樓十里横拖三尺影一朝澆起半生瘳憶他聲價從兹貴標記青竿時出頭

五疊原韻

高懸望子貰新篘未著脣時先著眸影轉舒舒斜負郭行來處處占名樓東風蕩漾渾無主小市招揺孰不瘳挑罷何勞摻執手門前常覺拂人頭

六疊原韻

瞥見青帘宿醞篘一竿挂處閃征眸輕風著意邀狂客短跡
關情護小樓影外誤賺低蛺舞醉中笑（凝）倩好花瘳拈題感係
平陽侶（時秀峰已作古）屢疊新詩黯點頭

拗月泉并引

泉在閬川成真道觀中今廢郡志亦不載故老相傳
泉之盈虛與月之晦朔弦望相及張天（翁聖書）麐雁湖櫂歌
詩郎心愛看團圞影須訪村南拗月泉
泉本月所生消長無違拗獨有拗月泉一勺來計較朔望最（消光）
相關兩弦虛籠罩泉乎（泉乎）何樂此（盈虛消長乎）淌然託泥淖想不合（亦）（當）時宜（盈）
見姮娥貌（冰澈玉壺隨色照古鏡小銷瞾三日往來舉汲汲朔了）

右古今體十六首

惜陰居吟稾卷五

壬午 四十六首

題采药圖

聞說先生酒後素問靈樞窮究松根準煮茯神苓想是桐君傳授
擕取維筐及筥薄采長生藥去客來瞻望芝顔定在白雲深處

七事吟七首 并引

時俗之語晨起開門七件事柴米油鹽醬醋茶雖非佳話却是真情苟事事而安排庶人人而恬淡特以大雅扶輪取懷而予小人近市未得所求隨遇是安解道浮雲何有貴園可守誰知流水如斯懼翠釜之生

塵〻心不斷欲丹田之脫俗〻尚奚躅家有虛囊羞
比阮君多澀空無常物泊如顏子屢空又況屋漸穿
天賦難擲地狂收蓋篋敝袍得值幾錢細算硯田富
歲僅償數斛極九食三旬之窘遑假偏嘗核一家八
口之需每多闕畧偏腸歷盡枯腸諱說充腸啟口維
艱掩口聊備適口據竈觚而索義未免有情入座而（古）
行廚鮮能知味辭雖迫在寒酸事已形諸楮墨吾欲（云云）
借取夢粱舊錄（七事見夢粱錄）客毋悻〻請觀折桂新詞（周德清曾以七事作折桂令詞見葉兒樂府）

柴

不是晨煙鎖破扉突中無那宿柴稀爨琴恐惹傍人說掃葉
徒招爨婦譏躧步暫停閑卷益出門較計負薪歸得畱一段

青山在幸免朝朝去指揮

米

斗米缾羞告罄無此行又是爲飢驅霏來白骨珍于玉貫去
青蚨得似珠午後繞能拚一飽餐餘聊可代三晡新詩改罷
何從獻打點書田幾畝腴

油

問有膏油可也藏主人留意菜羹香髮雲掠後教添水鐙火
然時待聚糠脂漬釜柔湘自膩酥流匙滑口餘芳蔚花有子
須多榨莫遣廚孃措手忙

鹽

誰煮吳鹽勝雪英衹因潤下可盉羹當腮準擬持氷鑑隔牖
相將問水晶未認茍公何處乞縱交淡友那能羸五升一口

均分課金鼎他年有定衡

醬

醬齊需盟〻更鹹治庖罕備口緘未操卻愧葫蘆笑製空執

休倚枸杞饞啜醯客知笑右滌覆瓿詩在牖中散曾于上價

探來的二百錢輸東海帆

醋

釀米成糟法最純九經無醋味偏真慣同梅子留酸齒蒽得

桃花易妬人挾卷虛酬元氏帙卜居頗結尾生鄰伊誰能合

華弛左一勺輕謂勝玉津

茶

細讀茶經字字詮幾回活竹鑪煎羊腸暖泛龍團聚結雀古

香貪蟹眼圓七碗戰餘休戀戰一瓢纏到漫相纏夜深恐有

相須客得喚新芽是雨前。

日出三竿

日出三竿其暈維朱其暈維朱在海東隅

日出三竿其暈維黄其暈維黄于彼昭陽

日出三竿其暈維赤其暈維赤光照大宅

冬初過陳心如上舍園欲訪二十景得見舊圖各賦一律（圖本周君之恒爲曹秋岳侍郎寫）

叢筠徑

萬竹干霄上筠青一徑深栽餘多拓地僻處得虚心戛〻時聞玉篩〻屢見金光依君子德縱我向前尋

積翠池

翠竹臨池上參差翠積池空潭留碧暈倒影媚清漪映帶澄

千鏡函虚向似奚依〻如不含顧盼獨生奇

浮嵐

蓮葉田〻長田〻映碧空水光浮瀲灩嵐影瀉漠濛曲岸初迎日跡櫺夕起風靜中聊自得萬態一牢籠

范湖草堂

聞識淳熙歲斯堂近范湖千函雖已佚一束尚生芻鰕菜知多少虬松半有無視今如視昔清鑑貯冰壺

靜春葊

春去復春來春葊靜者佳緑楊穿夾道紅药正當階琴以無絃妙詩从有悶排結廬辭客悶半日掩門柴

圓谷

欲肖空中谷離方却避圓鳥翔差未到螳曲信多穿象外疑

無地環中別有天偶肰邀我入過眼已雲烟

芳樹亭

老樹何年植亭亭在一方託根辭夏雨峻節貫秋霜晚鞠殘

猶傲仙椿歲幾忘回看羣艷輩多改舊時芳

谿山真意軒

此中有真意軒外見谿山仙掌雙雙合蛾眉疊疊彎當窗收

古岫排闥畫屛顏咫尺羅浮界悠然世慮刪

容與橋

石罅生清澗重行路幾條苔痕留屐齒沙篆寄虹腰就淺無

須揭當深不待橈逍遙容與也攜手渡山橋

漱研泉

欲漱端谿石飛泉界曲河問渠須洗刷入手任摩娑想是從

雲出田來受墨多取之應不竭常伴碩人薖

潛山

山以岩嶤聳潛于無可潛只宜雲鮮(漸)斂常使雪多添跡助幽人朴衣披玉女恬待開真面目豈遲與人瞻

錦淙洞

餐霞原有主此洞又誰封妙矣連悠然雲錦帶水淙繇繇縈薜荔面面癸芙蓉山溜能穿石臨風艷幾重

采山樓

狹而脩者樓高標接斗牛衆山差薄采一氣却全收老桂輸金粟新蟾上玉鉤舉頭天共遠如入小瀛洲

狷谿

狂雞不可得狷豈負于生人既無他向谿當受此名開流常

皎潔介石葆安貞所錫非嘉美伊誰與尓爭

金陀別館

爰有岳王孫金陀結小軒粹編人語〻荒館草存〻隙地成
佳地新痕繼舊痕至今傳盛事車馬日爭喧

聽雨齋

此是何聲也齋中細〻聽碎音喧雨耳清響入前汀暗促花
鈴鬧頻催客夢醒四圍經雨後各染一重青

橘田

家有千頭橘封侯亦不甘稅田宜廣種給客借餘酣秋鑄黃
金一林收碧玉三異香盈兩手聊以佐叢譚

留真館

愛客宜留客曾聞所未聞狂心雖故我真力便思君得見誰

疑晚懷奇好共欣徘徊欲去也賓主那能分

澂懷閣

羅列城南景危樓約共登虛憑邀賞〔覽〕勝興到沁懷澂蹋率千重翳時開一片冰置身高百尺腕底欲生淩

春水宅

宅外非栽柳君其問水濱嬰春揩巨眼明月訂前身取用原無盡勾留妙有因一遊成一詠持贈〔與〕賞心人

娑羅樹亦陳氏園中物

强與蛾眉分短柯清疎高蔭讓羅、三花開借三生佛七葉裝來七寶窩天上白榆新髴髴月中丹桂舊婆娑客疑此地〔無〕此禽草請讀維摩一卷過

一宿庵古銀杏庵在長虹橋塘岸相傳唐時有僧名國一者曾一宿于此故側有銀杏一本云僧所遺植

僧自金陵牛首來曾攜銀杏出囊栽空王著意滋仙種碩果
何時脫小胎料想千年游目共纔留一宿古庵開蹤蹤影落
江隈外（相傳萬曆間蜀落武塘某家）多少詩人爲爾栽

酒後自嘲二十韻

把酒須當醉年來力不任未能邀熱耳先使厲薰心餘滴休
誇美停卮却懼斟慳同嗇孟狂（醒）讓阮公沈令到爭優劣觴飛
較淺深于光侔琥珀何処喚林檎每（飲）遂如忘酉（宴客誤書杜康以酉日卒故酉不飲酒）
登筵似有壬最疑老壯句輸服子雲箴車載常愁麴薰斯屢
畏惜（韓詩歇作惜）對壺難買玉在鬱謾猜金醪味分清濁腸枯負浸
淫宿醒依北斗新釀詰南溟蛇影紿杯現桃花向面侵半甕
辭酩酊三爵見漓淋枉受泉香逼空留性癖鍼暫逃催飯顆
沽美慨山禽眼底常防井綫綫持茶盞閫閫掩墨林觧瘳非

易得妙理是難尋眼底常防井牀頭疾冒衾自嘲還自喻敵

費短長吟

雨花界在閶川西蕩口今廢

新溪東偏雨金宮閶川西隅雨花界天不愛寶自古然雨金

雨花傳佳話界不布金却布花欲使衆心無礙絓想是曇花

出現時多少緇流頌梵唄司鐸敲詩因訪友元末唐處敬肅有詩王孫書

額如題畫雨花界額閶川雜詠云松雪道人書蓮華妙法慈悲護難道金剛身不壞

掐提一掩無人闖白浪滔天時澎湃吁嗟荒烟野蔓中幻作

山鬼吹燈怪

褱遂舟弟在易州幕

一朵燕雲覆故鄉年來椿蔭尚康强三千里夢滮湖潤十二

時闗水易長蓮幕勞形多判白金臺照眼定流黄兩地兄近日

無他（青）狀怕爲他人作嫁裳

題美人臨池學書圖

蔡衛當年老教師女郎從此愛臨池畫眉筆學先花格研粉
戕鈔鬬草詞風韻撤搞無俗韻月儀摹倣有光儀綠牕贏得
合毫興勾我新詩斷數髭

喜麟椒妹倩北歸

冀北臨風好翦蒲昨聞劄寄近三吳艷君涉水登山壯愧（嗤）我
澆書攤飯迂四載迴腸深似海七言搞句愧非珠鐙前多少
疑相質著意芟鋤問急須

麟椒集雪社于滄署以所作余（丞）勉成四律并柬同社

著意同雲合方知釀雪天集（霰）來（維）差約畧車運尚還延淺白虛
虛歛輕紅黯黯填解于無可解凝結晚風前 雪意

昨夜西風急聲傳半有無當𤏲閒入聽擲地弱難扶喚醒三

冬冷狂分一徑鋪緩緩譁送臘擬繪落花圖 雪聲

抱影守星星風迴屢不停舞時憐冒絮弔处欲分形色相時

明滅追隨半窈冥浮蹤何可著蕭散偏前庭 雪影

記得嫌州雪黏唇好比醇天心原是淡人味却知甘 本草雪味甘 恰

辨繞符六煎冬又到三此時闘學士靜向玉壺探 雪味

又步社中臘粥臘鼓二首

臘八粥迎百福子握粟我割肉薄薄可充腸徐徐而鼓腹其

味喜多醎其色白如玉豈特七寶名梵宇將佛浴豈特法王

料芳氣紅萸簇蘐草麪不盈東青精飯不待䔢𩌭弓煮就飩

寒饑解五味和調便相就臘八粥子吟不足我音續 臘粥

臘鼓鳴聲彭彭如鶯舞如歌望一聲故歲送再聲新歲迎歲

歲既相視聲〻是太平村人共擊細腰鼓急棒輕撾兼銅鉦
耳雖聒心不驚戾氣退喜氣盈倘襲漁陽摻正月十五諸（鬧）禍
衡倘爲打耗設臘月八日起楚荊臘鼓鳴春草生　臘鼓

題沈曉峯上舍壽藏用江右地師楊玩山茂材韻

枚（佳）圖（城）署識水回環勢展壬鄉便立山心地由来成大地機圖
打破見元閟書（尋）龍引得雙（隹）魚遠（水用亥龍脈）卦兆形分半月灣自是
德門多慶積文光常射斗牛間

癸未（二十四首）

歲朝即事十二首

開門爆竹

聊隨守歲到平明喜報門前擲地聲五夜漏終千户曉萬人
頭上一鳴驚響移繡野韶光透騰入青雲突面迎不解廿長

如許力新春著手便先爭

齋天

玉皇俞旨降人間多少神明鵠立班一瓣清香通悃款幾行緻果簇斕天心本是難偏向我想從今易轉環虔祝椿庭親拜跪福如東海壽如山

拜像

先人色笑已難承具體雖微若式憑入歲几筵多儉嗇分班瞻拜序雲仍家傳詩禮諸儒閥代有冠裳萬口稱仰異紹庭來陟降青毒兩眼視繩繩

謁尊長

衣冠排比慶元辰左右分行各序倫日到堂前知愛日春生階下定逢春就裝笑貌時開口準擬詩情妙入神喜字連書

三十六兒童報道肅嘉賓

路頭香

謹奉真香大畧同寒家無甚瀆神聰惟求悟得頭〻是但願行来路〻通幾處暖煙浮紫陌一痕清篆上蒼穹芳馨望卻春風散盡在依〻不語中

門神

神荼鬱壘溯當年色相堂皇孰與傳逮闔允宜門外立到晨又向室中延揚威耀武差同貌送故迎新總比肩笑卻往来人不避豈知共見尔媸妍

春聯

改罷宜春是阿誰一聯共慶太平時標新花樣非難製貼切文辭不易擒且換彩箋迎歲月似添喜氣上門楣這番欲把癡

徜詅恐惹傍人或賞奇

春牛圖

尺長圖内繪星〻底是田家座右銘八節遵依時憲法五行端守土牛經農桑早晚先頒示頭角崢嶸略踐形不弃此鄉知識淺終年㕮得幾人青

門簿

且存紙筆屬奴奚免使人書閤左泥標示姓名知枉顧連脩拜答便相稽分明脩有鴻禧處揮灑應無鳳字題好把歸来留一覽卻疑何爲是栖〻

名刺

三寸紅牋鄭重留姓名幾字署端頭人情薄樣同于紙歲序新更速是郵誰密誰疏聊入刺一来一往總虛酬要知傳語

憑他力屢向門前次第投

百歲圓

粉米搓揉小小丸出身潔白慣充寒光依旭旦逢迎歲圓比明珠錯落盤縱有外沉渾不覺自甘恬澹可常安廚孃巧進駢頤祝玉梡盛來獻履端

果盤

縱橫餻果各分科席上春盤星樣羅客到漫邀容一盼款頭但祝領三多庭移小坐情難卻盞舉清茶氣自和誰識此中真味否終朝迎送幾經過

徐偃王廟

魯矦作棐誓用師征南徐南徐顓頊裔走馬聿來胥若木卌二傳偃王僞霸初陸地行朝賀三十六國俱淮夷以爲輔彭

城以爲都地方五百里小補驪虞如穆王舊厥武崇下簡車徒壯者歎乃甲弱者峙乃爲旌旗蔽天至朝夕國墟(爲)我在民力苦我去民氣紓不忍傷我民隻身投句吴句吴周章後耦李可寄奴宗紹後(隱王)雖復封舊土已忽諸生而解甲冑死而享軀腰不聞鼚鼓勝但聞社鼓娛吴洼秋洼閭廟貌震一隅

悲落花悼亡兒同慮作

悲落花落花落風中舞紛紛散長堤黯黯敲深户深户重簾細雨中捲簾香動玉玲瓏可奈飛英不識路東西南北飄残紅飄残紅無定處方倚春風開漸逐春風去靚粧何心情悄容無言語此時相對搖春愁游絲輕絮徒勾留五更杜宇還唬血昔日綠珠今墜樓玉簫牙板聲已寂芳魂香魄杳難覓笑貌爲花開清淚爲花滴欲持種種未來身洛陽艷錦誰幻真

滞蝀流鶯渾無賴，轉眼匆匆又送春。春光遲已暮，春草迷前渡。春夢半昔騰芬（芳）難再遇（覩）。悲落花，明年春至花復開，人生不復返，一去無時回。今年花似去年好，年年花落知多少。把酒問花花不言，春歸翻被春花笑。看朱成碧飲恨吞，疏簾何處認芳痕。悲落花，落花時節最銷魂。

烟

小草來西域，巴菰以淡聞。味從閒裏得，氣自琯中熏。細嚼無疑火，長噓欲見雲。不殊蘊桂性，呑吐集芳芬。

曉過塘棲

雨餘當二漏，纔解石門維。一葉乘風便，三宵戴月馳。村橋多暗淡，市宅半迷離。鮭菜何從買，殘羹作早炊。

禹碑歌

岣嶁峯腰神禹碑沐日浴月幾何時七十七字煥天章功蓋稷契承帝洛字（文義）奇文奥難卒讀二千年鬼神護持由來古物辨真贋劉郎韓公茲繫詩劉云鸞飄鳳泊色無定韓云字青石赤形模奇二公好古未目覩卻據傳聞想丰姿亦越南宋嘉定歲蜀何子一始得窺山中無紙取舊律摹搨携歸周爰咨一時見者多嗟訝歷周之籀秦之斯側聞（字體）日更變〻本加厲旋參差鍾鼎化爲大小篆古篆末幾分隸隨或矜下筆開生面銀鈎鐵畫濡淋漓或矜潑墨逞姿媚花銜蕚跗交柯枝獨有禹碑露光怪虎嘯龍吟參虬螭荒苔碧蘚蝕斑駁樂夫渾噩復奚疑特是古主書法不易解升庵楊氏强解之句有蔑裂文有錯約畧不離前覩爲沈鎰欲脱舊窠臼僞僞仙授殊支離又况不及二子昔摹形摇吻將人欺（楊沈二家外別有楊時喬釋文）舊碑

斷痕已難讀點畫半隱見半虧後世翻刻有二処一在岳麓

一在夔

松蘿茶歌

吾聞松蘿茶佳者産北源卻當穀雨春三月篆出爐烟綠一痕苦中帶甘〻〻中苦芳氣襲人便解煩即忙活火自去煎咀之含之欲辨已忘言

補破襖

處〻催刀股閨中選上諸十四學裁衣（句本焦仲妻詩）請君子補首新衣若干長舊衣紉鍼補主人便開言新衣無須製舊衣無須補破襖有一領年數歷五〻〻到寒穿在身不掩脅被土表裏兩完全服之甚溫煦縱或有綻處（製）鮮貫絲與縷閨中再三問（紟）開篋心愈愈（憂也）疊成合歡樣遞與閨中覩領袖不牽連襟肘

同網罟肩背難分認敗絮熟似腐積年積㨂擋綫結有幾許所（叶作）拆去舊綫結綻裂不堪數（上聲）尺有短寸有長一经一緯類織組弖者黻斧者黼五服五章如交輔破襖兮破襖閨中教冤苦（叶）君家婦雖拙有巧無所賈無所賈破襖鐵綫難支拄東鄰衣粲粲西鄰衣楚楚君豈不好華何（爲）至藍縷主人深懊悔無端逢彼怒首俯面益腆不敢相欺侮古人有言云敝衣難護付巧婦（叶◎篇中補字縷字疊叶古樂府有此法）

流虹亭　地本宋孝宗誕育之處在嘉儒學内

一片流虹石龍飛再造時御因興聖瑞宜獻粲芹詩天作奭禾頴苔封半截碑（宋理宗御書流虹勝地興聖之寺八字勒石今惟在四字尚存）偏亭留御墨題首尚存蟻

如意草

意到如〻我生來草〻微芳心永雨化佛爪向餅飛皮日休詩如意餅中佛爪飛想是神仙種名標凡卉肥雙鈎誰脫笵一握慣迎機尺寸端惟肖穠纖狀不違出根留霸業杜詩如意贈姚長觧葉助軍威梁韋叡與魏軍戰執白角如意以麾不假雕鏤力能為指臂揮提携供賀監賀知章出遊以白竹如意玩弄玩賞咲楊妃明皇驅暑犀如意賜貴妃用竹以平安妙花因長樂稀芝顏分半象鬣尾豈全非南方以鬣魚尾作小如意小〻通談通柄青〻色漸歸果然無窒礙舉眼引餘輝

和陳西齋進士重遊泮宮原韻

穎川古錦向風臨重領諸生入泮林兩袖清〻甘澹泊一堂諸〻聽升沈光他有燿方能照山小而高孰是岑卻喜昭陽

又屬木先生猶戀舊時衿順叶
六十年前掇此衿碧苔新㨾附瑶岑一從花縣摛文藻再到
泮宫秉绿沉黌序首推今盛事春官排比昔璚林太平里外
馳軒蓋多少諸生候駕臨例叶

送竈神

昔人買錫祀竈帝從此家家作常例酒醴如濡盈在樽粉團
如珠盛于盆寸香雙炬陳竈瞖一杯二杯三四繼其時已是
深黄昏竈神舉匕漫漫吞主人再拜邀神惠细說年來作事
多謬戾舊經謹說欲棄翻詩文不肯立籬藩其奈抑鬱志侘
傺才短心雄目空世又况主婦交謫少温存朝而睚眦暮而
喧又况童僕赤口白舌誓神之所恫天必懠非敢𥛗誣嘖有
煩額神莫將奏帝閽竈神聽此默無計不能作赦不能貰也赦

且食且飲且勿論細把此意中心捫鬲車鬲馬告全備竈子竈孫各獻幣主人親送至大門三揖三讓乞靈恩竈神年老飽且醉開口一咲口不閉宿酲未醒入紫垣玉皇召問一事莫能記

右古今體七十五首

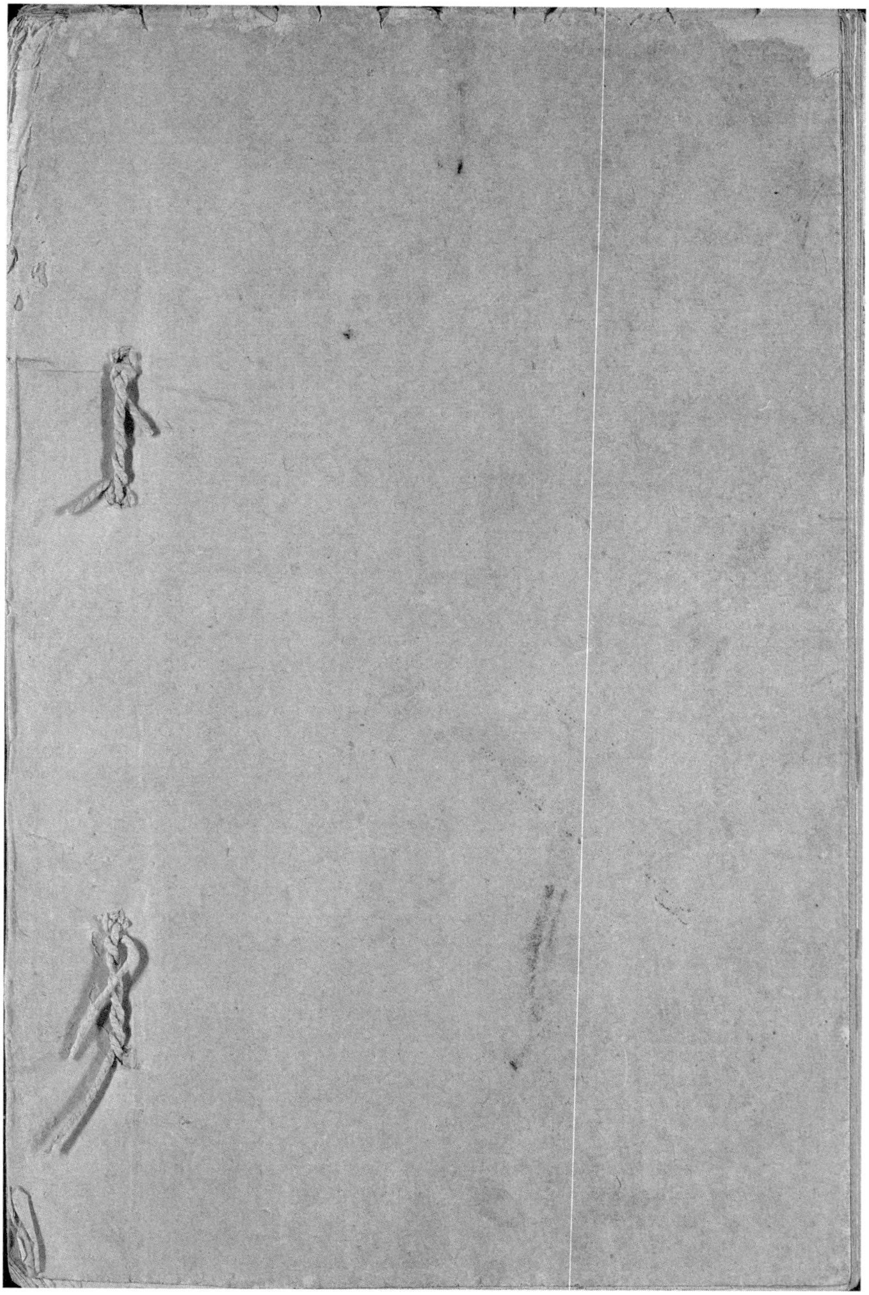

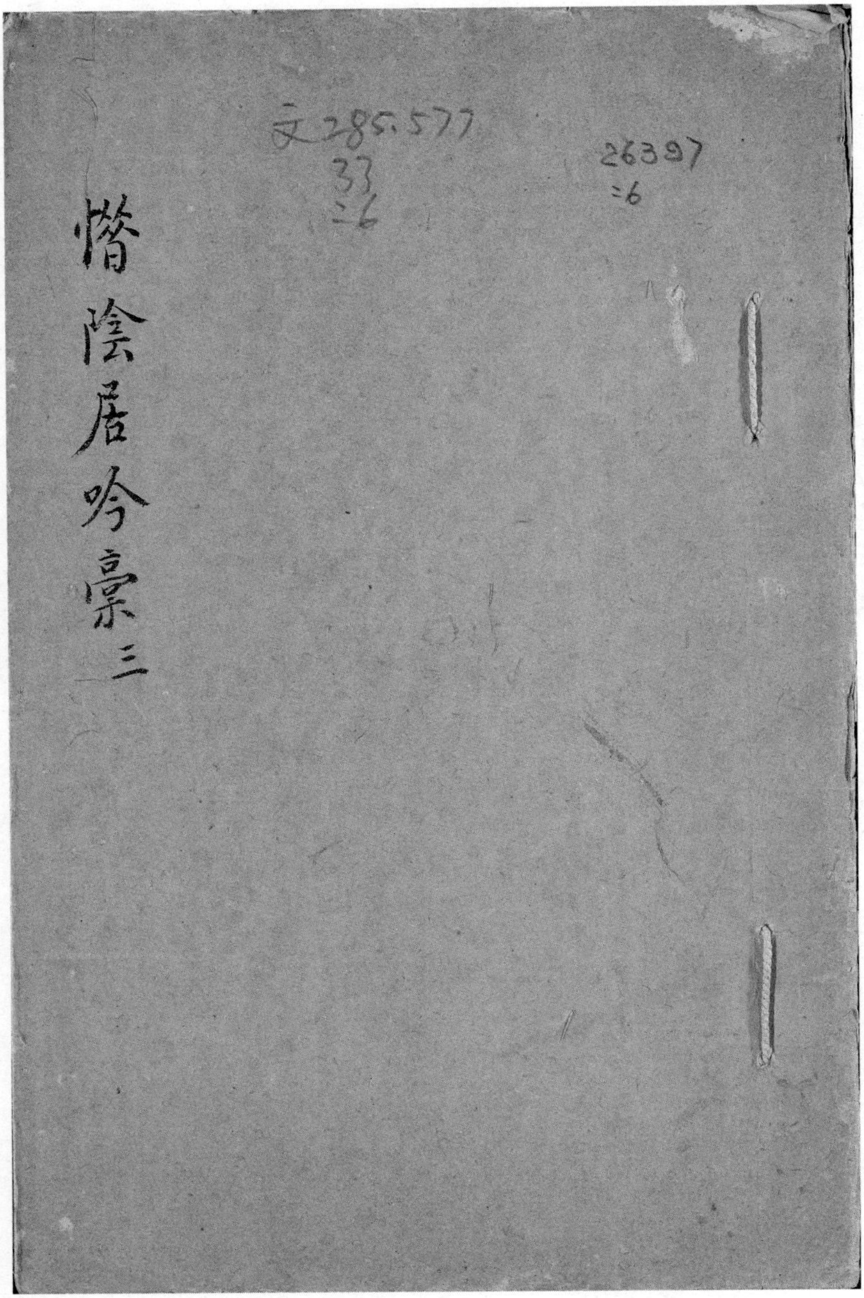
惜陰居吟稾 三
文285.577
33
:6
26397
:6

惜陰居吟槀

彊圉大淵獻

題沈上舍西顃兄有裏圖十二首 四言

維椿之榦八千歲春維萲之華與古爲新椿兮萲兮所存者神庶幾玆茂此中意真 椿萲玆茂

莃莃者菜可以盛盤涓涓者水可以爲餐于焉用牲于焉采蘭奉而進之常此承歡 菜水承歡

父教一经傳自舊德閉戶何妨開卷有得句以雌黃文以古墨永觀厥成允臻其極 閉戶傳経

緜緜布種置我盤筐慈帷工績子侍在旁嫠不恤緯火一廿光且遹宵漏以引以長 下帷侍紡

手澤猶新遺編已舊或出心傳或爲口授維晨維昏以圖以
究古人積書子孫永守　遺編澤潤
竹箭有筠慈顏相對節自天生根從地載籜解常清當風不
怠蕭蕭瘦玉言樹之背　慈竹霜清
悠悠蒼天照臨下土英英白雲當空幻舞雲上于天親不再
覩瞻望弗及此恨何補　望斷雲天
夢境困微夢境豈非當未夢時色笑已違迨夫在夢音容依
歸即或常夢不能奮飛　夢回枕簟
月在天中人在小樓舉頭見月不改暉流低頭思親久隔明
幽靜坐以思自春徂秋　月樓靜坐
上天同雲覆我簷牙寒隨入牖有雪運車不知地角不分天

涯書成香字吟到梅花　雪檻長吟

爲俎孔庶爲豆孔碩豐祭有時薄奠何日僾聞愾見入室出室衣冠拜跪濟濟漆漆　承常俎豆

今日良辰卜其宅兆手植松楸四圍環繞二月初吉聿追來孝墟墓之間徘徊瞻眺　永感松楸

題一團和氣

圖畫兒童狀規然氣象寬只因心渾渾常覺面團團

代卜文學小崖表弟題秦駐山觀潮圖 五古

秦山卅六岸神仙所營窟九塗十八灘雄峻尤奇傑（絕）在昔秦皇時鞭石石出血臣浪勢滔天茫茫互變滅近接黄盤山今屬爲謀遠睇蓬瀛邑奔躍似馬駛迅速如電掣一綫貫巫峯朝夕

驚蕩濤曉起策六鼇昜戾跮跛蹴薄暮駕二龍冰夷乘虛抶壯哉垂大觀吞吐何雄傑寫圖紀勝遊匠意遵凹凸或爲騎鯨李或效御風列或從雲中君或偕乘槎客超然遐舉也聳身上青闕

題沈别駕松泉兄合家歡圖 長短句

側聞太平之人仁和光而同塵又聞積善有餘慶和氣而致祥松泉别駕高翱翔嘗吞雲夢吸瀟湘松泉曾游漢陽一舉不知長風長時接青雲志激昂歸來高會經義堂沈氏廳額合家歡圖玉尺量主人中坐意揚揚氣主婦從容逢吉康小妻孌順賀侍立流端莊簪牙鉤心角一一故園鄉將爲陶靖節阿舒隨行列子將爲左太沖惠芳纖素從女將爲鮑明遠令暉淑且婉妹

僮婢各徘徊欣欣舞蹈來如入長樂窩如登嬰春臺前身當
是李謫仙赤松洪崕相拍肩白石先生能延年碧落侍郎家
風傳歡樂極當照顏芝與蘭繞膝前四時最好在春和春来(春)
去快意多聞川里中傳嫩譚頗得見兮贈雅南愧我句艸艸
博君作一笑古人(閒口)有言云一笑春不老

心花

心地本芝蘭花生一點丹脫胎憑意摸解辮着胸安秀是天
機引根非土脈寬迎風多錦繡芳信任温寒色相留虛白精
神好捧檀及時芟艸艸定格蘊珊珊努力加封植開顏託染
翰豈(莫)同(詩)凡豔也(比)破鄂闆雙單

眼花

照眼未全枯看花霧不殊玉闌容守黑銀海忽填朱豈是彌
天降誰非徧地鋪厲形驚易化對面笑難誣獻媚參疑信標
新界有無百昌波底現三弄黯中扶入幻仍如歸幻如塗又附
塗洵知空即色何處著根株

華生一江林間煮酒燒紅葉圖長短句

愛紅樹似放翁好讀書擬王充獨坐展卷肆外閱中掃去三
斗塵霧拓開千古心胸林間煮酒白傅句脱帽露頂長史容
白雲初晴契表聖泉香味洌邀歐公話以野燒火煨以經霜
楓樽以竹葉盞飲以碧荷筩此中真意人不識長嘯一聲凌
倉穹矯然長松穆如清風

擬日出東南隅題莊太芷齋芝庭雙栢圖芷齋與淑配江各六

十詰嗣望鴻與其婦王
各四十雙栢之義以此

日出東南隅照我莊氏廬莊氏世載德天水舊門閭移家來
胥宇望吳門外居清白傳子孫秋水瀲芙蕖大自國君橋移居城北荷花堤
比維笠齋翁積善好讀書廿載結心交相見恆日疏今年周
六甲笑貌仍如初濟易有賢淑兩兩挽鹿車試問少君賦著
誰不相殊堂上坐雙仙花甲重周俱堂下共舞綵夫婿來徐
徐婿本瑯琊氏翱翔佩瓊琚作嬪長君室徽音承權輿行年
各四十合家歡有餘父子齒滿百方慶舊縣弧姑與婿幾何
百歲若合符齊聲祝純嘏芝艸生庭除羣仙慰高會左右陳
芳膄進栢洪崖肩退接王喬鳧滿堂瑞氣靄長笑聞衢衢遂
令老畫師繪此雙栢圖栢聲與百近祝頌本非誣更復五十

稔庭下當添株積久德逾宣常此樂蘧蘧

改作長短句　凌雲巖

將進酒臨瑤臺海雲飄飄羣仙來木公金母按雲下獻以雙卮又雙斝由拳北部荷花隄紅英碧蕩仙手攜未識何年種此栢拔地參天標風格移來封植紫芝庭久貫四時常蔥青想是嶽神作鎮寶永錫莊翁兩世齊着老堂上鮐室仙花齡雙周還童顏堂下梁相園四百八十甲子躔子喜雙親純嘏長親欲其子茀祿康婦祝舅姑好恬逸舅姑酬婦多逢吉兒孫共舞綵酒腸寬似海速倩名畫手一一增丰采望吳門外萬口傳頌一見兮贈花箋將進酒酌大斗古聖云仁者壽

客以二白詩索和書以酧之

白髮

頓覺年更白滿頭三千丈許豈關愁握來種種還能負歷徧
星星尚未休顧影蓬鬆招舞鶴劇憐覼縷付淍鷥方巾不足
春蠶繭猶挂新絲直且柔

白鬢

弃甲于思强出羣未知果否白紛紛追隨領下偏生妒閒散
風前漫理勞吟到梅花多渾合笑依粉頰莫能分待余洗刷
成清潔不許纖毫去涤氛

歲晚頗不給書以示家人

家計疏蕪年復年算緍那得便安全生涯僅託毛錐子興味

當參玉版禪十有九空留盡篋百無一可值青錢眼前暫守
清貧況且待春風來轉旋

歲暮有感而作

三竿紅日透遲遲又見餘冬來告辭誰肯味于無味處偏教
閒在不閒時寒因徹骨逢人笑濮到忘情祗自知岐路逢岐
岐更出强排愁緒手裁詩
米鹽虀醬迭相乘虚擲光陰舊貫仍貧裏妻兒同有感夢中
跡象半無憑四愁到底思何事七發開端病未能儘我疏狂
傾肺腑漫誇聲價十分增
薄有深情託素豪逢場急欲試鉛刀迩來逼迫心如結來每遇
跏跼首自搔屈指半生鶩畫虎去家連歲笑教猱太平景象

留青眼艸色春回又上袍（有約開歲早日到寓）鐙前相對話生平蕉鹿何關得失情命運維艱嘗百葯文章卻怪困三彭廁身天地心多戰回首功名膽欲驚且與合家同餞臘[illegible]聽爆竹滿春城

著雖困敦

重示詩瀅

與君重論性靈詩切忌疏蕪接外枝放眼不（莫）教拘末俗相題須要識隨安但從絕處尋生面每到難言動熟思得解妙于無可解畦町能去便新奇

休將險韻鬪叉尖入手嫌于題面拈把鏡看花何在鏡以盎投水不知盎源歸滴滴真情悟想入非非活法添佳境尤須

從漸入倒嘗諸蔗味多甜

航海至補陀爲沈生良疇作五古

生從補陀歸頗聞兩目遇海程三千里爲我從頭訴朝發秦望山暮向黄盤渡次日東南行鎮海且暫駐出闗見招寶想有山神護便憶清水洋金雞不濡喙迤邐接虎蹲蛟門巍然附遂達甬句東蓮花舊跡顧其時潮畏寒平穩無驚怖海雖不揚波朝夕若塵霧維舟道姑頭琳宮雲閣露登岸向前途鳥道曲折赴古洞十二三幽邃生奇趣怪石數百行嵌空莫由悟風濤日積日激射何年數插天鼇背駁金碧丹青附山腰瀉飛泉如雨巡簷澍昔有梅子真鍊藥在山跗裴光記洞天海涯畧不具旬朔紺宇來久受烟霞痼釋子不经譚仍張

恐傳誤況今耳中聞惜無山志覩花木四時春徧地交相互負販似蝗聚蘭若如碁布山園四百里往往多窘步舟子催解維游目尚未戳我聞生所譯（述）大荒已吞吐為生叙作詩慨然有遐慕

壽卜明經錢崖表伯七十 五七古

寒家曾祖姑翁之王父室（翁王父諱芝眉先大夫澄齋公館甥）百二十春秋往還若一日溯翁嫩望自西河門前棹楫挂人吻（叶）（翁居先世同胞進士坊）翁更嗣守舊家風異香濃郁盈緗帙聲名卓越冠邦閭讀書積善明且哲（叶）今夏四月是良辰壺觴獻壽開七秩五雲章色授已殘插花起舞操不律竊聞妙齡多風規畧去浮文尚直實生平著作富文章爬羅剔抉經史術終年脣吻渫雌

黄論人品物權衡一講堂滿座著春風某賢子某某超軼羣

眼生光閃鑠鬿福履時綏謝栁衆精神飽飫延壽丹不枉區

區漫爇爐目前福境有誰攀地上神仙無羣匹行將五十得

佳兒桂階一級手攀折（叶）蘭芽九節添芳馨蔗漿到老甜如

蜜詢知有穀詒子孫指日先纓來繞膝青雲常履積慶門千

祥百福從陰隲不才自愧就（未捷足登）末微（有）虛負先人（傳）有虞出顛祝吾

翁純嘏長逢吉堂（卜氏廳額）前常逢吉

步卜表伯咏老原題十二首

秃頂

濯髮安仁又幾春悄成行父是前身座中對客羞搔首風（松）下

看詩怕脫巾漫學壽星容久假得參釋子本來真斷芟種種

無餘挂權擬葫蘆分外新

長着

曾記英時意氣揚着閒排比果軒昂良推犀馬應留白眷入

諸楊欲解黄不信年年句去積無端縷縷尺來量身前想是

多羅漢猶帶琉璆本色長

眼花

豈是天花舞碧空形難爲狀畫難工敢翻波匠青和白便作

眼前紺與紅千里霧餘還未掃一層簾撤若爲籠奇胎慣向

奇中出笑問傍人可也同

耳聾

轟隱逼仄不成聲怙有雙垂愧具名纔入耳時偏帶誤欲闕

心處久相傾顩予即便㬋肩生見客常存笑面迎盡可近年知事少含胡過去謝時英

白鬢

誰脩短啟去邀鬢頃刻鬑鬘來樂輸不解竟同千點雪可能剩有一毫烏王郎早歲髭先老希逭當年鑷得無吟興欲安休拙斷且留清白映冰壺

鈍齒

威力旋消閤胃宫天生斧鑿恁磨礱强誇銛利偏婦鈍纔歷春秋忽轉童得食膠牙恒鮮味暫時弄舌不關風還仍一半齟齬在妙藥靈飛訪葛洪

背駝

提行傴僂未（敢）全刪跼蹐天高埊厚闊有劍學來常扛負非弓
强試久爲彎背緣何事寬于腹心豈（未）相傾低乃頷裁翦新衣
思倚體商量前短後毋慳

腰酸

靖節羞爲五斗摧此腰未折定無猜芳心豈（那）肯成嬌女風味
依然屬秀才偶尔支持逃入醋將于消瘦欲嘗梅來朝竭力
圖撐扎縱壓千斤亦不回

健忘

旋得旋忘旋認差煙雲過眼散如沙飽（狂）填（搜）枵腹難憑肌（痛）樓索
枯腸不上牙舊事已（翻）成蕉底鹿新緣何（悔）撥艸中蛇些些慧業
逃何處我是深求尔是遐

怕冷

未問西風冷與尖置身何地可安恬誰教寒意窺深牖欲負冬暄避短檐越酒量移愁淺酌吳緜衣製喚頻添晉眠晚起還相合惶恐場中休得嫌

腿疼

忽然髀裏肉生呼大率老將(漸)至我軀下榻步趨容自(我)鋑出門登頓倩人扶雖無纏重仍多苦縱不辜疑豈少拘每到抽身何(兩)股慄左支右絀且踟躕

腳軟

捷足登壇減幾分韓郎彳亍廁兒羣康衢(穩)蹈處常黏絮福履綏畸(和)好駕雲且卻且前難自主畸輕畸重任他云腳跟只怕

隨流俗聿不苟求力與筋

題華君樸莽鷗湖秋泛圖 七古

鷗湖秋水水連天濯纓磯頭好放船頹棄長風破遠浪芙蓉
粉落菱鏡圖樸莽世居閶川里家鄉風土在目前櫂來南北
又東西(路)長嘯一聲凌雲煙聞說先施充下陳夜舞朝舞(歌)不計
年朱蓼朱萸著滿地美人扶醉卻翠鈿一自藝作魚樂國吳
王戰艦茫(殊)茫然舉頭遐想千古事(轉)桑(眼)田滄海幾(成)桑田楓到吳
江愛晚坐詩味不盡畫筆傳棵花三白門新釀蒓羹鱸膾口
垂漢碧琉璃界上下湖舟中飄飇李郭仙心曠神怡誰能識
滿腔秋水芙瀲鮮

拈潘郎老滿城風雨近重陽句題潘君魯瀕照

滿城風雨近重陽滬若人情擲手香聞道黄華消息到越中
依舊説潘郎
滿城風雨近重陽老圃秋來剩有黄欵步不辭泥滑滑晚歸
曾否笑潘郎
滿城風雨近重陽擲果場中休赴忙偏愛東籬有佳色簪花
縣裏待潘郎

戲贈紀叟半樵 七古 間五

雲閒高人半樵叟能詩能畫能飲酒十又七月不相見老去
精神愈抖擻生平志在山水間煙霞泉石脱妙手詩中有畫
畫中詩酒前畫後詩千首昔聞王摩詰有詩有畫酒腸負又
聞李謫仙可酒可詩畫掣肘半樵兼擅兩賢長瀟洒倜儻盡

八九頽得醉時畫醒時詩還閉半樵可許否

半樵和咏老詩增手戳笑泪兩題即爲轉和

扛鼎場中走幾朝迩因兩辟力全消毛錐入腕千鈞顫觳醆浮杯一半澆如此執輕還不克休將舉重可能饒自憐把握殊非易空向閒窗左右挑手戳

悲歡兩事本無憑笑不成妍泪不勝話到一時容可掬喜雷半涵淬相乘鮫珠黯灑春風減雛玉豕拈小雨增人世難逢開口日那知開口又何曾笑泪

補和卜明經咏老二首并柬半樵

杯盤狼籍想餘醣轉眼休誇口腹貪分我小鮮方適可過門大嚼竟難堪木能脱盡醎酸氣纔信甘爲澹泊諳得味減之

如又減不將九食歷句三減食

睡魔掐徧細與因伏枕誰憐轉〻身堪笑近年增甲子何緣連夜守庚申黃粱一覺虛成夢銀燭三條又鄉晨可許乃安斯寢也黑甜風味我猶人 少睡

長歌題八仙醉壽圖 七言

壽星乘興開芳筵羣仙高會綵雲邊鍾離先生早著鞭千杯一吸腹便便洞賓本是酒中仙岳陽樓上黑甜眠曹君酩酊年復年青州從事豖兩顴果老醉腸海樣寬叫一聲長嘯淩雲煙元陽扶杖多狂顛解衣磅礴悶佺佺采和踏踏歌聲傳飛盃渾不辨聖賢韓子豪飲气翩翩玉笛按腔臨風前零陵仙姑貌如蓮高髻欹斜遺釵鈿沉醉起舞何僊僊齊祝翁壽

南山然

題周君淇賓秋江放鴨圖 五古

駕我鴨觜船將我遂羣鴨倡我鴨子歌與味頗相洽家近射鴨闌時聞聲呷呷見彼打鴨者帶水多習狎嬉戲載沈浮飢飽且唼喋打起花鴨兒秋江無闊狹一朝入君圖常作文苹業我亦往來閑賺得養鴨瀼

代輓王君松巖 騷體 松巖年廿三具慶新昏半月

竊悲夫幽蘭之曾萎兮櫻新穎爭敷英襲菲菲其含美兮何蚤降夫嚴霜日月忽其不淹兮羌顛頹而鮮芳悵朔風之披離兮魂銷鑠以神傷俗姊氏甫入門兮隨孔雀而先翔得與君以把臂兮遂相傾夫肺腸邑束毖之不隻彈兮負鳳膠而

續張閻雞鳴其可喜兮旋日吉與辰良嗟旻昜之偶愆伏兮
忽高臥乎在牀曰庶幾其吉康兮舉鴻案而相莊奈呻吟夫
不浹辰兮赴儳籙已縹緗况堂上方具慶兮灑老淚而縱橫
抑帷中留弱質兮思公子其正長心憐憫已悽慘兮霑余襟
之浪浪如以蘭爲可久恃兮睞假日而增榮何令勞譪以早
夭兮偕楚艸夫同萎良朋其不再兮氣於悒而吞聲豈其
有他故兮將子安之遽殃路漫蕩其夐遠兮鴞飛梟而悠揚
或自古皆有然兮焉得返魂之妙香憶弥留其永夕兮竟睽
隔乎軒昂春秋弱冠其倡彊兮撫荏苒之流光嘗太息于生
死如浮雲兮悶脩短乎旦明緬生平所結納兮繫惆悵以難
忘臨長風其神往兮憑胸肌而報章君其鑒此悱惻兮儻雲

軿而舉觴

題沈生沐斧舉杯遠望冊

頭上春雲近少年幾身脩得腹便便一樽濁酒隨時可兩褎清風卻本然盡有寬閒消白日尚存結習望青天興來舉眼空千古緬拄鞄明蚤著鞭

屠維赤奮若至重輝單閼

答姚上舍海寉表兄七古

海寉老翁七十六精神到老愈充足睽違五載想高風城西途遇笑容掬新詩持贈道殷勤兼許熟梁小艸讀翁近年吟稾名熟梁小艸來屬訂校字句良辰美景成珠璣百折波瀾老成獨俯仰古村草堂前古郡草堂翁書室額經史百家填胸腹何以消遣餘光陰看竹問梅并訪

鞠閒居最好近田園眼前勝景多清福削成柳枲不著手琢磨皺皴可繫目負前想是華頂柔或是清遠開曠鶴雙雙仙子遠追飽入門同隱恍似鹿親串高年有幾人惟翁心地芝蘭馥待余打點半日閒細與老翁訴衷曲

擘絲歌

繅車聲罷絲入市同功繭留脫且滌洗昨日飛出雙玉蛾白者環絲黃釜底吳孃窈窕指尖尖一竿挑去相嫁遞去年留絲三四斤可練可素可文綺今年拗得薄薄衣水漬火煮消餘滓鴨觜灘頭鎮日坐辛苦多少聊復爾揮手高泊白浪花束吟女兄西女弟盤中打作月團團再翻再覆雪毗毗練成絲繞弗中斷柔軟光潔薄于紙其奈年來物價昂大卷小束入

城換錢米

題朱壽廬婿倩畫册四首

都車吉兆庚戌其尊人松谿別駕春闈榜發歸里途中得兆祥麟次年夏六月壽廬生

初上長安道三更吉夢將鹿車聽捷慶麟趾報呈祥縱目閱千里忻聞第五郎喜椿萱茲茂還祝壽而康

江舫奇緣松谿別駕連次入都舟中兩遇李翁共話予女家世遂訂姻焉

一見成知己相逢又水濱渡江原故我共艇是歸人便説男和女渾忘主與賓客中留客也天外訂良姻

禾鄉擊缶壽廬惇其原配李而作

此缶因何擊三年好共吟未能忘故劍那忍續瑤琴著手窮卿逝低頭聽尓音玉孃湖上月應照兩邊心

萍水盟鷗壽廬風流倜儻工詠吟好談論善書畫海内君子樂與交好

當代論才子豪游屬少年生知己許千里故人憐到処留

欣賞交情莫浪傳聯翩欽沈宋鵰鶚厲秋天

擬采蓮歌

曉來一碧水連天姊娣相邀去采蓮箇是河儂親手種怕他

先上木蘭船

家是江南舊館娃風前排曲岸尖又一般秋水雙〻剪儂不

偏擎並蒂花

櫂來南北又西東紅粉紅裳休比紅記得渡江不用檝歸時

無郍打頭風

擬古三首

休洗紅

休洗紅染時費我塗抹功一洗紅已退再洗紅漸潰我愛紅
常紅相對賴紫紺碧那可代

莫打鴨

莫打鴨打起鴨兒聲呷呷浪花珠樣連水行左右孛我養鴨
但得鴨安便鷺鷥鸂鶒不驚眠

慵覽鏡

慵覽鏡鏡中顏狀本有定歲月擲如梭老少可奈何慵覽鏡
不拂亦不磨任尔妍媸我经過

題鍾仙移宅圖七古

鍾氏世居終南山代有文章衆口傳馗翁卓犖超塵俗蕭銳

養精炙長安金門射策神勿助激昂青雲寒(脫)酸天子首選賜
甲第姓名聯捷振人間馗乃衣錦歸故里打典行裝慶彈冠
眷屬高車驚道左氣吐眉揚辭鄉闕箱籠幾口是任負藏書
萬卷縱目觀古琴寶劍細拂拭籃袍槐笏曰苟完凡茲器用
一、具不遠千里行路難馗翁匹馬向前行綱僕左右交相
歡帝城冠蓋如雲望長車轂擊人摩肩王楊盧駱本舊族南
北交衢紛(好)往還我、高門爽且塏孰事供給各分班來朝借
緋謝天恩從此俯仰多寬閒

觀魚鷹捕魚 七古 雙轆轤

鴛鴦湖水、接天盤鱠鰻鯉不論錢眾師腰彎肩背曲輕篙
細槳沿水邊水上家、養烏鬼側翅利嘴銜魚尾大魚奮鬣

出波底小魚縮項依蒲葦倏起倏沒船西東濤翻波蹙吹腥
風船脣漁郎出聲嚷船尾漁婦首飛蓬一竿挑起魚鷹距探
喉脫鉤魚幾許兩翼灑縱氣喘、得來鮮味勝網罟銀刀閃
閃半寸强浪花街出萍蘋香漁家歡喜拍手笑拏聲（宵篙）欵（貯）乃筐
分將純算延年生計足一聲欵乃湖水綠鸕鷀本來慣吞魚
浴罷前灘睡正熟

貯水吟　五七古

家鄉無名泉竅若殊惆悵小樓一夜雨春水闊幾丈長江倘
第一清淵在想像世間最好是井泉鹹而寒湖水淺且濁（煮飲）世
間假好是天泉潔清明慣（淨貲長蓄）（大小）滌盪設使不違五日期煎茶便忻
賞倘得大雨連日注合家儘足仰有孚盈缶吉更喜溢甕盎

養精烝長安金門射策神功助激昂青雲寒脱酸天子首選賜
甲第姓名聯捷振人間殖乃衣錦歸故里打典行裝慶彈冠
畚屬高車鶩道左氣吐眉揚辭鄉闕箱籠幾口是任負藏書
萬卷縱目觀古琴寶劍細拂拭藍袍槐笏曰苟完凡茲器用
一、具不遠千里行路難殖翁匠馬向前行綢僕左右交相

賢良方正　漢書文帝二年詔執政舉賢良方正，十五年詔郡守舉賢良方正。自武帝元光五年以後屢有是舉。見漢書。東漢或詔公卿州牧，或詔大將軍，或詔三公。見後漢書。魏晉至宋興常選，年異及大中祥符時罷，高宗紹興元年詔復。

制科　始自唐，初至宋紹聖元年又罷制科，復置宏詞以總賢良。

博學宏詞　宋紹興三年立此科，於大觀中已有詞學，茂材建炎而猶有存至是

始更立焉。

博學宏詞　宋紹興三年立此科 按大觀中已有詞學茂科 建炎而猶有存至是
始更立焉

喫膾鮓魚幾許兩翼稱微氣喘、得來鮮味勝絲學銀刀閃
閃半寸强浪花街出萍蘋香漁家歡喜拍手笑簪聲（箱滿貯）歎乃筐
分將純算近年生計足一聲欸乃湖水綠鸕鷀本來慣吞魚
浴罷前灘睡正熟

貯水吟　五七古

家鄉無名泉啜茗殊惆悵小樓一夜雨春水闊幾丈長江倘
第一清澗在想像世間最好是井泉鹹而寒湖水濃且濁世
間最好是天泉潔清明慣（淨貯長蓄）滌盪設使不違五日期煎茶（煮飲）便忻
賞倘得大（大小）雨連日注合家儘足仰有孚盈缶吉更喜溢甕盎

氣寒能卻暑味冽可招爽挹來徹底清封緘標竹楊較勝惠泉源還爭冰雪上去年積得兩三缸芳氣襲人色溶瀁虛牕活火細〻煎連珠泡影颭雨〻

題莊夢圖 騷體

繄浮生之若夢兮羌結習其未盡寄啟塵而有幾兮恐聚散以難恐粤莊生之蘧〻兮又誰愚而誰敏善物化以嬉游兮感吾生之處隱借蝶飛以栩〻兮脫形骸而一哂縱壽算之之百歲兮似朝生而夕隕豈天地之高遠兮曾不能夫一盼抑古今之長久兮人與物其何準挾飛仙以高翔兮抱清虛以相引特不知其何時醒兮且一覺乎泯〻

又代題莊夢圖

悟來天地一穹廬放浪形骸笑不如夢入三叟神栩〻醒來回
半覺樂遽〻丁公有崔偏能化列子乘風且御虛試看塵緣
誰了卻脫然非汝併非余

題劉海蟾步蟾圖長短句

三足蟾生月宮未知何年適來東世有劉將軍脩養終南中
高蟾遐矚萬里舉手而獲誰爭功海蟾蟾身豈是蟾本色
鬢着轉兒童桂香時俟雲路闊蟾乎蟾乎見阿戎便得穩步
驚羣雄

題李茂材牖心姑丈倚竹閒吟寫意三言

有餘地可栽竹竹深處好結屋清風來聲簌〻隴西翁溫如
玉神安恬澹如鞠欲買山待年穀倩與可布滿幅圖爲後山允文君作

構茲先成局或淩雲或隱伏長晤對思遠寫善吟詠韻脱俗
愛虚心騁游目愛直節想芳躅孰非古惟翁獨一轉瞬成幽
築窈而深繚而曲世慮消鶯花續我爲翁助畚挶看不盡吟
不足仕俯仰受清福翁至此洵可樂

奋沈孝廉寶樹兄五十述褱

生與君同里相符第五旬問年輸甲子紀歲在壬寅欲訖成
知己常疑不若人緑成來棘手朗誦識芳塵八詠家風古千
篇骨色匀登堂戚阿母揆日慶良辰角黍看誰智投桃覺有
仁舞餘猶豔豔賓至酒頻頻近馬春風疾奇文熨手掄誰云
官政晚休謂嫁娘新綌上應添爽門前從此振他時臻六甲
祝嘏徧通津

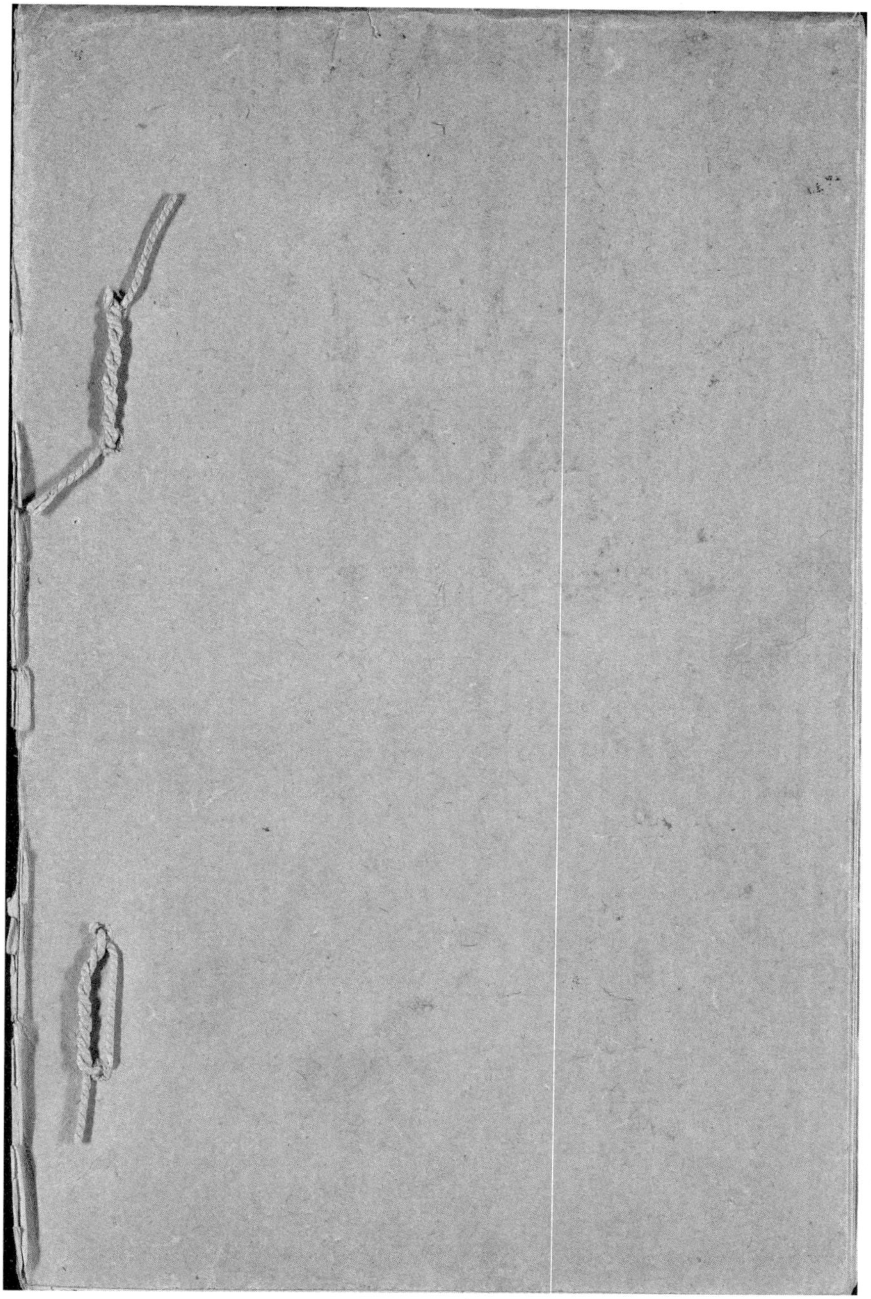